魔豆

裏八仙

卷四

（終）

蒼葵——著

裏八仙

卷四

（終）

目錄

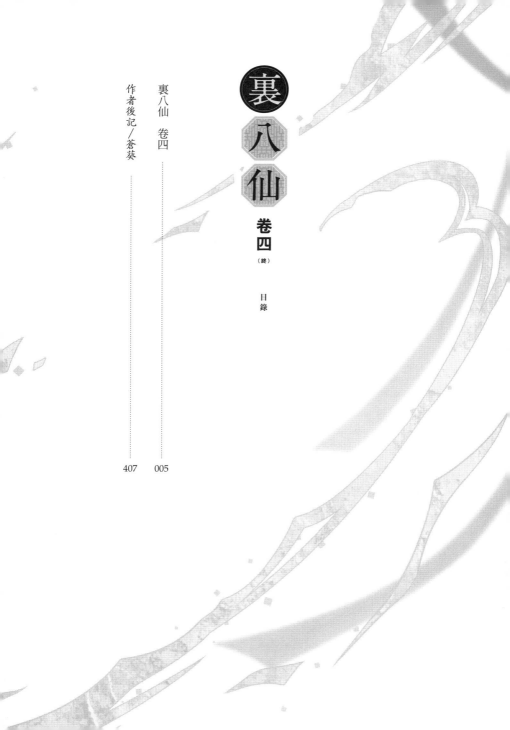

楔子

今夜的約翰很憂鬱。

誰說幽靈沒有憂鬱的權利，特別是當他出場了那麼多回，卻幾乎沒被喊對名字時。傑克、喬治、阿嘉莎、布朗……再這樣下去，連約翰都要懷疑自己的名字到底是不是「約翰」了。

不不不！約翰連忙搖搖頭，他絕對不能因此消沉，他可是英俊的、瀟灑的、充滿男性魅力的大叔幽靈．約翰！

就像是受了莫大的鼓舞，約翰站起來，握緊拳頭對著夜空上的月亮揮舞，順便還咆哮了一、兩聲。

並不是每個人都能聽見幽靈的聲音，大部分人被歸於聽不見的那類；反過來說，還是有少數人聽得一清二楚。

「我操你媽的！大半夜還要不要給人睡啊！」

約翰下方的窗戶猛然拉開，一顆腦袋探了出來，缺乏血色的蒼白面龐扭曲成猙獰表情，素來含帶笑意的黑眸此刻卻迸射出絕對的殺氣。

威嚇似地吼完那一句後，身爲林家住客，同時也是八仙之一的藍采和，這才重重地關上窗，獨留穿著花襯衫、海灘褲、腳踩藍白拖鞋的中年幽靈在屋頂上瑟瑟發抖。

是的，林家大宅的屋頂上，而不是地下室。

約翰是一名幽靈——半透明的，會飄、還會穿牆，不是幽靈是什麼？

但他對自己的了解也僅止於此，他不知道自己存在多久，不知道自己爲什麼會待在林家，更不知道爲什麼大家老是忽略他的存在！

約翰盤腿坐下，從口袋裡抽出一條手帕，重重地擤了下鼻子。他可不敢隨意放聲大哭，以免樓下房裡的仙人眞的理智線全斷，直接上來痛揍他一頓。

約翰將手帕塞回口袋，他抬起頭，望著夜空中的一彎新月，忍不住重重長嘆了一口氣。

約翰並不是無緣無故要從地下室跑到屋頂上來悲秋傷春的，可今晚是農曆的七月一號，也就是俗稱鬼門開的日子。

鬼門一開，鬼魂便可趁著關門前的這一個月回到人世，探望自己的親朋好友。

即使約翰一直停留在人間，然而他卻不知道自己究竟能回到哪，又能探望誰？他什麼都想不起來，腦海中的記憶只有這個家目前的主人林川芎、林莓花兩兄妹的成長片段，以及藍采和到來後那些雞飛狗跳的事情。

約翰到現在還是覺得很不可思議。

藍采和，那本該只出現在神話故事的八仙之一居然眞的存在，還充當幫傭地住在這裡。

那可是神仙、神仙呢！

「得了吧，你還是幽靈呢。」

宛若流水澄澈的聲音忽然響起，嚇得約翰差點從屋頂滾下來。不過他很快就想起自己是幽靈，不可能眞的跌下去。

約翰探頭向下一望，看見剛剛重重關上的窗戶不知何時又被打開，黑髮黑眼的秀淨少年靠著窗，月光把他蒼白的肌膚照得像是在發光一樣。

約翰頓時跳起來，「我這次可沒吵人也沒大聲咆哮，少年仔，你可千萬……咿！」

約翰的辯駁越來越小聲，最後轉變成一聲悲鳴。他驚恐地發現，藍采和竟然整個身體都探了出來，然後扭身抓住屋簷，手腳俐落地爬上屋頂。

深怕對方是要上來痛揍自己一頓，約翰駭得閉起眼睛、縮著肩頭，但預期中的疼痛遲遲沒有落下，身旁反而響起細碎的聲響。

約翰睜開一隻眼，再睜開另一隻眼，半透明的臉上浮現吃驚。

藍采和居然在他身邊坐了下來？

「少年仔？」

「噓、噓，聲音小一點。」藍采和揮揮手，「雖然小瓊還沒回來，但吵醒了果果可同樣吃不完兜著走。」

約翰立刻捂住嘴巴，愼重地點了點頭，表明自己會注意音量。

藍采和口中的「小瓊」和「果果」，是同爲八仙的何瓊和張果。何瓊因事回天界，至今尚未歸來；張果則是前些時候被林川芎偶然碰上，（被迫）帶回來的。

約翰對那時候的事不是很了解，只知道個大概而已。

那陣子，豐陽市發生了兒童連續失蹤事件，就連莓花和薔蜜也被捲入其中。最後才發現連串事件的主謀者，竟然是藍采和下落不明的植物——天堂和滿天星。

更正確的說法，是天堂爲了幫滿天星尋找合適的玩伴，才會執行這項計畫。

事情最後順利結束，兩株植物也回歸到籃中界，只是林家的房客卻多了一名張果。

「這家總有一天會人口爆炸吧？」約翰認眞地說，「我絕不會讓出地下室的。」

「放心好了，估計也不會有人想住地下室。」藍采和不以爲意地聳聳肩，似乎不是很在意這問題。他半夜爬上屋頂，本來就不是爲了和約翰討論這個家的人口發展。

藍采和知道今天是什麼日子，七月初一鬼門開，所有沒有犯下滔天大罪的鬼魂將得以從地府離開，暫時歸返人間，探望在世的親人。

藍采和沒問約翰爲什麼不學學其他幽靈，他只遞給對方一卷捲得細細的圖畫紙。

「這是小莓花送我的，我可以借你看一天。」約翰一頭霧水地接過圖畫紙之後，少年仙人伸個懶腰站起，「只有一天而已，弄壞或弄縐我都會宰了你。」

他往前走幾步，回過身，綻放出一抹純良無害的笑容。

「哎，這可不是在開玩笑唷，喬凡尼。」

約翰反常地沒有對錯誤的名字做出激烈反應。換作平常，他早就哭哭啼啼地抗議喬凡尼是誰了。

約翰獨自坐在屋頂上，彷彿沒聽見房間窗戶重新關起的聲音。他的視線黏在攤開的圖畫紙上，上頭用拙稚的筆觸畫了好幾個細細的火柴棒人，有高有矮，頭髮有長有短。

火柴棒人的旁邊分別寫上了名字，莓花的字跡有些歪斜，但仍看得出來寫了什麼。

葛格、小藍葛格、小瓊姊姊、阿蘿、薔蜜姊姊……還有一個是妖精叔叔。

而圖畫紙的左上角，則大大地寫著「莓花喜歡的人」。

約翰的視線緊緊地盯在「妖精叔叔」上，他吸吸鼻子，眼眶忍不住發熱，接著一滴透明的液體砸落紙上。

約翰吃了一驚，趕忙抹去上面的水漬，隨即又抹抹自己的眼角。

「我、我才沒有哭！男子漢是不哭的，這可是男子漢的汗水！」約翰自我說服般咕噥。他小心翼翼地捲起圖畫紙，塞進自己的衣領中，站了起來。

漆黑夜色中，偶爾有幾點微弱的幽光劃著彎曲的軌道，不快不慢地飛過約翰眼前，乍看之下宛如一隻又一隻的螢火蟲。

約翰知道不是，那是尋途返家的鬼魂。

約翰靜靜地望著那些流螢似的光芒消失，心中的悵然若失卻已轉淡許多。

穿著花襯衫、海灘褲、腳踩藍白拖鞋的半透明中年人微笑起來。

約翰是一個幽靈，存在感還不只那麼一點薄弱，名字也常被人叫錯。或許他不知道自身來歷，不知道該去何處探望與自己有關係的人，可是他有一處能安心待著的地方。

約翰覺得自己還是一個挺幸福的幽靈。

「只可惜你的幸福就到今天為止了。」有誰突然這麼說。

約翰一震，他下意識地往那道陌生聲音的來源望去，闖入視野的是一名高大、渾身狂氣的黑髮男人，一隻眼被眼罩遮著，另一隻碧綠的眼瞳則是閃動凶光。

這不是人類！約翰驚慌地抽口氣。人類不可能懸空於夜色之中。即使見多了非人的存在，但約翰卻從沒有一次像此刻一樣不安，這男人絕對來者不善！

約翰不敢繼續逗留，馬上想沉入屋裡。

獨眼男人似乎早就預測到他的行動，唇角張狂一勾，一彈手指。

約翰驚恐地發現自己竟然無法下潛到屋子裡。不該這樣的，他可是幽靈，不可能有任何物理上的東西阻擋得住他才對！

約翰不死心地再次嘗試，但腳下的屋頂非但不似水面柔軟，反而堅硬如鋼鐵。

約翰不敢相信，他低下頭，瞧見一層薄薄的光板出現在他的雙腳與屋頂之間，顯然是這詭異的存在阻撓了他。

約翰急忙想飛出光板範圍，可身形還沒動，前後左右竟飛快地冒出光板。它們與底下的接連在一塊，眨眼間自動延展，越過約翰的頭頂，覆蓋於上方。

約翰現在被關在一個密閉的窄小空間裡。

「這是怎麼回事？你不能這樣對待一個大叔！放我出去！」約翰氣急敗壞地敲打光板，聲嘶力竭地大喊著，「少年仔！少年仔！救命，有人要綁架我這個稀有又珍貴的大叔啊！」

「你是想向這屋子裡的仙人求救嗎？」獨眼男人雙手抱胸，就算只用一般語氣說話，也無法沖淡那股與生俱來的猙獰感，「他們聽不見的，你可以省點力氣。」

約翰愕然地閉上嘴，睜大眼看著面前的男人。他的錯愕並不是因爲男人說「他們聽不見」，而是因爲他說了「仙人」兩字。

這個男人知道這裡有八仙？

獨眼男人似乎對那張半透明臉上的震驚不感興趣，他望向底下的偌大屋子，一彈指，又一片薄如蟬翼的光板展開，迅速地覆向四面八方，一下子就將林家與鄰宅隔絕在下方。

光板泛著淡藍色的幽光，彷彿水面一樣，將兩端分成了水面上和水面下的兩個世界。

明明這層幽光異常清晰，但偶爾自路上經過的車輛卻像是看不見任何異樣，呼嘯而過，消失在夜色的盡頭。

獨眼男人落到了光板上，他的黑髮被風吹起，髮絲下的臉龐正掛著殘忍的笑。

被關起來的約翰不禁打了個哆嗦，覺得自己簡直像看見一隻嗜血的肉食性猛獸。

而這隻猛獸盯上的，就是林家！

約翰猛然一個激靈，他再次拚命地敲打面前的光板。

「少年仔！林川芎！蘿蔔！你們聽見了沒有？」約翰喊到聲音嘶啞，他明明聽得見自己的聲音，但似乎就如男人說的，他的聲音根本無法傳到屋子裡任何一人耳中。

約翰的眼中忍不住湧起絕望。

「你是誰？為什麼要把我關起來？你想對林川芎他們做什麼？」

男人的目光轉了過來，即使一隻眼睛戴著眼罩，只能用單眼看人，但光憑那隻眼睛散發出的凶猛氣勢，就教人難以呼吸。

獨眼男人冷笑，如同蔑視低等的存在，「我是誰不重要，我這次來也不是要對那對人類兄妹出手。你先擔心自己的安危吧，強森。」

「強……你說誰是強森？強森是誰啊！我明明就叫約翰！」約翰瞬間忘了緊張懼怕，憤怒地拉高聲音，「王八蛋！白痴！你該不會抓錯人了吧？當心我到愛護大叔協會去投訴你！」

「怪了，我明明就是聽人叫強森……」獨眼男人也一愣，他皺緊眉頭，喃喃說道。

約翰還在破口大罵，自從認識藍釆和之後，他的髒話資料庫更新了不少。

「煩死了，給老子閉嘴。」最後，獨眼男人失去耐性，對喋喋不休的約翰一揮手。

下一瞬間，約翰發現聽不見自己的聲音了。不對，是張開嘴巴卻發不出任何聲音。

「我不管你叫強森還是布萊克。」獨眼男人不耐煩地說道，完全沒注意到約翰悲憤欲絕的眼神，「反正我的目的已經完成一半，那些遲鈍的仙人肯定沒發現你是什麼，否則不會隨便讓你跑到結界外。」

獨眼男人瞥了眼呆若木雞的中年幽靈，鼻子裡哼笑一聲。

「這屋子的外邊貼著一層結界，當人不會發現嗎？也太小看吾族了。」

約翰現在已經不在意自己能不能發出聲音了，他腦子一團混亂。難不成這男人知道自己的來歷？還有「吾族」……「吾族」又是什麼意思？

約翰急得想知道答案，他「砰、砰、砰」地拍打光板，但獨眼男人顯然不願再透露。渾身狂氣的男人隨意一揮手，關著約翰的光之箱頓時離開屋頂，懸在半空中。

約翰的手掌還貼在光板上，但已停止拍打，呆然地望著下方。除了這個表情，他不知道自己還能擺出哪種。

在他的藍白拖鞋下，居然飄蕩著無數細長的金色光絲。這些絲線的一端連接著他的腳底板，另一端則連著林家。

約翰搖搖頭，他已經不知道這究竟是怎麼回事了。

就在同一時間，光之箱的周圍倏然出現多道銀鈴般的少女笑聲。

「嘻嘻。」

「呵呵。」

「哧哧。」

三道笑聲此起彼落地響著，夜色中隨之浮現三抹纖細的人影。她們各據一角，呈三角之勢將光板組成的箱子包圍在正中央。

約翰茫然地看看左邊、看看右邊，再看看後方。

三名似乎只有十四、五歲的女孩正分別掛著天真的笑、羞澀的笑，還有強勢的笑。她們身穿滾著粗邊衣襟的上衣，衣襟交叉地疊壓著；纖細的腰肢纏著寬版的腰帶，側邊紮著花朵般的結；短裙下伸出白皙的雙腿，腳上未著鞋履，僅繫一圈銀鍊做裝飾。

三名女孩的眼珠都呈杏仁狀，手中各抓著一柄等身高的銀器。

約翰張了張嘴巴，他不確定自己是否眼花看錯了。那三名女孩手中抓的……是叉子、湯匙和餐刀嗎？

「喂，接下來只要砍了這沒用的大叔就行了嗎？」抓著餐刀的女孩開口，她有著一頭黑髮，耳邊兩綹留得特別長的髮絲垂到了肩前。一雙紫紅色的眼睛光彩熠熠，威風凜凜。

約翰簡直不敢相信自己聽見什麼，他蹦跳起來，腦袋卻撞到上方的光板，疼得他抱頭蹲下，整張臉皺成一團。

「嘻嘻，好笨啊，這大叔好笨啊！」抓著叉子的棕髮女孩咯咯地取笑約翰，琥珀色的眸子飽含著散不去的孩子氣，綁在兩側的圓髻更是替她增添一份天眞，「欸，讓我砍啦，我也想砍砍看。」

「笨花蕉，妳以爲妳的叉子能砍人嗎？去去，別來搶我的工作。」黑髮女孩哼了一聲。

「我……也覺得這工作交給紅李比較好。」一直默不作聲的第三名女孩細聲說道，她把湯匙抱在胸前，淺黃眼眸微垂，淡綠的髮絲柔順地披在頸後。與同伴的威風凜凜及天眞稚氣相比，她給人楚楚可憐的感覺。

這是三名風格各異的美麗女孩，但也就是這樣的女孩正毫不掩飾地大聊「如何砍了一個大叔」的話題。

「妳們誰砍都行，不要再拖下去了。」獨眼男人睨了三人一眼，「動作快點。」

「囉嗦，少在那邊命令我們！」黑髮女孩不悅回嘴，她踏上前一步，滿意地瞧見光之箱中的中年幽靈露出驚懼的表情。

紅潤的嘴唇彎成一抹不馴的弧度，黑髮女孩高高跳起，她舉起泛著銀光的巨大餐刀，毫不留情地一刀揮斬下去——

金色光絲從中斷成兩截，失去連繫。

約翰眼一閉，剎那間失去所有意識。

黑髮女孩回到光板上，餐刀拄在身側。

獨眼男人滿意地點點頭，「很好，這樣這屋子的力量就會減弱了，不會再對我們接下來的行動產生妨礙。」

獨眼男人環視四周一圈，單邊眼睛閃動噬血的光芒。

「就只剩下這裡的最後一個封印了。喂，妳們，還記得自己的工作嗎？」

「啊啊？你這是在瞧不起我們姊妹嗎？」黑髮女孩一挑眉。

「收集陰氣、收集陰氣，這工作對我們來說可是簡單得不得了。」棕髮女孩昂起下巴，似乎不喜她們的能力受到小覷。

「只……要收集完，就可以解救主人了……」綠髮女孩雙手交握，柔弱的臉蛋湧現欣喜。

主人、主人，當這令人感覺甜美的字詞逸入空氣中的時候，女孩們都笑了。她們咧開嘴，眼珠像是今夜細細的月亮。

「一切都是爲了我們的主人。」她們如同詠唱般地說著。

是的，一切都是爲了她們最重要的主人。

她們的……大人。

壹 編輯部的祕密會議

流浪者基地雖然名字有點奇怪，乍聽之下還以爲是一群流浪者的根據地，但它其實是一間中等規模的出版社，在出版業界也佔有一席之地。

流浪者基地今天和往常不同，偌大的辦公室中，小說部的五個座位居然空無一人。

如果不是這五個位子上都還留有各自的私人物品，桌上電腦也都開著，恐怕要被人誤以爲編輯們集體蹺班了。

編輯們當然沒有蹺班，事實上，他們正在私下被稱爲「祕密小房間」的會議室裡開會。

「到底是什麼大事，要把我們全部人都抓來開會啊？」林輩抓抓肚子，打了個大大的呵欠，眼下有熬夜看愛情動作片導致的黑眼圈。

就算人已經坐在會議室的沙發上，林輩還是搞不懂他們進來這裡是要做什麼；但小說部之首已經一聲令下，手邊有什麼大事都得放下。

更何況，林輩手邊也沒什麼大事，他正巴不得藉此擺脫邏輯不通、語句不暢的稿子。

於是小說部的臨時會議成了最佳的擋箭牌。

想到這裡，林輩偷瞄了眼坐在正對面，既是小說部之首、也是會議召集人的長髮女子。

薔蜜正抿著茶，眼睫半垂，鏡片後的美眸彷彿沒注意到林輩的打量，臉上若有所思。

這可不太像平日精明冷靜的張薔蜜。

說到和平常不一樣的，還有一個人。擁有「魔性之女」稱號，因爲嗓音過度甜膩勾人、往往造成作者家庭革命的阿魔，她沒和林輩打屁聊天，也是一副在想事情的模樣。

就算用腳毛想，林輩也知道他們小說部的兩朵花不太對勁。

「那還用說嗎？當然是有事才找你們進來。」

一抹高挑人影走進。小說部的第三朵花，同時也是第二ＢＯＳＳ的羊子挑起眉毛，手裡抓著一疊剛印出來的紙張。

她今天一樣穿著細肩帶背心加牛仔短褲，但是比起「美艷」，林輩覺得對方全身散發出的其實是女王般的氣勢。

「不管是什麼事，只要是羊子小姐的吩咐，我一定赴湯蹈火、在所不辭！」瞧見自己愛慕的女神出現，本來正無聊數著天花板格子的邊集立刻跳起，一個箭步衝到羊子面前，眼裡閃動星星般的光芒，「就算是羊子小姐要踩我，我也……」

「滾開，老娘對Ｍ男沒興趣。」羊子冷酷地睨他一眼，直接繞道而過。

林輩看著娃娃臉同事依舊一臉懷春、眼中盡是陶醉，他果斷與對方拉開距離，表明自己和這個變態絕對不是同一掛。

羊子將成疊的紙放到長桌上，那聲輕響似乎拉回了薔蜜與阿魔的神智。

「莎莎姊，我把資料都印好了。印成五份，這樣也方便大家看。」羊子在林輩另一邊位子坐下，把列印好的資料各推一份到其他人面前。

「謝謝妳，羊子。」薔蜜微笑，方才的若有所思已全數消失，取而代之的是精明幹練。

等所有人都拿起資料，薔蜜一推鏡架，不拖泥帶水地開始了會議。

「大家還記得我們要徵新網編吧？這些是應徵者的資料，當然已經過第一輪初步篩選。」

「莎莎姊，我有問題！」

聽到有人提出問題，林輩下意識看向阿魔，這類疑問平常都是她在提，然而映入眼中的卻是那名清秀女子心不在焉的神態。

林輩愣了一下，幾秒後才反應過來那聲音是男的，提問者不是阿魔。

「邊集，請說。」薔蜜點下頭。

「徵人的事，平常不都是由妳跟羊子小姐決定嗎？怎麼這次連我們都找過來？」邊集問的問題很有條理，也問出了林輩的疑惑。

林輩難得想誇獎同事問得好，但這份心情只維持到邊集再度開口前。

「對了，我還有第二個問題。林輩吾友，看在咱們是好碰友的份上……」邊集抓住林輩的手臂，滿臉熱切，「跟我換位子吧！」

「鬼才跟你是好碰友！」林輩不客氣地回道，正當他準備扯開邊集時，有誰用原子筆敲了敲桌面。

「林輩、邊集，不想開會就直說，你們可以直接去廁所。」薔蜜的眼神冷靜到近乎冷酷。

林輩和邊集瞬間就像是小學生乖乖坐好，大氣也不敢喘一個。他們不至於聽不出「去廁所」的意思，那等同是「去廁所充當薔蜜練關節技的對象」。

「活該。」羊子毫不同情地嘲笑，隨即又一整神色，擺出公事公辦的態度，「照慣例是這樣沒錯，不過，總編希望我們這次慎重一點，最好集思廣益。」

羊子似乎嫌位子太窄，無法好好伸展腳，她乾脆站起，倚門站著，雙手抱胸。

「而且總編有意把這個網編培育成正式編輯。我和莎莎姊事先看過一輪資料了，心中大概有個底，但還是要聽聽你們的意見。」

事關未來同事，林輩不敢輕忽。畢竟好的同事讓你上天堂，糟糕的同事讓你下地獄。

邊集顯然也抱持同樣看法，他無比認眞地盯著手中資料，不時「唔嗯」兩聲。

林輩也把心神放在應徵者的資料上，大多數都是女性，有不少還剛大學畢業。

林輩是個男人，免不了有些私心，只要履歷表附的相片是正妹，就忍不住多看幾眼。

不過，爲了不讓他們的小說部之首發現自己專挑正妹看，林輩翻了幾頁之後，定格在其中一張履歷表上，沒有附照片，但名字感覺很像正妹。

「莎莎姊，這位怎樣，『櫻花』？」林輩說的是那位應徵者的筆名。

不知道爲什麼，林輩選中這位後，羊子竟噗嗤一笑，就連薔蜜唇邊也浮起一絲笑意。

林輩一頭霧水，他暗中朝邊集使了個眼色：喂，難不成這位有什麼問題嗎？

邊集聳聳肩膀：我哪知她怎麼了？當我是什麼都知道的八卦大神嗎？

「不，櫻花沒什麼問題。」薔蜜輕易看出兩人用眼神交流什麼，她不再輕敲桌面，十指優雅地交握，「你們沒涉獵耽美，所以不清楚櫻花其實還是個出過書的耽美作者。」

「而她對出版社之戀有著莫名的狂熱。」羊子忍笑接話，「所有作品的主角都是總編和小編，上一本作品是《鬼畜總編傲嬌編》，最新作則是《風流總編熊小編》……咳，不用我提醒你們，我們總編也是男的吧？」

林輩和邊集的臉都黑了。他們當然知道羊子是在暗示，假如那位櫻花進來了，他們倆和總編很有可能就會成為對方下一本書的主角。

「羊子小姐，我一點也不打算和總編或林輩搞斷背之戀！」邊集花容失色地哭訴，「我只對妳是真心的啊！」

「謝謝、免了、沒興趣。」羊子皮笑肉不笑地拉開唇角，她晃了晃手裡的資料，「這幾位應徵者下午就會來面試，包括櫻花。如果她條件好，就可能成為大家未來的新同事。」

「不要呀！我不要一位會意淫我跟總編的同事！」邊集試圖力挽狂瀾，他和林輩拚命地想再找出更適合的人選。

這次不管是林輩還是邊集，兩人都很認真地研究履歷表，不再隨便被相片或名字迷惑，就連男性應徵者也不隨意跳過。

翻到最後一張時，林輩和邊集的動作都停了下來，他們皺起眉頭，同時露出若有所思中帶點困惑的表情。

薔蜜和羊子沒漏看這幕，她們互望一眼，無聲地交換意見，似乎不意外林輩他們的反應。

接著，薔蜜輕拍了拍身旁同事的手背，「阿魔、阿魔。」

「咦？啊，是！」一直沒有參與討論的阿魔頓時從心不在焉的狀態中回神，她很快注意到自己身處會議室，編輯會議也還在進行。

阿魔不禁感到羞愧，這還是她頭一次嚴重分心，這不是一個編輯該有的態度。

「抱、抱歉，莎莎姊，我……」阿魔低下頭，抓著資料的手指不自覺施力。

「我知道妳在掛念那件事，我已經通知川芎了，要他下午過來一趟，會沒事的。」薔蜜沒有出聲責備，只是放柔語氣，「阿魔，妳也看看這些資料吧，看完後我們再來討論。」

阿魔點點頭，開始專心地翻閱手上紙張。

林輩再次確定，阿魔果然很不對勁。

「欸，阿魔是怎麼了嗎？」邊集小小聲地問著，「我看她今天一直心不在焉的。」

「我哪知，說不定是那個來。」林輩才剛說完，就見阿魔抬起頭，衝自己甜甜一笑。

「林輩先生，你剛剛是不是說了什麼？」阿魔甚至連說話的聲音都變得又軟又勾人。

但林輩發誓，自己可以瞧見對方的笑容中有殺氣。不僅如此，薔蜜和羊子也朝他射來冷漠的視線。

「不，我是說……我是說邊集那個來了！」林輩立刻把責任推到邊集身上。

「什……！」邊集大驚，正想抗議，一陣手機鈴聲無預警地響起，截斷了他剩下的話。

然而阿魔卻受驚似地猛然縮起肩膀，置於膝上的手指緊抓裙面，清秀的臉蛋略顯蒼白。

阿魔臉色是真的發白，不是日光燈照射的關係。

「抱歉，是我的手機。」羊子掏出口袋內的手機，瞄了眼螢幕後直接掛掉。比起未知號碼的來電，她更擔心同事的情況，「阿魔，妳還好嗎？」

「沒事，只是因為那件事，所以對手機鈴聲……」發覺到對面兩位男性豎直耳朵，阿魔頓了一下，重新綻露笑顏，「眞的沒什麼，可能是昨天半夜看《鬼來電》的關係，才會忽然被手機鈴聲嚇到。」

林輩可以用邊集的下半身發誓，這理由絕對是用來唬爛他們的。

但是阿魔既然不想明說，林輩也就不打算追問，挖人八卦可是一件沒品的事。

「好了，各位，我想你們都把手上資料看完了。」薔蜜拉回話題，她沉穩地望著所有人，「心中也都有人選了吧？」

「與其說是有人選……」阿魔蹙起秀眉，她手中的資料也翻到最後一頁，「莎莎姊，有件事我覺得有點奇怪。最後那位應徵者……不知道為什麼，我就是會希望新網編是他，但他甚至連照片都沒附上。」

「果然連阿魔妳也這麼認爲嗎？」薔蜜似乎不感到吃驚。

「慢著，莎莎姊，妳說『果然』和『也』？」林輩捕捉到關鍵字，錯愕地問道：「所以妳們也是……靠！這會不會太奇怪了？連老子也覺得新網編應該找這傢伙，簡直就像有啥神祕力量在作祟一樣！」

「老實說，我一看到這人也這麼覺得。」邊集舉起手。

這可說是前所未有，五名編輯竟然沒有任何分歧，而是有志一同地選定同個人選。而且他們根本還沒進行面試，就只憑那張沒附上照片的履歷表。

林輩、邊集和阿魔不可思議地面面相覷，最後，三人的目光落至先看過資料的薔蜜她們。

薔蜜朝羊子一頷首，後者會意，將手上已經翻到最後一頁的資料平放在桌面。

「事實上。」羊子一手扠腰，一手按著那張履歷表，「不只我跟莎莎姊還有你們，包括總編也是。我們在篩選應徵者時，莫名地就先認定這人應該最適合。但是，這是非常詭異的事，我們甚至沒見過這人，他的資歷也不完全比別人突出。」

就如林葷所說的，那張履歷表彷彿擁有什麼奇特的魔力。

「這位先生下午會來面試。林葷、阿魔、邊集，到時候你們也一起進來。」薔蜜淡淡地說，鏡片後的眸光犀利冷靜，「我們就來看看，這究竟是怎麼回事。」

林葷等人點點頭，眾人的目光又重新回到那張履歷表上。

姓名欄目中，四四方方地印著三個大字——

李凝陽。

貳 相菰與滿天星的私下交易

川芎是在快中午時接到薔蜜打來的電話。

出於對責任編輯的恐懼，一看到手機螢幕上的來電顯示，他差點失手掛掉。

薔蜜打來不是爲了稿子，她只簡單地提出「下午兩點有沒有空？方便過來流浪者基地一趟嗎？」的邀約。

即使薔蜜沒多解釋，但川芎直覺感覺到對方要談正事，所以愼重地答應了這場會面。

接下來的時間在川芎打了幾千字的稿子後，很快過去。

眼見已經下午一點多，該準備出門赴約，可林家長男卻在這個節骨眼碰到兩難的問題。

不笑時表情凶惡，笑的時候依然和善不了多少的男人，站在二樓的某個房間前。他手指握著門把，有些苦惱地望著門內景象。

那是一間小女孩的房間。

粉色調的布置，床頭櫃擺了許多小熊娃娃，有幾隻還是前幾天新加入的成員——川芎幾乎都想問東海主任是從哪弄來這些娃娃的，有拿巧克力的小熊、抱禮盒的小熊，居然還有隻小熊提著花籃！

而床鋪中央，正躺著房間主人。

有著蓬鬆鬈髮的小女孩蓋著一條小薄被，側身閉著眼，睡得又香又甜。

川芎哪捨得吵醒最重要的寶貝妹妹，只多看幾眼，便靜悄悄地關上門，輕手輕腳地下樓。

川芎坐到沙發上，靠著椅背，伸手捂住臉，長長地吐出一口氣。他捨不得吵醒睡得正香的莓花，但偏偏自己又要出門。

「要是藍采和那小子在就好了……」川芎嘀咕道。可惜他們家的幫傭比他早一步出門，說是要和方奎及韓湘見面。

川芎腦海裡迅速過濾人選。小瓊不在，自從前些日子回天界後，至今還沒歸來，也不知道是處理什麼事，希望不要緊才好……

發現自己不知不覺地回想少女的一顰一笑，川芎趕忙拉回心思，得先解決眼下問題才行。

藍采和跟小瓊不在，那約翰呢？川芎思及了住在地下室的資深房客，並且難得正確無誤地想起對方的名字。

只不過腦海剛一浮現穿著花襯衫、海灘褲的身影，川芎就很乾脆地將之刪除。

要他託一個不怎麼可靠的中年幽靈照顧莓花，川芎怎麼樣都放心不下。

突然間，川芎的思緒頓了一下，不自覺地皺起眉。正是因為想到約翰，他才猛然發現，這幾天似乎都沒聽到那抹半透明身影的哭啼聲。

這可有點奇怪。川芎放下捂臉的手，轉頭望了下通往地下室的門。門關得好好的，上頭還貼著一張寫有「非大叔不得入內」的字條。

*難道是招惹到藍采和的哪株植物不成？*川芎猜想著。這可能性不是沒有，畢竟那名中年幽靈就曾因鬼針的一眼，嚇得三天都躲在地下室，不敢從牆壁冒頭。

就在川芎思索著家裡還有哪些適合成員時，二樓突然傳來了開門聲。

川芎反射性抬頭，以爲是自己的妹妹醒來了。

不是。

雖然從房裡走出的身影同樣矮不隆咚，但那可是一名男孩子。

男孩擁有白皙俊秀的面龐與一雙細長漂亮的鳳眼，就是表情和氣勢太冷了點，絲毫不像這年紀的孩子。

不過，他本來也不是眞的小孩子。

他的名字是張果，與藍采和等人同爲赫赫有名的八仙。換句話說，就是貨眞價實的仙人。

下凡時因抽到了外形爲幼童的乙殼設定，所以才會是現在這副模樣。

張果目前也是這個家的房客之一，前陣子偶然在街頭遇上川芎，然後一塊被捲入了孩童失蹤案。經歷一番波折，川芎才知道這個不怎麼可愛的孩子，竟是八仙中的「張果老」。

還沒來得及感嘆自己到底是造了什麼孽，逛個街都能碰到仙人，川芎就被半強迫地接收了這名仙人，讓他成爲家中的新房客。

「你不是在睡覺嗎？」川芎皺著眉問，眼睛注意到張果居然赤腳，連室內拖鞋也沒穿。

即使已經見識過他的眞身，但川芎還是忍不住把對方當小孩子看，或許這得歸功於那成功的乙殼外貌。

「說過多少次了，不要忘記穿上拖鞋。我不是有準備一雙給你嗎？」

張果沒有回答——他常常這樣——直接光著腳走到客廳，把自己扔坐進川芎旁邊的沙發空位裡，雙腳縮了上來。

直到這時，他才轉過頭，黑亮的眼睛直勾勾地盯著林家長男。

「出去？」他問，聲音如他給人的印象一般，缺乏溫度。

這沒頭沒尾的問句甚至與川芎提出的兩個問題毫無關聯，但川芎似乎能明白意思。

「要到出版社一趟，薔蜜有事找我。」川芎大略說明待會兒的行程，也懶得再問張果怎麼忽然醒了。

這幾天的相處讓他明白，張果只挑自己感興趣的問，其他一律無視，怪不得會被藍采和說是八仙中最難以捉摸的。

川芎話聲剛落，二樓又有一扇房門猛然被人推開，而且這次動靜還不小。

「薔蜜大人！川芎大人，你是不是要——！」相菰從藍采和房裡衝出，小臉寫滿激動。

只不過發現客廳裡的川芎正用巴不得掐死人的目光厲視自己時，他飛快閉上嘴，省略下樓梯的步驟，改從走廊欄杆跳了下來。

一踩穩地板，原形是三色菇的小男孩立即奔到川芎面前，紫色的眸子冀望地閃呀閃的，活像盛滿了大把星星。

「川芎大人、川芎大人。」相菰用氣聲說話，小小的手掌在胸前交握，「你提到了薔蜜大人對吧？你是要去見薔蜜大人嗎？能不能也帶我去？求求你帶我去了！」

相菰單戀著川芎的青梅竹馬，同時也是他的責任編輯薔蜜，這已經不是祕密了。

川芎先瞧了下莓花的房間，那裡毫無動靜，房門也沒被推開，顯然莓花並沒有被吵醒，接著他低下頭。

「藍采和今天只放你出來？」

「咦？啊，不是的，小藍主人還有放……」

「采和主人還有放我跟天堂唷，帥哥。」

小女孩童稚的嗓音響起，還發出清脆的咯咯笑聲。

同時間，林家長男感覺腰間多了股重量，他見怪不怪地看著一抹玲瓏身影隨之浮現。

穿著像尊華麗洋娃娃的小女孩攀在川芎腰上，彷彿攻城般不客氣地往上爬，直爬到他的胸口才停住。

「欸欸，帥哥，你的肌肉觸感還是一樣很不錯耶。」滿天星眨眨藍紫色的大眼睛，小手大刺刺地在川芎胸口上東摸摸、西摸摸。

對於這種人稱「性騷擾」的舉動，川芎只嘴角抽了抽，沒問既然藍采和也放天堂出來，那名冷冰冰的美少年又到哪去了？

天堂還能到哪去？

只要滿天星在，就一定會有他。

川芎默默深呼吸幾次，看著幾乎是在滿天星將臉頰貼上他胸口的瞬間、跟著架在脖子前的巨大鐮刀。

「你敢吃小星的豆腐，我就砍了你。」冷冷的少年聲音自後傳出。

透過那銀亮的刀鋒，川芎可以看見倒映在刀面上的俊美少年。

「你最好弄清楚是誰在吃誰豆腐。」川芎咬牙切齒地說，「我再重申一次，這眞的是最後一次了。滿天星，不准叫我帥哥，不准亂摸我。至於你，天堂，雖然老子已經對你的行爲見怪不怪，但是，這不代表老子能忍受一把鐮刀架在脖子前！」

彎月形的橙紅色鐮刀瞬間消失，天堂長臂一撈，扯下還扒著人不放的滿天星。後者正一臉埋怨，似乎在怪他破壞了自己的樂趣。

「張大人在看。」天堂不著痕跡地動了下嘴唇。

滿天星嚇了一跳，趕緊望向沙發上的身影。

黑髮小男孩確實正朝著他們看過來，黑不見底的眼珠看不透情緒，卻有種懾人的威壓。

雖說那目光很快就不冷不熱地移開，可是滿天星已經嚇得躲到天堂背後去。

八仙之中，滿天星最怕的就是張果。即使對方的眞身是她喜歡的高大結實身材，她也絕不敢對他有任何遐想。

當張果不說話地看向滿天星他們時，相菰也嚇了一跳，就怕他們間的吵鬧惹得張果心煩，然後這名難以捉摸的大人決定滅口。

幸好事情沒有這樣發展。

見張果一下子就移開視線，改盯著地板發呆，相菰鬆了口氣。

「川芎大人。」相菰更小聲地說話，再接再厲地央求林家長男，「拜託你就帶我一起去吧，我也想見見薔蜜大人。」

「帥……川芎大人，你就帶相菰去吧，反正我們有一人一定得跟著你的。」滿天星笑咪咪地說，「這是釆和主人交代的，畢竟現在社會不怎麼安全，川芎大人你的肌肉觸感那麼好，萬一被肌肉愛好者綁走可就糟糕了。」

……會做那種事的也只有妳吧。川芎無言地望著外表精緻可愛、不說話時像尊洋娃娃、一說話立刻破壞氣質，而且還獨獨迷戀肌肉的小女孩。

「哎，難道你是擔心家裡沒人顧嗎？放心好了，有我跟天堂在，不用擔任何心！」滿天星挺起胸膛，「鬼針和茉薇他們也不會出來鬧事，所以川芎大人你不用煩惱回來後發現屋子整棟不見呢。」

自從滿天星和天堂也回歸籃中界後，爲了避免過多植物跑出來弄得林家大宅一團亂，藍釆和強硬地規定植物們只能輪流出來，唯一的例外是阿蘿。

畢竟人面蘿蔔實在沒什麼破壞力，不像那些人形植物，隨便一擊就能毀壞建築一角。

對此，其他植物大爲不滿，據說已經在暗地裡籌劃痛毆阿蘿的計畫了。

而今天輪到的植物，就是滿天星、天堂，還有相菰。

對於滿天星的拍胸脯保證，川芎不但沒有點頭應允，反倒吐出兩個字。

「不行。」川芎說。

「咦？」滿天星與相菰同時驚呼，他們倆睜大了眼，一個訝異、一個驚愕。

「就是不行。」川芎飛快地說著，強硬且不容拒絕，「要跟的話，滿天星就行了，相菰你留在家裡。」

「爲、爲什麼？川芎大人，我做錯了什麼嗎？爲什麼不能帶我去？」相菰被打擊得都要哭出來了，他撲上前，抓著川芎的褲管，淚眼汪汪，「川芎大人，人家……人家想看看薔蜜大人呀！」

雖然很想說「那恐怖女人有什麼好看的」，但基於情人眼裡出西施的道理，川芎也就嚥回那些反駁的話。

面對相菰可憐的哀求，川芎絞緊了眉，抿著唇堅定地搖頭。誰都可以，就是不能放滿天星和他家的莓花獨處。

川芎可沒忘記滿天星那個要命的獨特喜好，更沒忘記滿天星曾拉著莓花，要她加入肌肉萬萬歲聯盟。

別開玩笑了！川芎可不想回家後發現妹妹被洗了腦，加入那個怪聯盟不說，還立志要練出健美的肌肉。

說什麼都不能讓這麼可怕的事發生！

聽川芎點名滿天星，天堂反常地沒抽出鐮刀，而是投予一記肯定的眼神——明智的決定。

一瞬間，川芎和天堂都覺得對彼此的隔閡消減不少。

相較於男人和少年建立了某種相知相惜的情誼，相菰卻依然不知道自己哪裡做錯了，爲什麼一定得留在家裡。

豆大的淚珠在眼眶裡打轉，相菰決定要使出一哭二鬧的手段，卻沒想到有個不輕不重的聲音同時插了進來。

「叩」的一聲。

相菰準備好的哭聲噎住，他驚恐地看著不知何時去了一趟廚房又出來的張果，對方將畫有小花圖案的馬克杯放在桌上。

「太吵了。」張果冷漠的眼神對上眾人，毫無抑揚頓挫地開口。

相菰這下子連眼淚也慌慌張張地收回去，大氣不敢喘一個，但心裡還是急得不得了。要是今天看不見薔蜜，下次不知道得等到何時。

滿天星與相菰交情本就不錯，哪會看不出他的心思。紫藍色的眼珠古靈精怪地轉了轉，隨即掠過一抹光芒。

「川芎大人，我跟相菰談談，讓他別再哭哭啼啼了。你等我一下，我待會兒就跟你一起出門。」滿天星拉過相菰的手，也不管他驚呼出聲，硬是把人拉進浴室，還不忘叫上天堂，「天堂你也過來。」

「咦？啊。」川芎一下子反應不過來，只能訥訥點頭，反正時間還來得及。

浴室門關了起來，也不知道三株植物談得怎麼樣。

過了一會兒，浴室門終於打開，卻只有滿天星走出來。

「川芎大人，我們可以走了唷。」滿天星笑嘻嘻地說道，語氣異常歡快。

「相菰呢？」川芎狐疑地望望她，再瞧向沒有走出第二人跟第三人的浴室，下意識就想探頭看裡面，「怎麼連天堂也沒有出來？我們的浴室可不會吃人吧？」

「等、等一下！川芎大人不是快沒有時間了嗎？」滿天星慌慌張張地抓住川芎手臂，使出吃奶的力氣，硬是將人拖往大門方向，「天堂……天堂他隱身了，等等到街上我也會隱身起來，不然太顯眼了。至於相菰，他、他被天堂敲暈了，誰教他要起賴來煩人得很。」
「什……有必要做到敲暈嗎？」
「有必要、有必要！好了，我們快走吧，相信薔蜜大人已經在等我們了！」
「……我怎麼覺得妳比我還興奮？流浪者基地那裡可沒什麼肌肉男讓妳看，唯一有六塊肌的網管出國玩了。」
「啊哈哈哈，因為我第一次去出版社嘛，走吧走吧！」
在滿天星強勢的半拉半扯下，仍有一肚子疑問的川芎總算離開了家。

偌大的客廳裡變得安靜。
過了許久，客廳再次響起開門、關門聲，然後又安靜下來，靜悄悄地什麼聲音也沒有。
這份安靜持續了好一會兒，突然間，一顆小巧的腦袋從浴室裡探出來，卻不是相菰。
粉雕玉琢的臉蛋，紫藍色的大眼睛，粉紫色的髮絲綁成單髻，細辮纏繞其上，辮尾垂落。
倘若川芎還沒離開，那麼他絕對會震驚於第二位滿天星的出現。接著就會迅速地醒悟過來，與他同行的人根本就不是眞的滿天星，而是相菰！
沒錯，滿天星說要和相菰談談，把人拉到浴室裡，其實是想到一個辦法——由擁有變身能力的相菰變成滿天星的模樣，假冒她出門。
交換條件則是之後相菰要聽她的命令十次，她要他變什麼，就得變什麼。
「還好沒被識破呢。」滿天星看著空無一人的客廳，桌上只放著小花圖案的馬克杯。她放心地從浴室裡走到窗子前，踮高腳尖將臉貼上玻璃。

從她的角度已經看不見川芎和假滿天星，但卻能看到一抹矮小的背影，拖著小木馬往同一方向走。

那人越走越遠，完全沒有回頭。

滿天星吐出一口氣，放下腳跟，臉上揚起開心的笑容。她期待萬分地望著二樓，決定等莓花醒來就要拉著對方討論肌肉的美好，最好說服莓花點頭答應加入肌肉萬萬歲聯盟。

滿天星笑得眼睛都瞇起來了，一抹修長纖瘦的身影隨即出現在她身邊。

橘髮橘眸的天堂默默望著川芎他們離開的方向，他當然沒有跟去。滿天星在哪，他就在哪。天堂的眼神幾乎帶上了同情。

林川芎你最好早點回來，以免你妹妹真的被小星洗腦成功。

不過相較於對川芎的同情——天堂微聳了聳肩膀，他可不會主動告知那名人類這件事。

畢竟，滿天星的願望永遠排在最優先的位置。

參 那個人，是誰？

「咔啦、咔啦」的聲音規律且不間斷地響起。

這聲音一直與川芎保持著一定距離，川芎停、它也停；川芎走、它也響。

川芎對這聲音並不陌生，這幾天，他身邊三不五時會響起這種聲音。

眼見通往大馬路的路口就在前方，川芎終於停下腳步，先低頭囑咐身旁的「滿天星」隱去身形。大路上人車多，滿天星奇異的髮色和眼色會引來不必要的注意。接著他嘆了口氣，慢慢地轉過身。

果然不出他所料，一抹拉著小木馬的熟悉身影頓時進入他眼裡。

眉眼清冷俊秀的小男孩站著不動，面無表情地望著川芎。

「我說啊……」川芎按著額角，眉毛狠狠擰了起來，「你沒事幹嘛也跟著跑出來？」

川芎不期待張果會做出反應，也不等他回答，指著自己家的方向，「乖乖回家去，別跟著我。」

川芎的語氣就像是在訓斥不聽話的孩子，他總是忘記張果的孩童外貌只是假象。

張果沒有點頭也沒有搖頭，只是用一雙黑得沒有光亮的眼睛看人。

川芎挫敗地咕噥幾聲，他本想乾脆不理對方，但才走出了幾步就先投降，再次回過身。

「算了算了，你還是跟著我吧……我可不想之後還得去警察局招領失蹤仙人。」川芎朝張果伸出手，他沒忘記對方在辨認方向這門技能上，是拿了不及格的糟糕分數。

張果還是沒有給出任何答覆，不過他用行動表達了自己的想法。他拉著小木馬靠上前，然後川芎一把撈起他的小木馬。

「待會要搭公車，拖著這個不方便。」

「……好。」張果終於吐出一個字。

即使只是短短一個字，也足以令隱身的相菰大吃一驚。

如果天界的其他仙人撞見這幕，想必會感到匪夷所思。素來對人類不抱好感的張果，居然會破天荒地回應人類的話？

可再轉念想想，相菰忽然又不怎麼吃驚了。畢竟張大人現在都住進川芎大人家，和人類展開同居生活了。

想到這裡，相菰理解地點點頭。他小心地隱匿氣息，除了抱持著能夠見到薔蜜的期待，他還記得自己的工作是要好好保護川芎才行。

發現公車來了，相菰急忙也跟著川芎他們一起擠上去。他和一名戴著大草帽的冰淇淋小販擦身而過，卻什麼也沒察覺到。

雖說相菰隱去了身形，不過川芎他們在前往流浪者基地的途中，還是引來不少注目。

張果的乙殼外貌太過俊秀，白皙的肌膚襯著一雙漂亮鳳眼，不時可以聽見公車上婆婆媽媽的誇讚。甚至有幾位熱情的中年婦人誇完張果的相貌後，忍不住伸手想摸摸他的臉。

只是在張果毫無溫度的瞥視下，那些手無一例外地全僵在半空中。

面對這種情況，川芎只能打圓場說自家弟弟比較怕生，同時將張果拉到身後擋著。

幸好這種情況沒有持續太久，抵達目的地後，川芎迅速拎著張果下了公車。

這還是相菰第一次來到出版社，一想到這是心愛的薔蜜大人工作的地方，他頓時覺得高聳的辦公大樓變得格外親切。

「滿天星？滿天星，妳還在嗎？」川芎沒有馬上走進大樓，他壓低聲音，小聲地呼喚隱身的植物。

相菰連忙拉回神智，飛到川芎身邊，反射性就要回答，可他猛然記起自己的聲音還沒偽裝，連忙摸摸喉嚨，接著吐出與滿天星一模一樣的聲音。

「川芎大人，我還在，有什麼吩咐嗎？」

「妳……」川芎有些詫異小女孩彬彬有禮的話語，這不像滿天星。那丫頭說話時總是一副調戲人的口吻，說不到幾句還會一爪子摸過來。

但川芎也沒去深思，他到現在還沒發覺跟自己同行的人其實是相菰。

「等等我們就到流浪者基地了，記得不准對裡面的任何人上下其手，尤其是總編。坐第一排，偷偷打魔×世界的那個。」川芎嚴肅地交代：「總編是薔蜜欣賞的類型，她不會喜歡見到有人染指她的目標。」

相菰決定趁沒人注意的時候，將紫色蘑菇塞進那位總編的嘴裡，讓他直接昏迷，不再分去薔蜜的關心。

「滿天星，妳聽見了嗎？」遲遲未得到回應令川芎緊皺了眉，他開始擔心滿天星是不是已經一溜煙跑去物色目標了，「滿天星，要是妳沒照做，我就直接把妳交給張果了。」

「咿！千萬不要！」

川芎的耳畔立即響起略顯尖銳的小女孩聲音。

獲得保證的川芎滿意地點點頭，這才抱著小木馬，一手抓著張果的手，以免對方我行我素地亂跑。他踏進大廳裡，向早已認得自己的管理員打了個招呼。

川芎往電梯方向走去。

流浪者基地的辦公室在七樓，就算川芎有體力，也沒興趣扛著一隻小木馬爬七層樓。

電子面板顯示電梯正停在七樓，川芎挑了下眉，猜想流浪者基地該不會是來了客人。

過了一會兒，顯示器的數字開始變動，從「7」變成「6」，越變越小，最後終於變成了「1」。

電梯發出「叮」的一聲，電梯門慢慢朝兩側打開。

有人從電梯裡走出來。

川芎愣了一下。

電梯剛剛停在七樓，而現在就只有一人走出，表示這人可能是流浪者基地的訪客。

沒想到出版社居然有這類型的訪客上門？

對方是個與川芎差不多高的男人，頭髮有些凌亂地翹著，臉上戴著墨鏡。身穿一襲筆挺的黑色西裝，繫有細格紋領帶，腳上則踩著黑亮的皮鞋。

不僅如此，男人手上還握著一根金屬製的手杖。

直到這時，川芎才發現對方走出電梯的姿勢和一般人不太一樣。他的一腳總是比另一腳移動速度慢上一瞬，每踏出一步，握著手杖的那隻手臂都要額外施力，似乎這樣才有辦法帶動身體。就像腳受過傷一樣。

意識到這件事，川芎立刻收回目光，這種打量實在太失禮了。

即使內心納悶流浪者基地怎麼會有像黑道高層的客人，川芎還是按捺住好奇，走進電梯。然而當他回過身、準備按下關門鍵時，卻愕然發現對方居然沒有離開，不但沒離開，還用近乎無禮的方式阻止電梯門關上。

黑西裝男人用手杖抵著電梯按鍵，無視川芎由愕然轉爲不悅的臉色，衝著他拉開一抹奇異的笑容。

「你身上帶著不錯的東西，先生。」男人懶洋洋地笑著，說話的嗓音也漫不經心。

川芎一愣，腦中最先想到的是，難不成對方要搶劫？

可就在下一秒，男人卻是伸手比向川芎的肩膀上方。

「不過，卻不是原來的樣子。」

相菰心臟重重一跳。這人類究竟是誰？不只察覺到自己的存在，竟連化身的樣貌也能看破？

這人類……不，對方眞的是人類嗎？

相菰抓著川芎肩膀，心裡不由自主地緊張了起來。

那人戴著墨鏡，認不出臉孔……難道說、難道說，是一直針對小藍主人的敵人嗎？

川芎感覺自己的肩膀傳來一陣疼痛，即使看不見人影，他也猜得出那是「滿天星」。他不太理解男人第二句話的含意，但可以肯定的是，這名男人看得見藍采和的植物。

川芎沒有多想，立刻上前一步擋在張果身前，他眼神凌厲尖銳，毫不掩飾排斥之意。

「我聽不懂你在說什麼。」川芎沉聲道：「現在立刻拿開你的手杖，不要阻礙別人搭電梯，否則我就直接請管理員過來了。」

「你的敵意毫無意義，林先生。」男人懶洋洋地又笑了，「我想你們是有要事到流浪者基地，就不打擾了。順便多嘴一句，你旁邊的那個矮子應該不用你保護才對。」

乍聞自己被點名，從頭到尾都靜靜盯著地板發呆的張果終於抬起頭，冷徹的黑眼掃過電梯外的身影一眼，又不感興趣地垂下。

而說完話的黑西裝男人彷彿沒看見川芎震驚的表情，他放下手杖，在電梯門緩緩關起之際，一手手杖拄地，一手摘下了墨鏡，露出全部面孔。

那是張優雅英俊的臉，可惜左邊眼角下橫劃過一道細疤，破壞了一絲氣質。

但最引人側目的並不是那張臉，而是男人的眼睛。

那名穿著像黑道高層的男人，竟然擁有一雙瞳孔呈杏仁狀的深黑眼睛！

「我很快就會去叨擾你們的，林先生。」電梯門即將關閉的前一剎那，男人如此說。

電梯門無聲無息地關上。

川芎一時還沒回過神來，他呆立原地，連樓層都忘了按，直到一聲拔高的尖叫響起，嚇得他瞬間拉回神智。

「玉帝在上！連那位大人也下來了？連那位大人也下來了！」淡紫髮絲的小女孩顯露身形，

捧著臉，不敢置信道，「我的天……我竟然到現在才發現？川芎大人，我竟然到現在才發現！我甚至沒行禮啊！」

化身成滿天星模樣的相菰圍著川芎打轉，眉眼間是藏不住的慌張。

川芎被相菰轉得頭都暈了，他一把抓住人，不讓對方再像陀螺般轉來轉去。

「什麼大人的，滿天星妳冷靜一點！」川芎一凶起來很有魄力，雖然不知道對真正的滿天星效果如何，可對相菰卻很有用。

相菰立刻乖乖噤聲。他先是搖搖頭，彷彿不知該怎麼描述自己的驚嚇，接著深吸一口氣。

「是李凝陽大人。」相菰說，「川芎大人，那位……那位就是李凝陽大人啊！」

「……誰？」不是川芎故意這麼問，而是他真的對這名字沒有印象。不過幾秒後，他似乎想到什麼，頓時睜大眼睛，「慢著……喂，不是吧？難不成剛剛那傢伙就是……」

「是八仙的最後一人，俗稱『鐵拐李』的李凝陽大人。」相菰一字一字地慢慢說，語氣能感受到他的尊敬。

川芎合上嘴巴，腦袋裡亂七八糟。就算他早有預感終會與最後一位八仙見面——前面七個都出來了，沒道理第八個不出來——問題是，他從來沒想過會在出版社、會在他搭電梯時。

所有思緒攪成一團，最後川芎只抓到一個問題。

他轉頭瞪著身旁的小男孩，「你怎麼就沒認出你同伴？」

「好像是吧，沒什麼印象。」真實身分亦是八仙之一的孩子漠不關心地說。

川芎捂著臉，肩膀無力地垮下，緊接著才注意到電梯似乎遲遲未到七樓。他連忙瞄了電梯樓層顯示器，隨後暗罵一聲「靠」，他根本就沒按下樓層鍵。

川芎迅速地壓下數字「7」。

電梯開始升起了。

李凝陽、鐵拐李……川芎現在仍有一絲不真實感，他真的就這麼與八仙中的最後一人見面了？而且那雙眼睛……

「滿天星，他的眼睛是怎麼回事？」川芎越想越覺得無法理解，「他那是乙殼姿態吧？但他的眼睛怎麼……」

依照藍采和當初說的，所謂乙殼就是仙人在人界時擁有的人類身體，原生的奇異髮色和眼色都會變得和一般人無異。

可是，李凝陽的眼珠卻呈現了縱立的杏仁形狀。

「李大人的眼睛天生就是那樣，比較奇特一點。好像就算在乙殼的狀態下，也能看見平常人看不見的……啊，有點像是人類說的陰陽眼。不過我比較想不通的是……」相菰摸著下巴，露出沉思神情，「李大人抽到的乙殼究竟是什麼？川芎大人，爲什麼我覺得那很像是我在電視上看過的……呃，黑道？」

川芎表示他也很想知道，總不可能是來流浪者基地討債的吧？

川芎與相菰百思不得其解期間，七樓已經到了。

電梯發出「叮」的一聲，電梯門向兩側慢慢退開。

門外赫然站著一人。

剪裁合身的套裝、三吋高的高跟鞋，女子戴著細框眼鏡，一張臉蛋精明美麗。

「薔蜜大人！」

還未隱身的相菰差點就要歡喜地衝上前去，但他馬上又警覺到會露出馬腳，急忙煞住腳步，模仿滿天星的神態，提起裙角，膝蓋微彎，向門外的長髮女子行禮。

「薔蜜大人。」

「你好，滿天星。」薔蜜幫忙按住電梯按鍵，讓兩人走出電梯外，她意味深長地多看了相菰一眼。薔蜜相當聰明，她可不覺得熱愛肌肉的滿天星會興奮地大叫出自己的名字，「不管怎樣，要先麻煩你隱身起來了，我同事等等也會過來。」

薔蜜沒有點破相菰的身分，只是溫和地提醒。

相菰鬆了一口氣，從薔蜜的那一眼，他知道自己的身分已被識破。

但愛慕的女性居然能一眼看出自己是誰，這件事讓相菰忍不住開心地捧著泛紅雙頰，依言消去身影。

川芎沒留意到相菰的情緒變化，注意力全放在薔蜜身上，他的責任編輯正揹著包包。

「妳要下班了？」川芎不確定地問著，否則怎會一副東西已經收拾完畢的模樣。

「我下午請假了。」薔蜜說。

「等等，妳不是找我過來談事情？」川芎被自己的青梅竹馬弄糊塗了，他忽然想到一個荒謬的猜測，下意識壓低聲音，「喂，張薔蜜，妳老實告訴我，你們流浪者基地該不會被人討債了吧？所以總編要你們早退？」

薔蜜罕見地呆住了，她用不可思議的眼神盯著川芎，難以想像對方怎會說出這種猜測。

「到底是怎樣啦！」川芎被對方看得渾身不對勁。

「川芎同學，林川芎先生……」薔蜜伸手按上他的肩膀，眼帶同情，語重心長地開口，「或許我不該催稿催那麼緊，看看你，寫稿都寫到傻了。」

「妳才傻了，老子好得很！」川芎臉色鐵青地撥開對方的手，「所以到底是怎樣？妳沒事請假做什麼？」

「正確來說，是我跟阿魔請假，那事不適合在公司談，我們要另外找地方。」薔蜜不以爲意地收回手，反倒對川芎剛才說的「討債」一事產生興趣，「你不會無故提到討債，尤其是在我們公司營運順利、前景看好的時候，總編也不像隔壁家腦袋秀逗，三不五時就幼稚地跟人賭氣。川芎，你在樓下見到我們的新網編了嗎？」

「什麼？」川芎一頭霧水，不明白話題怎麼有辦法從「討債」跳到「新網編」上。而且他們在一樓時也只碰見管理員跟……

川芎的思緒猛地閃過什麼。

「她說的是那個拿拐杖的模樣超難看的傢伙，我猜。」彷彿從地板上研究出什麼大道理的張果移開視線，淡淡地說道，聲音缺乏起伏，吐出的卻是刻薄的句子。

川芎覺得他其實是在反擊李凝陽說的「矮子」兩字。

「我不是矮子，我比你還高的。」張果就像是讀到川芎的心聲，眉毛小幅度挑起。

川芎的回答是直接壓下他的腦袋，揉亂那頭黑髮，再將注意力放回薔蜜身上。
「新網編？所以妳是說……」
「我們今天面試了新任網編。黑西裝、黑墨鏡，還拄著手杖，他進來公司時，眞的嚇到了不少人。有三分之一的人以爲是黑道找碴，有三分之一的人準備報警，還有三分之一的人開始討論接下來嘗試黑道題材不知道會不會大賣。」薔蜜有條不紊地說。
川芎都不曉得該不該誇最後三分之一的人敬業了。
「幸虧他很快就說是來面試的，會戴墨鏡是眼睛畏光，不能摘下。我猜那不是眞正的理由，但那是他的隱私。」薔蜜看著川芎閉上嘴巴，對方眼裡似乎閃動什麼，「他的名字是李凝陽。現在你可以說了，川芎同學，以上有哪裡不對勁嗎？」
「妳問我哪裡不對勁……」川芎搖搖頭，呻吟地說，「張薔蜜，妳不知道妳的新同事就是八仙之一嗎？」
「那位是李凝陽大人！人類更常稱他爲『鐵拐李』，薔蜜大人！」相菰沒有現身，他略顯激動地喊道。
薔蜜沉默了一會兒，然後才說，「我現在知道了。」
發現青梅竹馬正用「妳不能再更驚訝點嗎」的眼神瞪著自己，薔蜜想了想，再點點頭。
「噢，我忘記恭喜你終於收集完八仙了，林川芎同學。」
川芎連吐槽或反駁的力氣都沒有了。
就在這時，走廊另一端傳來嘎吱一聲，流浪者基地辦公室大門被人推開，一抹嬌小的身影匆匆忙忙朝川芎跑來。

「抱歉拖那麼久，要關機時忽然又有作者敲SKYPE……」面貌清秀、劉海用小花髮夾夾起的女子喘著氣說道。她輕拍胸口，視線望向川芎與他懷中的小木馬，再望向他身旁的小男孩，忍不住詫異道：「這孩子是……」

「他是我親戚的小孩，暑假先寄住我家。」川芎搬出當初介紹藍采和的說法。

「原來是這樣。」阿魔鬆口氣地一笑，伸手按向電梯按鍵，還停在七樓的電梯立即打開門，「我還以為川芎要從妹控之路踏上誘拐正太之路呢。」

川芎臉色發黑。

「行了，川芎同學，別發呆了，快進去吧。」薔蜜推了推還杵著不動的男人。

川芎幾乎是無意識地向前走，在即將踏進電梯前，他像是又憶起什麼，偏過臉，小聲問身後的薔蜜。

「所以妳剛說的還算數嗎？」

「什麼？」

「妳不該催稿催那麼緊……妳以後不會再早中晚餐加下午茶、宵夜地打電話催稿吧？」

「那是當然的。」薔蜜一推眼鏡，微微一笑，「我絕對會那麼做，別擔心。」

林川芎默默地在心裡罵了一聲「幹」。

肆 阿魔的瘋狂追求者

談話地點是一間開在流浪者基地附近的咖啡店。

或許還是上班上課時間，所以店裡沒有多少客人。

在服務生的帶領下，川芎他們選了二樓一處靠窗的明亮位置。

前往這間咖啡店的路上，川芎敏銳地感覺到阿魔和平日有點不一樣，換言之就是不太對勁。

這名女編輯笑容減少，不自覺蹙著眉頭，像懷抱著什麼心事。就連面對咖啡店的帥哥服務生時，也沒有用甜膩得勾人的嗓音向對方道謝——通常那些沒抵抗力的男性會滿臉通紅。

另外，一路上阿魔的手機響了數次，她不但沒有接起，反倒受驚似地繃緊肩膀，任憑鈴聲不停響著，直到自動停止。

川芎不懂，若是不想接，爲什麼不乾脆把手機關了？不過他沒有開口詢問，他猜阿魔和薔蜜約他相談，也許與這事有關。

在悠揚輕緩的古典音樂和濃郁的咖啡香包圍下，阿魔的情緒稍微放鬆了些，纖細的肩膀不再繃得緊緊。

等服務生將飲料送上桌，阿魔喝了一口英式熱奶茶後，總算吐出一口氣，開啓話題。

「川芎，聽莎莎姊說……你對不可思議的事有點研究？」

聞言，川芎瞪了薔蜜一眼。什麼叫對不可思議的事有點研究？當他是靈媒還是法師嗎？

接收到抗議視線的薔蜜只是揚揚眉毛，用眼神示意川芎，別忘了他身旁坐的人是誰。本身就是一個不可思議，身爲傳說八仙之一的張果，安靜地喝著他的柳橙汁。

「……算是吧。」川芎有點勉強地回答，他端起面前的杯子，等阿魔繼續說下去。

阿魔確實這麼做了，「我最近遇上了怪事……」

川芎喝著咖啡。

「不過事情的開頭，或許要從我陪莎莎姊去相親的……」

川芎幾乎將嘴裡的咖啡噴出來，整個人嗆到了。

相親？隱身的相菰差點尖叫出聲，他死死捂住嘴巴，以免自己難過地放聲大哭。

而川芎顧不得自己會打斷阿魔的話，他臉孔扭曲，痛苦萬分地拚命咳嗽，費了好大的勁才讓呼吸順暢一些。

「你太大驚小怪了，川芎。」薔蜜平靜地遞紙巾給他。

「什……我……」川芎又咳了好幾聲，眼角甚至紅了。他接過紙巾，擦去嘴角的咖啡漬，看向薔蜜的目光仍舊是震驚且不敢置信。

我有沒有聽錯？相親？張薔蜜居然去相親？

「張薔蜜，妳終於決定放棄你們總編了嗎？」川芎就像是在看一個陌生人。

「總編已經結婚有小孩了，我對他是純欣賞。」薔蜜微蹙眉頭，「我難道就不能去相親嗎？川芎，你這反應眞是讓我傷心。」

「不是不能……」川芎乾脆放下咖啡，他可不想因爲聽到什麼勁爆的消息再嗆到一次，「但是相親……妳？」

川芎彷彿不知該怎麼接話似地搖搖頭。他從來沒想過薔蜜竟然會去相親，她一向喜歡主動出擊，而不是坐在餐廳或任何一處，文靜地和人聊著彼此的興趣。

更不用說，她欣賞的異性還是四十歲以上的中年人！

「玉帝在上啊……」川芎甚至咕噥地說出了藍采和他們慣用的口頭禪。

「我聽說莎莎姊要去相親時也嚇了一大跳。」阿魔咯咯笑起，她的苦悶似乎被川芎誇張的反應驅散了。

「那是我媽朋友介紹的，還特地找了隔壁家的編輯，說職業相同，一定能聊得來，不好意思不去。」薔蜜冷靜地說，彷彿話題中的主角不是自己。

「哪個隔壁家的？」震驚過後，川芎不免也八卦起來。

「就是隔壁家的。」薔蜜似乎不想給出確定回答，「見面地點是不錯的法國餐廳，我本來想找羊子一起去的，可惜她那天先跟人約好去吃羊肉爐。」

「……妳這根本是帶人蹭飯吧。」川芎還是有些難以想像，他認識的張薔蜜可不會因為人情什麼的就屈服，「不，我還是不明白妳怎麼會答應？」

「隔壁家編輯的父親也會出席。」薔蜜說。

「這又干他什麼事？」川芎開始懷疑面前女子究竟是不是他的青梅竹馬了，否則他怎麼還是搞不懂對方的意思。

「因為那位編輯的父親是個魅力不輸給總編的大叔呀。」阿魔笑咪咪地補充道：「斯文有氣質，連我看了都覺得眞不錯。」

川芎腦海空白了一、兩秒，他瞪著阿魔，再轉向薔蜜——靠！她果然是自己認識的張薔蜜。也只有這女人會因爲相親對象的父親在好球帶，就答應赴約。

川芎揉揉抽痛的額角，決定趕快跳過這部分，他可不想聽薔蜜發表對那位大叔的看法。

「所以呢？這又跟隔壁家編輯還是隔壁家編輯的爸有什麼關係？」川芎主動切回原來話題。

「主要是跟那位編輯有關，我們叫他阿左好了。」薔蜜替那名當事人命了名。

聽到這個代稱，川芎馬上在腦海裡搜括所知道的編輯名字。雖然他的作品目前只在流浪者基地出版，但不代表沒有其他家出版社想挖角，事實上，川芎的皮夾裡就有各家出版社編輯的名片。

可惜川芎想了半天仍想不出哪位編輯的名字有「左」字，只好放棄蠢蠢欲動的八卦之心。

「和阿左先生相親，大概是半個月前的事。」薔蜜放下瓷杯，有條不紊地敘述當時情景，「老實說我不太記得他長怎麼樣了，不過法國料理不錯，阿左先生的父親也很有魅力。」

「張、薔、蜜，不要把重點放在大叔身上！」

「然後阿左先生就看中阿魔了。」薔蜜慢條斯理地說。

咦？相菰眨眨眼睛，放下捂嘴的手，眼中又重新浮現星星光芒。

「……啥？」川芎還以爲自己聽錯，他盯著阿魔的臉，一下子好像串聯起所有事，「等一下，難道說剛剛那些電話……」

阿魔表情苦悶地點頭，「就是那人打來的。」

川芎眉毛狠狠皺起，他發現事情並沒有因此真相大白，反而令人更加想不透。

「所以阿魔現在是被薔蜜妳的相親對象纏上了？這跟找我來有什麼關係？報警比較有用吧？」川芎沉聲說道：「手機不能直接將那支電話號碼設爲黑名單嗎？」

似乎早已預料川芎會這麼說，兩位女編輯互望一眼，最後阿魔欲言又止地看著川芎，但在真正想說什麼之前，一陣突來的音樂驚得她差點跳起。

阿魔臉色越發煞白，她咬著嘴唇，看向聲源的眼神彷彿是看到了毒蛇猛獸。

手機鈴聲持續響著。

薔蜜伸手輕拍了下阿魔的手背，像是在安撫她。

只見阿魔深吸一口氣，從皮包裡取出響個不停的手機，將它置於桌上。

要我接嗎？川芎皺著眉，無聲地對薔蜜做出口形。

薔蜜搖了搖頭。

手機鈴聲響起的時間這次比較短，過了一會兒便停下。阿魔卻沒有收回手機，幾乎畏怕地看著它。

「川芎，你看一下阿魔的手機。」薔蜜說。

川芎依言照做了，但手機螢幕卻一片漆黑，就算按了任何按鍵也沒亮起。

換句話說，這支手機根本沒開機。

既然如此……爲什會響？川芎喉嚨有些發乾，他慢慢地將手機放回桌上，總算知道阿魔爲什麼沒有關機，因爲這支手機早就關了。

「張薔蜜，那個阿左難道不是普通人？」川芎現在只能往這方向想了。

「其實一開始時，都很正常。」阿魔低聲地說，語氣流露一絲疲憊，「我對他沒興趣，不過當朋友也可以，他只會在我晚上上線時敲我SKYPE，聊個天或是分享一些有趣的照片。但就在上星期六，我遇上了一件怪事，自從那件怪事發生後，不知道爲什麼就換他變得奇怪了。我已經被他騷擾到快瘋了。」

「他從昨天開始狂打我手機，我甚至還故意把手機留在我弟的研究室那邊。結果你知道怎樣嗎？居然換我家的電話響了大半夜……我不敢拔掉插頭，要是拔掉了還響……上帝，我一定會瘋的。」

川芎沒想到事情這麼嚴重，雖然他也碰過幽靈，更不用說他家就有一個，但不管是朝顏或喬治（還是麥克？），都不曾做出這種惡意的騷擾行爲。

「阿魔，妳說妳是先遇到怪事，是什麼怪事？」川芎沒忽略方才的關鍵字。

「呃，咳……」阿魔突然變得有點尷尬，她眼神游移一下，然後像是覺得難以啓齒，以微小的音量開口，「就是……」

「什麼？」聲音太小了，川芎眞的聽不見。

阿魔惱怒地瞥他一眼，「我會說，但你得保證你不會罵我『笨蛋』或是說出『妳到底在想什麼』。」

「我保證。」川芎答應。

阿魔絞了絞手指，才像是重新做好心理建設地述說當時的那件怪事。

「就在上星期六半夜……過十二點，更正確的說法是星期日凌晨，我堂弟找我陪他們去夜遊。林川芎，把你鄙視的眼神收起來，誰教那小子和他朋友都未成年，我不跟去他們也一定會偷偷去，還不如我跟著比較好。我們到山上去，那山叫什麼名字我也不知道，反正就是很普通的一座小山。」

「所以你們到山上夜遊，然後該不會撞鬼了吧？」川芎猜測，但當他說出「撞鬼」兩字，腦海裡好像有什麼猛然閃現。

上星期六、半夜十二點後……川芎睜大眼，他幾乎想大罵阿魔是笨蛋了。

靠夭咧！哪一天不挑，偏偏挑農曆七月初一鬼門開是怎樣！

「不准罵，你剛已經答應過我了！」阿魔哪看不出川芎眼神的意思，她急忙警告。

川芎悻悻然地閉起嘴巴，他不罵阿魔，乾脆在心裡改罵起阿魔的堂弟和朋友。這些小兔崽子是怎樣，就算鐵齒不信世上有鬼，也用不著挑鬼門開的日子啊！

傳說鬼門一開，所有未犯下大罪的鬼魂都得以回到人世，探望親人。

眞是的，這根本不是笨蛋的程度了，而是……

「愚蠢。」一道清冷的聲音淡淡地說。

阿魔當然知道這聲音不屬於川芎，她望向出聲的黑髮小男孩，也不覺得生氣，反倒懊惱地將臉埋入掌心。

「我也覺得這行爲眞蠢……」阿魔自暴自棄地說，「方奎那死孩子，說什麼想證實鬼門開放出的其實是外星人而不是鬼，還拚命保證絕對不會有危險……我果然該阻止他們才對。」

「慢著，妳剛剛說哪個死孩子？」川芎覺得自己好像聽見一個有點耳熟的名字。

阿魔抬起臉，「方奎，我堂弟。你該不會忘記我姓方了吧？」

說實話，川芎差點忘記。「阿魔」喊習慣了，都快以爲這就是她眞正的名字。

「妳那個堂弟該不會唸明陽高中，然後還特愛不可思議事件，最喜歡的節目則是『驚奇！你所不知道的超自然世界』吧？」川芎不抱希望地問著。

「你怎麼知道？」阿魔驚奇地瞪大眸子。

靠，還眞的是那個方奎……川芎無力地將頭靠向椅背，體悟到「世界眞小」的道理。

川芎會認識方奎，絕大部分原因與藍采和脫不了關係。

先前，明陽高中曾出現多名學生忽然無法開口說話的古怪事件。

由於明陽高中的老校長和東海主任是好朋友，東海主任便向眞實身分爲仙人的藍采和等人提出請託，希望他們能調查事情眞相。

爲了潛入校園，藍采和與何瓊扮成轉學生，發現這又是藍采和失蹤植物製造的問題。

而方奎，就是藍采和他們在調查時認識的。他不僅是藍采和二人轉入班級的班長，同時和乙殼形態爲高中生、在明陽就讀的八仙．韓湘，還是極要好的朋友——雖然他當時還不知道好友居然是仙人。

想到這裡，川芎腦中驀地一閃。若他沒記錯，剛才阿魔似乎是說她堂弟和堂弟朋友……

「她堂弟朋友的名字就叫韓湘，川芎同學。」薔蜜喝了一口茶後說。

川芎瞬間無語了。喂喂喂，韓湘也是八仙吧？是仙人吧？怎麼還會挑七月初一去夜遊？

「喂，你同事耶。」川芎這話是對著張果說的。

「不認識。」黑髮小男孩冷酷地撇清關係。

「川芎，你也認識韓湘那孩子嗎？他可真是個美少年，可惜年紀太小了……」阿魔語氣由好奇轉爲惋惜。

川芎很想跟她說「那人的年紀可是大了我們近百倍」，但這顯然只會讓話題變得越來越複雜。他煩躁地抓抓頭髮，決定再整理下聽到的事。

阿魔先是與韓湘幾人上山夜遊，碰見怪事後，就換那位追求阿魔的阿左先生變得不對勁。川芎注意到一個奇怪之處。前兩項和第三項根本沒有直接關聯，爲什麼阿魔會認定它們有關呢？再換個方向想，方奎對阿魔的保證確實不假，身邊跟著一名貨眞價實的仙人，即使眞的碰到問題，也應該不成問題……才對。

「方奎和韓湘都是我表弟的朋友，就是我之前曾帶來妳們公司的小鬼。」既然理不出頭緒，川芎乾脆先回答阿魔的問題，「然後呢？你們到底在山上碰到了什麼？」

「其實……我到現在還弄不太清楚，我們到底是碰到什麼。」阿魔聲音放輕，手指無意識地摩挲杯緣。

「韓湘說，要在那山夜遊，就得先向那山的土地神還是守護神拜一拜。他對這方面好像特別有研究，明明那地方沒什麼小廟，他還是找出一個方位，要我們對著那拜拜。我們燒了金紙，然後……然後突然颳起一陣風，從地面冒出一大股白煙，那煙飄向我們的同時，我的手機也響了。」

「咦？」川芎一愣，「手機？」

「就是手機。」阿魔肯定地說，「我反射性接起，發現是阿左打來的，接著那些煙居然鑽進我的手機裡，再接著手機就斷訊了。我覺得不太對勁，回撥幾次，可是都沒人接。沒想到就在當天……」

阿魔抿著唇，眼睫垂掩下來。

川芎自然明白阿魔的意思。怪異的騷擾電話就是從星期日開始的，時間點如此剛好，怪不得阿魔會說事情的源頭是他們的夜遊。

「妳有接過電話嗎？」川芎想了想，又問。

「有，但、但是……」阿魔忽然又變得害怕起來，「阿左說想跟我見面，我那時正在和莎莎姊逛街，也不想理他，結果他竟然說他已經從北部下來豐陽市。我嚇了一跳，我跟他才認識半個月，只在餐廳見過一次面而已，我根本不想跟他碰面，然後帶他去玩什麼的。」

阿魔沒發現自己語速不自覺加快，清秀的臉蛋也逐漸變得蒼白。

「我跟他說我和朋友在一起，可是他又說他可以直接開車來找我，要我告訴他地點。我怕死了，哪可能真的告訴他，但他不斷打電話來，最後我受不了，直接關機。沒想到……」

手機鈴聲再次無預警響起，桌面上的粉色手機不停震動。

「哇！」阿魔驚叫出聲，她緊緊抓著薔蜜的手臂，一臉畏怯地看著手機。

川芎動作迅速地抓起手機，可是他也不知道該如何停下嚇到阿魔的鈴聲。

直接掛掉電話嗎？問題是，這手機本來就處於關機狀態。

在川芎恨不得能用眼神將手機砍成十段八段時，一隻白皙小手從旁伸來。

「給我。」張果開口了，接下來也不管川芎的反應，他拿走手機，朝洗手間方向走去。

川芎可以聽到那要命的鈴聲一路響到洗手間，然後才變得模糊，聽不太清楚。

「川芎，那孩子……」阿魔遲疑地問道，手機不在場似乎讓她放鬆了一些。

「我想他有什麼辦法。這孩子……嗯，比較不一樣。」川芎只能含糊地解釋，他總不能說因爲張果不是人類。

阿魔顯然相信了這個說法。

不久後，那抹矮小身影從洗手間走出來。他的手裡還抓著手機，可鈴聲已經停止。

阿魔睜大眼睛，她鬆開薔蜜的手，背脊無意識地挺直，彷彿想要確認事實。

那支手機眞的不再發出聲音了。

「太、太神奇了……」阿魔不敢相信地喃喃說，「這兩天我用盡各種辦法都沒效，這究竟是怎麼做到的？」

老實說，川芎也很想知道，他最多只猜出張果到洗手間是爲了避人耳目地解除乙殼狀態。

「或許張大人是將手機『鎮靜』下來了，川芎大人。」

一道細小聲音驀然在川芎耳邊響起。

川芎一驚，險些弄翻桌上的咖啡，幸好他立刻意識到那是「滿天星」的聲音。

聽「滿天星」這麼一提，川芎才記起張果的能力就是將紊亂的狀態回復原狀。

「眞的是用了『鎮靜』？」在張果爬回椅子坐好時，川芎俯身低聲問。

張果輕點了下頭，將手機放回桌上。

「但，治標不治本。」他冷淡地說，「源頭是那個男人，不處理掉源頭，他還是會有其他動作。這事與我無關，我不會再出手。」

「這樣啊……」川芎沉吟道，他並不介意張果說自己不會再出手，「那你知道那男的到底是怎麼了嗎？」

「陰氣、亡靈之氣，那些東西或許透過那個方盒子，侵入他的身體。」即使言明自己不出手，可面對川芎的問題，張果還是用他稚氣又清冷的聲音回答。

「現在的鬼也太先進了吧？」川芎咂下舌。

「好了，看來我們整理出頭緒了。」薔蜜屈指輕敲了敲桌面，「也就是說，阿左先生可能是被什麼入侵附身，才會性情大變，瘋狂地騷擾阿魔。如果不從他身上下手，似乎沒辦法徹底解決。阿魔，我可以借走妳的手機嗎？」

「啊，當然沒問題。但莎莎姊，妳是要……」阿魔不解地問道。

薔蜜沒有馬上回答，她轉望向她的青梅竹馬，「川芎，我今晚可以借一下藍小弟嗎？」

「是沒問題，反正他晚上都閒閒沒事做。不過他中午就去找韓湘他們了，我晚點再打個電話給他……」川芎的話忽然停下，他意識到自己說了什麼，並且意識到藍采和加上方奎、韓湘的組合意謂著什麼。

方奎和韓湘有事找藍采和見面，難不成那個「有事」……

「我猜他們也是想找藍小弟討論這事。」薔蜜冷靜地接話，「所以我有一個小計畫，你們聽聽看可不可行。」

川芎和阿魔下意識向前傾，好聽清楚薔蜜的聲音。就連隱身的相菰也好奇地湊上前，並在發現自己與薔蜜靠得極近時，害羞得滿臉通紅。

只有張果毫不關心，他捧著玻璃杯，一副發呆的模樣。

薔蜜的計畫很簡單，也很大膽。她打算借用阿魔的手機，直接傳訊約阿左今晚碰面。當然，赴約的人是薔蜜，而不是阿魔。只要有了見面的保證，就算手機沒放在阿魔身邊，對方也不會再打其他電話騷擾阿魔。

聽到這裡，阿魔第一個跳出來反對。

「這樣太危險了，莎莎姊！」阿魔著急地說，「明明是我跟方奎惹出來的事，不該妳來接手。」

「但這是一個行得通的辦法，對吧？」薔蜜微微一笑。

「莎莎姊……」

「張薔蜜，我不反對妳的計畫。」與阿魔的意見相反，川芎表示贊同，不過也不是完全贊同，「如果那傢伙敢做不利於妳的事，我會痛揍他一頓，相信藍采和那小子也會舉雙手雙腳贊成。」

還有我！薔蜜大人，還有我啊！相菰在內心大叫，他握緊拳頭。我也會保護妳的，絕對不讓人傷妳一根寒毛的！

「川芎，怎麼連你也……」阿魔壓著桌子站起來，「你不阻止莎莎姊嗎？」

「相信我，我阻止的話會先被這女人痛揍一頓。」川芎聳聳肩膀，「況且妳之前不也說了嗎，『我對不可思議的事有點研究』，薔蜜也是，所以妳就把事情交給我們吧。」

阿魔猶豫地望向川芎和薔蜜好一會兒，最後終於坐回位子。

「莎莎姊，妳要我傳什麼訊息給他？」阿魔拿起手機，重新開了機。

「訊息我來發吧。」薔蜜給予阿魔安慰的笑容，接過她的手機。

這時張果終於喝完飲料，黑澈的眼眸先是望向斜對面的薔蜜，又凝視身旁的川芎。

「這事跟你們無關，爲什麼要自攬麻煩？」張果看起來是很認眞地在問，他停頓一下，面無表情地想了想，又說，「因爲是朋友？」

「不只這個原因。」川芎卻是露出一抹笑，那笑比平時還要猙獰凶狠，他與發出訊息的薔蜜對視一眼。

擁有一個妹妹的年輕小說家，跟流浪者基地的主編，以冷酷的聲音異口同聲說道：

「不管是人是鬼，敢惡意騷擾女性的傢伙都是垃圾！」

伍 三姊妹的突襲！

發送訊息、收到回訊，並擬定好計畫細節，川芎幾人離開咖啡店時已下午四點多。

由於正值盛夏，雖說是下午四點，但天色其實與中午一樣明亮。如果不看時間，恐怕還真弄不清楚現在到底幾點。

一踏出咖啡店，眾人就因迎面而來的刺眼日光紛紛別過臉，或抬手遮眼。

川芎一手抱著張果的小木馬，一手遮著眼睛，接著他注意到空氣中似乎有線香的味道。他轉過頭，這才發現沿街的諸多店家都在店門口擺著圓桌或方桌，桌上放著供品。

「川芎同學，你要直接回去了嗎？」薔蜜退了一步，以免不小心撞到隔壁家的桌子。

「不，大概會再去買一些東西……」川芎不是很確定地說著。

「既然這樣，那我先到你家看看小莓花。」薔蜜說起她的打算，「她在家對吧？我到時再請她開門。」

「啊，我猜她也應該睡醒了。反正還有相菰在家，叫他開門也可以。」

川芎到現在仍沒發現真正的相菰就在身邊，這使隱身的小男孩在聽見自己名字時有點心虛。

薔蜜雖然看不見隱身的相菰，可是猜出了大概的來龍去脈，她似笑非笑地揚下唇角，卻也沒出言揭破。

「阿魔，那我們先走了，有什麼情況我再打電話給妳。」為了保持聯繫，借走阿魔的手機後，薔蜜也將自己的手機交給對方，不過她很快發現阿魔似乎沒在聽自己說話。那名穿著碎花連身裙的清秀女子，正眨也不眨地盯著隔壁店家拜拜的桌子。她看得如此專心，彷彿那上面有什麼大祕密。

川芎也留心到這古怪的一幕，忍不住與薔蜜交換一記眼神。

「阿魔？」最後薔蜜出聲呼喚同事，「阿魔，怎麼了嗎？」

「咦？不、不是。」阿魔迅速回頭，望見薔蜜詫異的表情，她有些慌張地搖手，「我只是……」

「只是？」薔蜜順著句尾追問。

阿魔像是不知該怎麼解釋，她絞了一下手指，才又抬起頭，語氣不確定地說，「供品……我們那時也有帶供品。我剛剛才想起來，在白煙出現前，我們準備的供品好像出了什麼事。」

「供品？出事？」川芎很難想像兩者間的關係，「是出了什麼事？」

「所以我就在想啊！」阿魔懊惱地敲了敲腦袋，「我記得我們好像是準備蘋果，韓湘說有『平安』的意思，然後……」

瞬間一陣大風颳起。

這陣風來得毫無預警又古怪，它一口氣從路口颳到路尾，吹得人睜不開眼睛，不時還能聽見此起彼落的驚呼聲。

「怎麼了？」

「這風是怎麼回事？」

「怎麼突然有這麼大的風？」

「小心東西被吹走啊！」

幸好這陣古怪大風一會兒就消失了。

待風勢停歇，川芎立刻望向左右，他直覺這風來得詭異，但看來似乎沒發生什麼怪事。

川芎的視線驀地頓住了，他狐疑地瞪著隔壁店家的供桌，上面正擺著香蕉、李子、梨子三種水果。可問題是，他記得原先擺的根本不是這些。

很顯然，這也是那位店長的疑問，他的臉上此刻露出了目瞪口呆的表情。

但更令人目瞪口呆的事情還在後頭。

當川芎再往更遠地方看去，他愣然地發現，其他供桌上所有供品都變成了三種水果——香蕉、李子、梨子。

一時間，店門口有擺供桌的店家們陷入驚疑，說不出話來。他們不敢置信地睜大眼、張大嘴，只能傻愣愣地看看面前的桌子，再看看隔壁家的。

下一剎那，整條街就像是炸開了鍋似地騷動起來，所有人都慌慌張張，卻誰也不知道是怎麼回事。

「這……」薔蜜表情看上去依舊冷靜，她無意識地推高鏡架，「這應該可以投稿到『驚奇！你所不知道的超自然世界』吧？」

「喂喂，現在是說這個的時候嗎？」川芎簡直哭笑不得，經驗讓他反射性地猜測，面前的一團混亂該不會又跟藍采和的植物有關吧。

但是，哪種植物能一次變出這三種水果？而且這些水果又有什麼意義？這看起來就像無聊的惡作劇。

川芎百思不得其解，正猶豫要不要打電話給藍采和時，身邊忽然響起阿魔的驚叫聲。

「我想起來了！」阿魔神情震驚，「我想起我忘記什麼事了！」

川芎他們馬上將目光轉向阿魔。若他們看得見相孤，絕對會吃驚於那張小臉此刻露出的表情，震驚、難以置信，還有凝重。

「莎莎姊、川芎。」阿魔嚥下口水，惶恐地說，「我們那天準備的蘋果也是變成這樣。」

川芎和薔蜜兩人又是一驚。難不成夜遊那日和今天發生的事，都是同一人搞出來的？但，這是為了什麼？

川芎和薔蜜深思之際，隔壁家的麵包店突然跑出一名老師傅。他掄起拳頭，毫不客氣地敲上店裡年輕人的腦袋。

「笨蛋！」約莫六、七十歲的老師傅聲如洪鐘地罵道：「還不趕快先把東西收進去！」

「可、可是……」被打得一頭霧水的年輕人委屈地說道：「我們都不知道這些是從哪變來的……」

「管它是從哪變來的，總之先收進去再說！你沒看到其他店也在收了嗎？」老師傅一副恨鐵不成鋼地又敲了年輕人的腦袋。

聽那麵包店老師傅這麼一說，川芎幾人才注意到，確實有不少店家都在忙著收拾桌上的水果，有些動作快的，甚至已重新換上供品。

見自己店裡的年輕人還懵懵懂懂，老師傅臉色鐵青，「怎麼能拿這種東西拜，這可是蕉李梨！台語唸起來就是『招你來』！現在是七月，你眞想要招來不該招的東西嗎？」

年輕人瞬間反應過來，一個激靈，連忙慌張地加入收拾行列。

同時打了個激靈的人還有相菰。

蕉、李、梨……沒錯，就是蕉、李、梨！

相菰跳起來，他飛快望向川芎等人，後者仍震驚於老師傅的那番話。

見狀，相菰咬咬嘴唇，決定不讓川芎他們擔心。他深吸一口氣，鼓起勇氣靠近張果一步。

即使目前是乙殼姿態，但張果似乎能感受到有異樣的氣息靠近自己，黑不見底的眼瞳掃向感知到氣息的方向。

相菰只覺被那眼睛一看，頓時遍體生寒。

「張、張大人。」相菰強忍著畏怕，用只有張果能聽見的聲音說，「可以先拜託您保護川芎大人嗎？我想去追她們，我知道那一定是她們沒錯。小藍主人一直在找她們，所以、所以無論如何都……」

相菰看見張果細不可察地輕點了下頭。

相菰大喜，結結巴巴地說了聲「謝謝」之後，恢復成原來模樣。他不敢再遲疑，立即朝著方才那陣怪風消失的方向緊追而去。

那陣怪風消失得很快。

大概追了幾條街之後，相菰就發現自己已經找不到了。

相菰站在大街上，兩側同樣是因爲供品變成蕉、李、梨而騷動不已的店家，誰也看不見他的存在。

沒多注意周遭的混亂，相菰左右望了望，隨後便拔起身子，落足在一戶人家的屋頂上。熾亮的陽光照射下來，相菰彷彿畏光般瞇起眼睛。即使身在高處，相菰依舊感受不到方才那陣怪風，但清秀的小臉上卻沒有一絲沮喪。

相菰知道她們的習慣——如果眞的是那三姊妹的話——她們總是挑最高的地方當作暫時休息的地點。

想到這裡，他抬起臉，露出被過長劉海覆蓋的紫色眼睛。

紫色的杏仁狀瞳孔瞬也不瞬地望著正前方的辦公大樓，那是放眼所見的最高處。

鎖定好目標，相菰騰空飛起，全速飛往大樓頂端。

當相菰一踏上頂樓，他馬上顯現出身影，拔高聲音大叫著，「紅李！香梨！花蕉！我知道妳們在這，快點出來！」

銀鈴似的動人笑聲頓時響起。

「哧哧。」

「呵呵。」

「嘻嘻。」

隨著笑聲響起，除了相菰外再無他人的大樓頂層倏然浮現三抹纖細身影。

先是皎白的裸足，接著是修長的雙腿，最後才現出三名女孩完整的姿態。

「是……相菰呢。」淡綠髮色的女孩秀氣地掩唇笑著。

「原來眞的是相菰啊，我還以爲剛剛感應錯誤呢。」懸空坐著的棕髮女孩拍著雙手，圓圓的眸子含帶欣喜的笑意。

「所以。」第三人的聲音響起，站在水塔上的黑髮女孩跳下來，好勝的眉毛挑起，「我們是不是該說好久不見？」

「香梨、花蕉、紅李……」相菰環視著呈三角之勢包圍自己的女孩們，聽見她們仍然喊得出自己的名字，他心裡可說是鬆了一口氣。

太好了，她們沒有忘記自己……也就是說，她們像風伶一樣被人下咒的可能性很低。

可保險起見，相菰還是決定再丟出幾個名字測試，「紅李，妳們還記得滿天星跟天堂嗎？還有風伶、椒炎他們？」

「唔啊，我怎麼會忘記他們？他們好歹是我們的同伴。」紅李撇撇嘴，「雖然一個是戀肌肉癖、一個是戀童癖、一個是戀聲癖，至於另一個則是傲嬌。」

相菰差點被嗆到，他咳了咳，慶幸被冠上奇怪代稱的同伴們不在現場。先別說其他人，光是脾氣急躁的椒炎就夠受了。

「鬼針呢？」相菰又問了一個名字當作測試。

這一次，三名女孩都沒有說話，卻是同時皺眉，嫌惡地嘖了一聲。

相菰一點也不覺得訝異，他心有戚戚地點點頭。

刻薄傲慢又實力強大的鬼針，是全籃中界中最沒人想接近的植物。
見紅李等人的應對與平時無異，也沒有無故出手攻擊自己，相菰這才放下心來。
「紅李，剛剛那陣風是妳們颳的吧？」相菰望向三姊妹中握有主導權的黑髮女孩。
「你不是知道才追過來的嗎？」紅李聳聳肩膀，雙手環抱在胸前。
「可是，爲什麼妳們要這麼做？妳們把人類的供品都換成了自己的水果，現在可是鬼月呀！這樣做的話、這樣做的話……哇！」相菰因爲後背突然壓下的重量，嚇得大叫一聲。
「相菰你眞笨呢，我們怎麼可能不知道會引來鬼魂嘛！」把身體壓在相菰背上，雙手圈住他脖子的花蕉咯咯笑道。
相菰的身材本就矮小，被花蕉一壓，差點連站都站不穩。他慌張地揮著手想穩住自己，可在聽見花蕉的回答後，他忍不住放下了手。
「既、既然知道……」相菰結巴地說著。他知道花蕉她們有時候會惡作劇，但這次卻是將好幾條街的供品都變成蕉、李、梨，容易招來大批鬼魂。
這已經超出惡作劇的範圍了。
「那……當然是因爲要收集大量的陰氣呀。」香梨細聲細氣地說道。
相菰睜大紫色的眼，「收集陰氣？爲什麼妳們要收集亡靈之氣？這太奇怪了，花蕉、香梨，妳們到底在想什麼？紅李妳告訴我，爲什麼妳們要收集這種東西？」
「你眞的很囉嗦耶！這麼婆媽，到底是不是男的？怪不得椒炎總說你是最小的。」紅李哼了一聲，放下環胸的雙臂。她走向相菰，直接抓住對方就往頂樓邊緣走去。

相菰任憑紅李抓著，整個人就像石像僵住，他被方才那句話打擊到。最小的……我是最小的人……到底是哪裡小？體格嗎？還是……

「喂，站好啦。」紅李不客氣地一掌拍上相菰背脊，要他站直。

相菰反射性挺起腰，他發現自己正與紅李站在頂樓邊緣。從這個高度望出去，可見不少建築物。

相菰不知道紅李要自己看什麼，事實上，他越來越糊塗了。爲什麼紅李她們明明看起來很正常，卻淨說些他聽不懂的話？

「相菰你看，這城市很大吧？」紅李手中出現一柄巨大餐刀，她將刀鋒直指前方，臉上露出勢在必得的笑容，「我們的目的就是要讓整座城市充滿鬼魂，然後收集它們的陰氣！」

相菰簡直不敢相信自己聽見了什麼。

「整座城市充滿鬼魂？紅李妳們瘋了嗎？」相菰大叫：「這不可能的！就算妳們蕉、李、梨有辦法招來鬼魂，但一個地區鬼魂無故增多，地府絕不會坐視不管！」

「你在廢話嗎？當然不能讓地府發現呀！」紅李不耐煩地說道：「只要先找適合的容器塞著就行了，我們已經塞好多個了。」

「不對，不是行不行的問題……」相菰無意識往後退一步，發現身後有陰影落下。他仰起頭，見花蕉和香梨不知何時也來到後方。

「你……也會幫我們的吧，相菰？」香梨柔柔地說。

「什……」

「沒錯，相菰你也會幫我們的吧？」彷彿聽見什麼好主意，紅李連忙轉過身，她單手扠腰，迫不及待地興奮問道：「還有其他人，你知道他們到哪裡去了嗎？知道的話也把他們找過來。有他們的幫忙，一定很快就可以解救主人的！」

相菰猛然一震。主人？紅李剛剛說了主人？

「這是怎麼回事？」相菰踮起腳尖，一把抓住面前黑髮女孩的衣襟，「紅李，妳說的主人是小藍主人嗎？」

「我才要問你是怎麼回事？我們的主人除了他以外，還有誰嗎？」紅李拉開那雙小手，覺得好笑地反問，「好了，相菰，我們就別再浪費時間了。你知道其他人的下落，就趕快帶我們……」

「不可能。」相菰說。

紅李她們愣了下，像是不明白交情不錯的同伴怎會拒絕。

「你……怎麼了？」香梨語氣不禁透出擔憂，「相菰，你不太對勁，難道生病了嗎？」

「生病？這不行啊！」花蕉急得直跺腳，「只有主人才能幫我們治病。相菰、相菰，我們得趕快把主人……」

「不對、不對，不對勁的是妳們！」相菰握緊拳頭，用盡力氣地大喊，「妳們到底在說什麼啊？什麼收集陰氣、什麼解救主人……小藍主人明明就好端端地跟我和其他人在一起，而且他也一直在找妳們啊！」

「你騙我們。」紅李的笑容完全消失。

不僅她，香梨和花蕉也面無表情。

「你在騙我們。」紅李又說了一次，那張充滿英氣的臉蛋猛然扭曲成憤怒，「你爲什麼不幫我們？那是主人，是我們最重要的主人！他就被封印在這個該死的城市底下啊！」

「被封印在這個城市底下的絕不可能是小藍主人！」相菰也放大音量。可下一秒，他的血液彷彿凍結。

小藍主人當然不可能被封印在豐陽市底下。那麼、那麼，被封印在這座城市底下的……到底是「什麼」？

相菰覺得自己的手指尖發冷。向紅李她們這麼說的人，又是誰？

相菰目光慢慢掃過面前三張風格各異、卻同樣美麗的臉蛋，心一點一滴絕望地下沉。

在她們皎白的臉頰上，正從皮膚底下渲染出詭異的青色。青色從淺變爲濃艷，形狀也逐漸展開，最終成了一隻青艷的蝴蝶。

「你騙我們，還不肯幫我們。」紅李的聲音沒了強勢與傲氣，像被抽走感情，變得冷冰冰的，「果然跟於沙那傢伙說的一樣。」

於沙？相菰馬上就警覺到，這人非常有可能就是灌輸紅李她們這些事的人。

下一秒，相菰的身體落在水塔架的底下。他以手臂撐地，穩住身形，不敢置信地瞪著無預警對自己出手的三姊妹。

「紅李，妳們眞的瘋了嗎？」相菰咬著牙，一字一字地說，「我不知道那個於沙是誰，但那根本就是騙妳們的。」

拄地。

「我不想再聽你的藉口，相菰！不幫我們就是敵人！」紅李厲喝一聲，「香梨、花蕉！」

「知道了！」棕髮女孩和綠髮女孩齊聲應喝，兩人的叉子和湯匙隨即出現掌中，底端往下一

平整的地板應聲而裂，水泥塊翻掀起來，兩條粗長的裂縫快速朝相菰逼去，看起來簡直是兩頭張牙舞爪的地龍。

相菰不敢輕怠，馬上手掌拍地，碩大的蘑菇從腳下鑽冒出，立即與地面拉開距離。

但事情還沒完，因爲相菰的頭頂有一片陰影快速落下。

紅李高舉的餐刀反射日光，銀亮得逼人。

相菰瞳孔收縮，腳下及時動作，在那柄逼人餐刀落下前退避到水塔上，紫色蘑菇被俐落地斬成兩半。

當刀鋒切到底的剎那，紅李又飛快抽出餐刀，雙腿一蹬，身子疾速飛起。

相菰被逼得別無他法，他的右手在身前劃出一道水平的弧，身後登時傳來爆裂聲響，沉重的水塔蓋被水柱沖起。

粗大的水流如蛇靈活地來到相菰身前，順著他方才劃出的弧，眨眼凝聚出一個水鍵盤。

眼見危險的銀光就要烙進瞳孔底，相菰的手指在鍵盤上迅速再一劃，數道胳膊細的水流自鍵盤內衝出，迅雷不及掩耳地纏捆紅李的四肢，硬生生拖住她的攻勢。

再差幾吋，刀鋒就要劃過相菰臉部。

他急促喘氣，擠出乾啞的聲音，「別這樣子，紅李……小藍主人一定不希望看到我們互相攻

擊的……」

「但是我的主人會很樂意看到。」

一道低沉嗓音落在相菰耳畔，就只有他聽得見。

相菰駭然，但在他做出任何反應之前，那道聲音又響起了，這次所有人清晰可聞。

「在水族面前玩水？小鬼，你這是班門弄斧！」

屬於男人的聲音狂傲大笑，一個右眼戴著眼罩的黑髮男人介入僵持的戰局，青碧眼珠迸射出滿滿猙獰。

獨眼男人舉起單手，纏住紅李的水流竟在下一瞬潰散開來。

「封！」男人扯開嘴角，露出凶猛的笑容。

透明的水流即刻包圍住相菰，眨眼間成了沒有接縫的水箱，將相菰關在裡面。

他發出無聲的吶喊，拚命地敲打水壁，卻是徒勞無功。

香梨和花蕉也飛了上來，她們與紅李同時往下一拄武器，建築頂樓的地面裂出一個漆黑窟窿，宛若大張的嘴。

然後將直直墜下的水箱一口呑吃進去。

地面又恢復原來的模樣。

「於沙，我們可是照你的話行動了。如果沒辦法解救主人，」紅李一瞇眼，餐刀指向獨眼男人的咽喉，「我們就宰了你！」

「剁成生魚片！」花蕉笑嘻嘻地說。

「再……蘸醬油。」香梨抱著湯匙，柔柔地接話。

「等妳們做得到再說吧。」被稱作於沙的男人冷笑，語氣卻是說不出的傲慢，「好了，妳們現在該鎖定下一個目標了，然後就是解除最後一道封印。」

於沙佇立在高空，露出的單隻眼睛望著下方的豐陽市及更外圍。那隻青色眼睛就像野獸般，閃動著狠戾的光芒。

流浪者基地、多崎鎮、明陽高中。

接下來，只剩下最後一個地點了——朝陽路上的13號！

陸 藍采和的不安預感！

一道清脆聲音驀然響起。

白色瓷杯碎裂成數塊碎片，溫熱的紅茶瞬間流淌半張桌子，再從桌緣流瀉而下，大面積地沾濕了牛仔褲。

藍采和手抓著杯子把手——真的只剩把手，其他部分全陳屍在桌面上——整個人愣怔住，一時似乎無法反應過來發生什麼事。

「小藍！」

「藍采和！」

反倒坐在對面的少年們驚得站起，一個慌慌張張地拉起藍采和，並招呼服務生過來；另一個則迅速抽了大把紙巾，壓按滿桌紅茶。

早已眼尖注意到不對勁的服務生連忙跑了過來，雖然不明白耐熱的瓷杯怎會說裂就裂，但還是連聲致歉，幫忙收拾桌面，並允諾再補上一杯新的熱飲。

等到又一個完好的瓷杯擺在眼前，藍采和才回過神。

這名膚色蒼白的少年慢慢地眨了下眼，再慢慢地將目光對上面露擔心的兩位朋友。

「……哎？怎麼會這樣？」好半晌，藍采和就像是慢半拍地問出這個問題。

「這種事你怎麼反問我們？」戴著細框眼鏡的少年捂著額角，嘆氣道：「我們才想問怎麼會這樣？對吧，阿湘？」

「咦？啊，是、是的。」被點到名的另個少年先是驚了一下，似乎沒想到問題會轉往自己，接著他低下頭，結結巴巴地說道。又過了一會兒，他抬起臉，小心翼翼地瞅向藍采和，「小藍，該不會是……你剛剛拿杯子太用力了吧？」

「怎麼可能？」藍采和微睜眼眸，彷彿覺得這問題侮辱到自己，那雙墨黑的眸子甚至染上一絲受傷的情緒，「我最近力道控制得很好，很少再打破牆壁和門板了。」

……不，一般人根本沒法輕易打破門板和牆壁吧？坐在藍采和對面的少年互望一眼，最後決定默默吞下這個吐槽。

即使外表看起來蒼白孱弱、風吹就會倒，然而藍采和其實具備著與外表有極大反差的怪力，常無意間毀壞物品。

這點不論在天界或人間都差不多。

方奎一邊無意識地攪拌咖啡，一邊瞄了下身旁的韓湘與對面的藍采和。

韓湘仍是一副侷促的模樣，尤其意識到咖啡店有不少人的視線落到他臉上之後，看上去更加不安了，似乎隨時想跳起逃走，或乾脆躲到桌子底下，用隨身攜帶的雨傘遮住自己。

方奎覺得有點好笑，他敢打賭韓湘完全沒想到，那些女性客人或女服務生都是因爲他的容貌而移不開眼。

韓湘可是一名纖細秀氣的美少年。

相較之下，藍采和的外貌雖不若韓湘出眾，不過微笑起來那對彎彎如弦月的眉眼令人心生好感，會不自覺想要親近——噢，但見識過他的脾氣與驚人怪力後，方奎已經完全不會這麼想了。

「……長？班長？班長，你有沒有在聽我講話！」

「痛痛痛！」突然落在鞋尖上的疼痛讓方奎差點跳起來，如果不是記得這裡是公共場合，他可能眞的這麼做了。方奎扭曲著一張俊秀的臉，惱怒地望向對面的罪魁禍首。

藍采和還是一臉笑咪咪，但天知道剛才那一下險些將他的腳趾頭踩掉。

「到底是什麼事，不能只用說的嗎？」方奎吸了好幾口氣，才勉強恢復原來的表情。

「哎，可是我叫了班長好幾十次了呀。」藍采和無辜又眞誠地說道。

「其實只叫三次而已……」韓湘小小聲地說。

「討厭啦，阿湘，你剛有說什麼嗎？」藍采和笑著轉向韓湘。

「沒、沒沒有，小藍你聽錯了，我絕對沒有說你在唬爛方奎。」韓湘立刻把頭搖得像波浪鼓，緊接著他瞄瞄桌上的開水，再看看朋友們面前的咖啡與紅茶。他遲疑了下，忍不住鼓起勇氣問道：「那個，小藍、方奎……我可不可以也點一杯紅茶？」

「不行。」

韓湘的話還沒問完，藍采和跟方奎已異口同聲地反對。

韓湘露出泫然欲泣的表情，但方奎可不吃這套。他一推眼鏡，眼神銳利地刺向好友。

「不是我不讓你喝，但誰教阿湘你前科太多。你吃飯加辣我不反對，雖然我看了覺得胃很痛。至於飲料……不行，你上次在別家店可是嚇到人家店經理都衝出來了。」

「但是、但是，我這次沒有帶辣椒醬在身上。所以……」韓湘怯生生地抗議，「我只有帶七味粉。」

加了七味粉的紅茶？

「那更不行！」方奎和藍采和又一次同聲反對。

韓湘無比委屈地垮下肩膀，整個人散發哀怨的氣息，只差頭頂沒飄一朵烏雲了。

面對這情況，藍采和與方奎都裝作沒看到。

開什麼玩笑，答應了還得了？韓湘的嗜辣可是超出一般人所能想像的程度，他吃什麼都可以加辣，而且往往弄得一份好好的食物紅通通的，難以再看出原本顏色。

最可怕的是，韓湘吃著吃著就會因雞毛蒜皮的小事悲從中來，邊哭邊吃、邊吃邊加辣的景象說有多驚悚就有多驚悚。

「我可不想讓你變成豐陽市的都市傳說哪，阿湘。」方奎搖頭嘆氣，「最近豐陽大道那帶的蛋糕店，有一個什麼砂糖與蜂蜜獵人就很夠了。」

「咳噗！咳咳咳……」藍采和忽然被紅茶嗆到，他咳得滿臉漲紅，好不容易終於順過氣。

「怎麼？你也聽過那傳說嗎？」方奎狐疑地看過來。

藍采和乾笑，他可不只聽過，那個砂糖與蜂蜜獵人根本就是他的八仙同伴，鍾離權！

韓湘嗜辣，鍾離權則極端嗜甜。但不管甜或辣，這兩人都分別榮登天界最不想與他吃飯的第一名和第二名。兩人同桌用餐的景象，甚至被稱爲天界惡夢。

只要回想起那幅畫面，饒是神經強韌如藍采和，也不免哆嗦一下。

「沒什麼，我只是不小心嗆到而已。」藍采和不想在這話題上打轉，以免回想更多驚悚記憶，「班長，我想我們該認眞談談正事了。」
「咦？我們之前談的都不算嗎？呃，應該說……我們之前談了什麼？」方奎刮刮臉頰。
藍采和端起最和煦的笑靨，「我們在這裡坐了超過兩小時，而有兩個小時我們都在聽你炫耀你跟女朋友的戀愛故事，班、長、先、生。」
「啊哈哈，因爲曉愁很可愛，我只是忍不住想跟好朋友分享一下。」方奎揚起了理直氣壯的笑容，其中飽含的甜蜜簡直要實體化成愛心飛出。
藍采和覺得自己就是被那礙眼的愛心敲到的人，他保持著微笑，可額角隱隱有青筋跳動。
「方奎，你和曉愁的戀、戀愛故事，我們晚點再聽。」嗅到危險的氣息，韓湘趕忙主動開口，避免同伴在喪失耐心後，會笑容滿面地拆了這張桌子，「小藍，你剛剛……怎麼杯子會破了呢？」
「我也弄不明白……」藍采和果然轉移了注意，他斂著眉眼，若有所思地盯著面前的新瓷杯，「只是突然間有點心悸，好像發生什麼不好的事……不會吧！」
藍采和猛然站起，秀淨的臉蛋血色頓失。
「難不成是鬼針他們突破結界，把家裡拆了？天啊，哥哥絕對會殺死我的！」
彷彿想到川芎嚇死人的鐵青臉色，藍采和忍不住冷汗直冒。他沒有思考太多，反手抓起放在另一張椅子的包包，轉身就想奔出咖啡館。
「等一下，小藍！」坐外側的韓湘連忙抓住藍采和的手臂，他們什麼正事都還沒談到，「你想太多了，一定是你想太多了……鬼針他們不、不可能突破你的結界的。」

「……真的？」藍采和盯著自己的同伴。

「小藍，你真的是昏頭了。」韓湘不禁感到好笑，「你的位階比他們高，怎麼可能、怎麼可能……」

「對喔，我在搞什麼呀？」藍采和敲了下額頭，訕訕地坐回位子，「抱歉，阿湘，我好像真的有點昏頭了。」

可能是前陣子發生太多事，以至於只要牽扯到林家，藍采和就會喪失冷靜。但再轉念一想，藍采和也覺得自己杞人憂天，林家有相菰、天堂和滿天星，憑他們三人之力，要發生什麼事也不容易。

深吸一口氣，藍采和平緩了呼吸，也壓下稍早前的心悸感。

「好了，我們來說正經事吧。」藍采和重新端起微笑，他豎起兩根手指頭，「不是班長和余曉愁的戀愛故事，也不是高麗菜星人和高苣星人不得不說的事，我要聽的是你們倆約我出來見面的原因。噢，我晚點可是要陪小莓花一起看『魔法少女☆莉莉安』的。」

「啊，莉莉安嗎？其實我也很喜……對、對不起，我不該離題的。」韓湘慚愧地低頭。

「原因……我想想看要怎麼說才好。」方奎沉吟一聲，支著額角思索，接著他決定先拿出手機。

見方奎拿出手機，藍采和起初一頭霧水，不過當他瞧見手機裡的某張相片後，明顯地怔了一下，那是方奎與一名年輕女子的合照。

女子看上去比方奎大上好幾歲，五官清秀，額前的劉海用小花夾子夾起，渾身散發出鄰家女孩的親切感。

「這位是我堂姊，她叫方小……」

「我看過她。」

「咦？」方奎驚訝地抬起頭，望著忽然打斷話的藍采和。

「我看過這人。」藍采和的目光停在相片上，又輕聲說了一次。

「咦咦咦？」方奎掩飾不了震驚，「你看過我堂姊？等一下，藍采和，你怎麼會……」

「沒錯，在流浪者基地。」藍采和全想起來了，他想起那女子是誰，又是在哪見過的，「哥哥帶我去流浪者基地的時候……對了，是阿魔，是阿魔小姐！」

「阿魔？」這次換韓湘一頭霧水了。

「那是我堂姊工作時用的名字，她是一個編輯。這真是太神奇了，藍采和，沒想到你哥哥是流浪者基地的相關人士。他是？」

「唔，哥哥是一名小說家，不過他一直不肯把筆名告訴我。」藍采和惋惜地說。

「小說家？太棒了，下次我可以請他簽名嗎？」方奎眼睛亮了起來。

「方奎，說重點！」

「班長，說重點！」眼見他即將滔滔不絕，韓湘與藍采和同時抗議。

被兩人這麼一說，方奎總算稍微冷靜下來。他尷尬地咳了咳，並且自我反省了十秒鐘。

「咳，抱歉、抱歉……」反省完畢，方奎這回相當嚴肅地開口，「總之，我堂姊最近發生了一點事，而且那事不是一般常理可以解釋的。藍采和，我希望你可以幫幫我堂姊。」

「幫忙是沒問題。」藍采和自然不會拒絕，阿魔不僅是方奎的堂姊，還是川芎和薔蜜的朋友，他說什麼都會幫，「不過就算是超出常理的事件……找阿湘不也可以嗎？阿湘的能力不會輸我。」

方奎和韓湘兩人互望一眼，像是在交換什麼訊息，最後由韓湘開口。

「我……沒辦法。」神情愁苦的少年搖了搖頭，「小藍，我……我眞的沒辦法。」

「究竟是發生什麼事？」藍采和唇畔笑意隱去，他皺起眉頭。

「事情要從上、上個禮拜六半夜說起……」

「或者說是這個禮拜日的凌晨。」方奎接話，他冷靜、有條理地從頭敘述起來龍去脈。

就在這禮拜日的凌晨，方奎和韓湘決定夜遊。因爲兩人未滿十八歲——雖然韓湘的實際年齡早已不知是十八的多少倍——爲了避免在路上被警察攔下，方奎便邀了與他感情很好、也住在豐陽市的堂姊同行。

「暫停一下。」藍采和舉手打斷方奎的話，「你們挑那天夜遊有什麼特別的含意嗎？哎，我換個方式問好了，你們怎麼會想去夜遊？」

「這個嘛，其實是因爲我想證實鬼門開放出的是外星人，而不是幽靈。」方奎說。

「……什麼開？」藍采和覺得自己好像聽見不得了的關鍵字。

「鬼門開。」方奎堅定有力地說。

「什麼東西的鬼門開？」藍采和又問了一次。

「當然是七月初一鬼門開。」方奎抬頭挺胸，「藍采和，你怎麼問那麼多？你們不是應該對傳統節日更了……」

「了你媽啦！」藍采和拍桌站起，「你們是瘋了嗎？鬼門開當天還去夜遊？」

「小、小藍，你先冷靜……先坐下……」韓湘拉著藍采和的手臂，小小聲地勸阻，「有人在看……」

聞言，藍采和環視一圈。確實正如韓湘所說，整間咖啡館的客人和員工都錯愕地盯著他看，似乎被剛剛的拍桌和大叫聲嚇到。

等他坐下後，咖啡館才重新恢復，那些黏在他身上的目光也收了回去。

「玉帝在上，你們是在想什麼？」

藍采和壓低聲音，素來柔和似水的語氣裡多了一絲咬牙切齒。

「班長就算了，阿湘你難道不清楚嗎？鬼門一開，那些關在地府裡的鬼魂都會被放出來。一旦鬼魂危害到人，小城會派人追緝。就算那些鬼魂不是什麼惡鬼，但普通人可不適合沾到鬼魂的陰氣呀！」

「我我我……」韓湘弱弱地想說點什麼，可是「我」了半天，就是擠不出其他的字。

「呃，小城是？」方奎對藍采和話裡出現的詞有點在意。

「就是城隍大人啊，同好！」

一道男性聲音介入這場三方會談裡。

藍采和放在另一張椅子上的包包忽然動了動，從方奎的角度，可以瞧見有某種力量從裡面推開那個一直合著的包包，接著探出一截綠綠白白的東西。

「嗨，同好。」一根有臉有手的蘿蔔對方奎露出滿口白牙，「你上次借俺的書俺已經看完了，那眞是一本優良讀物啊！」

「哪裡哪裡，你喜歡就好，下次我可以再推薦《空心菜星人事務所》唷。」方奎推了推鏡架，回予一抹惺惺相惜的笑容，「對了，你剛說的城隍……就是我們知道的那個城隍？」

「沒錯沒錯，城隍大人可是很……唔噗！」阿蘿的句子突然斷成奇異的呻吟。

「謝謝你的講解喔。」藍釆和笑容可掬地說，手上動作卻與那抹溫和笑容一點也不搭。他粗暴地將阿蘿塞回包包裡，再伸指往包包掐去。

方奎和韓湘聽見一道類似「啪嘰」的聲音傳出，但誰也不敢猜測究竟是什麼斷了。

「不好意思，都是阿蘿這傢伙打岔，我明明吩咐過它別出聲了。」藍釆和的微笑透出一絲歉意，「你們去夜遊，然後呢？不要告訴我，你們眞的撞鬼了，阿湘你可是在場的。」

「我……」韓湘嘴唇顫抖，下一秒，眼淚從他眼中滾下，他雙手掩面，「是我、我的錯……小藍，這一切都是我沒用啊……」

「等、等一下，到底是發生什麼不得了的事？」見韓湘無預警掩面哭泣，藍釆和忍不住緊張起來，「阿湘，你不說，我不可能會知道的。」

韓湘又小聲啜泣了好一會兒，才慢慢地抬起臉，秀氣的臉蛋掛著淚痕，眼睛紅通通的，眉毛更是愁苦地垂著。

「嗚嗚嗚，我明明……」韓湘嘴中傳出微顫的聲音，「我明明就有準備供品跟金紙的，還特地先拜過那裡的土地神，可、可是……」

「可是怎樣？」藍采和屏氣追問。

韓湘眨了眨泛著淚光的眼眸，又低頭掩面哭泣，悲淒的哭聲漸漸引起周圍客人的注意。他們好奇又驚疑地偷偷打量，被發現後又飛快收回視線，若無其事地繼續聊天。

不過藍采和已經聽見有人在猜他們這桌的關係，甚至出現「三角戀」之類的字眼。

藍采和表面上仍掛著微笑，韓湘越哭，他的笑意就越盛，眼底的猙獰之光也越嚇人。

似乎直覺感到危險逼近，韓湘猛地止住哭聲。他小心翼翼地從指縫間偷覷同伴的表情，然後小小地悲鳴一聲，以最快速度挺直背坐好。

「可可可可是，陰氣還是出現了！非、非常大量的陰氣，朝我們衝過來！」

「你們被入侵了？」

「呃，沒有。」

「咦？」

「這個、那個……其實被入侵的是……」

「難不成是阿魔小姐？」

「不，也、也不是，我們身上都有帶著艾草驅邪。」

「欸？」

「我來說好了。按照阿湘的說法，那個什麼陰氣入侵的是我堂姊的手機。」

「……啥？」

藍采和知道自己現在的表情大概很呆，可這實在不能怪他，真正的答案和他預料的未免差太多。他試著再問一次，想證明眞的沒有聽錯。

「手機？」

「對，手機。」

「不是阿魔小姐？」

「對，不是我堂姊。」

面對方奎斬釘截鐵的回答，藍采和張口結舌了數十秒，接著他抱頭，無力地垮下肩膀。

「小、小藍，事情還沒完。」韓湘聲音又響起，他仍舊結巴，並多了一股不安。

藍采和警覺地撐起頭。

韓湘輕咬著下唇，眼睫低垂，身體不自在地扭動幾下。

藍采和認識韓湘這麼久，很清楚種種訊號都在表示著一件事——韓湘是眞的感到不安。

「我聽見你說事情還沒完，阿湘，然後呢？」藍采和放柔語氣。

韓湘快速地眨了幾下眼，試著再次回想那夜發生的事。

黑夜，他們三人一起到小山去。

他們不忘向當地的土地神打過招呼，然後一陣怪風捲起，地面上湧出許多白煙。

即使尙是乙殼姿態，他仍然知道那是什麼。

那是伴隨亡靈湧出的陰氣。

但是那些陰氣速度太快，他還來不及解除乙殼，它們已經竄進方奎堂姊大響的手機裡。

接下來又是一片靜寂，彷彿什麼也沒發生，彷彿一切只是他們的錯覺。

可是，那絕對不是錯覺。

「那些陰氣侵入了手機，我猜也侵入了當時撥打電話的人。」韓湘細聲說道：「因為方奎說，那時打電話的人是他堂姊的追求者，但那通電話之後，那人性情大變，變得像個……」

「騷擾狂。」方奎接話，他以食指輕敲桌面，「從昨天開始，他就瘋狂地騷擾我堂姊，甚至在我堂姊手機沒開的情況下，還有辦法打得通。」

藍采和贊同韓湘的猜測，這種事一般人類可做不來。恐怕那時候的陰氣——當然還有那些亡靈——確實入侵到那個倒楣男人體內，將之當成暫時的容器，並大大影響、甚至改變他的心性。

到此為止，藍采和已大致明白事情的來龍去脈，不過他還是有兩處想不透。

第一，為什麼韓湘會說他沒辦法處理？

第二，韓湘又是為什麼感到不安？

當藍采和將這兩個疑問提出來時，方奎只是聳聳肩膀。

「這得由阿湘親自告訴你，我知道這可能跟我們帶去的供品變了樣有關，但也只知道這些而已。」

「供品……變了樣？」藍采和訝異地重複。

「這就是我找你來的原因，小藍。」韓湘緊張地絞手，「我們帶去的是蘋果，可在風吹過後，它、它們全變了樣……它們變成香蕉、李子和梨子。」

藍采和最初無法靈活思考，他怔怔地望著韓湘，原本要舀砂糖的小湯匙也停在半空中。

「它們變成了蕉、李、梨，小藍。」韓湘又低聲地說了一次，「然、然後鬼魂和陰氣就出現了。」

藍采和屏住呼吸，他沒意識到指間的小湯匙正在扭曲變形。

他終於知道同伴說沒辦法處理的理由了。

將祭祀供品瞬間變成香蕉、李子、梨子，迅速引來大量鬼魂——他知道誰能夠做到這樣的事，那是他至今下落不明的三株植物。

花蕉、紅李、香梨。

藍采和硬生生折斷了金屬湯匙。

柒 驚慄，危機降臨！

「小藍，你還好嗎？」

咖啡館外的屋簷下，韓湘憂心忡忡地望著他的仙人同伴；後者雖然依舊笑臉盈人，但明顯心不在焉。

「啊，我沒事，我眞的沒事。」聽見韓湘的問話，藍采和搖搖頭，露齒一笑，「我只是有點吃驚而已，眞的。」

「小藍，我不確定她、她們究竟有沒有像當初的風伶一樣……所以你一定要小心點！」韓湘抓住那雙蒼白的手臂，「萬一你有事的話，阿景會很生氣，然後說不定會遷怒到我身上，再然後他就會發現是我、我害你對花過敏的！咿，光想就……好可怕！」

說到最後，臉色變得蒼白的人反而是韓湘。

少年一臉畏怯，眉毛垂成八字形，似乎下一秒就要哭出來。

萬一讓等於藍采和監護人的那人知道是自己的詛咒害藍采和對花過敏，他一定會宰了自己。

越想，韓湘越感到心驚膽跳，忍不住一陣暈眩，看起來想乾脆暈倒。

「喂喂，阿湘你這話到底是在擔心藍采和還是你自……嘿，小心點！」瞥見韓湘差點一個踉蹌踏出陰影外，方奎眼明手快地把人扯回。

韓湘照不得陽光，一照就會暈，這也是他隨身攜帶雨傘的原因。

事實上，因爲熱愛實驗進而對自創詛咒產生興趣的韓湘，當時不僅害藍采和對花過敏，就連他自己也遭受詛咒反噬，變成一曬太陽就暈的體質。

「別擔心啦，阿湘，我不會向景休通風報信的。」藍采和拍拍同伴的肩膀，要他不用擔心，臉上的表情眞摯又誠懇。

只不過，韓湘和方奎都瞧見藍采和另一隻搭在咖啡館窗前欄杆上的手，正慢慢讓欄杆變形。

「但是呢，這可不代表我不會追究喔。」藍采和笑咪咪地補充，同時手下欄杆也變成彷彿前衛藝術般的造型。

方奎和韓湘默契地嚥下口水，韓湘更是忙不迭拚命點頭。

鬆開無辜可憐的欄杆，藍采和想了想，「總之，紅李她們的事我會想辦法處理。感謝你通知我，阿湘。」

「不不不，沒什麼要謝的。」韓湘從驚愕中回神，連忙搖搖手。

「阿魔小姐那邊的事我也會想辦法一起解決。」藍采和沉吟，「不過等我回去找哥哥商量一下。」

「那就麻煩你了，藍采和，我會贈送十本我最愛的外星人特輯當作謝禮的。」

「哎，班長你改送我十本食譜我會更開心的。」藍采和笑容滿面地提議其他禮物選項。他原本是要直接和方奎他們告別，可忽然又想起有個問題仍放在心裡。

遲疑了一會兒，藍采和還是開口了。

「班長，余曉愁她……有再想起什麼嗎？」

余曉愁，方奎的女朋友，與方奎他們同爲明陽高中的學生。除此之外，她並不是人類，而是變化成人類的小丑魚。

當初明陽高中發生不可思議事件時，事件的始作俑者不僅是藍采和的植物，還有余曉愁。只是無從得知對方究竟是奉誰之命，唯一知道的是，這一切皆是針對藍采和。

事件落幕後，余曉愁不但失去相關記憶，連方奎和韓湘也忘了。

面對這樣的情況，方奎他們決定再次和余曉愁成爲朋友，之後方奎更與對方順利交往。

不管過去發生什麼事，現在的余曉愁就只是個普通學生。

聽藍采和問起自己女友的情況，方奎雖然愣了一下，但他很快搖搖頭。

「沒有。」方奎平靜地回答。

「那你現在，和她交往得還順利嗎？」藍采和又問了第二個問題。

「那還用說嗎？」方奎沒有任何遲疑，眉飛色舞地炫耀起來，臉上是掩不住的特大號笑容，「我們倆可是幸福得不得了呢！」

「沒錯，他們倆老是在放閃，眞的很煩耶。」韓湘補充，嘴上雖然不滿地抱怨，可眉眼間盡是笑意。

見到兩名朋友的笑容，藍采和也笑了。

「那眞是太好了。」他衷心祝福。

向方奎、韓湘道別後，目送那兩抹身影過了馬路，藍采和轉過身，和他們踏上不同的方向。

原本藍采和速度不疾不徐，他喜歡一邊走路一邊思考事情，但他身後突然傳來一聲怒吼——

「是誰破壞我們窗子的欄杆！」

他嚇了一跳，迅速回過頭，看見咖啡館的服務生正氣急敗壞地尋找凶手。莫大的心虛湧上心頭，他趕忙拔腿就跑，再也不敢逗留。

藍采和跑了好一會兒，確定身後沒傳來大叫聲或腳步聲，這才安心地放慢速度改用走的。

藍采和注意到自己離林家還有幾十分鐘的距離，必須再經過幾個路口才會到達朝陽路。

「乾脆先打電話給哥哥好了……」藍采和調整一下背包肩帶，拿出手機準備打給川芎。

可是，正當他的手指要按到川芎名字的前一剎那，疑似物體爆裂的聲音猛然響起。

藍采和一驚，反射性回頭，撞入眼裡的是路邊消防栓噴出水柱的畫面。

透明水柱在夕陽下反射出璀璨光芒，兩側行人驚呼連連。

還沒等藍采和從吃驚中回過神來，古怪的事接著發生。

噴出的水柱不但沒落至地面，反而違反地心引力地飛舞在空中，就像一條水蛇，靈活又迅疾地圍著藍采和繞了好幾圈，隨即嘩啦嘩啦地自上傾瀉，形成一道圓柱體的水之簾幕。

一瞬間，藍采和什麼聲音也聽不見了，水幕內和水幕外被區分成兩個世界。

即使還不清楚到底是怎麼回事，藍采和也能確定：自己被人當作目標了！

這名膚色蒼白的少年仙人當機立斷，立刻從口袋內掏出乙太之卡。

「吾之名為藍采和，現在要求解除乙殼封印！應許．承認！」

外形如同國民身分證的卡片瞬間閃過七彩流光，下一秒，藍采和周身藍光大熾，然而也就只是剎那間的藍光大熾而已。

「什麼……！」藍采和不敢置信地大喊，他明明已經唸完解除乙殼的咒語，可身上卻未出現任何變化。不該是這樣的，除非、除非……

頭頂好似有盆冷水澆下，血色從藍采和秀淨的臉上褪去。

藍采和重重地倒吸一口冷氣。是鎖卡！被鎖卡了！

若是半個月內使用了五次，乙太之卡會進行一次限制。此時的仙人完全回復不了眞身，更別說是使用仙術。

「不是吧……有這麼衰的嗎？」藍采和只能叫苦，他在心中狠狠咒罵制定這條規則的仙人，並且謹愼地東張西望，以免四周水簾突然竄出什麼東西。

並沒有什麼從水簾裡竄出，反倒是水簾出現了變化。

原本呈圓柱體環繞藍采和的水簾忽然往外擴增，一下子變成四方形，水也變得薄而透明，還帶了點藍。

乍看之下，藍采和就像是被關在一個水色的箱子。

透過透明水壁，藍采和可以清楚看見外界景象，他還在原來的街道上，周遭景物沒有改變。但無論是來往人車，或是研究消防栓爲何忽然噴水的人們，全都沒有發現藍采和與水箱的存在。

「誰也不會注意到你的，我勸你打消向人求助的念頭，藍采和。」一道張狂男聲如此宣告。

藍采和瞬間繃直背脊，他飛快扭頭看向聲音來源。就在他正後方，不知何時站著一名高大的黑髮男人，一隻眼睛被眼罩遮著，僅露出的一隻眼是青碧色的，且閃動著不懷好意的猛獰光芒。

「你是誰？」藍采和馬上穩下心緒，厲聲質問對方，腦中則快速查找可行辦法，「既然知道我的身分，爲何還膽敢……」

「老子爲何不敢？」於沙扯開猙獰的笑，他雙手抱胸，身後水壁不安分地湧動，「乙殼狀態的仙人就跟人類沒兩樣。嘖嘖，你倒是說說看，我爲什麼不敢？」

「是誰指使你的？」藍采和不放棄地再提出第二個問題，儘可能拖延時間，他現在唯一能做的也只有這件事了。

藍采和不是傻子，從一些細節他就可以串連起很多事。

眼前身分不明的男人有很大機率與當初的余曉愁同屬一個陣營，他們都能操縱水；余曉愁的眞身是小丑魚，那麼這男人會不會也可能是……

「誰指使我？」於沙不屑地挑起眉毛，「你問我就一定得回答嗎？」

「針對我的目的是什麼？」藍采和彷彿沒聽見對方的反問，不間斷地繼續扔出問題。不管什麼都好，只要對方說出隻字片語，就可能成爲有利線索。

視線緊緊鎖在黑髮男人的臉上，藍采和不著痕跡地將抓著手機的手移到背後。若要救，還沒走遠的韓湘是最適合的人選。

只是藍采和怎樣也沒料到在按下手機按鍵前，他會聽到這麼一句話。

「你和你的植物一樣，廢話太多了。」於沙冷笑，滿意地看見少年沉靜的表情瞬間凍成驚愕。

「我的植物……」藍采和喉嚨發乾，「你做了什麼？你他媽的對他們做了什麼！」

「反正你很快就會知道了，關於那個矮個子的紫眼睛小鬼。」

相𥊍！藍采和的心臟猛地緊縮，他總算知道當時在咖啡館的心悸從何而來。

雖然平時對自己的植物不客氣，可藍采和無論如何都無法允許有誰真正傷害到他們。

巨大的憤怒湧上心頭，藍采和扯下背包狠狠朝於沙的臉砸去，腳下同時衝出。

於沙一點也不把攻擊放在眼裡，他頭一歪，輕鬆躲過，任憑背包砸上水壁再墜至地面。

可緊接著，他大吃一驚地發現，藍采和居然已快逼近身前。對方掄起拳頭，顯然這一擊才是他的真正目的。

於沙一開始沒將那看起來蒼白無力的拳頭放在眼中，他甚至想過隨便抬手擋下，畢竟沒解除乙殼姿態的仙人能有什麼力氣？

但是，「力氣」兩字瞬間點醒了於沙，藍采和可是天生怪力！

於沙咒罵一聲，身後水壁即刻奔竄出數條水流，千鈞一髮之際，險之又險地纏捆住藍采和的身體，包括手臂。

少年的拳頭硬生生地停在於沙面前。

「被毀容可不在我的工作項目裡。」於沙無視那雙墨黑眼瞳裡的憤怒，他張開手掌，藍采和手中的手機頓時凌空飛起，下一刻被一顆水球包圍起來。

「我們浪費太多時間了，接下來可是還有其他事等著我去處理。要是被那三個丫頭搞砸的話，老子可是會抓狂的。」

藍采和眸子倏然大睜，「三個丫頭？難不成……」

這是藍采和所能問出的最後一句話，纏在他身上的水流無預警擴大範圍，轉瞬間覆住他的口鼻。

「你的廢話眞的太多了，藍采和大人。」於沙第一次喊出敬稱，可裡中毫無尊敬之意，反倒飽含著強烈的嘲諷。

於沙伸手覆上藍采和的雙眼，眨眼間，那具被水流纏繞的瘦弱身軀就鬆懈下來。

他抽回手，「這種弱不禁風、活像病號的小鬼，當初居然有辦法……我靠！」

於沙破天荒感到驚悚地罵了句髒話，那雙已閉上的黑眸竟又猛地睜開，惡狠狠地瞪視自己。

然後一秒、兩秒、三秒過去，黑眼重新閉起，睫毛顫也不顫，半點反應也沒有。

於沙狼狽地喘了幾口氣，這才回想起藍采和在天界的傳聞——外表蒼白瘦弱的少年仙人最痛恨聽見「弱不禁風」、「不男不女」、「沒男子氣概」等形容詞，聽見就會當場發飆，翻臉不認人。

「這是哪門子的反射動作……」於沙不敢相信地咂了咂舌。

確定藍采和眞的失去意識，他無視落在腳邊的背包，大手一揮，水箱立即崩化成水流，快速包捲住他們，轉眼和兩人的身影一起消失無蹤。

人來人往的午後街道上，誰也不會知道這裡曾發生什麼事，更不會有人留意人行道上怎會有個背包。

卡其色的背包忽然微動了一下，接著，扣上的背包用極慢的速度，從內部被一股力量打開。

有雙驚恐萬分的小眼睛正從中望著背包外的世界。

阿蘿全身都在顫抖，當藍采和扯下背包的同時，他也將包裡的阿蘿一併拍醒，並且用無人察覺的音量，飛快地說了「不准輕舉妄動，想辦法通知其他人」。

阿蘿頭頂的蘿蔔葉全都絕望地塌下來，它捂住臉，害怕地想要哭泣。

玉帝在上，夥伴……小藍夥伴居然被人抓走了……

眼淚在阿蘿眼眶內打轉，但總算強硬忍住了。它哆嗦著用手背擦擦眼角，記得自己還有重要的事要做，它必須想辦法通知其他大人，好解救小藍夥伴！

從周遭聲音和背包外的景象，阿蘿知道自己被扔在人行道上。得想辦法馬上離開這地方，不然萬一包包被人撿起了……

阿蘿幾乎立即想到「解剖」、「公開展覽」、「登上『驚奇！你所不知道的超自然世界』節目」等字眼。它深吸一口氣，告訴自己接下來的行動絕對是前所未有的大膽和危險。

沒錯，它將冒著被人撞見的危險，想辦法衝回林家！

下好決心，阿蘿在背包裡擺出助跑姿勢，腦海彷彿還響起了倒數的聲音。

準備好了嗎？預備，三、二、一——

突然一道「嘰」的聲音刺耳地傳進阿蘿耳內，它嚇了一大跳，不只蘿蔔葉，連腿毛都豎立起來。它發現一輛腳踏車打橫地停在背包前方，緊急煞車造成了剛剛那陣刺耳聲響。

緊接著，有人從腳踏車上急匆匆地跳下來。阿蘿看不見對方的模樣，只能看到那雙腳三步併作兩步地往背包方向跑過來。

阿蘿的一顆蘿蔔心都要提到喉嚨，下一秒，它驚恐無比地發現整個背包被看不見臉的那人一把提起。

不要啊！救命、救命！小藍夥伴！喔不，小藍夥伴也被抓走了……阿蘿感到一股更強大的絕望席捲而來，它試圖與之對抗，不讓自己被打倒。

它努力地緊貼住背包，打算等有人往裡面望進來、並發出尖叫時，就用盡全力跳起，再揮出一記強而有力的勾拳，趁著對方不支倒地的關鍵時刻迅速逃走。

不過，並沒有誰的眼睛立刻望進背包裡。阿蘿感覺背包在劇烈晃動，撿起背包的人似乎正在跑步，大概過了數十秒，震動停了下來。

忽然間，一隻手伸進背包裡，一把抓出阿蘿。

阿蘿差點尖叫出聲，眞的就只差那麼一點點。

阿蘿睜大眼，呆若木雞地瞪著出現在前方的臉孔。它知道自己現在位於一條窄小的防火巷，只要一轉頭，還能望見被陽光曬得發亮的紅磚人行道，以及一輛停在路上、賣冰淇淋的腳踏車。

可是，那些一點也不重要。阿蘿瞬也不瞬地望著將它抓住的男人。

一頂遮陽用的大草帽，脖子上還披了條毛巾，英俊的面孔此刻憂心忡忡。

「阿蘿！喂，阿蘿，是出了什麼事？」呂洞賓心急如焚地問道：「小藍呢？怎麼沒看見小藍？我在附近聽到有什麼炸開的聲音……一看見這包包就知道是小藍的。阿蘿，到底出了什麼事？」

阿蘿的葉片再次塌下，這一次卻是因爲安心。

它再也忍耐不住，放聲大哭起來。

捌 無法阻止的戰鬥

一陣劈里啪啦的聲音驚碎了林家的安靜。

「發生什麼事了？小星！」

聽見聲音的天堂衝出浴室，直奔廚房，然後就看見一名嬌小玲瓏的紫髮小女孩滿臉懊惱，鞋尖前的地板上散落著盤子碎片。

瞧見滿天星竟站在碎片附近，天堂趕緊上前，長臂一撈，抱起還沉浸在自己心思中的滿天星，輕手輕腳地放到桌上。

「妳別亂走，這裡我整理就好。」說著，天堂直接蹲下來，先將大塊碎片撿起，再尋找掃把的蹤影。

滿天星終於注意到那抹橙色的身影了，她眨眨紫藍色的大眼睛，隨即就想跳下來。

「小星。」天堂明明沒回頭，背後卻像是長了眼睛。

「天堂你太擔心了啦。」滿天星皺皺小巧的鼻子，還是跳了下來，她穩穩站在半空中，與地板保持一段距離。

滿天星和天堂本該陪川芎外出——爲了保護林家兄妹的安全，他們的身邊現在至少都要有一名植物跟著——但得知川芎是要和薔蜜見面後，相菰就與滿天星私下交易，由相菰假冒滿天星，跟著川芎前去赴約。

這已是兩個多小時前的事了，川芎他們至今還沒回來，莓花也還仍在二樓靜靜地午睡。這兩小時間，沒事做的滿天星覺得無聊，電視也找不到她喜歡的健美頻道，便決定來替林家進行一番掃除，順便分擔自己主人的幫傭工作。

「幫副會長做點事可是會長的責任呢。」身爲肌肉萬萬歲聯盟的會長，滿天星雙手扠腰，認眞地宣告。

「……那種聯盟幹嘛不快點倒掉算了。」面對滿天星的發言，天堂則面無表情地咕噥。不過抱怨歸抱怨，天堂從來不會阻止滿天星做想做的事。既然她想整理這個家，他也就捲起衣袖褲管陪同清掃。

掃除工作還算順利，直到滿天星失手打破盤子爲止。

滿天星也不知道自己怎會打破盤子，明明前面都做得好好的，卻突然間手滑。

「天堂，你去弄你的浴室，廚房交給我就可以了。」滿天星像隻輕巧的貓咪來到洗水槽前，她撈起一個濕答答的盤子，正想用抹布擦乾，卻沒想到——

廚房裡又一次響起清脆的碎裂聲。

她睜大眸子，雙手還維持著原來的姿勢，精緻的臉蛋上寫著吃驚，彷彿不敢相信竟又發生第二次。

面對地上增加的碎片，天堂倒是很冷靜。不如說，他覺得這沒什麼大不了的，盤子又不是他的，只要滿天星沒受傷就好。

「好、好奇怪啊，天堂……」滿天星的小臉上流露出被打擊的神色，她微咬著嘴唇，眼眸裡泛起些微霧氣，「我明明就有小心地拿，可是為什麼……」

「是那盤子太爛的緣故。」天堂斬釘截鐵地說，「跟小星妳一點關係也沒有。」

滿天星困惑地歪頭。天堂的語氣堅定得不可思議，但說話的內容好像怪怪的？

「小星妳別再忙了，全部交給我吧，反正我浴室也弄完了。」天堂很清楚怎樣才能轉移滿天星的注意力，「去客廳看看電視好了，我記得藍朵和說有一台是專門播摔角的，那是項男子漢的運動。」

「喔喔！喔喔喔！」滿天星雙眼果然亮了起來，她捧著臉頰，眼裡早已沒有霧氣，反而閃動著興奮的光彩，小臉甚至微染酡紅，「男子漢的運動嗎？那一定充滿著汗水、肌肉！討厭，光想就覺得受不了！那那那，那我去看一下下就好。」

「妳可以慢慢欣賞沒關係。」天堂眼底帶著寵愛。也只有面對滿天星時，那雙總是透著冰冽的橙色眼睛才會滲入溫暖的情感。

當然，在面對自己主人時，那雙眼睛也同樣會注入情感——只不過通常是「藍朵和你眞是王八蛋」、「藍朵和你根本就是混帳」之類的。

滿天星向來無法抵抗肌肉的誘惑，聽天堂這麼說，她有點按捺不住地戳戳手指，再瞄向客廳的電視，最後她讓自己飛到剛好能夠與天堂平視的高度。

「天堂，我眞喜歡你，雖然你的身體摸起來沒太大的觸感。」嫩白的小手捧住天堂的臉，滿天星不吝惜地在對方臉上親了一下。

那其實連一個吻都算不上，最多就只是嘴唇貼在臉頰上短短幾秒而已，但天堂依舊覺得被碰到的地方燙得不可思議。

等滿天星開心地飛著離開，天堂轉身，將流理台的碗盤收進烘碗機裡。

面對著映出倒影的烘碗機櫃門，橘髮少年面無表情地看著自己的臉，心中卻有種想抽死自己的衝動。

明明就恨不得滿天星遠離跟肌肉相關的事──她才五百八十歲而已，這種嗜好未免太不健康了──可瞧瞧自己剛又幹了什麼？

天堂懊惱地將額頭撞向烘碗機，臉頰的某一處仍然在發熱。

相較天堂複雜的心思，滿天星可沒想那麼多，她一顆心全繫在待會要看的摔角節目上。肌肉！汗水！強壯的肉體！采和主人在上，這多麼適合夏天呀！

飛到電視前，抓起遙控器，滿天星這才落足於地板上。這時，她聽見二樓傳來開門聲。

滿天星連忙回過頭，一抹與自己差不多高的嬌小身影正搖搖晃晃地從房間裡走出來。

莓花一手揉著眼睛，一手拖著心愛的小熊娃娃，可愛的臉蛋上還染著睏意，蓬鬆柔軟的髮絲微微亂翹。

「哎呀，小姑娘妳醒了？」滿天星雙眼再次亮起。她一直覺得林家么女很可愛，可惜林家長男防她跟防狼一樣，彷彿一不注意她就會將他的寶貝妹妹拐去賣。

這想法眞是失禮，我滿天星才不做這種事呢！有這種工夫我還寧願去摸摸猛男的胸膛，吃幾口豆腐。

來到樓梯口的莓花打了個呵欠，迷濛地看向樓下，剛睡醒的她沒辦法馬上思考。直到過了好一會兒，才終於從小腦袋瓜裡找出客廳小女孩的名字。

「滿天星？」莓花又打了第二個呵欠，一步一步地踏下樓梯，「唔，葛格呢？還有小藍葛格？小瓊姊姊也還沒有回來嗎？」

「川芎大人和采和主人都有事出門了。聽采和主人說，何大人還有事情要處理，暫時不回來。」滿天星放下遙控器，她想到一個好主意，「小姑娘、小姑娘，我表演幻術給妳看好不好？妳喜歡的話，我可以天天表演唷！只要妳願意答應加入『肌肉萬萬歲聯盟』。」

「肌肉……萬萬歲聯盟？」莓花依稀記得這名字，也記得哥哥一聽到這詞就臉色鐵青。

「是呀，肌肉萬萬歲聯盟。會長是我，副會長是采和主人，如果妳加入就是榮譽會員，阿蘿改當吉祥物好了。」趁川芎不在，滿天星抓緊機會大力鼓吹，「我們社團的主旨就是肌肉最棒！」

「肌肉……小藍葛格很喜歡這個對不對？」莓花有些興奮地問，她忍不住想答應，可是腦海裡忽然跳出兄長的臉。

「聽好了，莓花。不管滿天星說什麼，妳都絕對不准加入那個什麼肌肉聯盟！這是哥哥這輩子的請求！」

那時候的川芎看起來悲痛萬分，只差沒哭出來了。

莓花非常喜歡藍采和，但同樣非常喜歡自己的哥哥。她爲難地眨眨眼睛，不知道該怎麼辦才好。

「不用馬上答應也沒關係。」滿天星笑咪咪地說，她靈巧地跳到沙發椅背上，只要仔細觀察，就會發現那雙可愛的繡花鞋並沒有眞的踩在上面，「小姑娘，先看我表演幻術吧，我可是所有植物中幻術最棒的呢！」

她朝莓花一個欠身，一手按在胸前，一手高高舉起，如同電視上的魔術師姿態優雅。

下一秒，滿天星兩隻手都伸向空中，潔白的天花板上立刻炸開無數星星光環，銀藍色的星星一下子環繞整間客廳。

「還有呢！」滿天星單手扠腰，腳尖踩了幾下拍子。美麗的幽藍色就像是水波般從她的腳尖前擴散開來，瞬間染上地板、牆壁和天花板。

林家客廳眨眼變成水藍空間。

莓花看得目瞪口呆，她抱著小熊漢妮拔，嘴巴張得開開的。

小女孩驚歎的目光滿足了滿天星，她開心地咯咯笑，腳尖輕盈一轉，舉手投足都像在跳舞。

「小星，妳在使用幻術嗎？」

瞥見廚房外湧現藍光，天堂擦了擦濕漉漉的雙手，神色不悅地走出。

「妳忘記妳還要再多休……」

天堂閉上嘴巴，他怔怔地看著那抹在客廳歡欣舞動的小巧身影。隨著身影每一次改變動作，四周景象也一次次變化。

滿天星看起來眞的很開心，銀鈴般的笑聲不停地傳來。當她又一次揮舞手指，所有星星光環隱沒，大片藍天綠地飛快佔領客廳，同時諸多植物茂盛茁壯，瞬間超過一般人的高度。

莓花不可思議地抬起頭，她一步步走進綠地當中。這裡明明就是他們的客廳，可感知到的一切卻又如此眞實。

陽光照在莓花身上，腳下的草地踩起來很柔軟，還能聽見悅耳的鳥鳴聲。

「莓花知道那個！」林家么女露出高興的笑容，伸手比向前方的巨大植物，「小藍葛格有教，那是鬼針草、薔薇、鈴蘭、辣椒。啊，還有彩色香菇！可是大家都長得好大喔。」

「不不不，一點也不大，我可是特地縮小比例了。」滿天星趴在一叢開著花的植物上，那些花與她髮絲顏色十分相像，小簇小簇地擁在一起，就像細碎的星星，「小姑娘，這是我們住的地方，很棒對不對？」

「嗯嗯，好漂亮！」莓花用力點頭，「跟莉莉安的妖精國一樣漂亮呢！」

脫口說出「妖精國」三個字後，莓花就像想到什麼般歪著頭，可愛的眉毛皺在一塊。

「哎？怎麼了嗎？」滿天星輕飄飄地落到莓花面前，好奇地望著那張蘋果小臉。

「妖精……對了，沒看到妖精叔叔！」莓花猛然叫起，「妖精叔叔也不在嗎？因爲平常啊，都會聽到他哭的聲音跟大叫的聲音。」

滿天星睫毛搧動得更快了，她不知道莓花說的是誰，她到林家才沒幾天。

「那是誰呢？」滿天星問。

「就是……就是衣服穿得花花的，褲子寬寬短短，還穿著拖鞋……」莓花努力地形容。

「她是說那個住在地下室的幽靈吧。」聽見莓花的形容，天堂立即想到對方是誰，畢竟大花襯衫和海灘褲還挺讓人印象深刻的，「叫什麼麥克的吧。」

「咦？我還以爲他叫亞瑟呢。」滿天星睜大漂亮的眼睛。

——其實住在林家地下室的幽靈叫作約翰。

「我都忘記他了。」滿天星一拍雙手，周遭籃中界的幻象立即逸散。幻術解除，客廳又變回原來的模樣。

「天堂有注意到嗎？」

「誰知道？」俊美的橘髮少年對滿天星以外的人事物向來不關心。

「所以妖精叔叔也不在家囉？」莓花困惑地問。雖然一時想不起來那位叔叔叫什麼名字，不過沒聽見他的大吼大叫，好像有點不習慣。

老實說，滿天星還真的不確定那個中年幽靈在不在家，她沒辦法感應幽靈的存在。如果換作她至今仍下落不明的三位同伴，或許就可以了。

「不然我們一起去找看看？」滿天星拉起莓花的手，「他住地下室對吧？小姑娘，我們就先到地下室看個究竟。」

莓花點點頭。她只有在川芎或是藍采和陪同的時候才會到地下室，第一次與差不多年紀的孩子一起行動，她覺得這有點像冒險，圓亮的眸子忍不住閃閃發光——

她不知道滿天星的真實年齡已經五百八十歲了。

小小的冒險行動不到半小時就結束，到處都找不到中年幽靈的身影。

不只地下室，滿天星和莓花還將一樓、二樓找了個遍，就連洗衣機和馬桶也不放過。

可是沒有，翻遍林家上下就是沒看見約翰。

「哎呀，所以麥克是出門去了嗎？」滿天星一屁股坐進沙發，眼角正好瞄見掛在牆上的月曆，她倏然坐起身，恍然大悟地敲了下手掌，「對了，說不定他回家去了！」

「回家？妖精叔叔的家不就在這裡嗎？」莓花不解地眨著眸子。

「咦？是這樣嗎？」滿天星的身體又軟綿綿地癱下來，臉頰貼上皮製沙發，「我還以爲他是回去探望生前親友什麼的，畢竟現在鬼門開了嘛。」

「鬼門開……葛格好像有說過。」莓花將小腳縮到沙發上，「他說，很多幽靈可以在這個月跑回來看自己的家人，所以這個月又叫作鬼月，有很多事要注意。」

「沒錯呢，小姑娘妳眞聰明。」滿天星笑嘻嘻地讚美。

被誇獎的林家么女頓時害羞地紅了臉，彷彿要掩飾自己的害羞，她把小熊娃娃抱高擋住臉，只露出一雙圓亮的眼睛。

「那我再告訴小姑娘一些事唷。」滿天星豎起一根手指，「七月呀，盡量不要到水邊，也不要在晚上曬衣服，還有半夜不要隨便拍人肩膀。」

不要到水邊，是水裡可能有水鬼徘徊；不要在晚上曬衣服，是避免鬼魂附在衣物上。至於不要在半夜拍人肩膀，則是由於人的雙肩和頭頂皆有一把火，俗稱三昧眞火。只要拍熄其中一把，鬼魂就能輕易靠近。

「對了對了，還有一個也很重要。」滿天星興致勃勃地接著說，「那就是拜拜時……」

「不能將香蕉、李子、梨子三種水果放在一起當供品。」

淡漠的少年嗓音傳來，天堂端著一盤切好的水果走入客廳。

「因爲諧音是『招你來』。事實上，它們確實有辦法招來鬼魂，就跟那三姊妹一樣。」

「那是紅李她們天生的能力嘛。噢，我也很想她們，不知道她們現在在哪？」滿天星晃了下髮辮，提起至今仍不知下落的同伴，她的語氣不自覺地浮上失落。

她已經從藍采和口中得知當初籃中界淹水的經過，她一直以爲是主人想要大掃除才用這方法叫他們離開的。

「反正她們該回來就會回來，不回來也是她們的事。」天堂對這話題明顯沒什麼興趣。

「話不是這樣說的，天堂。」滿天星雙手扠腰，老氣橫秋地說道：「紅李她們是我們的同伴呢。」

「之前把我痛揍一頓的傢伙們也是我們的同伴。」說出這句話時，天堂俊美的臉龐簡直像凍了一層冰。

當初他和滿天星來到人界時，爲了替滿天星尋找適合的玩伴，以趁機改正她的肌肉癖好，他綁架多名人類孩童。即使最後並未鑄下大錯，但這種行爲終歸是要受罰的。

被藍采和毫不留情地痛揍一拳後，天堂接下來面對的是其餘植物們的暴力懲罰。

「對不起啦，天堂……」一聽天堂提起這事，滿天星就覺得愧疚。

「這跟小星一點關係也沒有，妳什麼都沒做錯。」天堂摸摸滿天星的頭髮，眼中帶有溫情。

莓花沒留意到植物們的對談，她轉頭面向大門方向，似乎被什麼引去注意力。

「小姑娘？」滿天星在要叉起蘋果時，才發覺到莓花視線的方向，「怎麼了嗎？」

「好像，有聲音？」莓花跳下沙發，抱著小熊娃娃跑了幾步後又停下，「奇怪，沒了？可是剛剛真的有敲門聲。」

就像在呼應莓花的話，一道高亢聲音猛地劃過原本寧靜的林家客廳。是電鈴響起的聲音。

「哇！」莓花被嚇了一跳，下意識抱緊小熊娃娃。

電鈴聲停了一下後又響起，彷彿在催促屋內人趕緊前來開門。

「我來開吧。」滿天星自告奮勇地想前去應門，只不過才跑出一、兩步，就被一條手臂從後攔腰抱起。

滿天星微微鼓起臉頰，不滿地回望阻止自己的橘髮少年。

「我們不能讓一般人瞧見。」天堂淡淡地說。

滿天星頓時恍然大悟地張張小嘴，想起他們的外貌和一般人確實不太一樣。在這個家還好，林家兄妹顯然對大多數稀奇古怪的事免疫了。然而被陌生訪客撞見，可能會帶來麻煩。

想到這點，滿天星乖乖地與天堂一起隱身，他們的主人絕不樂見他們替林家帶來麻煩。

天堂與滿天星已經消失，莓花也重新邁出腳，小步地跑向玄關。

是誰呢？莓花困惑地想著。沒聽葛格說今天有客人要來呀。

難道是薔蜜姊姊嗎？莓花自然而然想到最常上門拜訪的長髮女子。可是當她瞄見牆上的時鐘，又搖頭否定了猜測。

時間不對，這時候的薔蜜姊姊應該還在上班。

啊，難不成是小藍葛格回來了？圓亮的眸子立即綻放出興奮光芒，她跑向玄關，開心地伸手搭上門把。

就在這瞬間，天堂感覺到某種熟悉的氣息閃現。

「林莓花，慢著！」天堂顯現身影，厲聲喝道。

但是，已經來不及了。

林家的么女已經打開上鎖的大門，稚氣的小臉漾起欣喜的笑容。

「小藍葛格，你回——」最後幾個字還沒滑出舌尖，莓花就呆住了。她一手抓著門把，仰頭傻愣愣地望著門外三抹背光的身影。

不是她的小藍葛格。

夏季傍晚的陽光還很熾烈，似乎太熾烈了，莓花覺得自己看不清楚那三個女孩的臉。

「不……可以唷。」站在右側的女孩柔柔開口了，聲音又輕又細，多適合現在拂過的晚風，「以後沒確認對方身分，是不能隨便給人開門的呢。不過……」

「還是要感謝妳主動開了這個門！」居中的女孩咧嘴一笑，露出潔白的牙齒，她猛地伸手抓向莓花的衣領。

莓花嚇到呆住，一時竟忘記逃跑或做出任何反抗。

但女孩的手卻在即將碰到莓花的前一秒硬生生停下，彷彿有什麼威脅逼得她不得不停。

事實上，那五隻纖細皎白的手指只要再往前一點點，就很有可能統統掉下來。

一彎如冷月的鐮刀擋在莓花身前，橙紅色的刀身映著夕陽，散發森冷又不祥的光輝。

「如果我是妳，就會放聰明一點。」手持鐮刀的天堂站在莓花身後，俊美的臉孔沒有表情，他冷冰冰地說，「或者，我該說『妳們』，紅李、香梨、花蕉。」

紅李愣了一下，她可沒料到會在這裡看見認識的臉。

橘髮橙瞳，還有那柄如同個人標誌的巨大鐮刀。

「天堂？」紅李的臉蛋上閃過驚愕，紫紅色眼眸瞬間一凜，「管你為什麼在這，不准妨礙我們姊妹！」

話聲剛落，紅李再次迅速出手。她手中出現一支巨大銀器，銀得發亮的餐刀當頭朝那柄礙事的鐮刀劈下。

但早有防備的天堂哪可能讓對方得逞，他飛快抓住莓花衣領，指尖同時注入封閉力量，直接截斷對方的意識，不讓年幼的小女孩看見任何不適合她這年紀該看的場景。

「小星，接住！」天堂將莓花拋進客廳。動作看似粗暴，其實是因為知道有人可以保證莓花的安全。

天堂沒有回頭，揮起鐮刀，對抗來自同伴的凶猛一擊。

鐮刀和餐刀撞擊在一塊，隨即又迅速退開。

天堂眼尖地發現另外兩名女孩手中也出現與她們等身高的銀器。

不能讓她們在門口發起攻擊！

天堂有信心可以與她們打得不分上下，卻沒信心擔保這幢屋子可以安好如初。

心念一動，天堂搶先出手。他迅速逼近女孩們，鋒銳鐮刀氣勢萬千地劃出一彎弧形。

紅李她們顯然沒想到對方會主動欺近，面對凌厲的攻勢，只能反射性向後躍退，纖細的身影躍往三個不同方向。

可天堂要的，就是這個。他要將她們三人逼離林家！

當紅李、香梨、花蕉騰起身形飛往半空時，巷子另一端竟駛來一輛車。駕駛看見這荒謬又不可思議的一幕，張大嘴巴，瞪圓眼睛，震驚萬分地踩下煞車，車子發出極爲刺耳的煞車聲。

紅李粗魯地咂下舌。

就在下一秒，敞開的林家大門內忽然奔湧出數也數不清的星星光環。大量星星光環就像一道銀藍色大浪，它們湧至路上，眨眼間環繞住包含林家在內的鄰近區域。

緊接著，四周景象就像是扔入石子的水面一樣，猛地出現數道晃動的波紋。

只不過扭曲時間相當短暫，匆匆忙忙下車的駕駛只覺得眼前景物好像晃動了一下，然後又歸於平常，什麼奇怪的事也沒發生。不論他再怎麼抬頭張望，都看不見剛剛飛上半空的三名女孩。

難道眞的是眼花了嗎？男人狐疑地揉揉眼睛，又朝記憶中飛出女孩的位置看去。

那是一棟矗立在庭院中的兩層樓建築物，青銅色大門緊閉，看不出任何不對勁。

突然間，一道尖銳的喇叭聲嚇了那男人一跳。他趕緊回過頭，見自己車後停著另一輛車，車裡的駕駛探出頭，不耐煩地破口大罵。

「你有沒有公德心啊！把車擋在路中央是教人怎麼過去！」

「對、對不起……我這就把車子開走！」男人尷尬地頻頻道歉。這時的他顧不得再去確認什麼錯覺不錯覺，他慌張地回到車裡，在後方駕駛不耐煩的催促下，關上車門、發動引擎，迅速離開這條小巷。

從頭到尾，這男人都不知道自己頭頂上方其實浮立著四道身影。

三個是他苦尋不著的女孩，另一個則是橙髮橘瞳的俊美少年。

就在那輛車彎出巷外時，原本也該跟著開出去的另台車竟碎裂成銀藍色星星，車與人都消失得無影無蹤。

早一步離開的駕駛永遠不會知道，他離開的不僅是朝陽路，還是一場完美無瑕的幻境。

而此處真正的模樣應該是林家大門敞開，天堂與紅李三姊妹浮立於近二樓的高度。

天堂突然又將鐮刀俐落地轉了半圈。

紅李、香梨和花蕉嚴陣以待，三人警戒地抓緊自己的武器，可隨即她們發現對方的真正目的。

天堂對幻境區域再次施予「封閉」，隔絕無關人士靠近這裡的意圖，以闢成獨立戰場。

天堂手持鐮刀，冷冷地望著自己的植物同伴。

黑髮紫紅眸的紅李，棕髮棕瞳的花蕉，以及擁有淡綠髮絲和淺黃眼眸的香梨。

是的，她們是同伴，但同時她們也動手攻擊自己。

天堂曾聽藍采和說起其他植物的事。鬼針負氣不認主，相菰失憶，茉薇、椒炎、風伶都遭不明人士操控，將他視爲敵方。

「妳們也被操控了嗎？」天堂不多廢話，鐮刀尖端不客氣地直指前方，橙如夕陽的眼眸沒有夕陽的溫暖，反而充斥冷冽。

「被操控？天堂你在說什麼？你怪怪的耶！」花蕉瞪圓了本就大的眼睛，使臉孔看起來更孩子氣了，「啊！難不成你也是生病了嗎？就像……」

「笨花蕉，讓我來問。」紅李伸手攔在花蕉身前，同時打斷她的話。

花蕉鼓起腮幫子，像是在生悶氣，可卻也乖乖閉上嘴巴。她們三姊妹中，向來由紅李發言。

「天堂，我們不想和你起衝突。」紅李踏上前一步，警戒地瞥向底下的建築物，她知道施展幻境的滿天星就在屋子裡，「雖然我們感情不算好，不過也不算太差。」

「所以呢？」天堂無動於衷地反問。

「我們的目標只是剛剛那個人類小丫頭，朝陽路十三號，林莓花。」餐刀尖端指往下方屋頂，「把她給我們，我們就不跟你起衝突。」

「把她給妳？」天堂冷笑，「然後讓我被藍采和那傢伙宰了嗎？」

天堂相信，屋子裡那名人類小女孩若有絲毫閃失，他的主人就會發飆，更不用說滿天星還相當喜歡她。不管基於什麼理由，他都不可能把小女孩交到她們手中。

只是天堂萬萬沒想到，自己說出的這句話，居然會收到意外的回覆。

「你在胡說什麼？我們就是爲了要救主人啊！」花蕉不敢置信地脫口大叫：「天堂、天堂，我們就是爲了要救主人啊！」

「只……要把那個孩子交給於沙，他就會和我們聯手，解開這裡的最後一道封印。」一直默不作聲的香梨開口，「你和滿天星都會幫我們的吧？是……爲了主人啊。」

「香梨說的沒錯。」紅李眼中燃起期待的光芒，「喂，天堂，你和滿天星也來助我們一臂之力吧。我們已經收集不少這城市的陰氣，就差解除封印這步驟了。如果有你們幫忙，一定會更快解決。噢，我相信滿天星絕對很樂意，天堂你快叫她出來吧。」

「小星不會幫妳們。」天堂說話的聲音很平靜，也很冰冷。

紅李眼中期待的火焰凝凍。

「天堂你這壞蛋！」花蕉氣憤地大罵，如果不是紅李伸手攔在她身前，或許她早就氣得跳起來衝過去了。

「爲……什麼？」香梨微顫著唇瓣，柔弱的臉蛋上閃過一絲受傷的情緒，「你不能因爲不喜歡主人，就不願意救他。」

「我是不喜歡藍采和，但假如他有難，我拚死也會救他的。」天堂看見三名女孩臉上再度綻放欣喜，他仍是面無表情，冷淡地說，「可是，前提是他眞的有危險。」

「你到底在說什麼？」紅李不耐煩地責問，她大力一揮手，「你沒聽見我們說的嗎？主人他被封印在這城市下面，需要我們用大量陰氣破封，救他出來啊！」

「我才要問妳們在說什麼？」天堂語氣倏然變得更冷，「胡言亂語也要有個限度。蕉李梨三姊妹，妳們要我怎麼相信中午好端端出門的傢伙被封印？」

天堂將鐮刀柄往下一拄，橙眸凌厲冰冽。

「藍采和就住在這個家裡面，妳們要抓的人類小女孩是他重要的朋友。現在，給我好好聽清楚了，藍采和根本就沒被什麼狗屁封印封住，妳們不過是他媽的被人騙了。」

「你說謊。」紅李眼中期待的光輝徹底熄滅，她一字一字地慢慢說，彷彿突然被抽走情緒。

但就在下一刹那，以為消失的情緒卻猛然炸裂開來，她憤怒地尖叫出聲。

「你在說謊！主人明明被封印了！他被封印在這座城市底下啊！」

「他又沒犯錯，沒事幹嘛要被封印！」面對紅李的憤怒，天堂也耐性全失。他不知道是誰灌輸她們三人如此荒謬的想法，但他已經不想浪費口舌解釋這件事了。

最快的方法就是制住她們三人，然後直接等藍采和回來！

沒有絲毫猶豫，甚至就連事先提醒也沒有，天堂猛地朝離自己最近的紅李揮出鐮刀。

紅李沒有閃避，她直挺挺地站在原地，英氣的臉蛋上交織著憤怒和失望。

橙紅色的刀鋒與另外兩柄銀器對上，在天堂揮出鐮刀的同時，湯匙和叉子也一左一右地自紅李兩側竄出，接下了這一擊，將紅李護得嚴嚴實實。

看著對自己怒目而視的香梨和花蕉，天堂不太訝異，他早知道她們會出手，她們三姊妹向來一起行動。

「我已經明白了。」紅李抬起紫紅色的眼睛，出乎意料地拉開一抹笑容，既凶狠又傲氣十足，「你妨礙我們、阻止我們、欺騙我們……既然如此，你就是我們姊妹的敵人！」

幾乎話聲剛落，格擋鐮刀的湯匙和叉子已疾速抽開，紅李雙瞳泛光，手中餐刀雷霆萬鈞地鑽著空隙刺穿過去。

也虧天堂反應快，瞬間施展力量，封閉餐刀與他身體之間的空間。

紅李只覺得像是刺中一堵硬得不能再硬的透明牆壁，反作用力讓她虎口一陣發麻。

紅李惱了，「香梨、花蕉！」

「了解啦！」

「會……給他一個教訓的！」

兩道女孩嗓音自天堂後方傳來，天堂藉由鐮刀刀面看見後方有兩抹纖細身影逼近。他眼神一凜，鐮刀即刻轉變方向，飛也似地揮到背後。

又是兩聲金屬交擊聲響傳來。

「什麼嘛！他的背後是有長眼睛嗎？」花蕉忿忿不平地叫嚷。

不過不甘也只是一瞬，花蕉很快轉了下眼珠，使了個眼色給身旁的香梨。

不須言語，花蕉和香梨一同採取行動。她們迅速將自己的武器往下一拄，下方路面震動，平整的柏油路剎那間震出一條裂縫，翻出嶙峋石塊。

下一秒，那些石塊混著柏油碎屑飛騰而起，眨眼間就在半空塑出形狀——大口、雙角、四爪，貌似一頭猙獰地龍！

「這招怎樣啊？」花蕉興高采烈地歡呼。

香梨則是掩唇秀氣地笑。

地龍呼嘯著直衝天堂而去，尖銳不平的牙齒像是能將人撕成碎片。

天堂顧得了前方，卻守不了後方，更何況這只發生於短短一瞬間。

紅李眼中幾乎要迸出興奮的光芒了，她舔舔嘴唇，等著看天堂究竟會不會回身擋下香梨和花蕉的地龍。如果他以爲這次還能頭也不回地用鐮刀擋下，那就大錯特錯了！而只要他一回身，她就有辦法穿過封閉的空隙，給予狠狠一擊。

力刺下。

抓到空隙了！紅李大喜，餐刀立刻找到那堵無形障壁的最弱之處，手臂施勁，毫不猶豫地奮

眼見地龍即將撲咬上天堂的後背，他眸光一暗，迅速轉過身，鐮刀如冷月瞬時劃下。

紅李這麼想著，香梨和花蕉也如此相信。

不管怎麼選擇，天堂都會受到重創！

餐刀尖端鋒利無比，折閃出教人眩暈的冰冷光芒。

然後撞上了某個堅硬物體。

「什……！」紅李不敢相信地失聲喊叫。

以為無防備的天堂身後，竟浮立著一抹玲瓏身影。

單邊髮髻，紫藍色眼睛，一襲華麗的小洋裝，滿天星雙手各持一個用眾多星星組成的圓環，將之交疊，接下了紅李的攻擊。

「誰也不准傷害天堂！」滿天星眼神凜然，稚氣的臉蛋散發出不輸紅李的威勢。

另一邊，天堂也已成功斬除香梨她們的地龍，石塊塵土塑聚的龐然大物頓時劈里啪啦地散墜一地。

花蕉氣得小臉漲紅，本想再動手攻擊，但香梨卻一把拉住她。

綠髮女孩輕咬嘴唇，搖搖頭。她們三人當中攻擊力最強的就是紅李，再加上她們倆做助力，壓制天堂並不成問題。可是現在，滿天星也出現了。

擁有籃中界最強幻術能力的滿天星。

「可惡、可惡！」花蕉氣憤地跺了跺腳，卻也明白再出手恐怕只會吃力不討好。又嘟囔了好幾聲，花蕉反抓住香梨的手，腳下一施勁，飛快回到紅李身邊。

三名手持銀器的女孩滿是敵意地瞪著面前一大一小的身影。

「爲什麼你們非得阻撓我們？你們到底把主人的安危置於何地？」紅李高喝，語氣中是藏不住的強烈不滿。

「什麼？」滿天星聽得一頭霧水，困惑地仰頭望向少年。

「不曉得是誰給她們洗了腦，她們堅持藍采和被封印在這座城市底下，必須收集大量陰氣才能破除封印。」天堂神情冷淡地迎視紅李等人的視線，暗地裡卻不敢掉以輕心，全神留意著三姊妹的一舉一動。

明明紅李她們三人都在自己面前，爲什麼心中還有一絲不安的感覺？他漏了什麼嗎？他疏漏了什麼事嗎？

「采和主人被封印？哪來這種荒謬的事！」滿天星聽得目瞪口呆，「紅李妳們一定是被騙了，采和主人好端端地和我們在一起呀！只要妳們留下來，就能看見他的。哪哪，妳們別走嘛，現在咱們這些可以化成人形的同伴，除了妳們，就只剩下……」滿天星的聲音忽地變小，她一手抓著兩個星環，另一隻手用力抓住天堂的衣角。

滿天星小小聲地抽了口氣。紅李她們不是被騙了，她們根本就……

「妳在說謊。」

「妳在騙人。」

「連妳也阻撓我們。」

紅李、香梨和花蕉的表情歸於空洞般的空白，臉頰上逐漸有什麼暈滲開來，顏色由淺轉深，最後變成一隻振翅欲飛的艷青色蝴蝶。

可就在下一秒，紅李忽然咧嘴笑了。

「既然如此，就別怪我們卑鄙了。」

天堂背後瞬間竄過顫慄，他終於發現自己漏了什麼。

「只……要把那個孩子交給於沙，他就會和我們聯手，解開這裡的最後一道封印。」

那個孩子……於沙……

該死的，林莓花現在獨自在屋裡！

玖 最後一位仙人

時鐘滴滴答答的聲響，在毫無人聲的林家客廳裡顯得格外清晰。

年幼的莓花一動也不動地躺在柔軟的沙發上，呼吸平穩，雙眸閉合。乍看之下，她似乎睡得很熟，可實際上她是因爲被天堂封閉了意識，陷入昏迷。

就在這時，沙發旁忽然平空湧現多道水流。那些水流很快交纏凝塑出一抹高大人形。

黑髮獨眼的男人環視偌大客廳，目光落在依舊敞開的玄關大門，冷笑般扯動一下唇角。

多麼輕而易舉就被破除的結界，只要結界內的人主動邀請，就能堂而皇之地入侵。

或許連住在這裡的仙人也料不到，他們的敵人竟會採取如此光明正大的方式。

於沙的視線從無關緊要的事物上收回，不帶情緒地審視沙發上的小女孩，接下來他要做的事就是將人帶走。

於沙彎下腰，不費吹灰之力地抱起莓花，即使被扛在肩上，那具嬌小的身子全然沒有反應，連丁點掙扎也沒有。

於沙惡意地想，說不定他還得感謝封閉這小丫頭意識的人，他可忍受不了小鬼在自己耳邊大吵大叫。

只不過，就連於沙也沒想到，意外會乍然發生！

當他扛起目標物準備離去之際，一道冰冷凌厲的聲音喝住他的腳步。

「我不管你是誰，把莓花放下！」

於沙意識到這是女人的聲音時，確實愣了一下。他停下抹消身影的動作，將目光投向聲音來源處。

一名高挑的長髮女子站在大門口，一手緊抓包包，鏡片後的眼睛正閃動著冰冷的憤怒。

於沙瞇細眼，他知道對方是誰。藍采和看重的人類之一，同時也是這個家的關聯者。

他慢慢勾出一抹饒富興趣的猙獰笑容。

薔蜜幾乎無法相信自己看到了什麼。她剛來到屋外，就發現門牌號碼「13」的建築物居然大門敞開；而當她衝進去後，便撞見了足以令她血液倒流的一幕。

她當成妹妹看待的莓花，竟被一個陌生男人扛在肩上！

男人黑髮獨眼，沒被眼罩遮住的青碧眼珠泛著凶光，薔蜜直覺認爲對方絕不是人類。

無論這人是何來歷，都無法改變他意圖對莓花不軌的事實！

「現在立刻放下她！」薔蜜語氣越發冰冷，熟人都知道，那是她眞正感到憤怒的聲音。

薔蜜不知道林家爲什麼沒有其他人，她唯一知道的只有一件事，現在只剩自己能保護朋友的妹妹。

「憑什麼老子一定得放？」於沙傲慢地笑了，他的態度就像貓在戲耍老鼠，並不覺得一個手無縛雞之力的人類女性能做什麼。

「如果你不放，」薔蜜沒有被對方輕蔑的神態激怒，一步步繼續逼近，「聽好了，先生。如果你不放，那麼你就犯下誘拐幼女的罪行了，你這戀童癖變態！」

薔蜜原本平緩的前進速度驟然加快。

於沙可沒想到人類穿著那麼高的鞋子居然有辦法健步如飛，同時這也是他第一次被人唾罵爲變態。他愣了一下，甚至一時忘記該有所反應。

下一剎那，於沙知道自己犯了個天大的錯誤。

薔蜜是普通人類沒錯，可她絕對跟手無縛雞之力劃不上等號。

她往於沙的臉砸出包包，趁對方反射性抬手擋下的瞬間，用堪稱凶器的鞋跟重重踩往於沙的腳趾。

不管對方是不是人類，那裡都是痛感神經相當發達的部位。

於沙扭曲了一張臉，他作夢也沒想到，薔蜜竟然會採取這種辦法。

簡單，又出乎意料地有效。

薔蜜重重踩下的同時，也伸手搶奪於沙肩上的莓花。如她所料，對方因這出其不意的疼痛，放鬆了對莓花的箝制。

一把搶回林家么女，薔蜜轉身就跑。她的目的只在救出人質，她還是有自知之明的，知道自己並不是什麼無敵女金剛。

只可惜，薔蜜方才給予於沙的傷害顯然不夠，才跑出一、兩步，一隻大掌帶著勃發怒氣自後探出，毫不憐香惜玉地掐住她纖白的頸項。

宛如鋼鐵般的手指猛力收緊，於沙滿意地聽見對方發出窒息的痛苦呻吟。

「妳是我看過最有種的人類女人，而且，還相當不自量力。」於沙獰笑，他五指力道控制得剛剛好，既能讓薔蜜感到痛苦，又不至於眞的掐死對方。

薔蜜難以再擠出聲音，美麗的臉蛋因呼吸困難而刷上蒼白。但即使如此，她還是使勁全力地抱住莓花，不讓她掉落在地，直到她感覺臂彎一鬆，該有的重量完全消失。

薔蜜心頭一緊，她看見本該在自己臂彎裡的小女孩輕飄飄地浮在半空中，眼皮依舊閉合，身下有水波似的藍光托著，彷彿光芒在支撐她的重量。

乍見藍光時，薔蜜幾乎以爲是藍采和出現了。

但，不是。那抹藍色和那名少年仙人溫柔的藍完全不一樣。

既然手臂獲得了空檔，薔蜜想也不想，乾脆屈起手肘，肘尖撞向身後的男人。只是於沙這次早已做了防備。倘若受到一次教訓還不懂得學習，那就眞的叫笨蛋了。

薔蜜最初感覺到手臂被人強硬抓住，接著一陣天旋地轉，後背隨即傳來撞上硬物的疼痛。

薔蜜悶哼一聲，她發現自己的背抵著一堵牆壁，兩隻手腕被人不客氣地箝握著。而抓住她手腕的黑髮男人正用侵略性的姿態，居高臨下地俯望著她。

於沙的表情就像是在觀察獵物，而且還是一隻勾起他興趣的獵物。

他不急著動手，細細地打量那張就算屈居劣勢，仍過於鎭靜的美麗臉蛋。對方鏡片後的眼睛不但沒有驚慌失措，反而冷淡地回視自己。

於沙忍不住又笑了，「妳比我想像的還有趣哪，張薔蜜。」

「哦？那我眞該感謝你的誇獎。」薔蜜慢條斯理地說，她並不覺得對方知曉自己姓名是多不可思議的事。

想要對莓花出手、知道自己的名字……薔蜜可以拿公司男同事的下半身發誓，眼前的男人，很可能就是一直針對藍采和的敵人！

想到這裡，薔蜜忽然抬眼正視於沙，對著他綻開一抹笑——不是面對拖稿作者的冷笑或皮笑肉不笑，而是一抹純粹的笑容。

於沙結結實實地呆住了。

這名渾身上下都透出猙獰和凶狠的男人，還是頭一遭看見女性對自己露出不帶任何畏怯或是防備的笑容。

前所未有的暈眩感襲上心頭。

「我想我必須再提醒你一件事，先生。」薔蜜並不知道此刻於沙的內心簡直像有風暴席捲，她抬起白皙優雅的下巴，說：「人類的女性可比你想像的還要更有種！」

話聲落下的同時，於沙感到一陣比剛才痛上好幾百倍的劇痛。他不僅五官扭曲，還煞白了臉，身體不自然地往前傾，高大的身形就要跪倒在地。

薔蜜做的事很簡單，她只是利用沒被壓制的腳，狠狠地踹上全天下男人最重要、也最脆弱的部位。

她踹了於沙的下體。

不過薔蜜似乎是鐵了心要證明自己說過的話，她趁於沙還沒完全跪倒，動作迅速地抓住他的前襟，借助側身與扭腰的力量，迅雷不及掩耳地使出一記標準的過肩摔。

比她高了一個頭的男人，就這麼被重摔在地，聲響震盪整個客廳。

薔蜜拍拍雙手，「永遠不要小看女人，尤其是人類的女人。」扔下這句話，薔蜜不管於沙死活，從空中抱下莓花，三步併作兩步地拔腿衝向大門。她知道自己剛剛做的足以給那男人帶來不小傷害，但同樣也會惹怒對方。必須在被追上之前，設法逃到安全處。

薔蜜想也沒想，衝出大門後立即往最近的便利商店跑去。

只要曹先生有上班，無論如何就安全了！薔蜜頭也不回，唯一的念頭就是抱著莓花狂奔。

傍晚的街道被陽光曬得燦亮，四周卻像是被凍結了所有聲音。沒有車聲、人聲，甚至沒有代表夏季的高亢蟬鳴聲。

薔蜜的身體忽然硬生生停下，不是她不願跑，而是她再也沒辦法跑了。

她粗重喘氣，緊緊抱著好友的妹妹，慢慢地低下頭。

薔蜜絕望地閉上眼睛。她的雙腿被冰凍住了，厚實的寒冰從地面鑽冒出，包覆住她膝蓋以下的部分，讓她動彈不得。

「凡是老子看上的獵物，沒一個逃得了。」

低沉又帶著狂暴怒氣的聲音從薔蜜背後響起。

薔蜜雖然不能跑，但還可以扭頭，她望見林家大宅內走出一抹高大身影。

黑髮獨眼的男人全身如同颳著黑焰，憤怒無比地朝薔蜜步步逼近，那隻暴露在外的綠眼珠陰鷙得嚇人。

於沙走到薔蜜前方，他走路的姿勢還有點不太自然，畢竟方才被踢到的可是身體最脆弱的部位。他陰沉著臉，直接對空中一彈指。

薔蜜下意識地抬起頭，鏡片後的美眸愕然睜大。

直到方才爲止，她一直以爲空無一物的上空，現在居然顯現五抹人影。

三個年輕女孩她不認識，然而另外兩人卻是她看過的滿天星與天堂。

空中的他們顯然有辦法看到下方景象。三名手持巨大餐具的女孩用幸災樂禍的眼神俯視；滿天星則一臉驚慌，她就像是被什麼擋住，跪坐在上，手掌貼著，張大嘴似乎在拚命呼喊什麼。

雖然不似滿天星情緒外露，但天堂也臉色鐵青，彷彿對自己的無能爲力感到憤怒。

「這就叫典型的聰明反被聰明誤。」於沙抱胸冷笑，當他說出這話，上空又出現異變。

薔蜜在林家客廳內見過的藍光像水波般延展，一下子橫劃過大半面積，然後往上延伸，彷彿一個大箱子關起空中的五人。

「以爲自己施了幻術蒙蔽一般人的耳目，卻沒想到自己的耳目也會遭到蒙蔽。」於沙不屑地哼了一聲，「這就是藍采和引以爲傲的植物嗎？」

他果然是針對藍小弟的！雖然心裡早有準備，但聽見對方當面說出，薔蜜還是難以克制地內心一凜，不過表面上仍極力維持冷靜。

「你跟藍小弟有什麼仇恨嗎？」薔蜜問，「那三個女孩也是他的植物，對吧？是你操控她們的？」

就算現在被藍色光板擋著看不太清楚，可薔蜜在上一刻看得眞切，那三名或強勢、或柔弱、或天眞的女孩臉上，都有一隻不祥的青色蝴蝶，就與她曾在椒炎腰側見過的一樣。

「操控？這妳倒是高估我了。」於沙挑起眉，似乎克服了那股說不出口的疼痛，身形重新挺直，「仇恨或許有、或許沒有，這不重要，畢竟老子做這些事可不是為了那種玩意。」

薔蜜心一沉。乍聽之下，於沙似乎沒有透露什麼，但她以編輯對文字的敏感度，依舊從字裡行間捕捉到某些重要訊息。

操控藍采和植物的另有其人，而且這些事不單單是針對藍采和，背後還隱藏著一個更大的目的。

「你們究竟是為了什麼？」薔蜜深吸一口氣，冷聲再問。

「妳覺得我會老實告訴妳嗎？」於沙蔑視一眼，眼中凶光越來越盛。他舉起一隻手，隨著手臂線條拉直，原本空無一物的後方忽然水流奔湧，逐漸匯聚成某種龐然大物。

日光下，一隻大得驚人的鯊魚正張開駭人的嘴，透明的牙齒尖利森然，整齊地布滿同樣透明的口腔內。

薔蜜的呼吸不自覺加快，抱著莓花的手臂下意識收緊。即使她掩飾得很好，於沙還是從她的雙眼內察覺到一絲驚慌。

於沙滿意地勾起唇角，他就是要打破這名人類女子冷靜的面具。

雖然水流塑成的鯊魚看起來很嚇人，但不至於真的造成對方太大傷害。畢竟人質若是出事，可就喪失她的價值了。

於沙眼中透出狂暴，高舉的手臂猛地揮下。透明的鯊魚發出咆哮，張著猙獰巨口衝向動彈不得的薔蜜。

薔蜜閉上眼睛，美麗的面孔泛白。

滿天星驚懼地尖叫出聲，瘋狂地敲打關住她的水之箱。

「住手！住手！求求你不要傷害薔蜜大人——」

悲淒的童聲傳不出水之箱。

目睹此景的紅李、花蕉、香梨卻是咯笑出聲。

只有於沙知道危險的這幕只是幌子，他的鯊魚不會眞正傷害到兩名人類。

看見薔蜜閉眼束手無策的模樣，於沙唇邊笑意加深，可他無論如何也沒料到，事情又出現變數！

眼看鯊魚巨口即將吞沒薔蜜和莓花，突地紅光乍閃，一束熾紅烈焰就像脫離弓弦的箭矢，更快一步地疾射到她們身前。

烈焰只在薔蜜她們身前停佇不到一秒，隨即焰勢瘋狂暴漲，一口氣擴散向四面八方，瞬間化作一片高溫火牆。

水鯊和火牆當頭撞在一起，頓時冒出大量蒸騰的煙氣。

紅李等人沒想到有第三方力量介入，三張嬌美的臉蛋充滿驚詫。

「天堂，這、這是……」跪坐在水箱裡的滿天星也吃驚地倒抽一口氣，但更多的是欣喜，「難道說是椒炎……」

「不對，不可能是椒炎。藍采和那傢伙根本還沒回來，他出不來的。」天堂迅速否決了這個猜測。

正因爲他們被關在上方，才可以看得更加清楚。水與火勢均力敵，兩者互不退讓。可是，水是火的天敵，憑椒炎的力量難以與火焰抗衡。

所以，出手的究竟是誰？

於沙的笑容完全凍住，他不敢置信地瞪著攔下水鯊的火牆，瞳底凶暴逐漸轉濃。他心念一動，本就龐大的水鯊剎那間大了一倍，水的勢力開始一點一滴往前推進。

薔蜜並不知道發生了什麼事，但她感覺有一道熾亮的光烙上她的眼皮。直覺情況有異的她倏然睜眼，映入眼中的奇景令她大腦一片空白。

薔蜜抱著莓花，怔然地望著矗立於她們面前的烈焰高牆。明明看起來無比燙人，可說也奇怪，薔蜜卻沒有感覺到讓人不適的高溫，最多就是悶熱了些。

在水鯊步步逼近下，水已吞噬部分火牆。薔蜜能看見鯊魚的吻部尖端突破火牆，但她雙腿仍被寒冰凍著，依舊動彈不得。接著，她聽到有腳步聲自身後傳來。

有人在慢慢地靠近她，那聲音聽起來與一般人行走時不太一樣，比較沉，還摻雜了另一種東西敲擊在地面的篤篤聲響。

「那是……誰？」上空的滿天星呆然地問，她問出了其他人的心聲。

待在水箱裡的五人都看見有個跛著腳的高大黑衣男人，正往薔蜜接近。

薔蜜覺得身後的聲音有些耳熟，好像自己不久前才聽過。不過，還沒等她轉頭，一隻手已然拍上她的肩頭，越過她，沉穩地往前走去。

薔蜜睜大眼，看著那一身黑的背影。她記得對方的名字，他們中午才見過面。隨即一陣異樣感讓她低下頭，凍住雙腳的寒冰四周不知何時冒出了鮮紅熾艷的火焰。

腳上的束縛感正在退去，下一剎那，她的雙腳就像是再也支撐不住，脫力地跪坐在地。

彷彿沒看見身後女子已脫離寒冰的束縛，一身黑西裝、手持金屬手杖、臉上還戴著墨鏡的黑髮男人來到火牆正前方。

對於逐漸突破阻攔的水鯊視若無睹，男人站定腳步，黑亮的皮鞋停下，他從西裝外套的口袋中取出一根菸。

「套句某個傢伙的話，對女人動手動腳可不是好男人應當做的事哪。」

男人唇邊勾起了慵懶的笑容，一手撐著手杖拄地，背脊挺得筆直；另一手夾著菸，迅疾往正前方的火牆揮劃而出——

未燃的香菸瞬間亮起紅光。

紅光閃現的同時，被水鯊突破部分的火牆猛地湧現更大火勢，火焰形態甚至改變了。

所有人都能清楚地看見那些熾紅烈焰在翻騰竄湧，就像巨大的漩渦，並且瞬間轟然吞滅水鯊，連點渣滓都沒有留下。

黑髮男人指間香菸又是紅光一閃，所有凶暴火焰霎時失去蹤影，彷彿從頭至尾不曾出現。

壓倒性的強大力量震驚所有人。

於沙的表情變得難看，手臂肌肉狠狠收緊，原先飄浮在上的水箱乍然破裂。

獲得自由的滿天星和天堂沒有多想，立刻飛向薔蜜她們身邊，一左一右將之護住。同一時間，紅李三姊妹則落足在於沙身後，手中銀器警戒地直指黑髮男人。

倘若不是有滿天星的幻術掩飾，這樣一群古怪的人，恐怕早已引來巨大騷動。

「你這不露臉的鬼祟傢伙到底是誰？」紅李細眉倒豎，紫紅眸子圓睜，「快說！」

「我以爲藍采和的植物多少都該知曉禮節。還是說，那種東西隨著妳們被操控，也和妳們的腦漿一塊流出妳們的小腦袋瓜了？」男人聲調優雅，然而從那形狀姣好的薄唇中，卻吐出了辛辣至極的句子。

不等紅李三人憤怒發飆，黑髮男人已摘下墨鏡，露出一張英俊的臉孔，包括那對奇異的杏仁狀瞳孔和眼下的小疤。

紅李、香梨、花蕉頓時像被掐住脖子，她們俏臉微白，於沙更是表情鐵青。

「李凝陽……」於沙咬牙切齒地擠出對方的名字，他知道自己已經失去優勢，「八仙中的最後一人，居然連你也下來了嗎？」

「我下來自然是有我的事要辦。」李凝陽折疊起墨鏡，收進口袋。他偏過臉，嘴角掛著漫不經心的笑，「現在，還要再繼續下去嗎？雖然我很好奇一介水族，還是水族中地位不低的鯊屬一員，爲何會來到豐陽市？不過那不是我現在在意的，我只再問一次，繼續，或不繼續？」

於沙咬緊了牙。他之前就曾聽聞八仙中的李凝陽有些特異，雙眼能看穿眞實之態。如今看來，傳聞確實無誤，明明仍是乙殼模樣，竟能識破自己的身分……

等等，乙殼？於沙這才驚覺不對勁之處。李凝陽明明未解除乙殼，爲何能施展仙術？

想到這裡，於沙心中更湧起忌憚。正當他準備命令紅李等人撤退時，一陣歡快的音樂突兀地傳進雙方耳中。

饒是姿態悠閒的李凝陽也是一愣。

音樂還在繼續。

「那是……莉莉安的主題曲？」薔蜜喃喃說道。

即使聽見薔蜜說出歌曲來由，但眾人還是不知道這首歌怎會無故冒出。

但很快地，於沙意識到音樂是從自己身上傳出。他擰起眉，在衣內摸索一會兒，然後拿出一支手機。沒了布料的遮掩，音樂越發清晰。

於沙瞄了眼手機螢幕上的來電顯示，驀地綻露出一抹古怪笑容。眾目睽睽之下，他直接接起手機。

也不知道手機另一端說了什麼，於沙只是獰笑著回了五字。

「那傢伙不在。」

語畢，於沙俐落地掛斷手機丟到一邊。他環視前方敵人一圈，神情又恢復原來的高傲狂暴。

「我的答案是不繼續。不過，」於沙放低聲音，碧綠眼瞳閃動著惡意，「今晚八點，我們會再來的。李大人，你們大可以好好等著！」

於沙大笑出聲，他的身形化成水流，消逝在所有人面前。

見於沙離去，紅李、香梨、花蕉也化成一陣風，轉眼竄入高空之中。

小巷內頓時只剩下李凝陽等人。

李凝陽撿起手機轉過身，望著薔蜜、滿天星，還有天堂。

「你們，」他瞥了下錶，「有一分鐘的發問時間。」

「李大人？真的是李大人？」滿天星交握雙手，紫藍色的大眼睛就像她的名字一樣，一閃一閃的彷彿盛滿了星星，「李大人，我可以摸摸你嗎？噢，我真懷念你的肌肉觸感。如果采和主人是第一名的話，那你就是第二名了！」

「請、隨意、不用客氣。」李凝陽懶洋洋地說。

聽見他這麼大方，滿天星歡呼一聲，當下就朝那具被黑西裝包裹的軀體撲過去。

天堂嘴角不易被人發現地抽了抽，他捏緊拳頭，告訴自己那位可是李凝陽大人，斷不能用鐮刀招呼過去。

心理建設似乎奏效，最起碼天堂開口時，他的聲音冷冰冰的，宛如什麼事也沒發生——如果不去注意他額角的青筋。

「李大人，你怎麼也會來到此地？」

由於時間點抓得太剛好了，天堂可不相信「路過」之類的蹩腳理由。

李凝陽自然沒想過要用這種理由搪塞，他任憑滿天星像隻小無尾熊地掛在自己身上又摸又蹭，說道：「就是有事才會下來，主要是提醒幾個記憶都放水流的同伴。」

很顯然，李凝陽下凡來，是專程找八仙中的其餘人。

天堂沒有追問下去，那已經逾越他的地位。

前兩人都發問過了，李凝陽自然將視線投向還抱著莓花、跪坐在地的薔蜜。

戴著眼鏡的長髮女子同時仰起頭，恢復冷靜的美眸瞬也不瞬地回望過去。

望著望著，薔蜜忽然彎起唇角，「很高興又見到你了，新同事先生。」

「我也很高興又見到妳，主編大人。」李凝陽同樣回以一抹笑。不知來龍去脈的天堂與滿天星聽得一頭霧水。

「其實我有挺多問題想問的，例如你現在是乙殼的模樣吧？但藍小弟告訴過我，乙殼時是沒辦法使用任何仙術的。」薔蜜推高眼鏡，目光在一身黑西裝的男人身上打量了一會兒，「不過這先放著不管。我更好奇的是……爲什麼你說我們只有一分鐘的發問時間？」

「哦？妳說那個嗎？其實很簡單。」李凝陽單手壓在手杖上，氣定神閒地笑了，「因爲我要暈倒了。」

咦？饒是薔蜜再怎麼聰明，也沒想到會聽見這個答案。她吃驚地眨了眨眼睛，視線就像要確認眞假似地緊黏在對方臉上。

李凝陽依舊是氣定神閒，但他的身體卻開始慢慢向前傾。

「奇怪……李大人？李大人？」

滿天星還掛在李凝陽身上，她最先發現不對勁。可她才剛喊出問句，本來仍睜著眼的男人倏然眼皮一合、雙腿一屈，高大的身子砰然倒下。

如果不是天堂眼明手快，及時抓回滿天星，只怕她玲瓏的小身軀就要被壓在底下。

抱著滿天星，天堂難得露出呆若木雞的表情。他瞪著倒在路上的李凝陽，顯然沒想到對方眞的說倒就倒。

薔蜜也有些驚魂未定，畢竟前一刻還展現強大力量的男人，下一刻竟失去了意識。她試著用手指戳戳那具身體，沒反應。

正當流浪者基地的主編打算用學術性口吻，宣布這名穿得像是黑道高層的仙人確實暈過去時，她的後方突然傳來高亢大叫，挾帶著緊張。

「張薔蜜！」

薔蜜反射性回頭，她睜大眼，眸底映入的是川芎大步跑來的光景。

那男人一手拎著小木馬，一手還夾著張果，如果不是方才發生一連串事，這畫面其實還挺可笑的。

川芎當然不知道薔蜜心裡在想些什麼，他急得快瘋了。他可沒想到剛進巷子口就看見薔蜜抱著他的妹妹坐在自家門口，一旁還倒著一個高大的男人，甚至就連滿天星和天堂也都現身……

等一下，滿天星和天堂？他們不是應該跟在自己身邊嗎？

這問題只浮現剎那，就被川芎短暫地拋到腦後。他沒有多想，一顆心全繫在似乎失去意識的莓花身上，甚至沒注意到前方薔蜜等人的表情忽然變了，變得錯愕、震驚，彷彿看見什麼難以置信的東西。

「川芎！小心後面！」薔蜜忍不住鬆開攬著莓花的手，慌張地半撐起身子。

後面？什麼？川芎下意識回頭，換他雙眼錯愕睜大。

有車朝他失控地衝了過來。

雖然只是一輛腳踏車。

「快讓開！快閃開！我的煞車……噢，玉帝在上啊！」

騎著腳踏車的草帽男人悲痛地大喊，看得出他試著扭轉龍頭，但裝載在後方座墊位置的保溫箱影響了平衡，腳踏車繼續衝向川芎。

川芎沒法多想，反射性拔腿跑開。他確實躲到了行車路徑之外，問題是他怎樣也沒想到，那名草帽男人竟會棄車逃逸。

棄車也就算了，但爲什麼是往自己的位置撲來啊！

草帽男人就像溺水者抓住浮木一樣，一把抓住川芎，只是衝力太大，加上抓的位置不太好——他抱上了川芎的腰——川芎被那股力量一撲，頓時失去平衡朝後直挺挺倒下。他甚至連揮手抓住什麼也辦不到，因爲他只來得及放開張果和小木馬。

薔蜜不忍再看地閉上眼。

林家長男的後腦和柏油路來了一次零距離的親密接觸。

咚的一聲，現場昏迷人數頓時再加一。

獲得墊背的草帽男人倒是沒什麼事，他聽見腳踏車撞上圍牆再倒下的聲音，忍不住縮了縮肩膀，那聲音聽起來實在有點驚人。

「眞……眞是嚇死人了……」草帽男人按住自己的草帽準備爬起，但他的手剛撐住地面，一隻小腳就出現在視野內。

還來不及抬頭看清來人是誰，那隻小腳已毫不客氣地踩住了他的手。

「哇啊！」草帽男人慘叫出聲，疼痛讓他整個顫抖起來。

等那隻小腳移開，草帽男人忙不迭地甩著手，彷彿這樣做就能把疼痛甩掉。明明是那麼迷你的一隻腳，怎麼踩下去卻像有千斤重？而且到底是哪家的孩子這麼狠？

男人摘下草帽，雙眼迅速鎖定凶手。

「啊咧？」

呂洞賓呆住了，他瞪著正將昏迷的林家長男拖到牆邊的小男孩。那黑髮黑眼，還有簡直像在看低等生物似的冷酷眼神，怎麼那麼眼熟啊？

「不是吧……小張？難道你是小張？你怎麼變成……嚇啊！」

呂洞賓連珠炮般的詢問因為一隻猛然砸來的小木馬，駭得瞬間噤聲。

心驚膽跳地看著那隻躺在自己腳邊的小木馬，呂洞賓在心裡捏了一大把冷汗。他看著張果將川芎擺放成靠牆坐的姿勢，這才終於意識過來自己做了什麼。

「呃，是我將阿林弄昏的嗎？」他小心翼翼地問。

張果只冷冷地瞥呂洞賓一眼，連話也懶得說。他改走到同樣昏迷的李凝陽身邊，然後——

薔蜜覺得自己或許該出個聲比較好。

「張果，我想依你現在這個模樣，除非是像藍小弟天生怪力，否則很難扛起李先生當凶器扔出去。」

頓了一下，薔蜜又說，「不，我想現在也不適合解除乙殼。」

天堂和滿天星可以發誓，他們清楚地聽見張果啐了一聲。

「這眞的……太神奇了，天堂……」滿天星喃喃地說，「那位張大人耶。」

天堂必須承認他也這麼覺得。在林家的這些日子，那位張果大人變得像人一些了。

逃過一劫的呂洞賓抹抹額際汗水，他走近薔蜜等人，草帽按在胸前，優雅地彎身行禮。

「妳好，薔蜜小姐。一陣子不見，妳還是那麼美麗動人。」

「謝謝你的誇讚，呂先生。」薔蜜望著自從多崎鎮一別後就再也沒見過的男人。

呂洞賓，八仙的其中一人。

「老實說，我也有很多疑問想問你，不過現在可以先請你幫我一個忙嗎？」薔蜜終於站了起來。

「那當然！爲女士服務是我的榮幸。」呂洞賓反射性露出優雅的笑容。

「那眞是太好了，就請你將他們弄進屋子裡吧。」沒有像大部分女性被那抹笑容蠱惑，薔蜜伸指比了下川芎和李凝陽，「麻煩了，我一個弱女子實在搬不動他們。」

說完，幾十分鐘前才將一名高大男人過肩摔的女編輯率先進屋。

天堂和滿天星擺明不打算伸出援手，兩人互望一眼，一同飛起，決定到外圈巡視，順便補足一些幻境，必要時還得封閉一些道路。

因爲今晚八點，敵人將再度來襲！

被留在屋外的呂洞賓看看這個，再看看那個，他嫌惡地彈下舌。玉帝在上，搬運男人一點樂趣也沒有，他完全提不起幹勁。

「好痛！」小腿傳來的疼痛讓呂洞賓又哀叫一聲。

「快搬。」無視呂洞賓扭曲的臉，還留在屋外的張果淡淡地說，潔白的手指指向川芎，「先搬他。」

呂洞賓一時忘記疼痛，訝異地睜大眼，覺得有些不可思議，「嘿，小張，你跟阿林的感情什麼時候變得那麼……好吧，我閉嘴。」

在張果冷酷眼神的壓迫下，呂洞賓乖乖地閉上嘴巴，舉起雙手做出投降狀，以免這位性子讓人捉摸不定的同伴說翻臉就翻臉。

轉頭望向昏迷不醒的川芎與李凝陽，呂洞賓嘆了一口氣，認命地挽起袖子。

搬就搬吧，爲女性服務可是男人的榮幸與職責！

拾 林家的守梁

也不知道是不是巧合，川芎和李凝陽足足昏迷了近兩小時才恢復意識。他們醒來時已經快七點了，距離敵人宣告再度來襲的時間，只剩下一個多小時。

林家長男費力地眨了眨眼，他按著太陽穴，一邊撐起身體，一邊覺得後腦像是被大大小小的錘子敲過一樣。當川芎完全睜開眼睛，發現自己待在自家客廳，對面的長沙發上也有個傢伙正掙扎著坐起。

一開始，川芎的腦海確實浮現了「那是誰」的疑問，畢竟他才剛醒來，腦袋沒能那麼快靈活運轉。不過等他看清那對瞳孔古怪的眼睛時，記憶頓時如潮水般全湧了回來。

那是李凝陽！

川芎想起來了，想起失去意識前發生的全部事情。他看見李凝陽趴在自家門口，天堂和滿天星站著，薔蜜抱著他家莓花坐在路中央……

莓花！我家莓花呢？川芎瞳孔猛一收縮，從沙發上跳起，但這大動作讓他一陣暈眩，踉蹌了一、兩步，按著額跌坐回沙發。

「川芎同學你冷靜一點，小莓花好好的，什麼事也沒有。」

一道平靜女聲響起，川芎循聲望去，看見青梅竹馬坐在另一張沙發上，大腿邊有一抹嬌小身影。

有著柔軟鬈髮、蘋果臉蛋的小女孩就像是熟睡般閉著眼，身體蜷成蝦米狀，莓花看起來確實毫髮無傷。

確定了自己的寶貝妹妹沒有大礙，川芎鬆了口氣，這才有餘力留心周遭。

偌大的客廳裡，人還眞不少。

張果、李凝陽、呂洞賓，光是仙人就有三名。天堂站在離他們有段距離的牆邊，俊美的臉龐依舊沒有太多表情。滿天星坐在沙發扶手上，小腿踢晃著，一雙大眼不時骨碌轉動。

川芎不知道是不是自己的錯覺，滿天星總是活力充沛的眼中，似乎多了一絲消沉和憂慮。看看，連平時性騷擾的行爲也沒有了。

「怎麼了？」川芎反射性脫口問道。想了想，他決定還是一個個釐清問題，「薔蜜，莓花爲什麼還沒醒過來？」

「她的意識被封住。事實上，我覺得先別讓她醒來比較好。」薔蜜垂下眼睫，彷彿在思索接下來該怎麼說出口。

滿天星的雙腿不踢晃了，她咬著嘴唇，精緻的臉蛋泫然欲泣。

川芎心裡生起不安。

「怎麼了？」他加強語氣厲聲問，「我要知道該死的是發生什麼事！」

「我來說吧。」呂洞賓舉起一隻手，另一手揉揉眉心，一貫的輕鬆笑意從他眉眼間褪去，

「我來這就是要通知你們，我剛剛已經跟薔蜜小姐她們說過了。阿林，小藍他……被人抓走了。」

川芎呆住，他以爲自己聽錯了。怎麼可能？那個只有外表瘦弱的小鬼被人抓走了？

「但他不是仙人嗎？而且那小鬼還天生怪力！」川芎無法接受地放大聲音，「呂洞賓，你是不是哪裡搞錯了？我之前還打過手機，那時候……」

一根手杖猛地敲上桌面。

「讓洞賓說完，謝謝。」李凝陽依舊是慵懶的語氣，一點都看不出他也是剛得知自己同伴失蹤的消息。

川芎沒有對此表示不悅，他的理智告訴他，只有先聽完才能知道下一步該怎麼做。他深吸一口氣，煩躁地耙了耙頭髮。就算他口頭上老是在嫌棄藍采和，但經過這段日子的相處，川芎心裡早將對方視作家中的一分子了。

現在聽到這個驚人消息，哪可能不激動？

可即使如此，他還是用盡全力穩住心緒，轉頭看向靠牆站著的天堂。

「謝謝……不讓莓花醒過來是對的。」

倘若讓莓花知道藍采和下落不明，她定是難以接受。

「總之，在阿林你和凝陽還沒醒來時，我已經先跟薔蜜小姐及天堂交換了一些情報，現在我們就來統整整件事吧。」呂洞賓身子微向前傾，十指交握成金字塔狀，有條不紊地開始敘述起事情的來龍去脈。

「我在市區聽見了爆炸聲，當我循聲趕過去，只看見小藍的背包掉在路邊。不要問我爲什麼知道那是他的，那很好認，也只有他的背包上會有長腿毛的蘿蔔圖案。我在背包裡發現阿蘿，我第一次看它哭得那麼傷心。它被嚇壞了，說小藍被一個男人抓走，但它待在背包裡，沒看見對方的長相。」

「那阿蘿呢？為什麼沒看到它？」川芎已經巡視過客廳，他很確定沒有那抹白胖身影。

「我到這裡之前把它交給阿景了，阿景那邊會先想辦法找出小藍。」說到這裡，呂洞賓突地哆嗦一下。他回想起自己告知曹景休這糟糕的消息時，那男人依然沉穩得不可思議，可一雙眼睛卻嚇得呂洞賓只想逃跑。

如果說阿蘿是嚇壞了，那麼身為藍采和監護人的曹景休根本就是氣壞了。

呂洞賓相信，他甚至可以用心愛的小瓊娃娃打賭，若那個凶手站在曹景休面前，他一定會給予對方最嚴厲的懲罰。

「說不定會將人碎屍萬段呢……」呂洞賓咕噥道。

金屬製的手杖這次直接敲上呂洞賓的手臂。

「我讓你說話不是聽你偏離重點的，洞賓。」李凝陽挑高眉毛，他抽回手杖，警告性地再往地板輕擊一下。

「我才想叫你改改動口也動手的壞習慣，你當我是不會痛嗎？」呂洞賓抱怨道。不過在接收到數道投來的視線後，也不再偏離話題，他可不想犯眾怒。

他輕咳一聲，再次開口。

「至於薔蜜小姐這邊，她們碰上的女孩是小藍的植物沒錯。她們被下了咒，認為只要收集陰氣，就可以解救被封印在這座城市下的小藍，當然小藍沒被封印。噢，她們的名字分別是花蕉、紅李、香梨。」

川芎坐直身體。他回到家時並沒有看見呂洞賓口中說的女孩身影，可是那三個名字，花蕉、紅李、香梨……

「你想的沒錯，川芎。」薔蜜一眼就看出自己的青梅竹馬在想什麼，「她們三人的原形正好是香蕉、李子和梨子。好吧，連我都想問藍小弟的籃子到底是花籃還是水果籃了。」

「誰管他的籃子是菜籃或水果籃。」川芎這時可沒心情在意那些小事，即使那也是他內心的疑問，「喂，薔蜜，難不成我們下午看到的……」

川芎說的是他們下午離開咖啡店時遇見的怪事，一陣風吹過街上，所有店家準備祭拜的供品剎那間全變成了香蕉、李子、梨子。

現在想想，那事難不成真的與藍采和的植物有關？

「下午看到的？」滿天星好奇問道。剛剛薔蜜只有向呂洞賓提到她面對獨眼男人的事，並沒有說下午還發生過什麼。

當川芎驚訝又轉爲銳利的眼神射來時，滿天星才猛然醒悟到自己漏餡了，她爲時已晚地捂住嘴巴，心虛地垂下眼。

「下午看到的？」川芎重複一次，「滿天星，妳怎麼會問我這個？妳不是也在場嗎？難道說……」

「哎，這個、那個……」滿天星緊張地轉動眼珠。

「跟你出去的人是相菰，不是我們。」天堂冷著臉，護在滿天星面前。

「天堂！你怎麼就說出來了？」滿天星驚呼，一把抓住天堂的手臂，「萬一川芎大人生氣了，以後不讓我摸怎麼辦？」

「……妳大可以摸我的。」天堂咬牙切齒地擠出字。

「可是天堂你沒肌肉，不過癮啦。」滿天星沒注意到自己的一句話讓天堂氣結又鬱悶，她小心翼翼地瞅向川芎，卻發現對方並沒有勃然大怒，只是無力地用手指耙梳一下頭髮。

「怪不得……」川芎將頭靠向椅背，當時的不協調感有了解答。原來跟在自己身邊的是變化成滿天星的相菰，也只有那小子會對薔蜜展現不尋常的熱情。

可川芎隨即又想起什麼，他迅速彈起背脊，「等等，那相菰呢？他沒回來嗎？」

「我還以為是川芎大人你叫他去哪裡辦事了……」滿天星茫然地搖搖頭。

川芎下意識再望向薔蜜，後者也輕搖了下頭，表示不知情。

川芎的目光移向張果，不過他還沒問出口就先搖了搖頭。對於沒興趣的事，張果的嘴巴比緊閉的蚌殼還緊。

只是川芎這次預料錯了，他視線剛移開，清冷的小孩嗓音立即響起。

「他追去了，在街上的時候。」

川芎飛快扭回頭，瞪著那張面無表情的小臉——好像說話的人不是他——好幾秒過去，才反應過來張果在說什麼。

街上發生怪事時，相菰就去追蕉李梨三姊妹了。

川芎沒有質問張果為什麼現在才說，他閉上嘴，視線重新對上薔蜜，在對方眼中瞧見相同心思——如果相菰眞的追去，那他至今還未回來的原因，是不是他們最不願見到的那個？

「或許他和藍采和一樣，都落入敵方手裡了。」開口的人是天堂，他的聲音冷冰冰的。他不願承認，但當時花蕉說過的話確實洩露了蛛絲馬跡，「我質疑她們是不是被操控時，花蕉曾反問我是不是生病了。她說『你也是生病了嗎？就像……』。」

就像，誰？

這個問題的答案，誰也沒有說出口，因爲他們都知道。

「怎麼會這樣……怎會這樣……」滿天星看起來快哭了，「要不是我叫相菰變成我……」

「現在不是研究責任在誰身上的時候。」李凝陽用手杖敲上桌子，「那沒意義也浪費時間。林先生，我比較好奇你剛說的。你有打電話給藍采和？幾點的事？有接通嗎？」

「啊，大概是我快到家之前。」見話題轉向自己，川芎認眞地回答：「不過接的人不是藍采和那小子，是一個沒聽過的男人聲音，我不確定那是不是他的新朋友。」

薔蜜等人注視著他，心中隱隱生起不祥的預感。

「那人說了什麼？」李凝陽又問。

「他說『那傢伙不在』。」川芎記得很清楚，自己那時因被掛電話而感到不悅。接著，他注意到滿天星露出了快窒息的表情，就連天堂的臉色也不太對。

「怎麼回事？」川芎敏銳地瞇起眼睛。

「這可眞是……」李凝陽雙手交疊在手杖上，嘆了一口氣，「太棒了，兩名人質確定都在三姊妹跟那隻眼罩鯊魚手上了。看樣子，藍采和是被那鯊魚抓走的，林先生，藍采和的手機那時在他手上。」

川芎說不出話來，他怔怔地看著宣告這個不幸消息的男人，好半晌才乾乾地擠出字。

「但是……」他沒辦法相信，「但是藍采和不是仙人嗎？他怎麼就這麼簡單地……」

「仙人在乙殼狀態時也是人。」李凝陽從沙發上站起，在客廳裡繞著圈子慢慢地走，不時打量天花板，「更不用說如果碰上鎖卡，無法變身的時候。」

李凝陽走了一圈後停下，發覺周遭突然沒了聲音。他轉過頭，發現五人當中有三人匪夷所思地盯著自己。

李凝陽低下頭，很快猜出他們在想什麼。

「我的乙殼是例外。」他揮揮手，「也不知道是哪個腦袋有洞的人設定出這種行業的，我眞想把那人的頭剖開看看，看裡面除了有洞外，是不是還裝了豆腐渣。好吧，也許更糟，裝的其實是一堆混凝土。」

李凝陽在說出這些刻薄話時，唇邊仍掛著懶洋洋的淺笑，彷彿只是在說今天天氣很好。

「嘿，你這可是人身攻擊了，凝陽。」呂洞賓沉不住氣地抗議，「就算我是這一屆曼陀羅命名大會的委員之一，可不代表我會設計出莫名其妙的行業，更不代表我腦袋裡裝的是混凝土。」

「那當然，你的腦袋裝的都是你千年來的可憐暗戀史。」就算面對同伴，李凝陽用話語刺人的力道也不會特意減輕。

呂洞賓張張嘴，露出倍受打擊的表情。

雖然知道眼下場合可能不太適合，但在場的兩名人類還是忍不住想問問題。

「呃……曼陀羅命名大會？」川芎猜想自己應該沒聽錯。

「你說的是那個會叫『討厭啦，死相』的曼陀羅？」薔蜜推了下鏡架。

「沒錯沒錯，就是那個！」呂洞賓興奮回話，他得意洋洋地咧出笑，視線在薔蜜和川芎兩人臉上打轉，隨即一個箭步衝上前，握住了後者雙手，「時代在變、職業也會變，所以每五十年我們都會召開大會，更改職業，免得跟不上流行。」

「這屆我是委員，我可是提出許多很棒的點子。例如賽車女郎、網拍模特兒，或是資訊展、電玩展的Show Girl。阿林，你一定可以了解我的，對吧？想想看，假如小瓊抽到這些……」

川芎腦海中無法抑制地勾勒出美好的想像，幾乎要跟著點頭了——如果不是他的青梅竹馬正用不齒的眼神冷漠地瞪著他。

「到此為止，洞賓。」

李凝陽不客氣地拿手杖戳上呂洞賓的後腦，力道鐵定不輕，否則不會見到他抱頭哀叫。

「你那些粉紅色又猥褻的念頭會妨礙我們談正事。現在，不准插話、不准開口、不准干擾我，否則我把你的何瓊寫眞集丟到本人面前去。」

呂洞賓立刻連哀也不敢哀，萬一讓愛慕的少女知道他私下收集了不少她的照片，鐵定會被輕視的。

至於川芎則是費了好大一番勁，才沒有開口向呂洞賓說出「借我」兩字。

確定自己得到完整的說話空間，李凝陽手杖拄地，背部挺直，「藍采和跟相菰被抓，這是無庸置疑的事，多說什麼都是廢話。反正今晚八點紅李她們會再過來這裡一趟。事實上，剩不到一小時而已。好了，有問題嗎？」

「我想我有。」薔蜜舉起手，神情冷靜，「所以我們該怎麼做？我是指在對方來之前，我們該做些什麼防範？對了，你抽到的乙穀其實是編輯對吧？」

李凝陽投給自己在人間的女上司讚賞的一眼，「是編輯，雖然不算完全正確，但這事我們可以晚點再談。防範工作當然要做，天堂、滿天星。」

「是？」被點到名的滿天星第一個回話，她眨眨漂亮的眼睛。

「其他植物有辦法出來嗎？」

「不，沒辦法。」天堂代替滿天星說道：「藍采和下了結界，沒他應允，其他人出不來。」

李凝陽不感意外地點點頭。

「我想也是。全放出來的話，這屋子鐵定會撐不住。」他彎起唇角，「尤其是在沒有『守梁』的情況下。」

「什麼？」川芎愣了一下。

「守梁，守護之梁。」李凝陽看向林家長男，「有點年紀的屋子都有。支撐屋子的主梁只要時間久了，多少會產生意識。如果這家的成員們還很團結、感情極好，那份心情和意識就會結合在一起，最後塑造出類似低階守護神的存在，我們統稱爲守梁。你不知道？」

「見鬼了，我哪可能知道這種事？」川芎皺起眉，「我長那麼大從來沒見過什麼低階守護神……！」

川芎驀然閉上嘴巴，臉上出現一瞬的動搖。他彷彿想到什麼，視線慢慢地投向薔蜜，後者眼中也浮現一絲驚疑，他們倆顯然想到同一件事。

「阿林，你還好嗎？」估計李凝陽都說完了，留心到川芎異狀的呂洞賓有些擔心地拍拍他的肩膀，「就算沒守梁也不用擔心，大不了之後我和小藍再想辦法賦予你們家的主梁意識，接下來只要時間久了，自然就可以形成……」

「如果沒有的話，是很糟的事嗎？」川芎忽然這麼問。

「……啊。」遲疑了下，呂洞賓老實承認，「是不太妙。那等於屋子的守衛能力降低，惡運和疾病容易入侵。總之就是比較鎮不住……不好的東西。而且小藍的植物也會不適合放出來，天堂和滿天星先不論，他們倆感情好，不可能打起來。可換成鬼針、茉薇他們，萬一他們打起來，隨便一擊都可能讓沒有守梁的屋子直接塌了。但我想不明白的是，爲什麼小藍沒有告訴你們？」

呂洞賓打住了話，他和李凝陽交換一記視線。只要恢復仙人姿態，藍采和一定就能發覺這個家少了守梁。可是，爲什麼他沒有告訴林家兄妹？

「……我知道那小子爲什麼沒有告訴我們。」川芎發出沉悶的呻吟，伸手捂臉。他本來就不是笨蛋，從李凝陽和呂洞賓的一番話加上這段日子發生的大小事，他已經大概拼湊出事情原貌。

「事實上，鬼針和茉薇早就在我家打起來過，鬼針還差點拆了我家地下室。」

這下子，就連一直氣定神閒的李凝陽也吃了一驚，豎長的瞳孔閃過銳利的光。他雙眼天生異常，即便是乙殼姿態也能看見常人無法看見的，他很確定這個家並沒有守護之梁。

但是，林川芎的態度也不像在說謊。

「那小子根本就沒發覺到什麼守梁的不在我家。」川芎深吸了一口氣，雙手交握，「因爲我家一直有一個叫作強納森的幽靈存在。」

「不是強森嗎？」薔蜜糾正。

「哎？我記得是叫作麥克阿瑟之類的？」滿天星困惑地歪了下頭。

天堂覺得對方應該叫麥克，不過滿天星都這麼說了，他決定贊同她的意見。

——誰也沒有察覺到，中年幽靈正確的名字是約翰。

「等一下，如果那傢伙是我家守梁，爲什麼他什麼也記不起來？」川芎忽然想到一個問題，眉毛皺緊。

「這個嘛……」李凝陽聳聳肩膀，「守梁雖然能守著屋子，不過有一個毛病。時間久了就容易犯老人痴呆症，記不得自己是誰。」

川芎無言。

「啊，說到守梁先生，那位麥克阿瑟好像不見了。」滿天星主動報告，「我和小姑娘下午找過了，完全沒瞧見耶。」

「守梁不可能不見，他無法離開這屋子。」聽聞川芎等人的說法，李凝陽不但沒有恍然大悟，反倒繃緊了英俊的臉，「不見只有一個可能性，他被人強行弄走了。」

沒人問是誰做的，因爲眾人反射性都想到了蕉李梨三姊妹及於沙。

嗡嗡！突然的震動聲劃破客廳內緊繃的氣氛。

薔蜜因爲這聲音震了下身體，但她立即反應過來，那是手機收到訊息的提示音。

薔蜜的手機下午時便借給阿魔，現在在她包包內的——

她抿著唇，從包內翻出手機，果然在螢幕上看見新訊息的提醒。

薔蜜點開一看，眼神冷了下來。

「怎麼了？」川芎乾脆從她手上拿過手機，這一看，換他的表情不好看。

發訊人是阿左，那位如今被幽靈佔據身體的隔壁家編輯。

訊息內容只有短短的一行字。

我下來了。

「媽的，差點忘記還有那傢伙。」川芎嫌惡地咂下舌。雖然知道阿左只是受害者，但那些騷擾行為回想起來就令人火大。

「那傢伙？」呂洞賓感興趣地問。

「只不過是個騷擾我同事的變態，今晚也約了他談判。」薔蜜吐出的字句宛如寒冰。

但就在下一秒，薔蜜猛然繃緊背脊，她把一切事情都串聯起來了。被幽靈附身的編輯，因為蕉李梨而出現的幽靈，夜遊、鬼門開……

「那件事也是藍小弟的植物造成的。」薔蜜喃喃地說，緊接著她目光鎖定川芎，「川芎同學，你還記得吧？阿魔曾說他們夜遊時發生了什麼事。」

川芎當然記得。阿魔提過那些其實是幽靈的白煙，是在供品變成了蕉李梨後才出現，並且透過接通的手機入侵到阿左身體裡。

「靠，現在是怎樣？」他反應過來後罵了聲髒話，「那三姊妹不是要收集陰氣？沒事又幹嘛讓幽靈待在別人身體裡？」

「可以把你們在說的事，詳細一點地告訴我嗎？」李凝陽有禮地提出請求。

聽完騷擾事件的來龍去脈後，這名穿得像是黑道高層的仙人用食指輕敲了下鼻子。他在想事情，他在想事情的關聯和因果。

然後他想到了。

「原來如此。」李凝陽扯出一抹慵懶的微笑，手杖在他手中轉了一、兩圈，「原來是這麼回事。」

「這麼回事是怎麼回事？」呂洞賓狐疑地問。

李凝陽沒有馬上回答，他挑起眉毛，回望同伴。

呂洞賓慢了一、兩拍後，也醒悟到究竟是怎麼回事。

「天啊，原來是用這個方法收集陰氣嗎？」呂洞賓恍然大悟地擊下手掌，「只要一個地區鬼魂過多，定會引來地府的追查。爲了避免這個麻煩，所以她們才找了容器塞入。」

而阿左，就是倒楣被選上的容器之一。

短促的訊息提示音又無預警響起，正好抓著手機的川芎被嚇了一跳，差點掉了手機。

他立刻點開訊息。這次同樣只有一行字，只不過內容有變。

我到豐陽市了。

川芎狠狠地擰起眉，但還沒做出任何反應前，手機竟又再次震動。

又是新訊息。

川芎與薔蜜互望一眼，他點開最新收到的訊息。

我在朝陽路上。

幾乎不到十秒的時間，嗡嗡聲再次劃開客廳裡的空氣。

發件人依然是阿左，訊息內容則是——

我來了。

附上一張建築物的照片，兩層樓的屋子，青銅色的大門，門牌上寫著「13」。

晚間七點四十分，距離八點還有二十分鐘。

應該有人車往來的路上，此刻卻空蕩得詭異。不僅如此，其中一幢兩層樓建築物的屋頂上，竟或坐或站著兩抹身影。

藉路燈光芒照耀，可以清晰地勾勒出兩人的身形。

盤腿坐著的男人穿著簡單的T恤、牛仔褲，腰間綁了件外套，長髮紮成馬尾，垂落在腦後。他手裡抓著一頂大草帽，有一下、沒一下地搧著風。俊朗的面孔帶著閒散的表情，但只要仔細一觀，就能發現他的雙眼飽含警戒。

站著的男人與坐在屋頂上的同伴截然相反，他一身筆挺黑西裝，戴著一副墨鏡，手中還握著一根金屬製的手杖。頭髮亂七八糟的，乍看之下，渾身都散發著濃濃的黑道味。

這兩人分別是呂洞賓和李凝陽。

在林家長男收到那封寫著「我來了」的訊息後，他們立即計畫了一連串行動。川芎、薔蜜和未恢復意識的莓花，三名人類一定要待在屋裡，以確保受到滴水不漏的保護。而負責保護的人是張果。就算他對藍采和的植物做了什麼事、收集陰氣又是為何一點興趣也沒有，壓根不想插手，不過他也不至於冷眼旁觀自己的房東受到傷害。

有了張果坐鎮，另外兩名仙人基本上不太擔心川芎他們的安危。但保險起見，他們乾脆讓滿天星也留在屋內。

一來，因為滿天星施行幻術，將朝陽路一帶的區域全納入幻境之中，為了鞏固幻境的強度，她無暇分心支援戰鬥；二來，則是要藉由她充當屋內和屋外兩方的聯絡，操控龐大幻境的她可以察覺幻境中是否有任何異動。

至於天堂，和兩名仙人負責屋外。除了封閉幻境內的建築物，不讓無辜民眾誤闖即將成為戰場的地帶，他還有一個最重要的任務，那就是成為戰鬥人員之一。

天堂、呂洞賓、李凝陽將直接與於沙等人對上。

不像兩名仙人待在屋頂上，此刻的天堂飛到更外圍進行巡視，以防敵人趁隙侵入。

一切準備妥當，現在要做的便只有等待了。

「怎樣，有看到那個被幽靈佔據身體的先生嗎？」

呂洞賓說的人是傳來訊息的阿左，雖說對方附上林家的照片，顯示自己就在屋外。但當呂洞賓他們出來後，卻沒看見任何可疑的人影，林家大門外的路上一片空蕩。

「我要是看到我都想佩服我自己了。」李凝陽望著這個被黑夜包圍的社區，漫不經心地回答：「要我提醒你帶上你的大腦嗎？就算那玩意只剩下小得可憐的空間來儲存對話。洞賓，我可以看見常人看不見的，不代表我的視力能超越鷹隼，連對面屋頂有沒有螞蟻爬都知道。」

「好吧，其實我的意思，是問你能不能看到那些幽靈？」呂洞賓早已習慣李凝陽總是以優雅的語調吐出辛辣字句，畢竟他們可是當了千年的朋友——也許說是損友更貼切一點。

李凝陽轉過頭，他摘下墨鏡，杏仁狀的瞳孔只差沒浮現「鄙視」兩個字。

「洞賓啊……人家幽靈被塞在那名人類體內，為的就是躲避地府的追查。敢情你是當我的眼睛具有透視功能嗎？」

「噢，如果你真有這功能，我一定叫你幫我確認一下小瓊的三……咳，當我什麼都沒說，剛才全是你的錯覺。」發現身旁男人的眼神從居高臨下的鄙視轉為不齒，呂洞賓聰明地吞下後面的話，以免被人一腳踹下屋頂。

如果是李凝陽，絕對有可能這麼做。他可是可以臉上優雅帶笑、同時動手狠絕的男人。

呂洞賓乾脆換個話題，「我說凝陽。」

「嗯？」

「所以你抽到的乙殼到底是什麼？雖然我跟你是一起下來的，不過還是想不出有哪個職業有辦法在乙殼時使用仙術。」

「你問，我就一定得說嗎？」

「喂喂喂，咱們可是好碰友、好麻吉耶，連這事也不告訴我，眞是沒良心。」

「我要眞沒良心，就不會千年都在聽某人叨唸他的單戀史。」李凝陽冷笑，收起墨鏡。

呂洞賓發出爽朗的笑聲，裝作他不知道那個某人是誰。

原以爲李凝陽眞的鐵了心不肯透露自己乙殼的身分，沒想到那道優美嗓音在下一刻又響起。

「你知道藍采和抽到籤王吧？」

「知道啊，小藍下凡那次就是我踢……不，是我送他下去的。」呂洞賓食指頂著草帽，彷彿無聊地轉圈圈，「說是籤王，其實也是委員會有人懶得想職業設定，總比抽到籤后好多了。聽說那張的設定詳細到令人髮指……等等，不是吧？」

呂洞賓不轉帽子了，他睜大眼睛，探詢似地望著突然提起這話題的朋友。

李凝陽不答腔，他從西裝外套口袋中摸出一包菸，咬了一根出來。那咬著菸的模樣，立刻爲他增添一絲令人想退避三舍的危險味。

接著，李凝陽眞的將菸咬下去——他不抽菸，他只吃香菸糖。

「……我抽到籤后了。」李凝陽望天，像是鬱悶，又像只是單純這麼做地吐出一口氣，「『疑似黑道分子的出版社編輯，跛腳，附加神奇的超能力』，想出這種腦殘設定的到底是誰？洞賓，你告訴我，老子回去後要把那白痴狠狠抽一頓，再綁著他，逼他看鍾離權和韓湘同時吃飯的畫面。」

呂洞賓得說，最後一個報復手段可眞夠狠。只要看過那兩人吃飯的畫面，接下來有好長一段時間的食欲都會被徹底破壞。

「我不能透露，我們委員會有簽保密條約的。」呂洞賓忍著笑，「那超能力是怎麼回事？說說看，聽起來挺神奇的。」

「它能讓人儲存一次仙術，在乙殼狀態時使用。」李凝陽聳聳肩膀，自己揭曉當時能從於沙手中保護薔蜜和莓花的祕密。

「哇靠！這已經不叫神奇了，這外掛也太強了吧？」呂洞賓可沒想到所謂的超能力是這種用法，他原本還以爲是折彎湯匙之類。

「不過七天內只能用一次，用了之後會立刻昏死兩個小時。」李凝陽又咬下一截香菸糖，雲淡風輕地補充。

「……哇靠。」呂洞賓還是同樣的感嘆詞，只不過兩次意義大不相同，「我收回我剛說的話，這外掛根本就虛到爆，有還不如沒有。」

用過之後立刻昏死兩小時？這豈不是擺明任敵人宰割嗎？

「所以我說我要抽死那個想出這種腦殘設定的白痴。」

李凝陽瞥了一眼手錶，再十分鐘就八點了，他又抽出一根香菸糖叼著，還不忘將那包糖果遞向朋友，不過對方搖手拒絕。

「剩下的十分鐘，你覺得我們該在屋外貼上警告標語嗎？比如『內有張果，危險勿入』之類的。」

呂洞賓差點爆笑，他死命忍住笑意，「噢，我想貼了紅李她們絕不敢闖入屋內的。」

「不過那鯊魚可就難說了。」李凝陽皺了下眉，不是因爲想起於沙的強悍攻擊力，而是想起另一件事，「當初呑掉擬幻寶珠的花枝，何瓊說的小丑魚，還有這回的單眼鯊魚，共通點都是水族。洞賓，我有一種不太妙的預……」

李凝陽沒有將最後一字說出來，他的眼神倏然凜冽，臉上的漫不經心盡數斂去。不僅他如此，原本坐著的呂洞賓也戴上草帽，迅速站起。

兩名仙人並肩站在林家屋頂上，耳邊響起滿天星稚氣又透出緊張的叫喊。

「李大人、呂大人，有東西朝我們這裡靠近了！」

同時間，小巷兩端正慢慢湧出人影，古怪的潮濕霧氣跟著漫入。

李凝陽和呂洞賓沒有浪費時間，兩人手中各自握著乙太之卡，七彩流光在卡片上一閃即逝。

「吾之名爲李凝陽。」

「吾之名爲呂洞賓。」

「現在要求解除乙殼封印，應許·承認！」

拾壹 最糟的局面

碧色青光與輝焰似的紅芒剎那間席捲林家屋頂。

藉由滿天星另外造出來的銀藍色鏡子，屋內的川芎等人可以清楚瞧見外面動靜。

這還是川芎和薔蜜第一次瞧見李凝陽回復仙人姿態。與其餘七仙不同，從他的乙太之卡迸出的紅光，轉眼竟化爲奔騰的火焰。

熾紅火焰彷彿火龍，從腳下迅速纏捲上李凝陽全身，那些漆黑顏色被焰陣吞沒得一乾二淨。隨即火焰轉小，如星屑般跌墜下來，逐漸顯露出一抹高大身影。

熾紅色的髮、熾紅色的豎瞳，一條小疤橫劃單邊眼下。貼身的戰裝軟甲包裹住那具身軀，唯獨暴露出左邊臂膀，火焰般的紅紋張牙舞爪地烙印其上。

原本握在手中的手杖已不見蹤影，取而代之的是一柄與身形同高的赤紅長槍。不論槍頭或槍柄，都閃動著灼熱又逼人的紅。

這是一名宛若由火焰具象的男人。

八仙的最後一人——李凝陽！

看著自火焰中走出的男人，薔蜜不禁湧上一陣感嘆，「……我得說，我們的新網編先生看起來更加黑道了。」

川芎深有同感，接著他就注意到身邊傳來怪異聲響，納悶地扭頭一看，臉頓時黑了。

製造出幻鏡好讓他們能窺看屋外景象的滿天星，竟正死盯著回復眞身的李凝陽，不時吸著口水，他聽見的就是對方發出的聲音。

渾然沒注意到林家長男的目光，滿天星捧著微微泛紅的臉頰，滿眼陶醉，視線生了根似地緊緊黏在李凝陽的手臂肌肉上。

「滿天星，妳的口水快滴下來了。」還是薔蜜細心，從客廳桌上抽了張衛生紙，遞給看得入迷的小女孩。

「咦？啊，不好意思。」滿天星回過神，趕快抹抹唇角，下一秒繼續滿眼陶醉地望著鏡裡的影像，「怎麼辦……那個肌肉線條眞是太棒了！唔啊，害人看了好想摸呀！」

「李先生的肌肉確實練得不錯，要是外表年紀再多加個二十歲就更完美了。」薔蜜認眞地提出意見，「眞是可惜，八仙中的男性怎麼就沒外表再成熟一點的？曹先生和李先生這兩種類型都算是我的好球帶哪。」

「薔蜜大人，我們眞是英雄所見略同！」滿天星興奮地握住薔蜜的手，「除了采和主人，他是我心中永遠的第一名。接下來我也最欣賞曹大人和李大人呢！說實話，曹大人的肌肉也很棒，可惜就是包太緊，不像李大人那麼大方。」

滿天星忽然又壓低聲音。

「偷偷告訴妳，薔蜜大人。其實下午出現的那個反派角色，他的身材也很吸引人耶。不過我不敢讓天堂知道，他一定會生氣的。」

川芎聽得滿頭黑線，有種想和這一大一小拉開距離的衝動。他甚至猶豫著要不要乾脆學那個淡定得像是天塌下來都不放在眼裡的張果，坐到沙發上看電視算了。

正當川芎打算這麼做時，他眼尖地捕捉到畫面轉至路上的幻鏡一角。

「那個傢伙是……滿天星，能不能把畫面放大？」川芎提出要求。

「哎？當然可以！」滿天星暫時跳脫肌肉話題，她小手輕揮，幻鏡中的人影立刻放大。

所有人都能瞧見有數十名男女，正從巷子一端搖搖晃晃地走進來。

光憑他們臉上的空白表情、沒有焦距的茫然眼神，還有那不自然的走路方式，就能知道這些男人、女人情況不對。

川芎的注意力卻放在其中一人身上。

「等等，我認識這傢伙……他不是輕鬆出版社的編輯嗎？」川芎曾接到不少間出版社的邀約，多少認識一些編輯，看見認識的人出現在這群人裡，他嚇了一跳。可隨即又像想通了什麼似地抽口氣，「靠！張薔蜜，難道他就是妳的相親對象、騷擾阿魔的那個『阿左』？」

「川芎同學，請稱呼他為隔壁家的編輯，透露出版社可是不道德的。」薔蜜淡淡地說，她的不否認就是最好的承認。

川芎咂了下舌，沒想到對方會是自己認識的人。

「川芎大人，那是你的朋友嗎？」滿天星好奇地戳了戳幻鏡，平滑的鏡面立即泛起漣漪。

「嚴格來說只是認識的人。」川芎皺起眉，「滿天星，能不能幫我跟呂洞賓他們說，出手時多注意一點。」

「沒問題唷。」滿天星笑咪咪地回答，反手變出一個銀藍色的星星光環。

「李大人、呂大人、天堂，有聽見嗎？那個呀，川芎大人在那群人中發現認識的人，就是本來約在今夜談判的那個人類。川芎大人希望你們出手時多注意一點。」

「多注意一點？」聽見滿天星傳來的消息，站在屋頂上的綠髮男人狐疑地挑下眉，他向身邊的紅髮同伴投去詢問的一眼，「是要我們多注意什麼？」

「你自己猜吧。」李凝陽懶得應和，低頭俯望著越來越靠近林家的人群。回復眞身之後他的感應能力瞬間大幅提升，他看得出來這些人體內全都塞著大批鬼魂。至於川芎他們說的那個騷擾狂，塞的淨是一些殉情者，怪不得心性瞬間變得偏激。

確實如同紅李等人所說，她們收集了大量陰氣。不過這些鬼魂被釋放出來地府不可能察覺不到。既然如此，她們會怎麼做呢？

李凝陽若有所思地撫下嘴唇，另一邊的呂洞賓則猛然彈了個響指。

「我知道要注意什麼了，凝陽。」呂洞賓露出一抹爽朗的笑，「敢騷擾女性的男人都是低級垃圾，我會多注意一點，避免把他打死的。」

這聽起來像是玩笑，不過李凝陽知道女性至上主義的呂洞賓是很認眞地在說這句話。

「呂大人、李大人。」突然間，一抹纖瘦的少年身影平空佇立在兩名仙人旁邊，天堂手持鐮刀，冷漠地望著底下數十人，「要動手了嗎？」

「不，再等等。」李凝陽伸手阻攔，「我想看看她們打算對這些幽靈做什麼事。」

彷彿在呼應他的話，原先寂靜的路上忽地傳來聲響。

篤、篤、篤！什麼東西輕擊地面，接著是響亮的哐噹一聲，聽起來像是金屬彼此撞擊。

當這些聲音如水波擴散於夜色中，說也奇怪，那些本來還在搖搖晃晃的人群登時全部靜止。他們動也不動地停在林家外，宛如在等候接下來的指令。

下一剎那，夜空中響起三道清脆悅耳的笑聲。

「嘻嘻。」

「呵呵。」

「咭咭。」

屬於女孩們的笑聲震動夜色的瞬間，本來只瀰漫在小巷裡的淡霧倏然發生異變。它們快速竄出巷弄，在李凝陽三人來不及出手之前，朝四面八方散湧出去。

更加奇異的事發生了。

霧氣內閃現藍光，藍光越擴越大，霧氣看起來就像幽藍色的流水，包圍住整條朝陽路及鄰近地帶，彷彿一個大蓋子當頭罩下，一切都被關在裡面。

「好啦，現在誰也不能妨礙我們了。」帶有傲氣的女孩笑聲響起，黑髮紫紅眸的女孩同時暴露身形。

「不……過，爲了保險起見一點，」第二位現身的是名柔弱的女孩，淡綠色髮絲柔順地披散在頸後。

「還是來弄個加強版的吧！」棕髮棕瞳的女孩從夜色中撲上綠髮女孩的背，親熱地摟著她，開心大笑道。

笑聲方落，女孩們手中同時出現武器，銀亮的餐刀、湯匙和叉子迅速往下一拄。

地面如同受到波動，大大地震了一下，緊接著柏油路自中迸裂翻起，藏在底下的石塊像雨後春筍般冒出，用誰也阻止不了的速度轉眼茁壯。

不消一會兒，被關在幽藍屏障裡的地域立刻出現無數巨大嶙峋石柱，彷彿監牢的柵欄，圈圍在最外圈。

面對這個堅固的結界，李凝陽等人沒有馬上出手，但他們也沒有放鬆絲毫警戒，他們清楚還有一人尚未出現。

「紅李，妳們三姊妹還在猶豫個什麼勁？是想讓兩位大人等得不耐煩嗎？」有誰在黑夜中不屑地高聲狂笑。

黑髮獨眼的水族男人出現在李凝陽他們的視野裡，他雙手抱胸，雙腳懸浮空中，青碧的眼珠閃動著嗜血。

於沙狂傲地扯動唇角，他一隻手臂高舉，猛然揮下，「動作快點，派對開始了！」

「不准命令我們！」紅李尖聲回嘴，可同時也沒停下動作。她的餐刀和另外兩支銀器撞擊在一起，方才出現過的哐噹聲又一次響亮迴響。

這陣音波似乎含有某種魔力，靜佇在林家門外的人群應聲倒成一片，面部表情依舊空白，但失去焦距的雙眼已然合上。

一縷縷白煙從人們體內接二連三地鑽冒出來。

李凝陽知道她們要做什麼了。

「天堂，封閉那些白煙！別讓它們出來！」

橙髮少年應聲而動，他的身形快若閃電，眨眼間便從上空俯衝至路面。手上鐮刀橫掃，一個半月形的大弧飛快衝出。

「怎麼能讓你礙事？」於沙動作不慢，發現天堂的意圖時也跟著掠出，掌心間同時水光湧動，瞬間形成一柄碩大的三叉戟，擋下彎月形的鐮刀。

於沙的力量終究略勝一籌，他的手臂猛然施勁，挑開對方咬著自己不放的武器。

天堂被震得連退數步，而就在兩人交手的瞬間，地面人群體內鑽出越來越多白煙。

起初還是一團團形狀不明的白色煙氣，但很快變得透明、形狀固定，五官也浮現出來，除了身體透明這點，其他分明是人類的形態。

幽靈們表情木然，身邊隱約冒出一些霧氣般的物質，霧氣越來越清晰，像是潮濕的潮水瀰漫在這與外界隔絕的結界裡。

周遭溫度一口氣下降。

明明就是夏季夜晚，空氣卻冷冽得凍人，彷彿要鑽進骨子裡，吞噬體內的溫度。

或許在屋子裡的川芎他們眼中看來，那只是一陣詭異的霧。可呂洞賓和李凝陽卻清楚，這是幽靈的陰氣。一般人沾到少量不會有事，若是眼下如此驚人的量，只怕一沾上，那人就會遭陰氣入侵，失去溫度，活生生地凍死。

「這下麻煩大了……」呂洞賓重重地彈下舌，不敢遲疑地朝地面扔下幾個保護結界。他已經明白那個雙層結界的作用根本就不是爲了圍堵他們，而是爲了防止陰氣外洩。

如此一來，就算此地聚集再多幽靈，地府也不會察覺到異樣。至於呂洞賓口中的「麻煩」，指的卻不是地府人員沒有察覺。仙與鬼兩者之間力量過於懸殊，不經意的一擊就能使幽靈魂飛魄散，也因此面對這些並非罪大惡極的幽靈，身為仙人的呂洞賓他們不可能隨意出手消滅。

戰鬥還沒正式開始，他們就已被這些前提綁縛住手腳。

「確實是麻煩死了。」李凝陽自然理解呂洞賓的意思，也深表贊同，所以他採取的辦法就是無預警地將呂洞賓一腳踢向紅李她們的方向，「三姊妹你負責，我去會會那隻鯊魚。」

「什……等一下！我不跟女性打的呀！」呂洞賓壓根沒防備同伴的偷襲，幸虧他已回復真身，否則只怕會狼狽地摔到底下。不過他的姿勢也稱不上好看，幾乎是踉蹌地站到紅李她們面前。

三名女孩顯然沒料到她們要面對的敵人，竟然會是身分、位階都比她們高的呂洞賓。一時間也愣住了。

可居中的紅李隨即咧出一抹笑，她重重地向下一拄餐刀，兩旁的香梨、花蕉也馬上跟進，銀亮的刀叉、湯匙以獨特的規律震動、撞擊，再震動。

呂洞賓心生不安，迅速地往下一看。

那些表情木然的幽靈猛然齊刷刷地抬頭，就像是紅李一樣拉開嘴唇，咧出一抹笑。

「不是吧……」呂洞賓冷汗涔涔，接下來的景象讓他差點哀叫出聲。

幽靈們全都朝上空飛來了！

「我踢你過去是要你阻止她們，不是眼睜睜看著她們出手。洞賓，你的大腦和四肢是忘記怎麼協調合作了嗎？」李凝陽瞥見這幕，他一邊擋在天堂和於沙之間，一邊將淬上毒汁的話語不客氣地投向同伴。

「追根究柢是你不該踢我來的！我哪忍心對女孩子動手？」呂洞賓傳來抗議。

「然後讓你的雷電去跟那隻鯊魚的水對上，增加導電性，順便波及所有人嗎？放心好了，紅李她們的武器有特殊處理，導不了電的。」李凝陽無動於衷地駁回抗議，他對後方的天堂一揮手，「你的對象是那些幽靈，不准弄死，地上的那群倒楣鬼也得顧好。」

待天堂領命，李凝陽的目光重新鎖定於沙。他懶洋洋地揚起笑，食指傲慢地勾了勾。

「準備好要幹架了嗎？這邊隨時奉陪。」

於沙不怒反笑，「李凝陽，你會知道『後悔』怎麼寫的。」

「不介意的話，我可以教你怎麼寫，在你被我打到跪地之後。」李凝陽的態度依舊如此從容，他手掌一翻，本來空蕩的掌心頓時躺著一根香菸糖。

李凝陽嘴裡咬著香菸糖，形似叼菸的姿態，看在藉由幻鏡現場連線的川芎他們眼裡，只覺怎麼看怎麼黑道。

於沙被這副漫不經心的態度惹毛了，他猙獰一笑，三叉戟迅雷不及掩耳地突刺出去，一出手就直取要害。

李凝陽咬斷香菸糖，眼底焰火燃動，長槍毫不退讓地迎擊。

兩人速度又快又狠，肉眼難以捕捉，只聞金屬撞擊聲連連響起，眨眼已交手數十次。

李凝陽和於沙纏鬥，同時間，天堂與呂洞賓也各有行動。

天堂衝進幽靈群中，以自身作餌，將幽靈引至其他方向。

受紅李、香梨、花蕉操控的幽靈們，將她們三姊妹及於沙之外的人都視作敵人。天堂故意露出空隙，立即有部分幽靈追擊過來。但仍有幽靈想闖入另外兩位仙人的戰局，它們已喪失心智，無法判斷自己若是受到力量餘波衝擊，可能會當場魂飛魄散。

見狀，天堂傳了訊息給在屋子裡的滿天星，「小星。」

「知道了唷。」

滿天星充滿朝氣的聲音在天堂腦海響起。天堂微微一笑，很快又回復戰鬥時的冰冷表情。

林家的屋頂下忽然冒出許多銀藍色星星光環，這些星星光環繞到了那些沒被天堂引開的幽靈周圍。在滿天星的幻力催動下，星星光環映照在幽靈眼中，瞬間成了一場幻境。

以為全部敵人都在另一方的幽靈紛紛改變方向。

面對大量幽靈包圍，天堂只是冷笑，鐮刀閃過森冷寒光——封閉幽靈意識的時間要開始了。

天堂和李凝陽行動進展順利，呂洞賓卻波折重重。

向來奉行女性至上主義，再加上紅李、香梨、花蕉是自己同伴最年幼的植物，呂洞賓很難發揮實力。

但紅李她們卻不一樣，短暫猶豫過後，她們就對比自己高階的男性仙人展開攻擊。

面臨一波波逼來的攻擊，呂洞賓只能狼狽躲開。縱使長劍「綠蜂」已出鞘，他還是無法狠心地揮下。

可漸漸地，呂洞賓發覺三人的攻勢越來越凌厲，最後竟招招狠絕，帶著置人於死地的殺意。

呂洞賓一驚，提劍格擋下三柄銀器後，這才注意到女孩們的臉頰上不知何時烙著一隻青豔的蝴蝶。原本還帶著各自特質的三雙眼眸，強勢、柔弱、天眞，全部消失無蹤，取而代之的是無情冰冷。

呂洞賓一眼就能看出，這是心智被徹底操控的模樣。

恐怕現在的她們，連自己的植物同伴都不記得了。

呂洞賓藉反擊的力道躍退一大步，他不想動手，可現在的情況只怕是不得不動手了。

電光石火間，又是數道銀光閃現，危險的風壓再次疾速逼近，鋒利的武器當頭砍下。

呂洞賓的右手握著綠蜂擋下紅李的餐刀，左手則是電光閃動，一柄由青電凝聚出的長劍擋住花蕉的叉子。

獨獨沒有見到香梨的蹤影！

呂洞賓變了臉色，反射性扭頭，驚見第三名女孩高舉湯匙，即將重重揮砸上林家屋頂的畫面。

「香梨住手！」呂洞賓厲喊。他不是爲了屋內人的安全，有張果親自坐鎮，怎麼可能不安全？可反過來說，危險的會是香梨。一旦張果出手，無論對手是誰，絕不留情。

呂洞賓不可能眼睜睜看著香梨送死，他一點也不想看見自己的同伴們彼此翻臉。

無奈呂洞賓這一刻就是騰不出手，紅李和花蕉的夾擊絆住了他。

巨大的銀色湯匙就要砸上屋頂，然而在僅離一公尺時，火焰乍然捲起，強烈的高溫朝著香梨撲擊而去。

「呀！」淡綠髮色的女孩驚叫，雙手護在臉前，畏縮地急後退。

呂洞賓鬆了口氣，同時掌中青電加劇，電流迅速遊走上花蕉的叉子。在對方還沒意識到他的意圖之前，青色電流已纏住花蕉細白的手腕和脖子。

「這實在有違我的原則……但是沒辦法了。」呂洞賓眼裡閃過歉意。

下一剎那，花蕉的身子抽搐幾下，接著彷彿失去引線的木偶，自高空直直墜落下去。

從幻鏡見到這一幕的滿天星馬上召出星星光環，即時接住身體。

而就如呂洞賓所猜，徹底遭受控制的紅李即使目睹了姊妹墜落，美麗的臉蛋上也沒有任何表情。

見花蕉被電流剝奪意識，深怕自己也中了同樣招式，紅李迅速地想抽身離開。

呂洞賓哪會給她機會，左手長劍壓縮成一團球狀電光，飛快往她的後頸拍下。

紅李僵住身體，手腳不自然地抽搐幾下，步入與花蕉相同的下場。

解決了兩名女孩，呂洞賓連忙轉頭看向李凝陽。全場中唯有他能操控火焰，方才出現在林家屋頂上的屏障一定是他製造的。

這一看，呂洞賓忍不住抽了口氣。李凝陽竟然負傷，未被軟甲包裹的臂膀被割了一道口子。

「凝陽！」

「閉嘴、安靜、別吵我，你會害我分心。」李凝陽看也不看地扔出話。

「說的沒錯，戰場上最好專心一點啊，李凝陽！」於沙看見紅李、花蕉落敗，但他彷彿一點也不放在心上，青碧的眼瞳捲著狂暴的風暴，「否則老子會贏得太簡單的！」

三叉戟在話聲未落時搶先衝出，數道水流跟著平空顯現，如蛇般地昂首竄出。

槍頭尖端和三叉戟重重地撞在一起，李凝陽的身邊也竄出長條火焰，凶猛地迎上水流。

呂洞賓不敢貿然出手，事實上他也不知道該如何出手。那兩人速度飛快，眼前只見陣陣赤光和藍光交錯閃動，金屬聲聽起來教人膽顫心驚、背脊發冷。

黑影和紅影猛地拉近距離，又猝然分開。兩人都退得遠遠的，周身各有水流火焰交繞。但定睛一看，就會發現李凝陽的火焰威勢不若水流。

呂洞賓暗吃一驚，照理說這是不可能的事。李凝陽的火焰強悍得超乎想像，即便水天生剋火，他的火焰也有辦法蒸發水，進而消滅對方的威勢。

呂洞賓無法理解，這地域也沒什麼足夠的水源，為什麼……！

呂洞賓瞳孔收縮，低頭望著下方宛如潮水瀰漫的陰氣，終於知道原因。

「水屬陰，亡者之氣本身即為陰，兩者可說是同脈。」於沙輕蔑地牽動唇角，身後佇立著香梨，「李凝陽、呂洞賓，現在發現會不會太晚了？不過我可還有一份大禮要送給你們！」

於沙彈了下手指，抱著湯匙的香梨驀然抬頭，嘴唇無聲且快速地翕動，像在喃唸什麼。

處理完所有幽靈的天堂望見這一幕，本想立刻揮出鐮刀，可從地底下傳來的某種氣息令他遲疑了一秒。

就在這一秒，香梨雙手握住的湯匙使盡全力向下一擊。林家大門前那塊平整的地面登時開始震動，彷彿有什麼即將從下方鑽冒出。

接著，一條裂縫迸現，第二條、第三條、第四條……路面被翻攪過來，由石塊堆積而成的物體一路向上伸展，最後形成一座古怪高聳的石柱。姿態像枯木，甚至還有分枝從中岔生出來。

面對突然顯現的石柱，所有人皆怔住了，饒是一直從容不迫的李凝陽臉上也露出錯愕，眼前景象是他始料未及。

是的，完全始料未及。

林家客廳裡，滿天星一屁股跌坐在地，手腳發冷。

「居然……」川芎發出似憤怒又似苦悶的呻吟，他捏緊拳頭，再也忍不住地一拳重砸在地。

那座高聳的石柱總共分岔出兩根較細的石柱，兩柱都有人被包裹在裡面，石片覆蓋胸口、手腳，僅露出臉和部分軀體。他們雙眼緊閉，一動也不動。

左邊是一個黑髮小男孩，過長的劉海幾乎遮住眼睛；右邊則是一名中年男人，半透明的身體穿著花俏的鮮艷襯衫。

而在最中央，石柱的本體上，還有一名少年被困在其中。

少年五官秀淨，膚色呈現不健康的蒼白。

「……小藍？」最後，呂洞賓只能喃喃地擠出話語。

拾貳 破封

突來的異變震住所有人，誰也沒想到會在這種局面再次見到失去下落的三人。

「小藍？小藍！」呂洞賓率先想衝上，但被李凝陽一把拉住。

「你看清楚情況，別貿然行事。」李凝陽要同伴冷靜點。

呂洞賓覺得他已經看得夠清楚了，他們的同伴正被一隻水族的傢伙……噢，該死的！

呂洞賓不是個將粗話當成語助詞的男人，風度不容許他這麼做，可當他照著李凝陽的話再定睛一看，還是忍不住罵出聲了。

那座困著三名人質的石柱上，竟從中一點一點地生出其他東西。它的速度不快也不慢，足以讓所有人看得清清楚楚。

薄薄的石灰色石片從石柱上分離出來，它們長出一片又一片，彼此銜接朝外伸展。

那些接連在一起的石片蜿蜒地伸向半空，分成了三股。最末端的石片異常銳利，尾尖部分翹起，就像是昂頭吐信的毒蛇，鎖定的獵物則是藍采和、相菰和約翰。

「拿出你們真正的實力，呂洞賓、李凝陽。」於沙冷酷地說，「否則你們就眼睜睜看著這三人被當場刺穿，藍采和現在可不是真身。」

呂洞賓死死握緊劍柄。只要使出全力，確實可以消滅位階比他們低的於沙。然而地上那群幽靈恐怕也會耐不住力量的衝擊，全部跟著陪葬。

「呂大人，我可以把地上的傢伙全都封閉在下面。」天堂知道兩位仙人在顧慮什麼，平靜地提出意見。

「然後你順便也可以重傷，說不定不治了。」李凝陽不帶笑意地扯下嘴角，「你的力量是沒法攔下我們的，就算救回藍采和，他也鐵定要找我們拚命。」

「混帳，要是阿湘在或是小藍還醒著……」呂洞賓懊惱得只想拉扯自己的馬尾。八仙中，韓湘和藍采和的力量屬防守型，他們更是擅長強力的結界。

「怎麼，你們不動手嗎？」於沙的嗓音滲入一絲危險的不耐煩，「還是說先弄個例子給你們看看？」

於沙一揮手，像尊美麗人偶的香梨緩步上前，她將湯匙呈現尖弧的部分對準自己的脖子。雖然形狀並不銳利，然而只要力量夠大，依舊有辦法割開皮肉。

「十秒內再不動手，藍采和的寶貝植物可就不保了！」於沙眉眼狂傲，放肆地大笑。

「那個殺千刀的王八蛋！」守在幻鏡前的川芎被那笑聲震回神智，他憤怒地咆哮著，「他怎麼能……他怎麼能……」

川芎重重地喘了幾口氣，他再也沒辦法待在屋子裡。就算知道出去也幫不上忙，但他就是無法忍受什麼事也不做！

「等一下，川芎大人！你不可以……薔蜜大人，你們不可以的！」瞥見自己奉命保護的兩名人類就要衝出屋外，滿天星不禁慌張起來。

川芎根本沒細聽滿天星在說什麼，他真的無法忍受了，但一隻手臂自後按上他的肩膀。

「冷靜。」一道沒有起伏的男聲這麼說。

川芎愣了一下，他回過頭，一抹高大雪白的身影映入眼中，白色的髮絲、白色的瞳孔。

川芎又愣了愣，幾秒後才總算意識到這是張果的原本模樣，他不知何時解除了乙殼。

張果像是沒看見川芎眼中的吃驚，他瞥了一眼幻鏡內的影像，那道不帶情緒的聲音又說：

「負責藍采和的傢伙來了。」

什麼？川芎第一個反應是呆住，第二個反應是望向薔蜜，後者小幅度地搖下頭，表示自己也想不透。

兩人紛紛看向幻鏡，他們可以聽見於沙滿懷惡意的笑聲自內傳出。

「——三、二、一，時間到！」黑髮獨眼的男人毫不心軟地抬手揮落。

香梨握著湯匙的兩隻手臂同時猛然施勁，眼看就要刺向自己的脖子。

千鈞一髮之際，平靜的路面又是一波震動，靠近石柱的地面震開了新的裂縫，一抹白影迅疾地從裂縫下蹦竄出來，直直撞上香梨的手臂。

被這乍然出現的外力一撞，本要刺向脖子的湯匙頓時大幅度偏移。

於沙的獰笑凍住。

白影又是幾個靈活跳躍，最後落足於林家屋頂上，雙腳與肩同寬，一手扠腰，一手比出剪刀手放在眼角邊。

「愛！正義！英俊帥氣、瀟灑無比的阿蘿駕到了！」頂著一頭翠綠葉片，有手有腳的人面蘿蔔大聲叫道。

不管是屋內或屋外，都是一片詭異的死寂。

「咦？沒人給俺掌聲嗎？」阿蘿狐疑地環視四周一圈。

「阿……阿蘿？爲什麼是你出現？」呂洞賓瞬間回神，他不敢置信地落到阿蘿身邊，一把抓起它，「不是吧？我剛感應到的明明就是……爲什麼會是你出現啊！」

「呂大人，你不能因爲俺是蘿蔔就不期待俺的出場……嗚喔！李大人你不要拿你的赤鯊戳俺的臉……」

「這是什麼胡鬧場景……」於沙捏緊拳頭，不允許一根蘿蔔破壞他接下來的計畫，他暴怒一喝，「香梨！」

淡綠髮色的女孩再次握住湯匙，毫不停滯地刺向自己的脖子。

「妳最好停下妳的手，香梨！」比於沙的暴喝更具威嚴的聲音響起。

那就像是一道無法抗拒的命令，受到操控的香梨居然小臉慘白，肩膀一顫，湯匙硬生生地停了下來。

隨著低沉又威嚴的男聲傳來，地面上裂出一道更大的口子，銀灰色的光芒從裡面湧溢而出，一道高大昂藏的人影躍起。

還來不及看清來人的面孔——除了於沙之外，大部分人都猜到那是誰——石柱前瞬間閃過數道銳利鋒芒，令人想到彎月狀的銀光分成三個方向，飛快劃過高聳石柱。

石柱分離成三大塊，慢慢地塌落，被包裹住的三人也跟著從高空掉了下來。

一身銀灰戰甲的男人彷彿早有準備，一手接住藍采和，握著刀的那隻手同時往另個方向伸出，刀尖不偏不倚地勾住約翰的襯衫領子。

相菰則被另一隻攀附火焰花紋的手臂穩穩抓住。

成功救回三名人質的同時，天堂抹去了自己的存在。下一秒出現時，已逼至香梨面前。

天堂五指伸張，覆住香梨的面龐，封閉的力量轉眼切斷她的意識。

第三名女孩的身子終於也癱軟下來。

天堂沒有伸手抱住自己昏迷的同伴，反倒拎起她的衣襟，朝呂洞賓的方向扔過去。

「天堂你……哇啊！」呂洞賓不敢相信地驚呼，急忙伸出雙手，驚險地接住了喪失意識的香梨，他可沒辦法忍受女孩子在自己面前遭受此等對待。

天堂就是知道這一點，才將香梨扔出。

擺脫手上的累贅後，天堂的速度沒有絲毫減慢，反倒越發快速地衝向於沙。趁著對方還沒反應過來，鐮刀在他手中轉變方向，橙紅的柄端重重地擊上下巴，再撞上心窩。

於沙發出乾嘔般的呻吟。

天堂不給他任何反擊的機會，一抽回鐮刀，便立刻像對待香梨一樣揪扯住他的衣領，將他扔至林家的屋頂上。

於沙背部落地，那份衝擊絕對不好受。

在他還未撐起前，橙弧驟閃，接著他就發現他爬不起來了。鋒利如冷月的鐮刀架在他的脖子上，尖端甚至刺進了屋頂。

這場迅捷又驚險的戰鬥看得屋裡的川芎不禁屏息，直到他目睹於沙被制，才放縱自己脫口罵了聲髒話——但更多是咒罵自家屋頂遭到破壞。

「別試圖反抗，除非你希望自己變成火烤海鮮。不過，我想有人更樂意將你生吞活剝。」

李凝陽一腳踩上於沙的手掌，指間不知何時又夾著一根香菸糖，他像是抽菸般地咬了一口，姿態優雅又危險。

他低下頭，唇畔掛起懶洋洋的笑，「或者你想試試其他拷打手法？從粗暴殘忍到俐落優雅，我都挺擅長的。」

呂洞賓再也看不下去，一腳踢向李凝陽，「你比反派角色還反派了，兄弟……痛！」

呂洞賓被李凝陽反踹回去。

「不要在那胡鬧，你們可不是年少組的。」低沉男聲警告。

這聲音讓於沙轉動他僅剩單邊的眼珠子，他先瞥見一雙銀灰色的戰靴，接著看見一名氣勢迫人的男人。

灰髮灰瞳、眼神嚴厲，左頰上有三道爪印般的灰紋。

於沙知道那是誰了，他嘲弄似地扭曲嘴角，沒想到連這人也會介入這場戰鬥。

——八仙中的曹景休。

「為什麼藍采和的植物會聽曹景休的命令？」於沙突然問。即使生命受制於鐮刀，他的眼神和語氣依然狂傲。

李凝陽和呂洞賓互望一眼，後者聳聳肩膀，覺得這也不是什麼不能洩露的祕密。

「與其說是聽從命令……」

「那是因爲小藍夥伴如果是創造出紅李她們的媽，曹大人對她們來講就是超有威嚴的可怕老爸！」阿蘿搶先答腔，它撥撥頭頂的蘿蔔葉，「你這個卑鄙奸詐的傢伙！居然這麼對小藍夥伴、相菰、還有約瑟夫！」

「……他是叫這名字嗎？」李凝陽狐疑地看向被放在屋頂、還沒醒來的中年幽靈——或者該說是林家的守粱。

「我不擅長記男人的名字。」呂洞賓說。

「他的正確名字是路易，弄錯他人的名字是相當失禮的事。」曹景休沉聲開口，他不知道他的話就某方面而言才是最失禮的。

——林家守粱的名字是約翰，不是路易也不是約瑟夫。

「如果不是俺和曹大人有辦法追蹤夥伴的氣息，一路從地下追過來，天知道你會對夥伴他們做什麼不可告人的事！」阿蘿正氣凜然地大叫道：「快老實交代你的意圖！你可以保持緘默等你的律師來，但你所說的一切都將成爲呈堂證供供供供！」

「你『供』說太多次了。」李凝陽用腳尖踢開阿蘿。他確實也想弄清楚於沙的企圖，不過眼下有件事得優先處理，「曹景休，把藍采和弄醒，叫他布下結界，我們要把堵住陰氣的那層結界拆了。」

「這麼做也沒用。」曹景休望了他臂彎中的少年一眼，眉頭皺起，「采和被鎖卡了。」

言下之意，就是醒了也幫不上忙。

「不是吧？那誰來護著下面這群幽靈？」呂洞賓無力地拍了下額，眼看事情馬上就可以解決，卻偏偏卡在這麼一個關卡。

正當呂洞賓考慮要不要叫李凝陽逼於沙自動解除結界時，一縷細而悠揚的笛聲在四周蕩漾開來。笛聲忽高忽低，如泣如訴，在夜色中格外淒美。

但是周遭卻不見吹笛人。

「這聲音……阿湘？」呂洞賓大吃一驚。曹景休的出現還在他意料之中，可沒想到連韓湘也來了。

「終於來了。」曹景休鬆開眉頭，「我到這來之前，有打電話給他，要他趕來朝陽路。不過不知道怎麼回事，他堅持不肯露面，電話裡的聲音也戰戰兢兢的。」

「這可眞奇怪……」呂洞賓摸摸下巴，他知道韓湘素來敬畏曹景休，但這態度也太過了。

「啊，俺明白了！」阿蘿忽然興奮地跳起，「韓大人一定是怕被曹大人教訓，因爲夥伴對花過敏的毛病就是他弄出來的！」

「他弄出來的？」曹景休聲音放輕，灰眸若有所思地微瞇。

「……啊！」阿蘿後知後覺地醒悟到自己把不能說的祕密抖出來了，它摀住嘴巴，忍不住在心裡對韓湘懺悔。

對不起哪，韓大人……俺不是故意要說出來的……嗚喔！都是這張嘴巴！都是這張嘴巴不好啦！

渾然不知自己被出賣的韓湘仍藏身於某一角，繼續吹著他的笛子。伴隨著笛聲飄蕩，路面突然刷過一層淡淡紫光，覆蓋住幽靈和人群，分隔出兩個空間。

見狀，李凝陽和呂洞賓再次互望，兩人隨即舉起自己的武器，利劍「綠蜂」和長槍「赤鯊」直指天際。

呂洞賓手背上的青紋和李凝陽臂膀上的紅紋同時渲染光芒，光芒就像被注入生命力，沿著兩人的手臂纏上他們的武器。

下一剎那，那兩道光芒轉變成雷電和火焰，在劍身及槍頭上流轉迸射。

呂洞賓和李凝陽雙雙斂起笑意。

「蒼雷——」

「空炎——」

「招來！」

彷彿能擊碎一切阻礙的大喝聲鏗鏘有力地劃破天際，纏繞在劍身和槍頭上的青電與赤焰同時化成光束，直衝夜空。

當呂洞賓和李凝陽兩人的武器同時揮下，夜空中傳來了異響，緊接著青紅兩道光芒彷彿撕裂黑夜，從上方劈落下巨大的閃電和火焰，砸在幽藍色的結界和那些石柱上。

誰也沒注意到於沙露出了惡意的笑。

包圍住朝陽路一帶的結界被閃電和火焰擊得粉碎，就像是脆弱的玻璃劈里啪啦地全盤垮散。

被關在結界裡的陰氣頓時散去，原本徘徊在街道的濕霧越變越淡。

而即便發生如此驚人的異象，依舊沒有任何普通人類可以看到，滿天星持續運轉的幻術掩蓋了這一切。

待結界盡數崩壞，笛聲停止，浮在路面上的紫光跟著消失，韓湘的氣息已然消逝。

地面上，躺著安然無恙的數十名男女和一大堆幽靈。

看到這幕的川芎眞的鬆了口氣，他和自己的青梅竹馬再也待不住，匆忙地穿上鞋子往屋外衝去，這次誰也沒有阻止他們。

川芎和薔蜜一跑到屋外，就看見呂洞賓他們全都從屋頂飛下。於沙被扔到牆邊靠坐著，天堂的鐮刀不客氣地架在他的脖子前。

川芎正想上前察看藍采和他們的情況——還得小心不要踩到那些幽靈，他可不喜歡那種穿透的感覺——但他突然眼尖地注意到，巷子另一端竟平空浮現兩簇紅光。

那種紅和李凝陽的熾烈紅色完全不同，幽然且寂靜，宛如從黑暗中生出。

「那又是什麼鬼東西？」川芎瞬間繃緊身體，那兩簇紅光竟然還在向前飄動！

「那是……」薔蜜稍微冷靜些，她推高眼鏡，微瞇起眼，不是很確定地說，「燈籠？」

薔蜜並不想用這種遲疑的語氣，但一般的燈籠是不可能懸空地飄向他們。

兩盞圓形紅燈籠越飄越近，燈籠中的燭火輕輕搖曳。緊接著一陣陰風吹來，明明沒有吹滅燈籠裡的燭火，可是川芎和薔蜜卻一陣哆嗦，有股寒氣從他們心頭處鑽出來，怎樣也剝離不掉。

同時他們也錯愕地發現，原本被天堂封閉意識的幽靈在那陣陰風吹過後，居然一個個地睜開眼。只是眼中全是茫然，彷彿不知道自己為什麼會在這。

「這到底是……」川芎喃喃地問。從其他仙人的按兵不動來看，對方很可能是友非敵。

「這個燈籠！這種陰氣沉沉的風！是地府的人來啦！」阿蘿恍然大悟地嚷，它跳上川芎胸前，揪著他的衣領搖晃，「川芎大人，是地府的人來啦！」

「地府的人？」川芎面露吃驚，同時不忘抓下胸前的蘿蔔，扔到地上。

阿蘿顫巍巍地爬起，想如法炮製地爬到薔蜜胸前，卻被紫色的高跟鞋俐落地踩在底下。

「所以，是指像黑白無常或牛頭馬面嗎？還是鬼差什麼的？」薔蜜說出了對地府的印象，「但是為什麼會……」

「因為結界解除，地府察覺到過多的陰氣。」呂洞賓笑咪咪地回答。不過等兩盞燈籠飄至眾人眼前停下，他像是發現什麼，驚喜地吹了聲口哨，「這可真是……這次居然是妳這位大人物上來？」

大人物？聽見這名詞的川芎和薔蜜感到詫異，就連於沙也不動聲色地藏住自己的驚訝。

「吾手下的兵將和官將集體染上地府新流感，一時調不出人手，正巧吾在附近巡視。」那是一道稚氣平板的小女孩聲音。

隨著這道童聲的出現，兩盞紅燈籠之間逐漸浮現出一抹人影。

先是精緻的繡花鞋，接著是川芎等人最近看習慣的古風服飾，再來是細瘦的肩膀、脖子，最後是一張潔白的小巧臉蛋，鑲在上頭的黑眼睛比黑夜還要深暗。

這是一名個頭嬌小的女孩子，外表年紀目測不超過十歲。烏黑的頭髮梳紮成兩個垂髫，過長的其餘髮絲順勢落在兩側，直達腰間。小女孩身著紅黑兩色爲主的服飾，一雙袖子長得不可思議，幾近垂地。

川芎看著這名比自家妹妹大不了多少的小女孩，實在很難想像她是地府的什麼大人物。被踩在薔蜜鞋跟下的阿蘿長長地抽了一口氣，驚喜地捧住臉大叫，「城隍大人！城隍大人好久不見啊！俺和夥伴都很想妳呢！」

一聽阿蘿喊出「城隍」兩字，川芎和薔蜜都大感震驚。城隍？這名小女孩是神話傳說裡的城隍？

「確實許久不見，吾還記得最後一次見面是你們到地府來玩四色牌。」看見阿蘿努力地伸出小短手，似乎想跟她來一次懷念的握手，城隍上前幾步。不過在她準備蹲下身時，一陣陰風再次吹過。

阿蘿哀叫一聲，迅速收回手，就像被什麼打到一樣。

「城隍大人……」

「大人……」

「大人……」

城隍身邊忽然出現數道模糊黑影，只能從黑影的輪廓和那些彷彿隔著水面發出的幽然聲音，判斷出是男性。

那些黑影拉回城隍，並擋在她與阿蘿之間。

「大人，您珍貴的手指怎能去碰那醜陋的東西？」

「大人，我等不是交代過不可以亂碰東西了嗎？」

「醜……醜陋的東西？俺不敢相信，俺可是人見人愛的美蘿蔔啊！」阿蘿大受打擊。

「喂喂喂，你們這樣可是會傷了阿蘿的心。」呂洞賓出聲替阿蘿伸張正義，「就算它眞的長得不怎樣，也不能老實說出來啊。」

——你才是最過分的那個吧。川芎和薔蜜同時在心底鄙夷呂洞賓。

阿蘿本來對呂洞賓投射冀望光芒的小眼睛瞬間暗下，包括蘿蔔葉和腳毛全塌了下來。

「呂大人，也請你不要靠近我們家大人。」其中一抹黑影沉聲開口，「萬一摸到會害她懷孕的。」

呂洞賓一僵，臉色比鍋底還黑。這什麼話？把他當會走路的生殖器不成嗎？

「你們，不得無禮。」城隍輕喝一聲，稚嫩的聲音中隱含怒意，「呂大人對小瓊千年來專情無比，就算小瓊對他一點意思也沒有，也不能如此汙衊呂大人。」

如果說呂洞賓剛才的臉色比鍋底還黑，那麼他此刻的臉色就是了無生氣的白，整個人像石化的雕像，腦海中不斷播放「對他一點意思也沒有、對他一點意思也沒有……」。

雖然川芎和呂洞賓稱得上是情敵，但此刻也忍不住同情起他。

城隍注意到呂洞賓一動也不動，她又轉頭看向自己向來最尊敬的曹景休，卻見灰髮仙人神情嚴肅，若有所思地喃唸著「四色牌」。

城隍看看曹景休，再望望呂洞賓，缺乏表情的潔白小臉倏然刷上一層紅，「吾、吾是不是說錯什麼了？」

「沒有那回事，儘管放心好了。」李凝陽忍著笑，絲毫不同情自己的好友，「城隍，這些幽靈就麻煩妳處理了。」

「自然，此乃吾之職責。」城隍臉上的紅潮消退了些，她重新踏步向前，兩側的紅燈籠隨侍在旁。

兩道模糊的黑影也跟著移動，竟隱隱能聽見鎖鍊交擊的聲音。

不祥的聲音驚回了幽靈們的神智，他們轉頭瞪著緩緩走來的小女孩。似乎認出了對方，一張張半透明臉孔上露出驚慌失措。

所有幽靈下意識想要飛走。

「眾魂聽令。」城隍的聲音輕而清晰，甚至透露一股強大威壓，她揮舞一下過長的袖子，擊上地面，發出響亮的一聲。

所有幽靈像是被這聲音釘住了身影。

「鬼門未關，歸返之刻尚未到來。現在，踏上汝該去之途，見汝想望之人。」城隍單手揹後，另一手再次重重一甩袖，「去！」

就在那聲鏗鏘有力的「去」字穿透夜氣後，川芎等人吃驚地看見數量龐大的幽靈眨眼化成散著幽光的光點，隨後彷彿流螢般朝各方飛去。

頃刻間，林家門前只剩下數十名男女。

輕易遣送走所有幽靈後，外表稚幼的城隍轉過身，對川芎他們低頭拱了拱手，她的身影從繡花鞋開始點點滴滴消逝。

與此同時，兩抹黑影也伸手提住紅燈籠。他們與城隍一起轉過身，走向另一端的黑暗。

當城隍的身體越變越淡，她周遭的數抹黑影卻清晰了起來。

在又一陣陰風吹過的剎那間，川芎和薔蜜看見那幾名黑髮男人全都穿著一件白色的長外套，後面繡有清晰可見的三個黑色大字——城隍命。

陰風很快消逝在夜氣中，屬於地府的一切也不復存在。

川芎怔怔看著城隍一行人消失的方向，好半晌才尋回聲音，「喂，誰來告訴我……那個城隍命是啥鬼？」

「城隍是他們的本命？我猜。」薔蜜的語氣更多是反問的意味。

「就像主編大人說的一樣，那群傢伙是城隍控。」李凝陽微笑回答，一腳則是毫不客氣地踢向呂洞賓，「洞賓。你也該回魂了。」

「城什麼？」川芎不確定自己是不是聽錯。

「凝陽你這傢伙，又動口動手。」呂洞賓被踢得齜牙咧嘴，但他沒漏聽川芎的問句，「就是城隍控。阿林，你不是妹控嗎？城隍手下的那群將軍將她視爲珍寶。噢，他們可是天界、地府超有名的變態集團。」

「我覺得縫了幾百隻何瓊娃娃的傢伙也沒資格說別人變態。」李凝陽若無其事地在呂洞賓的心頭又扎了一針。

無視好友青白交錯的臉色，他的視線掃向被制於牆邊的於沙。

紅髮仙人倏地瞇起眼，因爲他注意到淪爲階下囚的水族男人，居然在笑。

「有什麼好笑的？」李凝陽聲音低緩卻帶有危險的警告意味。

聽聞李凝陽的問句，於沙更是毫不掩飾地低笑，隨後他的笑聲轉為放肆狂妄。

「哈哈哈哈哈！」於沙就像是聽見或看見什麼可笑的事，笑得樂不可支。

「你這傢伙，還不說嗎？」天堂眼神冰冷，無法忍受於沙這種愚弄人的態度。他抽起鐮刀，不客氣地就要再劈。

「慢著。」

「住手。」

李凝陽和曹景休幾乎同時開口。

將藍采和等人交由跑出屋外的滿天星照顧，曹景休也走上前來。

「你大費周章策劃一切是為了什麼，水族？」他沉聲問。

「為了什麼？你覺得我是單純為了針對藍采和嗎？」於沙勾起譏誚的笑，「曹景休，倘若你們八仙眞這樣想，老子可是會非常失望的。」

曹景休表面不動聲色，可心底卻暗暗一凜，他迅速與其餘同伴交換一眼。原本他們眞以為在人間發生的這一切，皆是衝著藍采和而來。操控藍采和闖入人間的植物，製造騷亂，攻擊藍采和……

「說出你背後的主使者。」曹景休的嗓音倏然轉冷，「憑你尚無法控制紅李等人的心智。而你無故蒐集如此龐大陰氣，更不可能毫無來由。」

「封印……」

一道微弱童聲飄出，不細聽幾乎就要被人忽略。

所有人轉過頭，不知何時恢復意識的相菰吃力撐起身子，他在滿天星的攙扶下喘著氣。

「紅李她們收集陰氣，是想破封印……有東西、有東西就被封印在豐陽市底下！」

聽到那聲竭盡全力的大喊，曹景休等人不禁怔住了，唯有一人大不相同。

「流浪者基地、多崎鎮、明陽高中，我得感謝你們各位大人。」於沙低低笑起，此刻所使用的敬稱聽起來更像辛辣的嘲弄，「你們力量造成的波動，可是解除殿下封印的最佳催化劑。喂喂，用不著那麼吃驚吧？要是真只針對藍采和，老子何必收集陰氣，還弄走朝陽路十三號的守梁？」

李凝陽心中不祥的預感擴大。他腦子轉得快，比其他同伴更快地串起許多事。

封印、陰氣、守梁！

守梁防止惡運與疾病入侵，鎮住不好的東西；陰氣與水同源，又是何族需要大量的水？

多崎鎮的巨大花枝，原形是小丑魚的余曉愁，以及原形是鯊魚的於沙……所有線索再清楚不過地直指水族。

但是，爲什麼是水族？

李凝陽思緒猛地凝住，他迅速望向猶未醒來的藍采和，想起百年前發生的「某件事」。

難道說……

「李大人。」於沙打斷他的話，嗓音透出危險狂傲地低了一階，「來不及了。」

啪哩。

四周忽然傳來某種東西碎裂的聲音，那陣聲音連綿不停地響著，從一端蔓延至另一端，彷彿永遠不會停止，彷彿有什麼不斷碎裂。

一開始，川芎沒有意識到聲音是從哪來的。直到聲音二度響起，並且持續著，他才驚覺聲音竟是從下方傳出。

川芎低下頭，發聲能力瞬間被絞死在喉嚨裡。人在過度震驚時，往往連話都說不出來。他看到了冰。

本該是柏油鋪製的朝陽路，不知何時變成了厚厚的冰層，冰層表面升冒出凍人的冷氣。起初冰層呈現不透明的白，但漸漸地，那份白褪去，整條朝陽路現在看起來更像是透明的冰原。

川芎和薔蜜瞪著底下，張著嘴卻什麼聲音也發不出來，明明至今為止見過不少稀奇古怪的人事物，但此刻映入眼中的景象，令他們覺得自己是在作夢。

那是……什麼？

蒼青色的粗長身體，還有那一片片微反著光的碩大蒼色鱗片……

就在所有人的腳底下，就在朝陽路下，一隻難以窺見全貌的龐然生物靜靜地蜷伏不動。

所以說，那究竟是什麼？川芎艱困地嚥下唾液，不自覺地後退了幾步，直到背部抵上圍牆。

他無論如何也沒想到，自己生活了二十年的地方居然藏有這種生物。

事實上，不僅川芎和薔蜜呆住，就連其餘仙人和植物也當場愣怔。

「那……那是什麼東西呀！」滿天星顫抖著聲音，發出了哀號般的呻吟。

這道聲音驚回了呂洞賓等人的神智。

呂洞賓不敢相信地倒抽了口冷氣，腦中迅速閃過自己幾乎忘懷的畫面。三百多年前、蟠桃盛宴、八仙相約過海……然後、然後……

「該死的！難不成是那傢伙？他被封在這裡？」呂洞賓震驚大喝，隨即緊握劍柄，「凝陽、阿景！」

沒有浪費時間，早已明白同伴之意的李凝陽和曹景休同時按上武器。紅、青、灰三道光芒刹那迸現，卻趕不上冰層產生裂縫的速度。

一條條裂縫同時顯現冰上，往四面八方擴散而去。

於沙冷笑，「所以我說來不及了。」

下一瞬間，冰層轟然碎裂，強盛氣流捲起，盡數吞滅還未完全匯聚的仙人力量。

川芎等人感覺到地面在震動，他們看見寒冰極速大塊掀起；然而更奇異的是，明明這個社區遭受到毀滅般的衝擊，周遭的圍牆和建築物卻像是不受影響，彷彿只有川芎等人才感覺得到。

就在大地轟鳴、冰層碎裂中，一抹蒼影猛然衝上雲霄。

直到這時，巷子裡的眾人才終於一窺那生物的全貌。

龐大又修長的身軀覆蓋著蒼色鱗片，宛如無數綠寶石在夜間閃閃發光。

「我靠……」川芎傻傻地仰著頭，難以置信自己看到了什麼。

頭生雙角、嘴邊有長鬚、眼若鬼火、四爪如鷹，再加上覆滿鱗片的長長身子，幾乎佔據整片夜空的龐大生物，簡直是神話裡才會出現的……

「……龍？」薔蜜屏氣般地吐出這個字。

夜空中的蒼龍彷彿沒看見底下小如螞蟻的人們，牠伸展身軀，昂頭發出了一聲吟嘯。

當那聲綿長若雷鳴的龍吟擴散出去，川芎、薔蜜、阿蘿、天堂、滿天星還有相菰，在這瞬間像是迎上某種無形的龐大壓力，壓得他們臉色發白。

其中又以川芎和薔蜜兩人受到的影響最嚴重，他們甚至雙腳無力，支撐不住地就要跪下。

有兩隻手臂及時抓住他們。

呂洞賓攙扶住薔蜜，讓她能倚牆靠著。

另一邊，川芎發現抓住自己的人是不知何時走出屋外的張果。

白髮男人一手抓著川芎，另一手舉起法杖，頓時只見眼前空間似乎有一瞬的扭曲。

川芎和薔蜜不知道發生了什麼事，但他們卻突然能夠順利地呼吸了。

蒼龍終於低下頭，牠再度張嘴，這次吐出的卻不是飽含威壓的吟嘯。

「或許，我該說三百年不見。」

冰冷男聲清晰傳入眾人耳裡時，蒼龍的龐然身影也消失無蹤，取而代之的是一名男人。

蒼冰色的髮絲與蒼冰色的眼瞳，男人的五官完美到不似真人的地步。即使滑出唇外的嗓音如水晶敲擊般悅耳，但依舊令聞者凍徹心扉。

「然，我終歸是要感謝你們的。」男人不帶感情地微微一笑。不等李凝陽等人有所動作，他的視線落到了昏迷的蒼白少年臉上。

男人笑意倏然更盛、更冷冽，他猛地揮動手臂，一束水流瞬間奔騰衝下，直沖藍采和。

水流被斬成了兩截。曹景休擋在藍采和身前，神情森冷；兩側的李凝陽和呂洞賓也做足防備。可緊接著，他們驚覺到男人的目的根本就不是藍采和。

所有人的注意力都被他奪去之際，另有數道水流無聲無息地捲上於沙與紅李三姊妹。

等仙人們察覺到已經來不及。

恢復自由的於沙佇立在男人身後，狂傲地睨視底下人群。他手上是一個巨大的水之箱，箱裡是意識未甦的紅李、香梨、花蕉。

「替我傳話給藍采和。」男人腳下平空湧動流水，「我真的，相當期待與他正、式、見、面。」

最後一字落下，暴起的水流一晃眼吞沒了男人和於沙等人的身影。

夜空中，什麼也沒有；朝陽路上，一切如昔。

川芎迷茫地拉開張果抓住自己的手，放任自己跌坐在路面。剛剛發生的事對他而言太過衝擊，甚至沒辦法好好思考。

「那是……誰？」好半晌後，他只能乾巴巴地擠出幾個字。

「那是東海龍王的太子。我知道他被封印，卻沒想到是在這裡。」李凝陽的語速比往常快上一些。

他走近藍采和，並沒有拿自己的長槍不客氣戳下，而是說了：

「藍采和，你最好快點醒來。曹景休、你家保父，已經知道你到地府偷玩四色牌了。」

對於藍采和而言，「曹景休」三字無異於是種制約。

瞬間只見本來毫無反應的眼睛猛地睜開，外貌病弱的少年如火燒屁股般竄跳起來，「沒有的事！這是誤會！這絕對是誤會啊景休！我絕對沒有和小城她們……凝陽？」

藍采和的反射性辯駁停了下來，他瞪著面前紅髮紅瞳的男人，眨眼，再眨眨眼。

「凝陽！」藍采和吃驚極了，可接下來他更吃驚地發現，周邊居然還圍繞著多名同伴。這是怎麼了？是發生什麼事了？藍采和一時之間還弄不明白。

不過李凝陽不給他回想的時間，直接抓住他的領子，「你有一筆三百多年前的爛帳要處理了，藍采和。」

「咦？」

「要是不在宴會開始前處理完畢，麻煩可是會纏著你，還有我們不放。」

「等一下，凝陽你說慢點。什麼宴會的……」

李凝陽鬆開對方的領子，長槍輕擊地，腳下立即竄起一簇火焰，飛也似地席捲上去。凡是火焰經過之處，都回復成乙殼的模樣。

一身黑西裝、臉上戴著墨鏡、手拿手杖的李凝陽瞥了眼張果。

「有人是要下來傳遞訊息的，但很顯然，在個子變矮的同時，腦容量也變小了。我賭他把要傳遞的消息跟方向感，一併扔到天涯海角去了。」

「我下凡不代表我答應過誰要做事，特別是某個沒跛、硬裝跛，走路和拿拐杖都超難看的傢伙。」張果連正眼都沒瞧李凝陽，然而吐出的字句，刻薄度絲毫不遜對方。

「等一下，你們不要讓重點歪了啊！」藍采和慌張地叫道：「凝陽，你就快告訴我吧！到底是什麼宴會……啊。」

他驀地僵住身子，不敢相信自己怎麼就忘了，那可是他最初下凡尋找植物的原因。

看見藍采和的反應，李凝陽知道對方想起來了。他從口袋摸出一根香菸糖，咬下一口後，香菸糖直指藍采和。

「就是那回事，藍采和。鍾離權和何瓊都回去準備了，西王母的蟠桃宴就快開始了。」

拾參 風雨前的平靜日常

八仙過海，那是流傳許久，可以說是幾乎眾人皆知的神話故事。

「傳說在很久很久以前，天界有八位感情相當好的仙人。因爲他們總是一起行動，因此大家就統稱他們爲『八仙』。這八位仙人分別是，藍采和、何仙姑、韓湘子、曹國舅、張果老、漢鍾離、鐵拐李和呂洞賓。」

「有一日，八仙收到來自西王母的邀請。西王母是一位偉大的仙人，收到她的邀請是一份榮譽。於是八仙一同參加了蟠桃宴，在宴席上度過一段愉快的時光。當他們要回到自己所屬地域時，必須橫越東海。或許是大家都喝了些酒，因此有人提議不要只是乘著雲，而是改用自己的法寶過海，大家覺得有趣而答應了。」

「八仙過海，各顯神通。可誰也沒想到，過海途中東海龍王的太子發現海面竟滲入七彩光芒。好奇之下，他決定浮上海去看個究竟。原來散發光芒的就是藍采和的法寶，如意花籃。藍采和讓花籃變大，自己待在籃子上，他不知道自己的法寶被人看上了。」

「這個太子是一位執著於力量的人，他發覺那個花籃擁有很強大的氣息，忍不住起了搶奪之心。趁其他七仙沒有留意到，他抓走藍采和，搶走了花籃，回到最深處的龍宮裡。」

「當七位仙人分別成功過海、回到陸地上後，他們才震驚地發現自己的同伴居然不見了。既然這裡是東海，那麼藍采和的失蹤一定與東海龍王有關。憤怒的七仙要求東海龍王出面，可太子卻故意矇騙自己的父親，並且反帶領大群蝦兵蟹將攻打七仙。」

「忍無可忍之下，七位仙人拿出眞正的實力，展現各自神通。這場戰爭打了幾天幾夜，最後七仙終於救回藍采和，也成功搶回花籃。至於太子……」

「小藍葛格，那位很壞的太子最後怎麼了？」甜軟中帶著倦意的童聲響起，有著柔軟鬈髮和蘋果臉頰的可愛小女孩打了個小小的呵欠，揉揉有些愛睏的大眼睛，努力想讓自己保持清醒。

不過堅持沒多久，那雙大眼睛又忍不住閉起、閉起，再睜開。

小女孩像是怕自己眞的睡著，趕緊再用手背揉了揉臉頰，瞬也不瞬地盯著正在唸床前故事給她聽的少年。

膚色蒼白，襯得一雙眼睛格外墨黑的少年合上故事書，微微一笑，「太子沒有像故事裡說的那樣，被七仙殺……嗯，消滅掉。而是受到玉帝的懲罰，封印在人間某個地方五百年，不得再興風作浪，時間到了封印才會解除。但造成東海莫大損傷的仙人們，包括藍采和在內，他們其實也有受到處罰。他們……」

發現細微的打呼聲響起，少年停止說話。他轉過頭，看見原本與自己並坐在床上的小女孩，不知不覺靠著他的肩頭睡著了。

少年眼中浮上寵溺，嘴角揚起溫柔的笑。他瞄了眼床頭櫃上的時鐘，已經十一點多。這對六歲孩子來說，確實很晚。

擱下故事書，少年動作輕緩，深怕驚醒陷入夢鄉的小女孩。他輕而易舉地將那具嬌小身子打橫抱起，打算送她回房。

倏然間，窗外一聲驚雷乍響。

透過沒拉上窗簾的窗戶，可望見遠處夜空有銀白電芒閃過，彷彿要撕裂今晚的夜氣。

很快地，嘩啦嘩啦的雨聲緊接而至，連綿不斷的雨滴滴落屋頂，叮咚作響。

少年抱著小女孩，一時沒有動作。

就在下一剎那，又一聲驚雷撼動黑夜，屋裡燈光瞬間盡數轉滅，黑暗籠罩這間宅邸。

隔壁房間爆出了憤怒至極的大吼。

「幹！跳什麼電！老子的稿還沒存檔啊！」

彷彿沒聽見這個家的年輕主人氣呼呼地下樓尋找電源總開關的聲音，少年抱著不安掙動一下又陷入睡眠的小女孩，一雙墨黑眸子直直望著窗外。

附近街道因方才那陣雷擊，同樣陷入黑暗。

少年望著熄去大半燈火的這座城市，視線往更遠處望去，他看著黑雲湧動的夜空，那裡竟翻湧著一截粗大、覆滿青鱗的身軀，青碧色的鱗片如同綠寶石折閃著光輝。

巨蛇般的軀體下一瞬又消逸無蹤，彷彿不過一場錯覺。

可是，少年知道不是。

沾上雨滴的窗戶玻璃倒映出少年蒼白的臉。

少年唇畔仍凝著微笑，但與面對小女孩時的溫柔完全不同，帶著冰冷、凌厲。

「這次我可不會再那麼大意了，敖厲。」藍采和的眼如凍冰霜，一字一字地說。

話聲落下，一直靜靜擱置在床頭櫃上的竹籃子也突然有了異變。無數道黑氣從籃內湧現，沾地的瞬間竟化成一抹又一抹人形。

黑髮白膚的男人、金髮藍眸的女人、黑髮紫瞳的小男孩、紅髮紅眼的少年、雙眼閉合的男子、橘髮橙眸的少年，以及擁有紫藍色雙眼的小女孩。

七抹人影屈膝跪地，頭顱低伏。

七道聲音合成最忠貞的誓言——

「吾等，亦絕不再重蹈覆轍！」

「少年凌空跳了起來，面對朝他張嘴欲撲咬過來的惡龍，他的心裡毫不畏懼，眸裡閃動著堅定不移的光芒。他手握長劍，使出全身力量，對著那隻赤紅色的醜陋巨大生物，揮下了致命一擊——」

川芎停止敲打鍵盤的動作，他瞪著螢幕上才打到一半的稿子，覺得自己的思緒卡住了，怎樣都構思不出下一段劇情。

少年對惡龍揮出劍，然後呢？

既是大學生也是小說家的林家長男突地心生煩悶，他將鍵盤推進去，額頭抵上冰涼的桌面。他閉起雙眼，開始懷疑自己在這時寫這樣的內容適當嗎？

在他親眼目睹了眞正的「龍」之後。

不像巨大蜥蜴、還可以用兩隻後腳站立的西方龍，而是只在神話故事裡出現，能騰雲駕霧，體長似蛇、四爪如鷹的——東方龍。

川芎腦海裡再次浮現昨日看見的驚人光景。龐大異常的生物凌空竄入雲霄，覆滿全身的蒼青色鱗片閃閃發亮，那是既可怕卻又美麗的壓倒性存在。

「見鬼了，神仙就算了，現在居然連龍也……」川芎咂下舌，從電腦桌前離開。明知道不努力繼續，稿子的進度恐怕會來不及，到時候將換來責任編輯的追殺。不過在經歷昨夜那場震撼人心的異變後，川芎暫時沒辦法定下心來寫稿。他想，昨晚與他一同目睹情景的張薔蜜，今天估計也沒心思盯他的進度。

川芎來到窗戶旁拉開窗簾，大片金色光芒頓時潑灑進來，窗外晴空萬里，遼闊的藍天籠罩街道。

著實令人難以想像，昨夜竟下起傾盆大雨，雷聲轟鳴數次。

但真正令人想不到的，或許是自己住的地方。川芎緊抿著唇，低頭望向圍牆外的柏油路。除了昨日瞧見一切的人之外，誰也不會知道路面曾凍成冰原，在透明泛藍的冰層底下，原來潛藏著超乎想像的龐然大物。

——龍。

應當只存於神話裡的東海龍王太子。

不，就連八仙和城隍都有了，所以龍也是理所……

「理所當然個鬼啦！」川芎咬牙切齒地咒罵一聲，大力拉上窗簾。

就算他已經接受自己的人生中有八仙，不代表他可以冷靜面對龍的出現。而且還是在「八仙過海」這個故事中，與八仙對上的那頭龍！

桌上手機忽然響起，嚇了無防備的川芎一跳。他緩口氣，抓來手機一看，發現是自己的青梅竹馬兼責任編輯打來的。

川芎接起電話，「喂？找我什麼事？」

「我猜這個時候，你應該打不了稿子，陷入某種焦慮的心情裡，川芎同學。」

屬於薔蜜的冷靜女聲清晰地傳入川芎耳裡。

「當然，如果這次我猜錯的話，我會非常高興的。」

「妳安慰人的技巧可以再拐彎抹角一點，張薔蜜。」川芎抓著手機，心裡有點想笑，可同時也感到一股暖意滲入，「好吧，老實說妳猜對了。倒是妳聽起來和平常沒兩樣，別跟我說妳的神經是用鋼鐵做的，完全不覺得我們昨晚見到的，有多麼……不可思議。」

「那我得說你高估我了，川芎。事實上，我到現在仍覺得不可思議，只是我正努力用意志力克制而已。」

薔蜜的聲音帶上輕輕的笑意。

「而且就算見到了傳說中的龍王太子，我們的生活照樣這般過。噢，我絕對不會因此就忘記今天是《眞・大家的中年大叔特輯》發行的日子。我還特別請了特休，待會兒就要出門去搶購了，每間書局的前十名購買者都有機會拿到特典。」

即使知道對方看不見，川芎還是想朝天翻個白眼。恐怕世界毀滅時，自己的這位青梅竹馬依然會拿著她珍藏的寫眞集，一邊等待末日降臨，一邊欣賞各式中年大叔的照片。

「林川芎，不要擅自在腦海內做些失禮的想像。」

「靠，妳怎麼知……不對，我是說妳打電話給我還有別的事嗎？」

「爲了避免我的青梅竹馬心情低落，所以我是特地來給你一個建議的。」

「建議？什麼建議？」川芎倚著牆，沒注意到自己話聲不自覺染上了輕鬆之意。

「我想你還沒看到今天的報紙。報紙上說，『魔法少女☆莉莉安』今天要在綠水公園舉辦眞人表演秀，時間是下午一點到五點。小莓花知道的話，相信一定會非常開心。」

「莉莉安的表演秀？居然有這東西……」川芎若有所思地喃喃，心中有了決定。

「魔法少女☆莉莉安」，一部廣受兒童歡迎的動畫，內容講述獲得神祕力量的少女成爲了魔法少女，代替魔法之神打擊各方敵人——也是川芎寶貝妹妹的最愛。

「謝了，薔蜜。」川芎知道對方是想讓他轉移注意力，同時也希望莓花開心，他難得坦率地表達出自己的眞摯感謝。

「另外還有一件事，也是打我電話過來的主要目的。」

就在川芎以爲要結束通話之際，那道總是理智冷靜的女聲又傳來。

「川芎同學，別忘了你明天要交給我的一萬字番外。明天中午前，我要看到稿子寄到我信箱。不接受沒寫完、發生意外等任何藉口，就算說高麗菜星人駭進你電腦也沒用。一旦出現以上任一情況，我必須告訴你，我最近有在鑽研摔角方面的影片了。就這樣，掰。」

這次薔蜜眞的俐落地掛斷電話，留下川芎面露驚悚地瞪著手機。

摔角？那個充滿著背摔、踢擊、側摔，跟什麼十字面部固定技、四字腿部固定技的摔角嗎？

我靠，繼關節技之後再來是摔角？張薔蜜那女人眞的要進化成人形凶器不成？

——不對，她現在已經是。

艱困地嚥下唾液，川芎慢慢轉頭瞪著自己還有一半沒完成的稿子。感到驚恐的同時，心中卻有一股更大的情緒湧上。他覺得想笑，他眞的又氣又好笑地笑出聲音來了。

眞不愧是張薔蜜，不管什麼情況下，永遠不會忘記自己的工作。

確實，就像她說的一樣。即使龍王太子出現，他們的生活還是照樣過，又不是眞的世界末日降臨了。

川芎耙耙頭髮，深吸一口氣，決定貫徹自己的意志。

他是一個決定任何事後，就會堅定不移的男人。所以他決定堅定地不受昨日異變的影響，堅定地拖稿，管他什麼關節技或摔角，大不了明天再跑給他的責編追就好！

渾然不覺自己的堅定用錯了方向，川芎收起手機，打算下樓翻找一下今天的報紙，研究「魔法少女☆莉莉安」眞人秀的活動內容。

才剛打開房門，川芎就訝異地發現外邊站著一抹矮小身影。

臉蛋俊秀的黑髮小男孩仰高頭，黑澈的丹鳳眼直勾勾地望著他，兩手各端一杯飲料。

雖然外貌稚幼，但小男孩的眞實身分其實是八仙之一。本名爲張果，在人世中向來被尊稱爲「張果老」。

「張果，你這是要做什麼？」看著堵在門外的小男孩，川芎納悶地挑起眉毛。

「這是咖啡，這是牛奶。」張果面無表情地舉起左邊杯子，再舉高右邊杯子。想了想，他又一起將兩個杯子遞向前，「還是你要一起喝？咖啡牛奶？」

川芎一愣，隨即才反應過來面前素來缺乏表情的孩子，是在問自己要哪種飲料。

「咖啡給我，牛奶你自己喝掉。」他失笑，伸手接過左邊的馬克杯，順便再拍拍張果的腦袋，「謝啦。」

或許因爲張果的乙殼是幼童模樣，川芎時常把他當小孩子對待，忘記他的眞實年齡是自己的許多倍。

被人當孩童對待的張果卻也沒說什麼，只安靜地摸了下剛才被碰觸的腦袋，接著小口小口地喝起牛奶，一邊尾隨在川芎身後。

川芎喝了一大口咖啡後，往走廊欄杆走近，他打開房門便聽到客廳傳來陣陣喧鬧。

原本他以爲是電視音量開太大，可再一細聽，卻又發現裡頭夾雜了幾道耳熟、但照理說不該出現在他家的男聲。

而且，爲什麼還有烤肉味？

起初川芎以爲是自己聞錯了，但無論聞幾次，烤肉味都沒消失，反而越來越明顯。

抱持著滿肚子的困惑與不解，川芎站在二樓走廊欄杆前，低頭往下一看。這一看，他險些將還沒嚥下的咖啡一口噴出來。

克制不住地嗆咳幾下，林家長男鐵青著一張臉，幾乎不敢相信自己所見到的光景。

他×的！居然有人烤肉烤到我家客廳來了！

偌大的客廳裡，確實圍著一群人在烤肉，烤肉架還直接放在長桌上！

川芎覺得自己的理智線要斷了，青筋在他額角迸出一條又一條。他往下方還沒注意到自己存在的眾人，一個個掃視過去。

總共是五人加一根蘿蔔。

而五人中，扣掉他最可愛也最重要的妹妹，居然四個統統是仙人！

沒注意到為何客廳充斥著烤肉香味，卻沒有濃濃白煙，川芎捏緊馬克杯，發出一聲氣急敗壞的怒吼。

「是誰准你們在別人家裡烤肉的！藍采和，用十個字給老子解釋清楚！」

乍聞這聲怒吼，圍在長桌旁的眾人瞬間停下動作，反射性地仰頭，瞧見全身散發「我很生氣、我要解釋」的黑髮男人，一臉凶惡地走下樓梯。

「哇！哥哥！」被點到名的藍采和跳起來，雙眸睜得大大的，驚慌的表情搭配上他本就不健康的蒼白膚色，令人產生他下一秒就會昏倒的錯覺。

不過川芎可是明白得很，藍采和「只有」外表瘦弱，其實天生怪力。

「哥哥，我可以解釋的。」藍采和站直身體，對川芎擺出敬禮姿勢，「總之就是……報告，我們正在烤肉！」

頓了一下，藍采和屈指算算，「一、二、三、四、五、六、七、八……總共是八個字，沒超過十個字對吧？」

「是八個字沒錯唷，夥伴！」負責替肉片翻面的人面蘿蔔揮舞著烤肉夾，信誓旦旦地說道：「俺可以用俺最自豪的腿毛來保證！川芎大人，要是你不相信，你可以拔下俺的一根腿毛，不過務必對俺溫柔一點……俺是第一次，怕痛呢！」

面對朝自己拋媚眼的阿蘿，川芎眉毛動也不動，只說了一聲，「藍采和。」

話聲剛落，藍采和已迅速抓住阿蘿，接著面帶笑容、動作快狠準地將它扔往牆壁。

「砰」的一聲，控制得當的力氣讓阿蘿撞得眼冒金星，牆上卻沒留下蘿蔔形狀的凹印。

「小……小藍夥伴……」從牆上滑下的阿蘿趴在地上，顫顫地伸出小短手，「你對俺……好狠的心呀……唔噗！」

凌空飛出的抱枕不偏不倚砸在阿蘿身上，徹底讓它消音。

「別理它，哥哥。」藍采和拍拍雙手，重新綻放招牌的純良笑容，「一起吃烤肉吧。」

「所以這就是我要問你的事，爲啥是在我家烤肉？」

川芎無視那張笑臉，陰惻惻地說，凶狠的目光瞪向在場眾人。當然，直接跳過他的寶貝妹妹。

「說！是誰提出這種主意的？要烤是不會在外面院子烤嗎？藍采和這小子胡鬧也就算了……莓花乖，先讓哥哥把話說完。」

發現莓花伸出小手輕拉自己衣角，川芎放緩表情，溫聲安撫。但一轉向其他人時，濃黑的眉毛立即皺起，聲音也明白地傳達出不悅。

「藍采和胡鬧就算了，曹先生、呂洞賓、李凝陽，爲什麼你們在場還放任他胡鬧！」

鏗鏘有力地對著八仙中的年長組扔下這段質問之後，川芎緩了口氣，接著才把視線定在一夥人中格外顯眼的紅髮男人身上。

不只髮絲如火焰般赤紅，就連杏仁狀的瞳孔也是相同顏色，眼角下有道小疤的男人甚至穿著戰裝軟甲，唯獨露出左邊臂膀，上面攀附著令人想到火焰的赤色花紋。

川芎不禁揚起眉毛，「雖然現在問是有點晚了……李凝陽，你解除乙殼是要做什麼？」

「哈哈！阿林，你這問題眞的是問得慢半拍，凝陽他在負責操控火勢啦。」綁著長馬尾的俊朗男人失笑，見川芎眼中仍透著疑問，他指指烤肉架下燒得通紅的木炭，「哪，你看，這樣就不怕肉烤焦了。而且你沒注意到嗎？客廳裡完全沒有煙霧，這也多虧凝陽。噢，他絕對是大家烤肉專用的好夥……痛！」

「謝謝你的誇獎，洞賓。」李凝陽慢條斯理地收回剛召出來敲打同伴的長槍，「但我想林先生想知道的不是這個，他問的是爲什麼在他家烤肉。我知道你有點痴呆，卻沒想到程度已這麼嚴重，連話都記不住了嗎？要不要我幫你腦袋開個洞，讓不必要的殘渣流出來？」

「你開下去，我連腦漿都要流出來了吧？」呂洞賓下意識摸摸腦袋，心中猶豫著是否與對方拉開點距離。

川芎放棄再從這兩人身上得到答案，他乾脆看向在場中最沉穩、同時也最有理智和常識的另一名仙人。

「曹先生，能告訴我這是怎麼回事嗎？」面對藍采和的監護人，川芎語氣客氣許多。

「抱歉，林先生，給你們帶來麻煩了。」不管何時都態度嚴謹的高大男人低頭致歉，「采和打電話給我，說想要大家一起烤肉，原本是要在院子裡進行沒錯。」

「因爲我和凝陽剛好去找阿景，就知道了這事。我想既然凝陽在，在哪烤都可以。」呂洞賓笑嘻嘻地舉起手，「我早就想試一次室內烤肉了。我有找阿湘，可惜他先跟朋友約好了。」

川芎頓時朝呂洞賓扔出兩記銳利的眼刀。靠！所以這鬼主意原來是你出的嗎？

「那個，哥哥……」藍采和雙手交握在胸前，眼裡閃動可憐兮兮的光芒，「你不喜歡烤肉嗎？」

「我、說、啊。」川芎按著額角，重重地嘆氣，「我不討厭，還挺喜歡的，如果地點不是在我家客廳的桌子上。就算沒煙、沒危險，一般人也不會做這種事吧？而且說到底，你沒事爲什麼要……莓花，怎麼了嗎？」

發覺到自己的衣角被一隻小手再次輕拉，川芎轉過注意力，在自己妹妹面前蹲下身。

「葛格，是莓花……」莓花扭捏地低下頭，小小聲地說，「烤肉是莓花說的啦。」

「咦？」川芎愣了下，看著耳朵發紅的妹妹，再轉頭望向眾仙人，「等等，所以說？」

「莓花想烤肉，所以我打電話給景休。」藍采和笑咪咪地說。

「我再請洞賓和凝陽幫忙。」曹景休點頭示意。

「再來就是阿林你看到的這樣。」呂洞賓攤開雙手。

川芎可沒想到烤肉事件的源頭會是他家寶貝莓花，但他的愣怔只有一秒，立即斂起原先的怒氣和不悅。

他摸摸莓花的頭髮，「莓花乖，下次記得不能讓那位長頭髮的奇怪叔叔進來我們家。」

「等……等一下！阿林，爲什麼你會做出這種結論啊！」覺得自己根本被視作某種傳染病的呂洞賓跳起來，極力辯駁，「而且我哪是叔叔？明明就是帥氣的大哥……！」

呂洞賓瞬間沒了聲音，他綁著馬尾的腦袋被一隻大掌迅速俐地壓進沙發裡，整個人呈現上半身掛在沙發、下半身拖在地板的怪異姿勢。

「憑你那年紀，當人家小姑娘的祖宗都綽綽有餘了，洞賓。」壓住好友後腦的李凝陽懶洋洋說道：「況且，追根究柢起來，確實是你不對，不是嗎？」

「唔唔唔唔嗯唔噗！」臉被迫埋在沙發裡的呂洞賓發出沒人聽得懂的抗議。

翻譯起來，就是——凝陽你明明也是幫凶！

發覺壓在頭上的手掌移開，呂洞賓「噗哈」一聲地抬起臉，大口呼吸了下新鮮空氣。然而還沒撐起身子，壓在小腿上的疼痛登時讓他抽了口氣，俊臉扭曲。

呂洞賓下意識朝李凝陽投出控訴又悲痛的眼神，卻沒想到後者舉起雙手一攤，表示凶手不是他。

啊咧？不然是誰？呂洞賓愣了愣，慢慢扭過脖子，映入眼中的是一抹矮小身影若無其事地從自己面前走過。

「不是吧，小張……」呂洞賓哭喪著臉，「我可沒惹到你吧？」

上一刻直接踩過呂洞賓小腿的張果頓住腳步，轉過臉，說，「擋到我，礙事。」

無視呂洞賓一臉欲哭無淚，張果繼續往前走。他走到川芎身邊，用短短的手指戳了下對方，在對方低頭時，將拿來的碗筷塞進對方手裡。

「碗。」張果面無表情地說，想了想，再拿起桌上的烤肉夾，夾了幾片肉到他碗中，「肉。」

「咦?啊，謝啦。」川芎端著碗坐下，咬了一口剛烤好的肉，然後覺得呂洞賓說的話果然沒錯。有李凝陽控制火候，肉片的口感特別軟嫩，確實是烤肉專用的好夥伴。

是說，爲了這種小事就解除乙殼眞的好嗎？川芎一邊咀嚼著肉，一邊皺起眉頭。

他記得仙人短時間內解除五次乙殼就會鎖卡一次，那段期間將完全無法回復仙人姿態。

但現在，不是正面臨著龍王太子隨時會攻打上門的危機嗎？

「用不著擔心，林先生。扣掉兩次，我還有三次解除乙殼的機會。」李凝陽似乎一眼看穿川芎的疑惑，「至於那位太子殿下，恐怕短時間內就會有所動作。」

「既然如此……」川芎忍不住脫口說道。

「我等不會讓他危害到無辜人類。」曹景休鄭重接話，每一字都蘊含著力量。

「不是，我不是問你們這個……」川芎放下碗筷，心中煩悶卻又不知該如何說出口——他擔心的是藍采和他們的安危！

「哪，哥哥。」藍采和忽然笑盈盈地湊近川芎，用其他人無法聽見的音量，小小聲地在他耳邊說，「你知道小莓花爲什麼忽然想要烤肉嗎？」

川芎對這問題一頭霧水，他低頭望了下坐在自己另一側的莓花。彷彿察覺他的視線，莓花也抬起臉，圓亮的眸子困惑地眨呀眨。

暗暗在心裡感歎自己的妹妹果然最可愛，川芎對藍采和的問題給予否定的答案。

「因爲呀……」藍采和依舊用極輕的音量笑著說道：「莓花跟我說，哥哥從昨天晚上看起來就心事重重。她想讓哥哥開心，才會決定找大家一起來烤肉呢。其實我也有找薔蜜姊，可惜她說有重要的事，不方便過來。」

她的重要事就是去搶購今天發行的《眞・大家的中年大叔特輯》。川芎在心裡吐槽自己的青梅竹馬，可同時也感受到巨大的感動和溫暖充斥全身。

川芎再也忍耐不住，一把抱緊自己最重要也最貼心的妹妹，「莓花對不起！都是哥哥的錯，哥哥不該讓妳擔心的！」

「哇！葛格？」沒有防備的莓花被嚇了一跳，但還是反射性張開小手回抱，並且還輕拍了拍自家兄長的背，「葛格乖喔。」

「啊，眞是一幅美好的畫面。」呂洞賓感慨地說，「害我也想讓小姑娘抱一下了。」

「那你就是怪叔叔猥褻蘿莉了，洞賓。」李凝陽說。

呂洞賓被刺得臉色變了變，最後只能捂住臉，哀嘆自己怎會交了個沒良心的壞朋友。

李凝陽挑了下眉毛，卻也沒再不客氣地扔出淬上毒汁的句子。

雙臂摟著寶貝妹妹，川芎不禁暗自反省。沒想到不只薔蜜，莓花也看出自己懷有心事。

「所以哪，哥哥。」藍采和瞬也不瞬地直視川芎，墨色的眸子既柔軟又堅定，「敖厲的事還請你不用擔心。噢，就是那位三百年前很煩，三百年後超煩的太子殿下。他想算舊帳就儘管來吧，因為，因為呀……」

眼見藍采和的笑容越發溫柔眞摯，川芎心中頓生警覺。他用最快的速度捂住莓花的小耳朵，下一剎那，他覺得自己的動作做得太對了。

因為藍采和笑容可掬地這麼說了。

「老子他×的更是有好幾筆帳要跟那混帳算。三百年前敢搶我花籃，三百年後敢綁我植物，這次不徹底給他一個教訓，不把他先嗶──再嗶──操他媽的我就不姓藍。」

即使藍采和的音量從頭到尾都沒有特意放大，但從他口中吐出的內容完全是該打上馬賽克、不該讓未成年聽見的等級。

「我說……」川芎覺得自己還是該提醒一下，「你家保父也在場耶。」

「下次別再說這些髒話了，采和。」出乎意料地，向來計較藍采和用字遣詞的曹景休，這回卻只是摸摸他的頭，沒多加責備。

川芎看看面帶笑容的藍采和，再望向其餘仙人。

曹景休沉穩，呂洞賓輕佻，李凝陽漫不經心，張果面無表情，他認識的人們都與往常無異。

川芎吐出一口氣，本來盤踞在心頭的煩悶和擔憂也逐漸散逸。

這一次，他是眞的安心了。

「嗯。」川芎簡短地回了個單音。

藍采和知道，這聲單音充滿多種含意，其中最重要的，是他的人類朋友對他們的信任。

拾肆 綠水公園

一場簡單的烤肉活動，眞的讓川芎的心情完全好轉。

見川芎是習慣性皺眉收拾桌面狼藉，而不是因爲懷有心事才皺眉，藍采和唇畔的微笑加深。

「小藍，我跟凝陽先走了，這包垃圾我順便拿到外面丟吧。」呂洞賓拍了下藍采和的肩膀，朝著他舉高手中的垃圾袋。

「那就拜託你了，洞賓。」藍采和表面上笑著道謝，卻知道這是暗示。

先送走呂洞賓和恢復成乙殼外貌的李凝陽，藍采和瞥見曹景休也準備離開。

「哥哥，我送景休出去，待會兒就回來喔。」藍采和連忙向川芎喊道。

「快點去吧。」川芎揮揮手，示意他趕緊去送客。

藍采和在玄關穿上鞋子，陪同曹景休離開林家大宅。

但當他走到大門，卻沒有與曹景休道別，而是和對方一起走出去，他們來到巷內轉角。

在那裡，有兩抹身影正等候著。

一人頭戴遮陽草帽，長馬尾隨性地垂在背後；一人戴著墨鏡，西裝筆挺，手持金屬手杖。

這兩人，正是早一步離去的呂洞賓和李凝陽。

「你來了啊，小藍。」呂洞賓舉手打招呼。

有些事，藍采和不願透露讓林家兄妹知道，他不想安下心的他們又多了不必要的擔心。

「洞賓，你早上跟我說的事，是眞的嗎？」沒有浪費時間，藍采和斂起微笑，蹙起眉頭，直接切入正題。

「是眞的。」呂洞賓也收起玩笑的態度，嚴肅說道：「敖厲那傢伙在豐陽市布下結界，我和凝陽試過，從裡面破不了那結界，雖然聯絡上小瓊跟阿權了，但他們說有急事必須先處理。只能等他們下來後，才知道能不能從外面破除結界。」

「那個欠抽的王八蛋。」藍采和眼裡閃動冷意，「居然來這招，明明知道現在的我們根本沒辦法……可惡，這件事你們有通知阿湘嗎？」

「韓湘那小子說要留在他兩位朋友的身邊。」李凝陽從口袋摸出香菸糖，「姑且不說那個叫方奎的人類，他確實要顧著余曉愁。她的記憶怕是被敖厲洗掉了，但沒人知道對方會不會突然心血來潮，又想對她出手。」

聽李凝陽這樣說，藍采和沉默下來。

「阿湘那邊只有他一人，萬一碰上什麼事，應付得來嗎？」藍采和難掩擔心地問。

「我有交代過，有事立刻跟我們聯絡。」曹景休拍拍他的頭，沉穩的聲音滲入嚴肅，「敖厲如果眞的出手，你身邊的人都可能被列爲目標。張小姐的安危我會多加留意，林先生他們有張果在，應該不用太擔心。可是我最擔心的還是你，采和。敖厲提早破封而出，不會放過這次機會的，他已經封鎖豐陽市，近期內想必會有所行動。」

「我知道。」藍采和說道：「即使他不行動，我也會有所行動的。紅李、花蕉、香梨都還在那混帳的手上。」

「還要預防那隻鯊魚來礙事。」呂洞賓指的是於沙，「小藍，你自己一定要多注意點，植物們也暫時別放出來，免得又像之前一樣被敖厲操控。」

藍采和抿著唇，眸中有什麼閃了閃，但終究沒將心中的話說出口。

呂洞賓又拍拍他的肩膀，「我是認眞的，小藍，你要注意安全。我和凝陽會在市裡巡視，要是發現什麼不對勁，一定會通知你們。」

「差不多就是這樣了，藍采和，洞賓把該說的話都說了，這玩意也順便還你。」李凝陽忽地拋出一個東西給藍采和。

藍采和沒細想，下意識伸手接住。等他張開手掌一看，頓時吃驚地睜大眼。那是他的手機，李凝陽不知道什麼時候從於沙那裡撿回的。

「我的號碼已經輸入進去。」李凝陽咬下一截香菸糖，懶洋洋地說道：「最後提醒你一句，洞賓剛拍你的那隻手提過垃圾，當然，他還沒洗手。」

「凝陽，你沒事說這……唔啊！小藍你手伸過來是要幹嘛？」瞥見少年的表情從吃驚轉爲皮笑肉不笑，並且右手迅速襲向自己，呂洞賓直覺感到危險，連忙後退一大步。

「要幹嘛？我只是想拍拍你而已嘛。」藍采和綻出無辜的笑容。

呂洞賓不但沒放心，反而寒毛直豎。別人說可信，藍采和口中的「而已」絕不能相信。開什麼玩笑，照他那怪力隨便一拍，當場骨折都有可能！

呂洞賓一點也不想犧牲任何骨頭，他哈哈乾笑，猛然一抓，當場拖著李凝陽逃逸。

「嘖，要是慢上一點，就把洞賓抓起來扔出去了。」藍采和面帶微笑地說著可怕的話。

「別總是用你的力氣欺負人。」曹景休這話聽似責備，實際上並沒有責備之意。不介意藍采和的衣上是否沾到什麼，曹景休輕按住他的雙肩，眼中透出嚴厲。他低頭望著那張秀淨年少的臉，一字一字地說，「答應我，不要讓我擔心，采和。」

藍采和露齒一笑，「知道啦，保父大人。」

目送那抹高大筆挺的背影漸漸消失在視野外，藍采和吐出一口氣。他還有事情沒說。或許是眾人的注意力都放在破封而出的敖厲，或是尚受到操控的紅李、花蕉、香梨身上，所以他們才沒留意到，藍采和的植物至今仍有一株下落不明。

「赤珊瑚……」藍采握住手指。他不知道對方究竟是存心躲藏，抑或不願歸返至他身邊，他向來摸不透那人的性子。

藍采和搖搖頭，將疑問吞下，決定先返回林家，以免川芎與莓花擔心自己遇到什麼意外。陽光大得令人不禁想抬手遮眼，誰想得到昨日竟是大雨驟降、雷聲轟鳴？

當藍采和回到屋子，正好看見川芎雙手抱胸地站在電視前。他一身要外出的休閒裝扮，似乎待會兒就要出門。

「哥哥？」藍采和沒看到張果和莓花，他納悶地走進客廳，注意到川芎正在看的電視傳出熟悉的嬌俏女聲。

「魔法少女莉莉安，今天就要代替魔法少女之神來懲罰你們！」

隨著話聲傳來，螢幕上一名僅用黑色剪影呈現的嬌小少女，擺出了讓藍采和感到熟悉的姿勢——那正是「魔法少女☆莉莉安」主角的招牌動作。

緊接著，電視畫面一變，跑出了數行字，屬於莉莉安的可愛聲音一字一句地唸出。

「今天下午一點到五點，豐陽市的綠水公園，魔法少女莉莉安將和大家零距離接觸！愛、正義，快來和莉莉安一起懲罰壞人吧！」

藍采和困惑地走到川芎身邊，看著已經進入下一則廣告的電視，不太明白方才看到的是什麼活動。

零距離接觸？

「哥哥，莉莉安要變成人出現嗎？」他問。

「當然不是。莉莉安是動畫人物，哪可能是真的。」川芎關掉電視，也沒問藍采和去送個客怎麼送那麼久，他的手往上一比，「三分鐘給你準備，我們要出門了。」

「咦？要出去？」藍采和詫異地睜大眼，「可是，哥哥你不是還有稿……」

「廢話不要那麼多，再不去換衣服，就把你扔在家裡了！」川芎不耐煩地打斷對方的話，不知道他是真的失去耐性，還是純粹想逃避某些關鍵字。

「我這就去換！」藍采和說什麼都不願放過一同出門的機會，他眼露欣喜，三步併作兩步地跑上樓梯。

等藍采和跑到二樓，他頓了下腳步，轉過身，還是忍不住好奇地問出口，「哥哥，我們是要去哪裡啊？」

「還用說嗎？當然是綠水公園。」川芎一挑眉，鏗鏘有力地扔下五個字，「去看莉莉安！」

莉莉安？魔法少女莉莉安？但不是說她不是眞的嗎？

這瞬間，眞實年齡已經破千的藍采和深深地陷入了迷惑。

懷抱著解不開的疑惑，藍采和隨川芎他們搭了三站公車，終於來到今日的目的地——綠水公園。

與川芎家附近供孩童玩樂的小公園不一樣，綠水公園佔地極廣，不但有小孩遊樂的區域，還設有兩座籃球場。四周圍著大片綠意，從正門入口進去，還有一個平坦的大廣場。

廣場上擺放多排折疊椅子，近三分之二已坐滿。更前方，有一座簡單卻不失美觀的舞台，不少工作人員忙上忙下。

廣場裡匯聚各種熱鬧的聲音，大部分是小孩子興奮的叫喊嬉笑，每雙稚氣的眼睛裡都閃爍著濃濃的期待。

因爲待會兒，廣受小孩歡迎的魔法少女莉莉安就要出現在綠水公園了。

川芎一行人找到了還算前面的坐位，待他們坐下後，藍采和再也按捺不住內心的疑問。

「哥哥，我們現在到底是……你不是跟我說莉莉安是假……」

「笨蛋！」不等藍采和說完，川芎臉色微變，迅速捂住他的嘴巴，「藍采和，你是想變成小孩公敵嗎？」

藍采和只能用眨眼來表達自己的不解與無辜。

「川芎大人，夥伴是不小心做了什麼事嗎？否則怎麼會變成小碰友的敵人呀！」

藍采和雖然沒開口，但他身邊卻出現另一人的聲音。仔細一聽，會發現來自他揹的大背包裡；再更仔細一看，能留意到背包上被開了兩個小洞，洞裡貼著兩隻細小的黑眼睛。

川芎當然知道說話的是誰。

正是阿蘿，一根有手有腳、還無比自豪腿毛的人面蘿蔔。

若是平時，川芎絕不會輕易允許阿蘿在公眾場合開口——被人發現蘿蔔會說話還沒惹出大騷動，川芎就把那個欠自己錢、姓林名輩的編輯朋友的頭剁下來。

但現在放眼望去，周遭孩童全興奮不已，而大人們則忙著看顧自家孩子，不讓他們在廣場跑來跑去，誰也不會有多餘心思留意少年的背包是不是有傳出說話聲。

「如果這小子說出了不該說的字，就等著面對全部小鬼的公憤了。」川芎放下手，用眼神警告藍采和。

確定自己的寶貝妹妹專心地注視舞台，深怕一眨眼就會錯過莉莉安出場的瞬間，川芎壓低聲音，謹慎地開口，同時確認這聲量不會被前後左右的小朋友聽見。

「給我記清楚了，對這些孩子來說，當然包括我家莓花，莉莉安眞的存在世界上，他們也相信等等見到的就是眞正的莉莉安。就算我們知道那不過是節目派人扮演的，也絕對不能說出來。」川芎眼神凶狠嚴厲，「破壞小孩的夢想可是大忌中的大忌！」

「了……了解了。」面對男人像是要吃人的眼神，藍采和忍不住嚥嚥口水，甚至還舉起一隻手發誓，「報告哥哥，我不會亂說話的！」

「明白就好。」川芎滿意地點點頭，不忘警告另個總是將我行我素發揮得淋漓盡致的仙人。

「喂，張果……」視線對上坐在自己右邊的小男孩，川芎頓時啞口無言。

在這種大太陽底下，四周還全是小孩子高分貝的聲音，張果居然能坐在椅子上睡覺。

川芎搖搖頭，從張果口袋中拿出被摺成一團的棒球帽，將帽子戴在那顆黑色的小腦袋上，避免陽光直射。接著他發現自己戴著遮陽帽的妹妹依然熱得後頸微冒細汗。

「藍采和，你背包裡的扇子拿出來給我。」川芎向藍采和伸出手。

知道今天午後太陽特別大，出門前他特別交代藍采和帶上防曬避暑用具。

「你自己也戴上帽子吧，免得曬昏了。」

「放心好了，哥哥，其實我很耐曬的。」感受到川芎的關心，藍采和笑咪咪地說道。

川芎和他相處了一段時間，哪不知道他體力好、耐力佳，就只有外表老是欺騙大眾。

問題就是那個外表……川芎緊緊皺著眉頭，上下打量皮膚蒼白到像是沒曬過太陽、柔弱到似乎風一吹就會倒的少年，他可不想讓四周人看得心驚膽跳、暗捏冷汗。

「戴上。」川芎直接用上命令的語氣。

藍采和眨眨眼，還是乖乖照做了。他把背包抱到胸前，接過阿蘿從包裡遞出的帽子戴上，陰影遮住他大半張臉，接著他向阿蘿拿取扇子。

背包裡傳來窸窸窣窣的翻找聲，很快地，一隻白胖的小短手伸了出來，手裡抓著繩子。

「阿蘿你拿錯了。」藍采和嘆口氣，把繩子退回去。

「不好意思啊，夥伴，俺看不清楚才會摸錯。再等俺喔，馬上就好！」就像阿蘿說的一樣，沒過一會它又遞出東西，只不過這次是蠟燭。

川芎默然，他已經放棄思考繩子和蠟燭究竟和防曬有何關係，甚至不想知道那個背包裡還塞了多少莫名其妙的東西。

藍采和瞥見川芎雖然面無表情，但嘴角隱隱抽搐，他立刻壓下要拿出皮手套的阿蘿，自己伸手探進背包。

「呀！夥伴你不能摸俺這裡！討厭、死相……嗚喔喔喔！夥伴，俺錯了，俺不是故意要……！」

背包裡瞬間歸於死寂。

藍采和臉上依然掛著神清氣爽的笑，他將找到的扇子獻寶似地交給川芎。

川芎對背包內發生的愛恨情仇完全沒興趣，他握著扇子，一下下地替莓花輕搧著風。

距離表演活動開始還有五分鐘，但今日午後陽光極強，加上廣場中缺乏遮蔭，就算小孩子依舊滿心期待莉莉安出場，還是忍不住紛紛喊起熱。有些耐不住的，更是央求父母買冰或買飲料。

藍采和確實不怕熱，即使坐了許久也沒有流半滴汗。可他發現不只莓花，就連川芎也被曬到皮膚微紅，額角、髮根沾著汗水。

藍采和離開了座位，從後面走到張果位子旁。

在林家兄妹不解的目光中，他推晃了下閉眼打盹的小男孩，「嘿，果果，起來一下，跟我去買飲料吧。」

張果掀開一隻眼睛，黑澈的眼珠毫無波動地望著藍采和。

藍采和也不畏縮，微微一笑，「我們去幫哥哥和莓花買個飲料吧。你偶爾也要起來走走，而且哥哥可是讓我們住在他們家，你連這樣的事也不願幫忙嗎？」

張果的另一隻眼睛也睜開了，稚氣的小臉上雖讀不出表情，可他的確跳下椅子，拖著他的小木馬，淡然問，「哪裡？」

「哎，就在正門那邊，我記得那裡有不少攤子。」藍采和笑著說，不忘回頭對川芎道，「哥哥，你們留在這看莉莉安吧，我們很快就回來。啊，別擔心，景休有給我零用錢。」

朝兄妹倆揮了揮手，他抓起背包，和張果往正門方向走去。

拾伍 魔法少女莉莉安

藍采和與張果離開不久，舞台突然播放音樂。歡快活潑的曲調剎那間吸引廣場全部小孩的注意力，一雙雙稚氣天眞的眼睛迸放光彩，接著更能聽見他們一起興奮地合唱。

就連原本一直乖巧坐在椅子上的莓花也忍不住摘下帽子，開心地跟著唱出聲音。

「莉莉安～莉莉安～天在呼喚，地在呼喚～只要你用心呼喚～魔法少女莉莉安就會立刻趕來你身邊～」

那正是「魔法少女☆莉莉安」的主題曲。

川芎沒有多注意舞台動靜，他全部的心思都放在莓花身上，自己的寶貝妹妹臉蛋紅撲撲、大聲唱歌的模樣太可愛了。

川芎連忙拿出相機，不想錯過妹妹的每一個可愛鏡頭。

快門聲引起莓花的注意，她轉過頭，發現兄長正拿相機對著自己。

莓花停下合唱，鼓起腮幫子，「葛格，不對啦！你要幫人家照莉莉安，一定要照到莉莉安喔！」

雖然覺得扮演莉莉安的演員怎麼可能會比自家妹妹可愛，但爲了達成莓花的願望，川芎只好將相機鏡頭轉向舞台。

主題曲已來到尾聲，廣場上氣氛越來越熱烈。

當最後一字落下，所有小孩們一起大聲歡叫，「愛、正義！魔法少女莉莉安，今天就要代替魔法少女之神來懲罰你們！」

驟然間，舞台上冒出陣陣乾冰，白色煙霧瀰漫，讓人看不清台上景象。

不只孩子們，大人也忍不住屏息以待。

下一剎那，一道清亮甜美的女聲無預警自舞台上響起。

「沒錯！魔法少女莉莉安，就要代替魔法少女之神來懲罰那些壞人了！」

隨著少女嗓音傳來，一抹苗條身影同時由白霧後跳了出來。

一頭及肩的俏麗紫紅色鬈髮，一雙美麗的淺紅色大眼睛，紫髮紅眸的少女身穿一襲華麗小洋裝，胸前紮了個大大的蝴蝶結，纖細白皙的手腳從滾著花邊的袖子及短裙伸出。踩著短靴的雙腳站得與肩同寬，戴著白手套的左手扠腰，右手在眼前比出剪刀手。

「莉莉安，正式駕到了！」少女對舞台下方俏皮地眨了眨眼。

廣場上瞬間爆出興奮激動的尖叫。

「莉莉安！」

「莉莉安！」

終於目睹偶像的孩子們欣喜地叫出莉莉安的名字，小臉上全是熱烈的光彩。

而在這些尖叫聲中，快門按下的聲音也此起彼落響起。

「葛格，是莉莉安！眞的是莉莉安耶！」莓花激動得臉都紅了，她用力抓住川芎的衣角，「幫我拍，一定要幫莓花拍喔！」

川芎將鏡頭對準舞台，按下快門，成功捕捉到少女甜美又華麗的身影。

就算拍好照，川芎也沒有馬上拿開相機。透過鏡頭，他將擺出莉莉安招牌姿勢的身影看得更加清楚。他大大驚歎，站在舞台中央的紫髮少女，真的就像活生生從莉莉安動畫裡跑出來。

面對一波波熱情尖叫和手機狂拍，扮演莉莉安的少女依舊掛著親切甜美的微笑，潔白小巧的臉蛋上沒有任何不耐。

忽然間，川芎發現那雙淺紅色大眼不偏不倚地往自己看來。他一愣，但再定睛一看，那雙眼睛已看向其他地方。

只是剛好吧？川芎沒有多想，他放下相機，注意到自己前面的孩童竟興奮到站在椅子上。這樣不但危險，還會遮擋到後方視線。

川芎皺起眉，正當他打算出聲請孩童的家長管束，舞台上再次響起清亮甜美的女聲。

「各位小朋友請乖乖地坐回椅子上喔，這樣莉莉安才能看見全部的小朋友呢！」

一聽紫髮少女開口，本來站在椅子上的小孩連忙用最快速度坐下，深怕被發現自己害莉莉安看不見全部的人。

廣場極短時間內恢復秩序，「莉莉安」的影響力和魅力讓川芎佩服萬分。

他看向左手邊，莓花也像其他小朋友一樣乖巧地坐著，圓亮的眼睛努力盯著舞台，眨也不眨，似乎怕自己錯過任何重要畫面。

川芎眼中浮起疼寵的笑，他又回頭望了下正門。也許是天氣太熱，那些在公園外販售飲品和冰品的攤位前排了不少人。

藍采和與張果還在排隊，不過看起來快輪到了。

川芎收回視線，專心看向舞台。

此刻，紫髮少女正豎起食指，要大家跟她一樣保持安靜。

「莓花，現在是……」川芎小小聲地問著妹妹，沒想到頓時見莓花睜圓眸子，也朝他擺出了「噓」的手勢。

川芎失笑，學著她將食指擺在唇上。

莓花滿意地點點頭。

單憑紫髮少女的一個手勢，廣場上陷入了安靜。

發現自己爸媽想說話，孩子們就會馬上比出「噓」的手勢，於是大人們也笑笑地安靜了下來。

見狀，舞台上的紫髮少女滿臉笑容。

「大家都好乖喔！那麼接下來，就是莉莉安的表演時間了唷！」

她的聲音清晰地傳過角落，但手上卻沒拿麥克風。川芎猜她的衣領或蝴蝶結處可能藏有微型麥克風，否則聲音沒辦法放那麼大。

在無數期待的目光下，紫髮少女忽然一手揹後，一手放在胸前。她優雅地朝台下彎身，當她直起身子時，那隻置放身前的手猛然探進胸口。

川芎的位子還算靠前，他震驚地發現少女竟是從胸口裡抽出一柄細長的物體。

「葛格，莉莉安好厲害！」莓花雙眼發亮，與其他小孩子一樣閃動著崇拜的光芒。

川芎卻是瞬間收緊下頷。

不對，那柄細長的東西是從少女體內抽出來的！普通人類根本做不到！

川芎反射性想要站起，但有所行動之前，舞台上的紫髮少女已完全抽出那柄細長物體。

下一秒，一柄巨大又華麗的折扇「刷」地攤展開。

紫髮紅眸的少女手握折扇，直指前方。

「表演正式開始。」

下一秒，她獰笑，臉頰浮現一隻青艷的蝴蝶。

「請你拭目以待了，林先生！」

目睹扮演莉莉安的紫髮少女從體內抽出一柄巨大折扇時，川芎就已心生警覺；而在見到少女臉頰上突生青蝶，以及聽聞那聲「林先生」後，心裡警鐘更是大響。

靠靠靠靠靠！是龍王太子的人！

不待四周人們對此有所反應，川芎立刻撈抱起莓花，轉身就跑。

「那怎麼行？你跑了我怎麼表演？你×的要乖乖拭目以待啊，王八蛋！」

甜美清亮的女聲卻是拔高爆出了粗話。

川芎理智線瞬間斷裂，明知情況危急，他還是煞住了腳步，猛然轉過身，用更憤怒的聲音大吼回去。

「混帳！魔法少女怎麼可以破壞小孩子的夢想！」

「無所謂啊，反正我本來就不是什麼魔法少女，我只是打工的。」

無視舞台上和舞台下的騷動混亂——舞台上，氣急敗壞的工作人員跑了出來；舞台下，許多孩子受到驚嚇，哭喊著「莉莉安好可怕」——紫髮少女對川芎兄妹露出詭異的笑。

「倒是你們，不擔心自己的安危嗎？」

川芎想痛罵的人當下變成了自己——沒事幹嘛停下來自找麻煩！

可惜舞台上的紫髮少女完全不給他機會，她揮舞手臂，華麗的折扇迅速搧出大股粉色光點，隨著強勁的氣流飛向四面八方。

川芎抱緊莓花，下意識閉起眼，感覺強風吹過自己的臉，往更後方而去。緊接著，他聽見周遭傳來無數重物墜地的聲音。

川芎一驚，飛快睜眼。

那些因騷動而陷入混亂的人們，竟一個個倒在地面，失去意識。

但是，紫髮少女看起來比川芎還要吃驚。

「啊咧？你們兩個居然沒倒？」吃驚過後，少女眼中迸射出興奮熱烈的色彩，她欣喜大笑，「讓我試吧，讓我試吧！就讓我試試更多不同的手段！」

話聲剛落，那抹苗條身影已快如閃電地飛出。

川芎和莓花壓根沒時間反應，只不過一眨眼，眼前就出現了準備朝他們揮來的華麗扇面，扇後是少女閃動狂熱的臉孔。

邊緣銳利的折扇並沒有成功碰觸到林家兄妹，有什麼擋住了它。

紫髮少女愣住，忘記眨動的眼睛看見了線。難以計數的銀色光線如網般交織在兩人面前，幫他們擋下折扇的攻擊。

「什麼?」少女眼中湧現驚疑，不待她再有動作，一股看不見的無形威壓猛地朝她撞來。力量太過猛烈，紫髮少女頓時被生生撞飛出去，整個人撞上後方的舞台牆壁。臨時搭建的牆壁承受不了如此巨大的衝擊力，接住少女的身體數秒後便破了大洞，少女繼續往前摔跌。

「哥哥、莓花!你們沒事吧?」銀絲瞬間撤開，一道心急如焚的少年嗓音響起。

川芎抱著驚魂未定的妹妹轉過頭，望見一藍一白的身影在自己眼前站定。

那是解除乙殼、恢復仙人姿態的藍采和與張果。

前者一身水藍，右頰攀附著同色焰紋，藍眸裡是掩不住的關心；後者白袍罩身，眼下有牙紋劃過，銀白的瞳孔雖說漠然無波，但終究洩露出一絲細微的情緒。

「哥哥，你們有受傷嗎?」見川芎沒回話，藍采和更急了。他忍不住想咒罵自己的大意，他怎會天眞地以爲只是離開一下沒關係。

敖厲三百年前都可以不擇手段地抓自己入海，三百年後當然也可以不擇手段地對付自己身邊的人!

混帳、混帳，萬一哥哥和小莓花發生什麼事……藍采和咬住嘴唇，心中又竄起先前聽見舞台上喊出「林先生」時的恐懼。

他從來沒想過，扮演莉莉安的演員會是敖厲派來的刺客!

「沒、沒受傷……小藍葛格，我們沒受傷!」一雙小手忽地抓住藍采和，同時也抓住他那顆忐忑不安的心。

藍采和一震，回過神，見莓花眸子裡浮著淡淡霧氣。比起自身，小女孩更擔心他。

「我和莓花都沒事，你不要一臉誰……誰怎麼了的表情。」川芎差點說出「誰死了」，但在這種時候實在太觸霉頭，他硬是改了句子。

藍采和眨眨眼睛，「太好了，你們沒事……」

他看起來一臉鬆口氣、忍不住快哭出來的表情。

「夥伴！夥伴！」藍采和肩側的大背包忽然從內被一截白影撞開，阿蘿的葉子全都豎了起來，它緊張又慌張地大叫，「是那傢伙！果然……果然是那傢伙啊！俺葉子的雷達全都豎起來了！」

那傢伙？哪傢伙？川芎沒機會問出口，他從眼角餘光瞄見整座舞台居然在晃動。

不對，不只晃動，而是像被看不見的力量拔起。

舞台緩緩升高再升高，隨即迅疾地朝川芎等人凌空砸來，巨大的陰影疾速逼近。

「噫！俺不想變成蘿蔔乾呀！」阿蘿抱頭尖叫。

張果舉高法杖，通體透白的杖端登時冒出白光，理應順著重力砸下的龐大舞台靜止在半空中。

張果的眼神更冷。

下一剎，法杖「白鳶」再次揮動。

靜止不動的舞台竟瞬間朝原來方向撞回去。

舞台實在太大，川芎他們看不見它究竟往什麼撞去，但耳邊卻驀然響起愉悅的大笑。

「哈哈哈哈！竟然能讓二仙一起出手，這可眞是我的榮幸！」

川芎呆住了，因爲那陣狂放浪蕩的笑聲，是男的！

這是怎麼回事？敵人不是那個少女嗎？難道說又有新的？

戰鬥並不會因川芎心下愕然就暫停，那些朝笑聲來源砸去的舞台轟然碎裂，激起塵煙。龐然大物解體成無數大小碎塊，木板、鐵架紛紛往下方廣場墜落。

而廣場上，橫躺著眾多大人小孩。

「張果！」川芎白了臉，驚駭叫道。

白髮白瞳的仙人沒多說什麼，只法杖拄地，轉眼施放鎮靜之力。

所有應該墜下的舞台殘骸全停在空中，接著像是受到驅使，全數改變方向，飛往另一側無人使用的空曠地面，再乒乒乓乓地堆疊起來。

同一時間，空中的濃濃煙塵也逐漸散去，露出浮立在後的身影。

沒有紫髮少女。

站在高空中的，是個身形修長的紫髮男人。紫色髮絲隨意紮在腦後、披散下來，長度直達腰間。淺紅色眼眸細長艷麗，其中一隻被髮絲連同左半邊臉一併遮住。

男人唇邊掛著放蕩不羈的笑容，手持巨大華麗折扇，身前衣襟敞開，露出結實的胸膛。

這名紫髮紅眸的男人渾身上下散發一股妖冶氣息，然而最教人注目的，還是烙印在臉頰上、宛若要張翅欲飛的青色蝴蝶。

直到這時，川芎才慢一拍地醒悟過來。那隻青蝶不只代表敖厲的力量，同時也代表眼前這男人正遭到他的操控。

如果是水族，自然會聽從龍王太子的命令。換句話說……

川芎下意識看向藍采和，果然在那張蒼白秀淨的臉上看見了震驚與怔然。

「俺就知道……」阿蘿發出悲鳴，「夥伴啊，俺就知道一定是他！」

「……赤珊瑚？」藍采和好半晌後才終於擠出聲音。

赤珊瑚？

這個令人聯想不到植物的名字，使得川芎一怔。他再次將視線轉回浮立在空中的紫髮男人，他甚至不知道紫髮少女上哪去了。

難不成……少女模樣只是對方變出來的假象？

「赤珊瑚，連你也被敖厲那傢伙操控了嗎？」藍采和上前一步，與張果二人將川芎他們護在中間。他瞇細藍眸，素來柔軟的聲音這瞬間剛硬如刀。

「操控？或許是吧，你知道我向來無所謂的，阿藍。」

赤珊瑚自高空降落下來，足尖踩上地面，唇邊是不羈的笑意。

「我猜你想問我還認不認得你，我都喊你阿藍了，當然是認得的。不過不知道怎麼回事，我現在看你是不怎麼順眼了。而且能跟你打一場的話，感覺會非常有趣哪。另外，可以麻煩你讓開一點嗎？阿藍，你擋到我的視線了。」

「不要啊！夥伴，拜託你千萬不要移動一步！」阿蘿淒厲地喊，彷彿藍采和一動就會發生恐怖的事。

川芎突然意識到一件事，阿蘿在面對這位植物同伴時，似乎太過激動了些，幾乎不輸見到鬼針的反應。

該不會赤珊瑚也是這根人面蘿蔔的天敵吧？

腦袋剛掠過這個想法，川芎就眼尖地發現阿蘿不知何時爬出背包，挑著赤珊瑚看不見的角度，準備爬進莓花懷中，將那裡當成它新的避風港。

察覺到有兩道宛若雷射的利光刺來，阿蘿停住打算摸上莓花手臂的小短手。它慢慢地抬起頭，對一臉陰沉的川芎露出異常爽朗的笑。

「啊哈哈哈哈！川芎大人，俺沒要做什麼事的，現在的一切都只是你的幻覺唷！」

「幻覺啊，最好我會相信你！真當老子是白痴嗎？」不管在哪時候，永遠都是重度妹控的川芎，怎可能讓一根蘿蔔摸自己最寶貝的妹妹。他想也沒想，反射性地扯下阿蘿，火大地將它重重一扔。

川芎的動作可說是本能性的，快得連藍采和都來不及出手搶救，只能眼睜睜見它飛過自己肩前，掉落在前方地面——他與赤珊瑚的中間。

阿蘿摔得眼冒金星，它甩甩頭，想將那些飛來飛去的小星星趕走。接著它撐起身體，終於注意到自己面前什麼遮蔽物也沒有，赤珊瑚就在前方。

阿蘿震驚地捧住臉，表情就像是在無聲吶喊。

反之，赤珊瑚卻是眼眸放光，浪蕩的笑意轉成莫大欣喜。

下一秒，紫髮紅眸的男人扔開折扇，箭步衝上，「阿蘿！我就知道一定是你呀，阿蘿！」

「噫啊啊啊啊！不要啊！」阿蘿卻是淒慘尖叫，在赤珊瑚靠近之前飛快跳起，用最快速度衝回藍采和身邊，三兩下爬上他的肩頭，抱著他的脖子瑟瑟發抖。

川芎看傻了眼。

「葛格，阿蘿……好像不太一樣？」即使是年幼的莓花也看得出事情不對勁。

川芎覺得「不太一樣」算是委婉的形容詞了，阿蘿的反應根本就是活見鬼！

「哎呀，阿蘿你的反應眞是讓人傷心。」赤珊瑚見阿蘿爬到藍采和身上，當下停手，語帶惋惜地說，「面對當年追求失敗的我，不是應該對我更溫柔一點嗎？」

當年？追求失敗？誰追求誰？川芎覺得自己好像聽到了什麼驚人的東西。

「俺明明就說過俺是孤獨一匹狼，不接受你的追求！」阿蘿抱著藍采和的脖子，高聲叫嚷，「但是你當年居然想直接把俺綁起，打包帶走！」

「等一下，還有這件事嗎？」身爲赤珊瑚和阿蘿主人的藍采和吃驚道，「阿蘿，你當初怎麼沒跟我說到這部分？」

「因爲那不重要啦，夥伴，而且後來俺也不常待在籃中界。」阿蘿說完後又瞪著赤珊瑚，「赤珊瑚，你眞是太沒良心了！這是對待一根人見人愛美蘿蔔的態度嗎？俺告訴你，俺絕不會爲了一根紅蘿蔔放棄整座蘿蔔園的！」

「……紅蘿蔔？」川芎知道時機不恰當，但他還是忍不住打斷這場他分不清是嚴肅還是搞笑的對話。

「啊咧？川芎大人你不知道嗎？赤珊瑚就是紅蘿蔔的別稱，他當年追求過俺唷。」阿蘿回頭對川芎說。

川芎目瞪口呆，他現在才知道原來藍采和迷戀肌肉型女性，天堂只喜歡外表是小女孩的滿天星，這些癖好根本已再正常不過。

因爲最恐怖的在這裡！

先不管赤珊瑚的原形是不是紅蘿蔔，擁有人形的他居然會追求一根人面蘿蔔……不對，他不可能追求一根性別是公的蘿蔔吧？也就是說……

「靠杯！阿蘿你原來不是公的？」林家長男大感震驚地白了一張臉。

「咦咦咦？川芎大人你怎麼會這麼想？俺明明就是一根超有男子氣概的正港男子漢蘿蔔呀！」阿蘿捧著臉，更加吃驚地叫道。

「你是男的？但、但他……」川芎張口結舌，一時像是再也沒辦法好好組織言語。

「噗哈哈哈！也只有人類會拘泥於性別！難道你眞的以爲我一定是男的嗎？」赤珊瑚狂肆大笑，拋下令人難以理解的話，身影再次迅移，眨眼間已躍立至空中。他的身影閃了閃，像是畫面出現扭曲。

等聲音二度落下，赫然是一道甜美清亮的嗓音。

「或者，你想要說我是女的？」

川芎抱著莓花仰高頭，兄妹倆腦海一片空白。映入他們眼中的不再是身形修長的男人，而是苗條的少女。

紫髮少女身上已不見原本的舞台裝，她的衣裙和男身時的衣物相似又相異，唯一不變的是妖冶的華麗。

赤珊瑚手一伸，原先靜置於地的折扇立即飛回她手中。她眼裡有什麼危險地一閃而逝，手中折扇攤展開，反手就是重重一搧。

張果反應亦快，法杖瞬間凝住來自上方的一切攻擊。

但是赤珊瑚詭異的笑意不減反增。

藍采和畢竟是她的主人，他熟悉赤珊瑚的一切招式和力量，當下驚覺過來。

「果果快退開！」脫口警告的同時，藍采和一把抓住莓花，快速往後方急退。

張果則是扯住川芎，同樣退到安全範圍。

兩名仙人各帶一名人類退開的剎那間，平整的廣場地面驟生異變。

一朵朵巨大妖異花朵自地底下突竄，它們擁有奇大無比的嘴巴，張口就將廣場上的人們一個接一個吞下肚。

即使知道那些花事實上只會困住人，藍采和還是及時捂住莓花的眼睛，不讓她目睹這對孩童來說過於嚇人的一幕。

「這……這到底是怎麼回事？」川芎澀聲問道：「赤珊瑚他……她……」

「赤珊瑚，在藍采和植物中唯一擁有雙重性別身分。」張果說，「我只知道這樣，如果你想問的是這個。」

雙重性別？所以他才會既是男的，又是女的嗎？川芎轉過頭，驚疑地瞪著輕盈落足在那些巨花上方的紫髮少女。

那些吞下民眾的花朵，合上形狀像是嘴唇的奇異花瓣，隨著赤珊瑚的一聲彈指，又迅速潛縮回地下。只有空無一人的廣場和被掀得坑坑巴巴的地面，才能證明它們曾經存在。

「赤珊瑚，妳做這些究竟想幹什麼？」藍采和單手緊抱莓花，不敢讓她隨意待在地面。

「幹什麼？」赤珊瑚歪了下腦袋，「阿藍，我還以爲你清楚呢。」

「不，我不清楚。」藍采和一字一字地說，眼眸緊盯赤珊瑚，可手指卻在暗地裡不著痕跡地凝聚光絲。

下一剎那，不待赤珊瑚有所回應，他猝然出手。

「不管目的是什麼，赤珊瑚你他媽的給我回來！」

光絲竄射而出，卻不是逼近空中的紫髮少女，而是飛快扎穿被扔在藍采和後方的背包。光絲不到眨眼又抽出，從背包裡纏拽出竹片編製的籃子，那正是藍采和的法寶。

同一時間，藍采和咬破舌尖，感受到血腥味滲入口腔，即刻噴出血沫。

鮮血滲入空氣，並且竹籃回到藍采和手裡，這都發生在短得不能再短的時間裡。

赤珊瑚一愣，可她馬上醒悟過來對方連串動作目的爲何——他想強制捉自己回籃中界！

不僅如此，另一側的張果竟也出手了。

透白法杖一揮，立刻生現潔白氣流，與淡銀光絲同時疾速夾擊位於中央的赤珊瑚。

眼見兩位仙人一同出手，頭頂還有血印逐漸成形，赤珊瑚卻是不慌反笑。她俐落地合上折扇，那聲響彷彿是某種訊號。

光絲和氣流即將逼近時，她的左右兩側猛然噴湧出碩大水流，並從底部迅速凝結成冰。

光絲扎在冰柱上，卻無法再更進一步穿透；氣流也受到阻攔，一碰上冰柱竟被輕而易舉地化解開來，直接散逸無形。

不對，不是被化開。

張果眼神更寒，他的力量是遭到抵銷，無法起任何效用。

藍采和也看出端倪，秀淨的臉蛋上乍現驚愕，旋即又轉爲濃濃的警戒，「難道說……」

「太晚發現可不是一件值得讚賞的事哪。」赤珊瑚咯咯嬌笑，眼中凶光突起，「那是會讓人後悔的，阿藍！」

隨著話聲強力落下，廣場地面赫然浮起一圈水浪環繞。

短短剎那間，浪勢已暴漲數倍，高度超過藍采和等人，將他們圈繞在空心的中央。

水浪還在增高，並自四面八方往中間靠攏。

最頂端的缺口越縮越小，陽光被阻擋在外，大片陰影落在藍采和煞白的臉上。他知道張果的鎮靜之力無法使用，方才的冰柱已說明了這股力量歸誰所有。

因爲只有那個人，可以無視他以外的七仙之力。

因爲最高律法判決，敖厲受封五百年，至於八仙則是……

藍采和睜大眼，眼中映出赤珊瑚不懷好意的笑，還有那團聚成球狀卻開始崩塌的液體。

大量的水正一口氣朝他們砸下。

藍采和瞳孔收縮，這些水對仙人之身的他們起不了作用，但是、但是……卻能輕易地讓人類溺斃！

「哥哥、莓花，閉上眼睛，屏住呼吸！阿蘿聽我命令——」藍采和分不清自己究竟是尖叫或悲鳴了。

拾陸 於沙再現

一名撐著雨傘的秀氣少年無預警停下腳步，像是在尋找什麼似地東張西望，這使他身邊的兩名朋友訝異地出聲詢問。

「阿湘？」

「阿湘，怎麼了嗎？」

「眞奇怪，我覺得我好像聽見小藍的聲音……」韓湘抓著傘柄，語帶困惑地輕聲說。

乍聞此言，戴眼鏡的俊秀少年和短鬈髮的清麗少女也試著側耳傾聽，但周遭並未傳來異常的聲音。

此刻這條小巷裡，就只有他們三人。

「阿湘你是聽錯了吧？」方奎推推眼鏡。

「我也覺得是聽錯了哪，阿湘。」余曉愁單手扠腰，隨手撥下髮絲，偏褐的眼珠盯著韓湘，「你說的『小藍』……是那個叫藍采和的朋友嗎？聽你和方奎提過好多次了，我也想見見面。如果你擔心，我們可以去找他嘛，反正今天也沒什麼事要做。」

「是、是沒有要做什麼事，但是、但是……」韓湘收緊握在傘柄上的手指，他快速眨動幾下眼睫，卻沒辦法完整地組織起拒絕的話語。結巴了好一會，最後只能暗自朝方奎拋出求救的視線。

「但是這樣貿然過去好像也不太好意思吧，曉愁。」方奎迅速接話，努力想打消自己女朋友忽然生起的念頭。

「我又沒說不打招呼就過去，你以爲本小姐會做這麼沒禮貌的事嗎？」余曉愁睜大漂亮的眼睛，伸指戳了戳方奎胸口，「當然是先打電話問一下，看對方方不方便。」

「我猜藍采和現在應該有事在忙……」方奎被戳得後退一步，他抓抓頭髮，繼續找理由設法搪塞。

他和韓湘一直盡力阻止這件事發生，他們不希望余曉愁與藍采和見面起碼，不是現在。

殊不知這樣的說法卻讓余曉愁瞬間瞇起了眼。

「很可疑喔。」她狐疑地湊近方奎，「之前也是。我都不是第一次聽見這名字了，但要你們介紹一下，不管是你還是阿湘，都找理由糊弄過去。那個藍采和是你們的朋友吧？既然如此，爲什麼不介紹給我認識！」

毫無預警地，她突然轉向韓湘，眼神像是不准人說謊似地銳利。

沒想到被針對的變成自己，韓湘嚇了一跳，差點掉了手中的紫色雨傘。

余曉愁趕緊伸手幫忙抓穩，不讓一曬到陽光就會昏倒的朋友接觸光線。

「謝、謝謝妳呀，曉愁。」韓湘拍拍胸口，露出安心又害羞的笑。

「謝我的話，就快點把不介紹藍采和給我認識的原因說出來。」一見韓湘臉上的微笑又變回原先的愁苦，兩條眉毛爲難地糾著，余曉愁微惱地哼了一聲，雙手抱胸，別過臉去，嘴唇不悅地啾起。

韓湘知道自己惹女孩不開心了，他泫然欲泣地望向方奎。

方奎回以傷腦筋的苦笑。

他們彼此心知肚明，不想讓余曉愁與藍采和見面的眞正原因是什麼。

就算面前使小性子的少女看起來和與一般人類無異，外表清麗，顏色偏淡的髮絲和眼珠再襯上白皙的肌膚，彷彿一尊洋娃娃引人注目。

但是，眞正的余曉愁並不是人類。

事實上，余曉愁是來自大海的水族一員，原形爲小丑魚。她來到豐陽市的原因是受龍王太子的命令，找機會出手攻擊藍采和。但她任務失敗，那段期間的記憶甚至遭人消抹。

她不記得自己做過什麼事，也忘記了韓湘與方奎。

對此，韓湘和方奎是慶幸的。他們不願余曉愁回想起，因此決定重新和她建立感情。

可沒想到，對方竟會對他們口中提到的「藍采和」產生興趣。

想到這裡，韓湘忍不住輕咬嘴唇，表情越發苦悶。就算余曉愁跟藍采和見面後依然沒想起任何事，但這種時候還是不適合讓他們見面。

三百年前與八仙發生衝突的東海龍王太子敖厲，如今已破封甦醒，假如此刻前去找藍采和，沒人敢保證敖厲是不是會想起被他捨棄的余曉愁，繼而對她出手。

不行，絕對不能讓這種事發生！

韓湘搖了搖頭，自從由呂洞賓和李凝陽那得知敖厲甦醒的消息，他就發誓一定要好好保護自己的兩位朋友。

「阿湘？阿湘？」

突來的叫喚令韓湘回過神，眼內頓時映入一張靠得極近的清麗臉蛋。

「哇！曉、曉愁！」韓湘心臟差點跳了出來，他捂著胸口，緊接著才發現那雙望著自己的褐色眸子裡隱帶擔心。

「阿湘，要是真的不方便介紹……也沒關係啦。」余曉愁性子雖然強勢，但她更不願見到好友為難。

「曉愁……」

「硬要說也不是不方便，只是我私心要阿湘別介紹給妳。」方奎笑咪咪地插話，「藍采和那小子是個不錯的傢伙，我身為妳的男友，當然不想讓妳認識具有情敵潛能的男人嘛。」

「什……」余曉愁一時沒反應過來，等她領悟方奎話中的意思，驀然紅了臉蛋，她就像要掩飾自己心情似地打了方奎肩膀一下，「胡、胡說八道什麼啦！」

韓湘簡直想為方奎的表現鼓掌叫好了。

果然，余曉愁不再將注意力放在原來的話題。她紅著臉，抬起尖細的下巴，「算了，那就……那就下次再說好了。我剛好想到有一部電影想看，阿湘、方奎，我們去看那部《絕命慘叫》第四集吧，聽說前三集的角色都會死光呢！」

「嗚呃！如、如果曉愁妳不介意我閉著眼睛看的話……」韓湘虛弱地說，他不太敢看那種噴血噴免錢的電影。

「辛苦你了，阿湘。」方奎拍拍好友的肩膀。

「沒關係啦，因爲、因爲上次是看我想看的電影了嘛……」韓湘無力地扯出一抹像是在哭的笑，「我會努力堅持下去的。」

「比起堅持下去，我比較希望你不要再捧著加了辣椒粉、變得紅通通的水，然後一邊喝，一邊覺得主角好可憐地哭出來。」方奎認眞說。

韓湘也還記得自己做過這事，他不好意思地刮刮臉，「不會的，今天我沒帶辣椒粉，我是帶辣、辣椒醬呢。」

方奎忍不住捂著額頭。

「對了，方奎，你剛說的理由眞、眞的想得太好了呢！」韓湘滿是敬佩地讚歎起對方先前的臨機應變。

「啊，你說那個。那大部分是眞心話唷！」方奎笑著揮下手，「雖然藍采和一副弱不禁風的模樣，不過總歸是男的，臉也不錯。身爲曉愁的男友，當然不希望她接觸太多男生嘛。」頓了一下，方奎斂起笑，嚴肅地再說道：「這話絕對不能讓藍采和知道，阿湘，我會被他宰掉的。」

即使外貌秀淨，即使總是笑容可掬，但藍采和最痛恨聽見「弱不禁風」或是「不男不女」等字句，一聽見馬上翻臉不認人。

韓湘和方奎想起曾見過的畫面，忍不住嘖嘖唾沫，隨即又一同笑起。

「喂！你們兩個還在那幹什麼？動作快點，不要慢呑呑的！」發現兩人居然沒有跟上，已快走至巷口的余曉愁轉過身，雙手扠腰地大叫。

「是、是！」

「這就來了！」

眼見韓湘和方奎快步跑來，余曉愁繃著的俏臉忍不住綻出笑。也不等身後兩人趕上，她抱持著惡作劇的心思，裝作不想再等人地轉身先走。

只是沒想到她這一轉身，竟剛好與巷口走出的一抹人影撞在一起。

「好痛！」余曉愁疼得眼角泛淚，對方身體硬邦邦的，簡直像是撞上鐵塊。

「妳的眼睛是沒帶在身上嗎，女人？」傲慢又飽含不悅的男聲落下，「還是走路根本不知道要看路？」

余曉愁原本要開口道歉，畢竟她的確沒好好留意，可聽對方劈頭就是連串侮蔑，她心頭火驟升，道歉的念頭瞬間被拋到九霄雲外。

「你才是那個走路不看路的傢伙吧？莫名其妙也要有個限度！」余曉愁氣憤地抬起頭，眸裡閃動焰火，「你……」

她的聲音倏然停下，她睜大明媚的一雙眼睛，氣憤凍結，臉上是新生起的吃驚。

她看到一隻凶猛的碧綠眼睛，就只有一隻眼睛而已。

她撞上了一個黑髮獨眼的高壯男人，眼罩遮住對方的一隻眼睛。但最奇怪的，要屬男人身著的衣物。

那一點也不像現代人的穿著，反而有點類似……戰袍？

余曉愁瞬也不瞬地望著男人。

奇異的是，男人也露出訝異的神情，似是沒想到會在這裡遇上認識的人一樣。

他認識我？不對，我根本不知道他是誰。余曉愁腦海一片混亂，她聽見男人吐出自己的名字，看見男人臉上猛然咧出獰笑，心裡只有一個聲音在尖叫。

快逃！快逃——

「曉愁！」

「曉愁！」

乍然響起的大叫聲驚回余曉愁的神智，也讓她驚見一隻大掌正朝她的臉覆下。

前所未有的寒意爬上心頭，余曉愁卻發現自己動彈不得。明明心裡有道聲音拚命尖叫，可雙腳就像生了根，難以移動半步。

千鈞一髮之際，有什麼對著獨眼男人快狠準地扔砸過來

男人頓時被分散注意力，眼眸凌厲一睞，本要覆上余曉愁的手迅速一揮，改抓住朝他扔來的凶器。

男人沒想到那會是一本寫著奇怪名字的書。

《外星人與我，跨種族的悱惻愛情》？

「曉愁！」趁男人分神之際，扔出書的方奎用盡全力衝上前，抓住余曉愁就往回跑。

「方、方奎？」余曉愁沒辦法理解發生了什麼事，她感覺自己的另一隻手也被抓住，是韓湘拉著她一塊往前跑。

「還眞的以爲逃得了嗎？」男人收起書，嘴角拉開凶暴的笑容。

下一剎那，巷口另一端竟平空竄起寒冰，堅硬的冰層轉眼封死韓湘等人的出路。

「這……這是什麼……」余曉愁一張俏臉煞白，不敢置信地瞪著現實中根本不可能出現的光景，然而襲來的陣陣寒氣卻又如此眞實。

相較於驚惶的余曉愁，方奎和韓湘則較爲鎭靜——畢竟一人早在當初就見余曉愁使過水族之力，一人更是八仙之一——眼見去路被封，他們立即回身，但接下來撞入眼中的景象讓兩人雙眼浮現驚異之色。

黑髮獨眼的男人帶著嗜血的笑容，一步步地朝他們走近。而他身後，居然是翻湧不休的龐大水流，頭頂則有灰雲跟隨逼近。

隨著男人越是走近，韓湘他們就越是能瞧得清楚。

男人竟是領水而來！

韓湘臉色刷白，不敢想像對方究竟是從何處開始領水遊走豐陽市。街道上的民眾……

「韓大人，你大可放心，殿下不打算讓這座城市陪葬。」一眼看穿韓湘心思，男人停下腳步，唇邊掛著冷笑，頭頂則籠著大片灰雲，「那些被水吞的人類都還活著，起碼現在還活著。」

「韓……大人？」余曉愁沒有漏聽這個稱呼，她茫然地看看男人，又望向自己的朋友，「阿湘，你認識他？」

「我……」韓湘不知該如何說起，他確實不認識眼前的男人，可他知道對方是水族。而從那獨眼、黑長髮的顯目特徵，他更能猜出對方一定是呂洞賓他們提過的龍王太子部下——

於沙！

「哈哈哈哈哈！」不等韓湘多說一字，男人張狂笑起，如同被可笑之事取悅一般。

「你笑什麼！」余曉愁惱了，硬是壓下心底不明的畏怕。她拉開方奎的手，美眸惡狠狠地瞪向那名男人，「有什麼好笑的？」

「有什麼好笑的？」男人笑聲驟歇，眉眼卻依然帶著一股輕蔑，「妳居然問我有什麼好笑的？」

下一秒，於沙的單眼裡閃動著毒辣。

「余曉愁，這話從妳這個沒用叛徒的嘴巴裡說出來，簡直可笑至極。」

叛徒？什麼？余曉愁不自覺地眨眨眼睛，她想高聲駁斥男人荒謬的話，可雙腿卻不由自主地一軟。若不是方奎及時拉住她，她定會跌坐在地。

他在說什麼？這個男人究竟在說什麼？自己壓根不認識他，但為什麼……自己竟找不出一絲力氣來反駁？

「曉愁！」少女褪成慘白的臉蛋讓方奎無比焦急，「妳別聽他的話，那都是假的！」

「假的？」余曉愁喃喃重複這兩字，眸裡盡是茫然與脆弱。

方奎只覺心臟揪緊，「對，是假的！」

「倘若是假的，人類，為什麼你的態度像是欲蓋彌彰？」於沙不懷好意地說，見戴眼鏡的少年怒視自己，他高笑，「眞也好、假也罷，都不會改變那女人是叛徒的事實！同樣地，也不會改變她要命喪於此的事實！」

於沙張開手掌，抓住倏然浮出的三叉戟。他唇角嗜血，眼神狂暴，戰靴一蹬地，整個人快若黑色雷電衝出，三叉戟直取余曉愁身前。

「吾之名為韓湘，以下咒語統統省略！」一道纖弱又高亢的聲音無預警迸出。隨著紫光忽現，一道響亮的撞擊音響迴盪在方奎和余曉愁耳裡。

余曉愁用力反捉住方奎的手，她睜大眼睛，幾乎難以相信自己雙眼所見。

當柔和的淡紫光芒散逸，顯露出的是讓余曉愁感到熟悉又陌生的身影。

淡紫色髮絲綁成一束，柔順地垂在背後。一襲異於現代的古風服飾，腰際間卻鏤空一截，暴露在外的皮膚烙著形如羽毛的紫色花紋。

余曉愁張張嘴巴，費了好大的力氣才終於吐出兩個字，「……阿湘？」

解除乙殼、回復眞身的韓湘無暇顧及那句驚疑未定的詢問，他手持長笛，力抗於沙刺來的三叉戟，雙方毫不退讓。

然而單論力氣，韓湘終究屈居下風。

眼見自己被蠻力壓制得後退，韓湘眸中有什麼閃了閃，接著驀然吹出一聲尖利的口哨。

除了韓湘，沒人看得見那哨聲竟捲起一股氣流，飛也似地穿進長笛內部。

令人措手不及的瞬間，長笛所有孔洞噴散出高低不一的聲音。

音浪化作強大而無形的力量，重重撞擊在來不及防備的於沙身上！

於沙被震得退了數尺之遠，他穩住腳步，只覺胸口氣血翻騰，湧上一陣劇烈的疼痛。他硬是嚥下喉頭的血腥味，眼中戰意不減反增，青碧色的眼珠熾亮得像是鎖定獵物的猛獸。

「這可真是有意思了，韓大人。」於沙將三叉戟迅速擊地，平坦的路面立刻竄出一束束冰刺。

輕易就能扎穿身體的冰刺，以極快速度一路往前蔓延。

韓湘不敢大意，嘴唇抵上長笛，指尖同時點奏，悠揚的笛音陣陣飄揚而出。

當笛音滲入空氣，原先勢如破竹的冰刺登時停止增長，不再前進。

然而笛音制住的只有冰刺，無法阻攔於沙的行動。

一開始就不曾寄望這個辦法的於沙只將這當成幌子，待韓湘驚覺有異時，他早已提著三叉戟再次凶猛逼近。

韓湘秀氣的臉蛋染上一絲慌張，他本就不擅於近身戰，他更擅長的是防守及架設結界。但思及身後還有兩位重要的朋友，微洩軟弱的紫眸轉瞬閃過堅毅。

他不能後退，也不能閃避！

韓湘以長笛當劍，即使姿勢稍嫌笨拙，但總算險之又險地擋下三叉戟的刺擊。

又是一道響亮聲音，於沙的三叉戟再次重重撞上韓湘的長笛。

韓湘防禦得氣喘吁吁，他大口大口地吸著氣，緊抓長笛的手指泛白，兩隻細弱的手臂使出了全部的力氣。

不能再這樣下去……韓湘急促地呼吸，眼角餘光瞥見方奎和余曉愁面露不安與焦急，卻又深怕自己礙事，不敢貿然行動。

「韓大人，你只有這種程度嗎？」於沙惡意地獰笑，「比起李凝陽，這可真是太讓老子失望了啊！」

就是「李凝陽」三字，使韓湘猛然一個激靈，驚覺到有什麼不對勁。

呂洞賓曾說，單論戰鬥能力，李凝陽當初也只和於沙平手。但遠比不上李凝陽的自己……為什麼能和於沙僵持至今？

韓湘瞪大紫眸，不祥的預感竄上心頭。

「現在才發現是不是有點晚了？」黑髮獨眼的男人大笑，「老子說過，今天要讓那個女人命喪此地！」

曉愁！韓湘煞白一張臉，恐懼直衝而上，但於沙卻拖住他的行動，逼得他無法分身，只能眼睜睜望著於沙後方竄高兩束水流，宛如毒蛇昂頭朝余曉愁與方奎而去。

水蛇越過韓湘身側，他能聽見自己血液倒流的聲音。

住手、住手！不要傷害我重要的朋友！

韓湘不知從哪湧起一股力氣，居然掙脫了三叉戟的壓制，用力逼退於沙。

不顧自己是否會遭到攻擊，他迅速轉身，嘴唇同時貼上長笛的孔洞。

然而卻來不及吹出任何聲音。

韓湘眼露驚懼，長笛從他手中掉落，砸在地面上。他的身體剎那間被掏空力氣，只能虛軟地跪地，全身上下竟提不起一點力量。

——熾亮的陽光照射在韓湘身上。

不知何時，小巷上方的灰雲竟已悄然散去一角，不再受到遮蔽的陽光直接灑落下來。

韓湘眼中充滿絕望，當年惡作劇性質的詛咒，竟在此刻造成致命影響——他沒辦法照射日光，只要一沾到就會被剝奪意識。

如果不是死命維持著最後一絲意志力，韓湘早就昏過去了。

淚水從韓湘的眼眶內溢出。

「住手……求求你住手！」

撕心裂肺的吶喊響徹封閉的巷道，但終究什麼也阻止不了。

水蛇並沒有因此停下攻擊，它們交纏一起，匯聚成更巨大的猙獰水龍。

水龍張大口，直撲冰壁前的少年和少女。

方奎無法思考，只能憑本能行動。他拉過余曉愁，將她壓在自己與冰壁之間。

余曉愁還來不及反應，就發現方奎已擋在自己身前。

「方奎！方奎你這是在做什麼！」余曉愁尖聲喊道。她使勁推動眼前的身軀，可對方雙臂緊錮，不讓自己離開他的懷抱，「方奎你這王八蛋！」

余曉愁拚命掙扎，眼淚滑過臉頰。

她不要方奎犧牲自己保護她。

不要、不要！她離開大海來到他身邊，不是爲了要讓這種事情發生的——

金燦的光芒瞬間侵入淡褐色的眸子裡，海藍從髮絲末端飛快向上擴散。

下一瞬，大量泡泡從方奎懷中衝出，正面迎上凶惡猙獰的水龍，卯足全力地相撞。

看似脆弱的泡泡不但沒有碎裂，反而化爲最堅硬的守護。雖說沒有擊潰水龍，但終於成功攔下那陣攻擊。

於沙的眼內掠過錯愕，很快地轉爲更強盛的殺氣。

只是還沒再次出手，一抹陰影已從他眼前竄上高空，一層厚厚的水藍液體在空中攤展開，眨眼間遮住直射地面的陽光。

於沙一驚，這次確實是他動作慢上一瞬。

即便是短短一瞬，也足以扭轉局面。

淒美的笛音重新迴盪在巷內，紫髮紫眸的仙人吹著長笛，慢慢地從地上站起。就算步伐有些搖晃，他的唇仍沒離開笛子。

原本還僵持在泡泡外的水龍頓時崩解，嘩啦一聲在路面散作一灘水。

就連封住巷口的冰牆也有消融跡象，不到一會兒，冰牆失去蹤跡，唯有留在地上的水灘能作爲曾經存在的證據。

當笛音消停，韓湘也已退到他的朋友身邊，和於沙保持著一段距離。

於沙不再緊迫盯人，他手持三叉戟，沒被眼罩覆住的碧眼閃動濃濃的嘲諷和戾氣。

「看樣子事情變得更有趣了，妳說對吧，余曉愁。」

「有趣？要是能把你這隻鯊魚宰了，那的確會更有趣。方奎是我的人，阿湘是我的朋友，是誰准你對他們動手動腳的！」飽含怒氣的甜美嗓音響起。

韓湘訝異地睜大眼，轉過頭，看見一抹海藍色身影越過他走出。

海藍色的鬈髮、金黃的雙眼，還有綴著繽紛色彩的指甲。

那是余曉愁，卻又不是原來的余曉愁。

站定腳步，細眉挑高，尋回所有記憶和力量的水族少女怒氣勃發地瞪視著她的敵人、她的同族，於沙！

拾柒 水淹豐陽市

方奎從來沒想過能再次見到那抹海藍色出現，他怔怔地坐在地上，視野裡只看得見清麗的身影。

「曉愁……」他喃喃地喊，幾乎以爲自己是在作夢。

但佇立在前方的身影就像是捕捉到那細得不能再細的聲音，驀然轉過金燦的雙眸。

「方奎！」余曉愁的聲音拔高一階，帶著惱怒，「你這個超級大豬頭！」

「咦？咦咦咦？」怎麼也沒想到對方劈頭就是這句，方奎趕忙摸上自己的臉，緊張地詢問韓湘，「不是吧？阿湘，我剛有受什麼傷嗎？我的臉變得跟豬頭一樣了嗎？」

「哎？沒、沒有呀。」韓湘結巴地說，「方奎你的臉很正常，眞、眞的！」

「奇怪，既然還是一樣帥，爲什麼……」方奎的自言自語因逼近的腳步聲而停住，他捧著臉抬起，只見一身海藍的少女站在他面前，「曉愁？」

余曉愁沒多說什麼，她只是蹲下身，雙手覆上方奎的手背，接著猛然用額頭撞向方奎。

這一幕看呆了韓湘和於沙，一時忘記要有所行動。

方奎被撞得眼冒金星，「曉、曉愁？」

「方奎，你不只是豬頭，還是王八蛋！」余曉愁咬牙切齒地嚷，「誰要你保護我了？要也是我保護你！我才是那個非人的存在，不要跟我說你忘得一乾二淨了！」

「呃，其實我沒忘……」方奎忍著疼痛和暈眩，他第一次知道女友的額頭原來這麼硬。

「那你為什麼還……」余曉愁倔強地忍著眼淚。她無法忘記那令她心臟險些停止跳動的一幕，如果不是她及時取回記憶和力量，那麼方奎是不是會為了保護她而……

「沒有為什麼啊。」方奎說，「保護喜歡的人不是天經地義的事嗎？」

余曉愁睜著眼，淚珠還是滾落下來。但她似乎立刻發現自己落淚，快速用手抹了抹，白皙的臉蛋恢復強勢的表情。

「看在另一件事的份上，我……這次就原諒你了！」

「另一件事？嘿，曉愁，妳再用額頭撞我的話，我覺得我可能會變成第一個被女朋友撞暈的人……」方奎苦笑，他眼前至今仍在轉星星。

余曉愁深吸一口氣，捏住方奎的臉，她必須趁這機會說出，「你沒有在我失憶時交別的女朋友，這很好……不然我一定會掐死……！」

余曉愁猛然察覺危機臨近，立即轉身，見到水流襲來的同時，她也揮手召出許多泛著透明藍的泡泡。

但韓湘動作比她更快，只聞一聲短促笛音，水流彷彿撞上無形障壁，潰散於地。

「你居然偷襲！」余曉愁美眸含怒，氣憤地直瞪於沙。

「閉嘴！妳是白痴嗎？戰場上還分偷襲跟光明正大嗎？啊？」於沙鐵青著臉，看起來比余曉愁還火大。他長眼睛到現在，有看過談情說愛，沒見過談情說愛到這種旁若無人的地步！真的當其他人全死光了嗎？

於沙表情越發猙獰凶狠，看見水族和人類交往，一股難以言喻的憤怒瞬間衝上他的心頭。不過是沒用的叛徒，憑什麼理所當然地和人類在一起？

說不清、道不明的心情在於沙心口發酵，他的腦海瞬間掠過了誰毫無畏懼的笑顏。

於沙收緊手指，青碧眼瞳內掀起滔天的狂暴之氣，身後所有水流暴漲衝起，鋪天蓋地地向前方俯衝。

這次不再是試探或虛招，而是眞眞切切要置人於死地！

滾滾翻湧的水流發出近似咆哮的聲音，兩側圍牆上則是疾速覆蓋的寒冰，水與冰的雙重攻擊毫不留情地直逼韓湘三人。

「阿湘，你顧好方奎！」余曉愁搶先出手。面對相同屬性的力量，她也不甘示弱地召出水流，腳下竄升起多串泡泡，泡泡互相銜接，轉眼化作一條長鍊。

卻沒想到長鍊成形的瞬間，一抹黑影已如鬼魅般逼近余曉愁。

於沙五指一張，猛地抓住余曉愁的臉，眼底充斥殘酷之色。

余曉愁感覺到自己被人提高，耳邊是方奎和韓湘驚惶的大叫。她忍著那好似要被捏碎頭顱的疼痛，手指不假思索地繞轉出一個旋。

於沙瞥見上方落下許多泡泡，他直覺地鬆開左手，迅速拉開和余曉愁的距離。

泡泡正好砸在那處空地。

乍看下似乎毫無傷害力的泡泡，把路面砸出一個又一個凹痕。

但於沙此刻的注意力已不在路面，他瞇細眼，瞪著被長鍊纏住的三叉戟。

——長鍊另一端，余曉愁露出得意又好勝的笑容。

「嗤，以為這樣就贏了嗎？」於沙咧出一抹比她更凶暴的笑，毫不猶豫地放開武器。他的雙手迅雷不及掩耳地往兩側一拍，本因笛音而靜止的寒冰再次湧動，一層疊一層。

不只如此，路面上的寒冰也突然暴起，一口氣凍上韓湘的雙腳，緊接著是他的手，猝不及防地奪走他吹笛的能力。

於沙知道這招困不住韓湘多久，但這短得不能再短的時間內，卻已足夠完成一次攻擊。對在場唯一人類的攻擊。

余曉愁瞬間醒悟到於沙的目的，她駭然，「方奎！」

「來不及了！」於沙獰笑，圍牆冰層上生出多個銳利錐體，已然射向方奎的方向。

只不過就在下一秒，於沙碧眸猛縮，臉上遊刃有餘的獰笑退去。他怎樣也沒想到，巷口轉角竟會出現另一抹人影。

張薔蜜！

就像是反射反應，於沙硬生生中斷所有攻擊，方奎眼前的冰錐全數墜落，遮蔽天幕的水流也急遽退回於沙身後。

強制中斷攻擊帶來的反噬之力讓於沙再也支撐不住。他白了臉色，喉頭湧上一股血氣，於沙馬上摀住嘴，卻還是抑制不了衝出口的嗆咳，指縫間緩緩滴落猩紅液體。

余曉愁沒想到於沙竟會是這種反應。她所知道的這個男人，傲慢凶暴、從不將誰放在眼裡的鯊魚，居然會主動收住攻勢，即使知道自己會遭到反噬也無所謂。

這個樣子，豈不像是……怕傷害到誰嗎？

余曉愁回過頭，愣愣地望著突然出現的長髮女子。後者美麗的臉上難掩震驚，彷彿沒預料到自己會闖入戰鬥範圍。

「薔蜜姊……？」余曉愁認得她——她是方奎崇拜的編輯，也是方奎堂姊的同事。

「這……到底……」薔蜜怔然地看著一地冰錐，再抬頭望向方奎、韓湘、余曉愁，最後視線落在正前方的獨眼男人身上。

直到這時，薔蜜似乎才反應過來，自己剛剛避過了一次致命危機。就算她力持鎮定，雙腿還是一陣乏力。

就在她的膝蓋不由自主地一彎之際，一隻強健手臂及時從後撐住她。

「還請小心。」低沉的男聲同時落下。

這道聲音對於呆愣的韓湘來說，宛如一顆突來的炸彈，炸得他登時回神。

「阿、阿景？」韓湘又驚又喜地看著薔蜜身後的高大男人，那是同屬八仙的曹景休。

「謝謝你，曹先生。」薔蜜向身後男人道謝，隨即將視線再次轉向於沙，「你……」

不待薔蜜多問一字一句，於沙用手抹去唇邊的血漬，再將掌心中的紅血往戰袍一抹，碧眸內重新被戾氣佔領，彷彿先前異常不過是幻覺。

「啐，沒興趣玩了。」於沙吐出一口血沫，眉眼是掩不住的狂傲。他向地面一張手，本還躺在地上的三叉戟受到吸力似地飛起。

於沙一把抓住自己的武器，身後水流環繞上他的身軀。

不過眨眼間，高壯的身影已與水流融爲一體。

緊接著，不管是於沙或那些湧動的水流，全都消失在韓湘等人面前，沒留下絲毫痕跡。見於沙離去，余曉愁緊繃的身子終於放鬆下來，她雙腿一軟，整個人猛地跪坐在路上。

「曉愁！」

方奎心中一驚，緊張地蹲在她身邊，鏡片後的眸子裡盛滿焦急，深怕她在方才那場驚險的戰鬥中受到什麼無形的傷害。

「沒事……」余曉愁任憑方奎握住自己的手，她仰起臉，綻放一抹疲累卻又安心的笑容，「我沒受什麼傷……幸好於沙那傢伙自己走了。」

余曉愁將頭埋進方奎肩膀，白皙的手指抓住他的衣服。她急促地喘著氣，似乎沒辦法馬上平復。

感受到方奎的手輕撫自己的背，余曉愁閉上眼，到現在才有實感。

太好了，方奎沒事……方奎眞的沒事……

「不好意思，雖然有些煞風景，但我想還是必須打岔一下。」有誰這麼說。

余曉愁心中浮現惱意，覺得說話的人眞囉嗦，既然知道會打擾，爲什麼還要……等一下，所以是誰在說話？

余曉愁反應過來那是一道女聲，並且意識到在場除了自己外，只有另一位女性。她驀地睜開眼睛，一把推開本來依靠著的方奎，慌慌張張地站起。

「對、對不起，薔蜜姊，妳有什麼事要問我們嗎？」她緊張地撩撩髮絲，不希望自己給人不好的印象。再怎麼說，對方都是方奎堂姊的朋友。

「放鬆點，曉愁。」薔蜜的嗓音比平常溫柔了些。

見薔蜜眼中滿懷關切，余曉愁緊張感稍減。她吐出一口氣，臉上也露出笑容，接著她的目光看向薔蜜身邊的陌生男人。

雖然對方一身便利商店的制服，可那穩健內斂的氣質及韓湘剛剛喊的「阿景」兩字，都透露出端倪。

余曉愁恭敬地朝對方彎下腰，「曹大人。」

「咦？咦咦咦咦？」韓湘卻是立時發出哀叫，秀氣的臉蛋泫然欲泣，「好、好過分，爲什麼曉愁妳對我和阿景的態度，會……會差那麼多啊？好歹我、我也是八仙之一呀！」

「因爲你是笨蛋阿湘。」面對自己的朋友，余曉愁立刻沒了上一刻拘束的神態，她扠著腰，眉毛挑高，「難不成你眞的要我喊你韓大人？像於沙那樣？」

「當、當然不是！」韓湘拚命搖頭，他一點也不希望余曉愁改變態度。可一想到對方對曹景休的恭敬，他將長笛變回傘，忍不住撐傘蹲在地上，不平衡地畫著圈圈。

對比起來，他就只是個沒威嚴、沒存在感的仙人……

「而且那隻鯊魚……聽起來根本就不是在尊敬我嘛。」韓湘吸吸鼻子，自怨自艾地說。

方奎搖搖頭，對好友開啓沮喪模式已經習以爲常。將安撫的任務交給余曉愁，他看向意外出現在此的薔蜜和曹景休。

「薔蜜姊、曹先生。」方奎開口，「你們怎麼來了？」

聽見這個問題，蹲在圍牆邊的韓湘和余曉愁也抬起頭。

「其實我跟曹先生私奔了……抱歉，我只是開玩笑，韓湘你別露出這麼震驚的表情。」薔蜜推下眼鏡，「我和曹先生是路上遇到的。」

「這部分還是由我說明吧。」曹景休接過話題，一派沉穩地說，「不是偶遇，我原本就是要找張小姐，只是沒想到會在半路碰上，接著就發現這附近的天空格外奇異。明明是晴天，卻唯有此處烏雲籠罩，所以便前來一探究竟。」

「原來是這麼回事……不過還好薔蜜姊你們及時趕到，不然我大概慘了。」方奎思及稍早前的危機仍心有餘悸，隨即又想起於沙的反常行爲，「薔蜜姊，妳認識剛那個人嗎？」

很明顯，於沙是爲了避免波及到薔蜜，才會硬生生收手的。

可方奎對於這點百思不得其解。

爲什麼……於沙會怕傷到薔蜜姊？從他對自己、曉愁或是阿湘的態度來看，就知道他狂妄凶暴，誰也不放在眼裡。所以這種人會怕傷到誰，似乎只有他與那人是舊識的可能？

雖然不合常理，方奎卻也只想得到這個猜測。

韓湘和余曉愁也好奇地豎高耳朵，灼灼的目光緊黏在薔蜜身上。

流浪者基地的年輕主編摘下眼鏡，用袖口擦拭後再戴上，她平靜地說，「我昨天跟他第一次見面，踩了他的腳趾，踢了他的胯下，再給他一記過肩摔。如果這樣構成認識條件的話，那麼就是認識了。」

韓湘和方奎啞然，他們忍不住嚥嚥口水。光想像那一串攻擊，就讓他們覺得痛了。

相較於兩名少年臉色微白、滿臉敬畏，余曉愁卻是雙手交握，金燦的眸子裡浮現崇拜的光芒，直到她耳中忽然捕捉到異樣的聲音。

那是什麼聲音？聽起來異常熟悉……余曉愁猛地站起，眉宇間染上驚疑之色。

「曉愁？」方奎訝異地看著女友，不懂她怎會突然擺出警戒姿態。

「曉愁，有什麼不對勁嗎？」韓湘也撐著雨傘站起，紫眸裡盛著納悶，他完全沒感受到異常之處。

「你們沒聽見嗎？」余曉愁更加吃驚，她看著方奎和韓湘，卻見兩人一同流露困惑之色。她不敢相信地搖搖頭，她確定自己眞的聽到了聲音。

很細微，可是很熟悉……

「曹先生？」薔蜜低聲問向曹景休。

曹景休直接取出乙太之卡。

「吾之名為曹景休，現在要求解除乙殼封印，應允・承認。」

隨著解除乙殼的咒語逸入空氣，曹景休所站位置乍現銀灰光芒。

光芒散去，一抹高大挺拔的身影也隨之顯現。

恢復仙人姿態的灰髮男人瞇起眼，沉靜下心緒，試圖捕捉周遭是否有任何不尋常之處。

下一剎那，灰色瞳孔凌厲地掃向巷口。他沒有聽見任何不尋常的聲音，可是他感覺到有「什麼」在靠近。

而且，不僅一個方向！

「阿景！」韓湘繃緊身體，他也感覺到什麼了。

指尖迅速在身前勾勒出奇異圖形，韓湘設了一個簡單的微形結界用來遮蔽頭頂陽光，他手中的雨傘則是還原成長笛形態。

韓湘屏著氣，將長笛湊近唇邊，預防任何突發狀況。

余曉愁閉起雙眼，專心聆聽那陣不尋常又熟悉的聲音。

是的，太熟悉了，她的血液好似也在隨之應和鼓動，彷彿想回到那懷念的……

余曉愁俏臉煞白。

那是水的聲音！

「阿湘、曹大人，有水在靠近我們！」余曉愁揚聲警告，掌心裡浮冒一串泡泡。

很快地，余曉愁口中說的水聲大得不只她一人聽見了。在場所有人，包括身爲人類的方奎和薔蜜，也聽得一清二楚。

水聲滾滾而來，越來越大、越來越大。

當方奎驚悚地發現水聲大得像萬馬奔騰，想警告其他人事情不單純時，已來不及了。

兩端巷口同時湧進翻滾的猛烈洪水，轉眼吞沒大半圍牆，宛如張牙舞爪的凶暴生物。

韓湘、曹景休和余曉愁瞬間出手。

韓湘吹響長笛，曹景休握住彎刀悍然揮劃；余曉愁則是捨棄泡泡，當機立斷地召出水流，試圖以水制水。

沒想到這一切竟是徒勞無功。

韓湘和曹景休驚愕地發現，自己的力量居然起不了任何作用，簡直就像這兩股洪水前端有什麼抵銷了他們的力量。

余曉愁情況更糟，她惶然地發現召出的水流下一秒就被洪水吞噬，成爲對方的助力。洶湧的洪水沒有因此減慢速度，它們從兩方快速逼近巷子中央的韓湘等人。

在即將被吞沒的前一剎那，五抹身影險之又險地從中逃脫，飛到高空中。

兩股洪水瞬間沖撞在一起，淹沒整條小巷。

等方奎意識到自己正在空中，他緊張不已地抓住拉自己上空的余曉愁，再顫顫地低頭往腳下一看。

這一看，方奎呆傻住了，大腦一片空白地瞪著下方的汪洋大海。

所有街道巷弄都不見了，映入眼中的只有大片冰冷湛藍。大水不只淹沒方奎幾人方才站立的小巷，放眼望去，一切全被淹在水下了，只能看到屋頂或是更高的建築物突出水面，像是一座座孤伶伶的小島。

明明豔陽高照，方奎和薔蜜卻打從心底感到寒意夾雜著恐懼竄起，令他們手腳生冷。

他們的城市就這樣輕而易舉地被水吞沒……那麼，其他人呢？

他們的家人、他們的朋友，他們認識或不認識的……所有豐陽市的市民呢？

「不是吧……阿湘，這是騙人的對不對！」方奎乾啞地問，「其他人……其他人……」

「其他人沒事。」曹景休沉聲說道：「我等雖無法干涉下方水域，但仍能感受到人類的氣息。況且，敖厲不至於愚蠢至此，他的目標是采和，而非豐陽市的人民。余姑娘。」

「是、是！」余曉愁迅速綳直身子。

「妳知道敖厲如今的下落嗎？或是妳能否感受到他的氣息？」曹景休嚴肅地問，無形中散發一股威壓。

「我不……」余曉愁努力適應那股威壓，不讓自己心生怯意。她搖搖頭，唇中擠出破碎的聲音，「殿下的存在，不是我這種人有辦法知道的。在他的力量下，我……就連我的力量也毫無用處。」

「也許我知道。」薔蜜開口，她的這番話無異是在水面扔下巨石，「曹先生，你剛說那位龍王太子的目標是藍小弟，對吧？」

「是。」曹景休頷首。

「那麼他就有極大的機率先找上藍小弟。」薔蜜語氣冷靜，一字一字地說，「我知道藍小弟現在在哪，川芎一定帶他去綠水公園了。那裡今天有『魔法少女☆莉莉安』的眞人表演。」

拾捌 阿蘿的隱藏必殺技

原本充斥綠意的綠水公園，如今卻被大水淹沒，成了一片水鄉澤國。

將近一層樓高的水面呑噬了大部分樹木，籃球場和其餘設施也被淹在底下。陽光照射在無波的水面上，四周安靜得不可思議，看不見任何人煙。

沒有人知道，這裡不久前甚至還經歷過一場戰鬥。

突然間，平靜的水面乍生波紋，卻不是因爲有風吹動。水波越擴越大，大大小小的氣泡紛紛湧出，發出咕嚕咕嚕的聲音，水面下好似有騷動。

下一剎那，眞的有什麼突破水面，震起巨大水花。

一抹白影浮上水面，而在它之上，還待著好幾個黑點。那原來是四抹人影，只是白影實在太過龐大，才襯得他們格外渺小

其中一名藍髮少年重重地吐出一口氣，眼見四周無人，雖然不知道原先和他們對打的敵人怎麼不見蹤影，但他暫時沒有餘力多想。他右手握起，往虛空一抓，只見白影周圍忽有什麼鬆動，竟是一根又一根的銀色光絲。

收起危急之際匆促架出的結界，藍采和將注意力轉向其餘同伴。

「果果，哥哥他們還好嗎？」他小跑步地湊近另外三人身邊，秀淨的眉眼難掩擔憂。

「沒事，我有斟酌力道。」屈膝跪在兩名人類身旁的白髮男人抬起頭，銀白的瞳孔毫無波

動，僅有一片淡然。

聽張果這麼說，藍采和鬆了口氣。他拍拍胸口，蹲在仍閉著眼的男人和小女孩身側。川芎和莓花還沒恢復意識。

「那股力量是敖厲的，對吧？」藍采和垂眼，目光依舊停留在林家兄妹身上。他的側臉看似平靜，但眸裡卻凍著一絲憤怒。

張果沒有回答，這本就毋須回答。

因爲答案只有一個。

無論是稍早前攻擊他們的水，抑或是下方這些水，都是屬於敖厲的力量。

「那個王八蛋……簡直像是把人耍著玩。」藍采和低聲地說，手指一根根收緊。

如果這時有誰窺見這名少年的表情，定會被他冰冷的狂暴怒意震懾到。

川芎不確定自己是否眼花看錯，否則自家總是噙著微笑的幫傭，怎麼此刻冷酷得像是他人？他慢慢地再眨下眼睛，緊接著從後頭傳來的疼痛令他忍不住呻吟出聲。

這聲呻吟瞬間引來藍采和與張果的注意力。

「哥哥！」藍采和迸現驚喜，他抓著川芎的肩膀，連聲追問道，「你還好嗎？有沒有什麼地方不舒服？有的話一定要講哪！」

「我……」川芎吸口氣，咬牙切齒地擠出聲音，「我現在肩膀最痛……不要用你的怪力抓著我！」

「咦？哇啊！哥哥對不起！」藍采和忙不迭地抽回手，眼神心虛地飄來飄去，一時不敢再與川芎對上。

川芎坐起來，脖子後雖仍隱隱作疼，但比起藍采和剛才那一抓，馬上變得微不足道。他揉著肩，下意識尋找寶貝妹妹的身影，發現莓花就躺在身旁的同時，也看見了周遭景象——一片廣無邊際的水域。

林家長男當場呆若木雞，以爲自己是在作夢。

「這是怎麼回事……」他的聲音乾澀得不可思議，他猛然抓住藍采和的手臂，不敢置信地厲聲大吼，「這天殺的到底是怎麼回事！藍采和！」

「哥哥你冷靜一點。」藍采和急促說道：「豐陽市現在是……」

「被水淹了，下面的人沒死。」張果淡淡說道。

川芎還抓著藍采和的手臂不放，眼神微帶茫然地轉向張果，彷彿在確認聽見的是眞是假。

「是眞的，哥哥。」藍采和放緩嗓音，溫聲安撫，「水裡的人沒事。敖厲雖然出手，卻沒有奪人性命，我和果果還可以感受到水底下的生命氣息。」

川芎不自覺地鬆開手，他抹了把臉，肩膀垮下，有種如釋負重的感覺。

「太好了……」他喃喃地說。

「哥哥，你眞的沒事嗎？」藍采和不放心地再問。

川芎感覺到一絲疲倦湧上，但他將這歸於剛醒來之故，並沒有放在心上，也不覺得應該要說出口。

「我沒事。」他斬釘截鐵地說，堵住還想繼續追問的藍采和。接著他輕手輕腳地扶起還沒醒過來的莓花，讓她枕在自己腿上，銳利的目光毫不客氣地瞪向兩名仙人，「我家莓花怎麼了？還有現在是什麼情況？赤珊瑚呢？藍采和、張果，隨便你們誰要解釋，十個字給我說明完畢！」

「昏了、淹水了、不見了。」張果說，「八個字。」

川芎看起來想脫口罵出髒話，最後只放棄地一耙頭髮，直接點名溝通方面沒有障礙的少年仙人，「幾個字都可以，藍采和你負責說吧。」

「是！」藍采和比出敬禮的手勢，「報告哥哥，莓花只是暫時暈過去而已，你剛剛也是一樣。因爲水砸下來的景象有點嚇人，我們怕給小莓花留下心理陰影，所以先敲昏你們了。赤珊瑚不知道上哪去了，我們一出水面就沒看到他。而這些水都是敖厲的傑作，他恐怕把力量借給赤珊瑚了。」

「這樣嗎？」川芎總算知道目前的情況，他眉頭皺得更緊，臉色更加難看，一點都沒有鬆口氣的感覺。

事實上，見到自己住的城市被淹在水裡後，任誰都不可能不當一回事的。

可川芎也知道，自己根本幫不上什麼忙。他吞下惱怒和無力，深吸一口氣，將話題轉向另一件他想知道的事情上。

他神情嚴厲，「說，是誰把我家莓花敲暈的？」

「他說的。」

「他打的。」

幾乎同時間，張果和藍采和互指對方，速度之快，簡直像是要撇清責任。

川芎從他們的指控中聽出端倪——藍采和提議，張果執行——正當他打算給兩人各一枚白眼時，躺在大腿上的小小身子忽地有了動靜。

那小小的嚶嚀聲，當下轉移了川芎的注意力。

「莓花？莓花？」見妹妹眼睫顫動，川芎又驚又喜，他不敢太大聲，以免嚇到剛甦醒的對方。

「莓花，妳還好嗎？」藍采和也緊張地湊過來，瞬也不瞬地注視那雙逐漸睜開的眸子。

莓花似乎沒聽見身邊人的詢問，她揉揉眼睛，迷迷茫茫地坐起。

「脖子痛痛……」莓花小小聲地說，眼眸裡充斥著大片茫然，那似乎只是她下意識說出的一句話。

川芎馬上惡狠狠地瞪了張果一眼，接著忙不迭關切起寶貝妹妹的情況，「莓花，脖子很痛嗎？還有沒有哪裡不舒服？」

「有點想睡覺……」就像是在證明自己的話，莓花打了個呵欠，又用手背揉揉眼睛。

川芎鬆口氣，幸好沒什麼大礙。

當莓花放下手，那雙迷濛的眸子也漸漸明亮。她先是看看川芎，再望向藍采和，最後瞧向佇立在不遠處的張果。

「葛格、小藍葛格、果果……」她喃喃地喊出眾人的名字，努力讓自己清醒。她又朝四周張望，周邊的大片水域瞬間令她嚇了一跳。

「葛葛，淹水了！」莓花連忙用力抓住川芎的手，小臉滿是慌亂，「好多水！莉莉安呢？阿蘿呢？他們會不會有危險？」

川芎正思考著要怎麼跟莓花解釋關於赤珊瑚的事，但一聽到莓花喊出另一個名字，他的思緒登時頓了一下。

阿蘿呢？

對了，阿蘿呢？為什麼沒看見那根人面蘿蔔？

如果不是莓花問起，川芎真的徹頭徹尾忘記了阿蘿的存在。

「藍采和，你是把阿蘿收進你的籃……」川芎原本想問藍采和是不是把阿蘿收進籃中界了，應該不可能被赤珊瑚帶走才對，可話才問到一半，他猛然發現自己之前忽略的事。

川芎站起來，他慢慢地低下頭，瞪著腳下所踩的白色地面，然後他慢慢地抬起頭，眼神中有絲驚恐。

「哎，就是哥哥你想的那樣。」藍采和刮刮臉頰，露出無辜的笑。

川芎抽了口氣，喉頭忍不住滾動一下。在莓花困惑的眼神中，他先是一路往右走，走到鄰近水面處才停下。他低頭往下一望，也不知是看見什麼，他的眼神瞬間變得虛渺無神。

隨後川芎深吸一口氣，改往左邊方向前進。他一步一步地往前走，還沒走到接近水面的地帶，原先平靜的水面驀然激起劇烈水花。

一截白色的巨大影子從水裡抬起。

水聲讓川芎反射性抬頭，然後——

「哇！幹！」林家長男刷白了臉色，過度的驚嚇竟使他腳下不穩，一屁股跌坐下去。

倒是告訴我這根巨大的蘿蔔見鬼的是怎麼回事！」

顯現在他面前的是一張龐大無比的臉龐，頭頂還有翠綠的葉片滴滴答答地垂落著水。

「哥哥，你沒事吧？」藍采和趕緊跑過來扶住他的肩膀，「你怎麼了？」

「還問我怎麼了……」川芎咬牙切齒，手臂重重往前一揮，忍無可忍地咆哮，「靠夭啦！你倒是告訴我這根巨大的蘿蔔見鬼的是怎麼回事！」

「呃，就是……」

「咦咦咦咦？川芎大人難道不喜歡俺現在華麗又威武的模樣嗎？」洪鐘般的聲音從上方傳來，帶了一絲受傷的意味。

「閉嘴！」川芎才不管什麼受不受傷，他凶惡地瞪向說話的源頭，「只不過是一根巨大化的蘿蔔，哪裡華麗又威武？威你媽啦威！」

川芎受到太大衝擊，否則莓花在場的情況下，他不可能接二連三地爆出髒話。

他重重地深呼吸幾次，自認不可思議的事也見多了，但加起來全都沒眼前景象驚人。

超巨大的蘿蔔，根本就是大得像一艘輪船的阿蘿！

川芎抹了把臉，現在才知道原來他們剛剛待的地方就是阿蘿的肚子。由於阿蘿的頭和腳都沉在水面下，所以他一時間才沒發現他們待在「什麼」身上。

靠，這又不是拍特攝片，怪物和主角都會巨大化什麼的……

「哥哥，難道你不喜歡阿蘿這樣嗎？這是它的隱藏必殺技呢。」藍采和說。

「哪來這麼驚悚的必殺技？」川芎實在不想直視阿蘿那張特大號的臉，「驚悚程度根本和同時見到韓湘、鍾離一起吃東西，然後張薔蜜殺氣騰騰地追你要稿差不多了。」

藍采和覺得這還真是過於具體的舉例，但他仍忍不住替自家植物辯駁，「可是哥哥，小莓花好像不覺得嚇人呀。」

川芎聞言轉頭，見自己的妹妹不知何時站在身邊，小手交握，眼睛亮得像是盛滿星星。

「好厲害！」莓花一臉興奮崇拜，「阿蘿你變好大耶！」

「呼哼哼哼哼，小姑娘，妳覺得俺很帥對不對？不用說了，俺都明白！俺就是如此帥氣英俊、華麗威武的優質蘿蔔！」

不晃動身體的前提下，阿蘿從水裡舉起它的手，撥了下葉子，巨大的水珠紛紛墜下，砸了近距離的川芎和藍采和滿身，讓兩人瞬間從頭濕到尾。

沒有注意到兩人臉色乍變，阿蘿洋洋得意地繼續說，「俺這模樣可是迷死不少人呢！」

「例如那個赤珊瑚嗎？」川芎面無表情地扔出句子。

阿蘿瞬間僵住臉，對它而言，「赤珊瑚」三字的殺傷力非比尋常。但第一波言語攻擊剛落下，緊接著出現第二波。

「阿蘿。」藍髮藍眼的少年仙人笑盈盈地開口，「現在下去，馬上給我躺下去，不准隨便再露臉，否則直接嗶掉你唷。」

「俺……俺馬上就把臉沉到水裡……」阿蘿戰戰兢兢地放下手，以最快速度躺平，臉和葉子重新沉入水面。

「小藍葛格，這樣阿蘿會不會無法呼吸？」莓花抓住藍采和的手指，稚嫩小臉寫滿擔心。

「放心好了，莓花。阿蘿很厲害的，就算隕石砸下來也不會有事。」藍采和彎下腰，笑顏溫柔地安撫道。

川芎覺得這舉例好像有點極端，沒想到水中立即傳來一陣含糊又挾帶咕嚕咕嚕的聲音。

「夥伴說的沒錯！而且俺雖然沒辦法用眼神關愛大家，但俺的勇氣和驕傲會一直與大家同在的！」

話聲剛落，川芎就聽見身後冒出水花噴濺的聲音，他下意識扭過頭，險些又爆出成串髒話。阿蘿高舉一隻腳，上頭粗大又糾結的腿毛可說是種視覺暴力。

藍采和反應快，在莓花好奇想轉頭時，先一步地捂住她的眼睛。就算他爲自己的植物自豪，也不想讓六歲的莓花看見一些容易留下陰影的畫面。

而面對那隻舉高高、想證明自己的勇氣和驕傲與大家同在的腳，距離最近的張果依然面無表情，眉毛連動也沒有動一下。

這名白髮仙人只是舉起法杖，隨後毫不留情地抽向那隻腳。

水面下發出一陣哀號，阿蘿迅速收回腳，再也不敢有任何動作。

「好了，現在我們該怎麼做？」一點也不同情阿蘿，川芎穩下心情，問藍采和。即使他對敖厲這人不了解，但眼下水淹豐陽市的陣仗，怎麼看都有準備一分勝負的意味，「有辦法讓這些水退去嗎？」

「沒辦法，只靠我們沒辦法。」藍采和搖頭，有些遲疑該不該對林家兄妹坦承一件事。

——在「八仙過海」的故事裡，從不曾記載的眞相。

「哥哥，其實當年……哥哥！」藍采和猝然煞白了臉，他怎樣也沒想到前一刻還好端端問話的男人，下一刻竟毫無預警地失去意識，身體往前傾倒。

無法多想，藍釆和急忙伸手接住川芎，可就在同時，他眼角餘光捕捉到另一幕幾乎令他心跳停止的畫面。

莓花也昏倒了！

「莓花！」

藍釆和無比恐慌，他反射性再騰出一隻手，及時攬抱住那具嬌小身子。

若是一般人，恐怕早就支撐不住身體，跟著失去平衡，最後三個人跌成一團。

可藍釆和擁有天生異於常人的力氣，他穩穩扶住川芎和莓花，小心翼翼地將兩人放下後，才心急如焚地高聲喊道：「果果！」

張果不發一語，伸手探往林家兄妹的額前，力量瞬間遊走過他們全身。

「沒有不對勁。」不久後，張果抽回手，向來平淡的聲音微微繃緊，「就只是昏倒。」

「沒有不對勁……但這明明就是最大的不對勁呀！」藍釆和難以冷靜地拔高聲音，「好端端的，怎麼會昏倒？哥哥他們明明就沒有……」

藍釆和忽地停下話語，他想起水落下前、更早的事，他把細節全拼湊起來了——當他們趕回廣場時，除了見到赤珊瑚、川芎和莓花還站著，其他來觀看表演的民眾都昏迷在地上。

赤珊瑚確實有能力讓這麼多人瞬間昏迷，他有一個招式，可以用他的武器搧出令人失去意識的光點。

「如果是這樣，哥哥他們在那時就應該昏過去了，爲什麼……」想通了一點，藍釆和卻發現自己又卡在另一個疑問裡，他急得都想揪自己頭髮了。

「小藍！小張！」

一聲大叫從空中落下，讓藍采和與張果同時抬頭。

藍采和睜大一雙水藍眸子，眼中映出兩抹越放越大的身影。

前者一身青綠道袍，揹著一柄長劍，五官俊朗，手背有一圈日輪似的綠紋；後者則身著赤紅戰甲，手中長槍氣勢威猛，沒有被戰甲包覆住的左手臂攀附著鮮紅焰紋。

來人赫然是先前說要負責巡市的呂洞賓與李凝陽，他們雙雙降落在阿蘿身上。

「小藍，我們總算找到你們……阿林？小姑娘？小藍，阿林他們……」

「我不知道……」藍采和握緊拳頭，痛恨自己只能說這種無力的答案，「我猜他們或許是吸入赤珊瑚的迷粉，可如果眞是如此，爲什麼隔了一段時間才……」

「那表示他們的身體一直抵抗至今，藍采和。」

李凝陽相對冷靜，他瞄了眼昏迷不醒的兩人，淡淡說，「跟你們幾個相處久了，他們或多或少也沾上一些仙氣，才沒當場昏迷。除了把心思放在他們身上，我建議你可以多記一點跟這相關的事，對你的腦袋也有幫助。我想，你的大腦應該不至於連儲存這種小事的空間也沒有吧？」

「咦？不會啦，我又不像洞賓一樣只記得小瓊。」藍采和露齒一笑，對同伴的毒舌習以爲常，直接反擊回去——只是反擊的方向卻是呂洞賓。

「小藍，你這是人身攻擊了！雖然我大部分記的是小瓊沒錯，不過也不代表我就沒記住其他事。」無端被流彈波及的呂洞賓抗議。

「喔？例如記得跟人玩ＰＳ５打賭，卻忘記自己身兼數份打工，最後還得連累好朋友出手幫忙嗎？」李凝陽不冷不熱地勾起一抹笑。

「哈哈哈，凝陽你在說誰？我不知道那種事呢。」呂洞賓當下裝死，絕不承認自己做過這種事。他掛著過分爽朗的笑容，轉移話題，「阿林他們沒事就太好了，幸好赤珊瑚的迷粉對人體沒有傷害……呃，赤珊瑚？」

呂洞賓直到這時才意識到，藍采和方才究竟說了誰。

「等一下，赤珊瑚？」呂洞賓抽口氣，「那個是男也是女，追求阿蘿失敗的赤珊瑚？」

「後面那句是怎麼回事？」藍采和沒有馬上回答，他不可能忽視那句讓人在意的話，「為什麼連洞賓你也知道這件事？靠杯，我才是他們的主人吧？」

「噢，夥伴，因為俺有一次跟呂大人聊天時，不小心提起過。」阿蘿無預警從水中撐起頭，「俺再沉下去了。」

「哇靠，這是阿蘿？」呂洞賓被露出又沉回水裡的大臉嚇了一跳，他拍拍胸口，後知後覺地反應到他們正踩在阿蘿身上，「沒想到你連這招絕招都使出來了……在我們來之前到底是發生什麼事？怎麼會連赤珊瑚都出現了？」

「因為莉莉安……」沒再糾結阿蘿與赤珊瑚的往事，藍采和搖搖頭，正準備說明，李凝陽卻舉起手打斷他的話。

無視藍采和詫異又不解的眼神，他朝天空一角望去，瞇起赤紅的眼，說，「等他們過來再一起說，省得我們要重聽一次。」

他們？誰？藍采和跟著望向天空，他最先想到的是韓湘和曹景休。而當他發現天空中出現五個黑點靠近時，頓時一愣。

待距離近到足以看清時，藍采和更是結結實實地吃了一驚，水色瞳孔收縮又放大。

他難以置信地將視線定在其中一抹海藍色身影上。海藍色的鬈髮，還有那雙金燦的眼睛，分明就是……

「啊啦，藍采和，你看我的表情就像是看到鬼一樣呢。」余曉愁抓著方奎輕盈無比地落下，笑咪咪地說。目光在觸及張果、呂洞賓、李凝陽等人時，取笑的神情一斂，低頭致意，「張大人、呂大人、李大人。」

「別在意他們三個，當背景就好，而且我見鬼也絕不會是這表情。」藍采和不願把時間浪費在不必要的行禮上，他揮手拉回余曉愁的注意力，「妳……余曉愁，妳恢復記憶了？」

「直接喊我曉愁就可以，我確實都想起來了。」余曉愁露齒一笑，「明陽高中那時的事，眞的很不好意思哪。」

「我個人覺得在說不好意思之前，這位美麗的水族姑娘。」呂洞賓打岔，伸手指了指被余曉愁抓著的那名少年，「呃……妳男朋友看起來快昏死過去了。」

可不是嗎？被余曉愁一路夾帶過來的方奎，完全沒了平時的自信，他雙眼放空，臉色慘白如紙。

「那、那是因爲方奎很怕高呢。」韓湘晚一步落下，身邊跟著站定了曹景休和薔蜜。

「川芎！莓花！」見林家兄妹失去意識，薔蜜匆匆跑近他們身畔。

「放心好了，張小姐，阿林他們只是昏過去，沒事的。」呂洞賓趕緊出聲解釋，他最見不得女性在自己眼前流露出擔憂或難過。

「是嗎？太好了……」薔蜜聞言鬆了口氣，緊繃的身體隨之放鬆。接著她目光落至眾人腳下踩著的白色區域，鏡片後的美眸訝異微瞇，下一秒躍上恍然，「難道說，這是阿蘿？」

「薔蜜姊妳好厲害，居然馬上就猜到了！」藍采和忍不住讚歎薔蜜思緒靈敏，而且知道後還能鎮靜如常。

「阿蘿？意思是我們在阿蘿身上嗎？」本來雙眼無神的方奎聽見藍采和與薔蜜的對話，精神瞬間來了，他迅速站起，忍不住東張西望，「噢，我的老天啊！這麼大？全部都是嗎？」

「沒錯，全部都是俺！英俊瀟灑、華麗威武！」平靜的水面晃動幾下，一張巨大的白色臉龐突地抬起，阿蘿對自己身上的眾人露出一抹自認帥氣的笑。

「唔喔喔喔！」方奎瞬間完全忘記剛才飛行的恐懼，他雙眼放光，想也不想地衝上前，從口袋裡掏出手機，對著自己的方向舉高，「來吧，阿蘿，我們來合照！這可是見證超自然同好會歷史性的一刻呢！」

「方奎，這是現在該做的事嗎？」余曉愁柳眉倒豎，一把搶過男友的手機，卻還是捕捉到另一道咔嚓聲。

咦？余曉愁低頭看看手上的手機，再下意識一轉頭——薔蜜手中也抓著一支手機。

不只方奎熱愛超自然與不可思議，事實上，素來冷靜理智的薔蜜也是同好。

「薔蜜大人，妳可以多拍幾張沒關係的，發行寫眞集一直是俺的夢想呢！」阿蘿興高采烈地說著，直到它注意到站在薔蜜身後的藍采和一臉笑意盈盈，但左手手指卻是併攏，俐落地往脖子作勢一劃。

阿蘿當場閉上嘴巴，自動自發地將臉再度沉下去。

「薔蜜姊，如果妳想要阿蘿的照片，我之後可以給妳，看要什麼姿勢的都可以呢。」藍采和對薔蜜提議道：「例如吊縛或高手小手縛也沒問題。」

「不了，相片一張就很夠了，而且我對蘿蔔的繩縛照片沒特別感興趣。」薔蜜收起手機，「藍小弟，你們在這碰到了什麼事？你們應該是來看莉莉安的表演，對吧？」

「沒錯啊，小藍。現在人都到齊了，你就快告訴我們吧。」呂洞賓耐不住地追問，「赤珊瑚的出現又是怎麼回事？」

「赤珊瑚？是殿下那邊的新部下嗎？我還以為只有那隻鯊魚……」余曉愁對於「珊瑚」兩字特別敏感，反射性聯想到水族。

「不……不是的，曉愁。」然而韓湘的說明卻令人大吃一驚，「赤珊瑚是小藍的植物，原形是紅蘿……等、等一下，赤珊瑚也出現了？那個會變男變女，追求阿蘿還失敗的赤珊瑚也出、出現了？」

「眞的是靠杯了，爲什麼連阿湘你也知道這事？」藍采和不禁有絲氣惱，「玉帝在上，別跟我說你們全都知道，就獨獨老子他媽的不知道。」

「別說髒話，采和，還有我們是都知道沒錯。」曹景休光用一眼，就讓不滿地想要抗議的藍采和安靜下來，「現在的重點，是你們碰上什麼事了？凝陽和洞賓方才又是遇上什麼事？我們和阿湘是路上遇到的。」

「我們正、正好碰上於沙。」韓湘細聲補充，「然後曉愁恢復記憶，然後阿景他們出現，再然後於、於沙就跑了。」

「至於我和洞賓，是在巡市時撞上大水淹來。」李凝陽不帶笑意地扯下嘴角，「敖厲那傢伙還眞是好樣的，吃定我們無法反擊就來這招。順帶一提，阿蘿和赤珊瑚的那點無聊事，是某個大嘴巴說出去的。」

「凝陽，你太沒朋友義氣了吧！」呂洞賓瞬間哀叫，卻只換來紅髮仙人鄙夷的一眼。

「沒朋友義氣？某個傢伙就喜歡在沒指名道姓的情況下跳出來，我有什麼辦法？敢情我是有拿刀架在你脖子上？還是你在提醒我下次該這麼做才對？」

呂洞賓被那些刀子般的句子戳得節節敗退，論口才，他可不是毒舌好友的對手。他苦著臉，心驚膽跳地偷覷起藍采和。

幸好藍采和的表情看起來很正常，沒有皮笑肉不笑，也沒有笑得比平時溫柔數倍。

呂洞賓暗鬆口氣，「小藍，換你說說你們的情況了。」

「我們這邊嗎？」

藍采和輕蹙一下眉，似乎眞的沒將李凝陽最後說的話放在心上。

「就像薔蜜姊說的，我們來公園是看莉莉安的眞人表演，但沒想到赤珊瑚會在這現身。他也被敖厲操控了，不但攻擊我們，還借用敖厲的力量把公園變成這樣。只不過我們脫出水面後，就沒看到他的蹤影，也不知道是消失到哪去……對了，洞賓，我只是現在不跟你計較，等事情結束，我們可以來算算帳呢。」

面對同伴忽地又綻露出的溫柔笑靨，呂洞賓僵住臉，半點也笑不出來。

方奎看看笑容溫和的藍采和，再看看陷入石化的呂洞賓，他一邊在心中對呂洞賓致上同情之意，一邊舉起手，決定打個岔。

「不好意思，我有問題想問。」

「說吧。」李凝陽抬了抬下巴。

方奎扶正滑落的眼鏡，逐一望過在場的六位仙人，這事他在之前的小巷裡就想問了。

「喂，方奎，你可不要問些無聊事。」余曉愁輕拉了下他的手臂。

「不是什麼無聊事。」方奎回頭對女友安撫一笑，接著又挺直背，正視面前的仙人們。

藍采和、韓湘、張果、李凝陽、呂洞賓、曹景休，除了何瓊與鍾離權，傳說中的八仙都到齊了。

方奎是個聰明人，智力也充分反映在課業上，他可以從一些細節推斷出整件事。

八仙和龍王太子的紛爭在神話裡已有記載，雖然沒有提到太子原來是被封印在人間，不過有部分故事應該是一樣的。

「所以，爲什麼會沒辦法反擊呢？」方奎認眞地問。

「咦？什麼？」韓湘愣了一愣。

「阿湘，你跟我提過你們跟那位太子打起來，是三百多年前的事，因爲他搶走了藍采和的籃子，還綁走了他。可是那時候，你們打贏他了，對吧？才有他後來被封印的事。」

「是、是這樣沒錯。」韓湘點點頭，但仍有絲迷惘，「方奎，你說這個是……」

「等等，阿湘。」藍采和忽然舉起手，打斷韓湘的問句，他知道方奎想說什麼了，「方奎，你直接說出來沒關係。」

「太好了，藍采和，你知道我想問什麼，那麼我就直問了。」方奎笑笑地說，接著神情轉爲嚴肅，「當初藍采和被抓，憑七仙之力打敗了那位太子殿下。可現在有六仙在場，爲什麼曹先生還會說你們無法反擊？不，不只是這樣。在巷子裡時，阿湘和曹先生也出手了，但完全發揮不出力量，眞的太奇怪了。」

說到這裡，方奎深吸一口氣，終於把盤踞在心裡的疑問說出。

「阿湘、藍采和，你們的攻擊是不是對那位太子起不了效用？」

拾玖 被埋藏的真相

方奎問句落下，換來的是一陣靜默。

余曉愁眨眨眼，緊接著醒悟過來自己的男友說了什麼。她當下瞪大一雙金燦美眸，覺得這猜測簡直荒謬得過分。

「方奎，你在胡說八道什麼？阿湘他們哪可能……」余曉愁的話聲突然小了下去。

水族少女直到這時才注意到，在場的六位仙人誰也沒有反駁，她不敢置信地抽了一口氣。

難……難道是真的？

「藍小弟，真是這樣嗎？」饒是冷靜如薔蜜也不禁愕然，「你們不能攻擊那個龍王太子？」

「不，也不完全是這樣。」藍采和半晌後輕聲開口，「如果是我的話，就可以……」

「然，也只有藍采和可以。」一道冰冷剔透的男聲說，那聲音來得如此令人措手不及。

未等藍采和幾人有所反應，那道話聲就像水滴直墜，前方平靜的水面驀然散出圈圈漣漪，水花呈圓形地捲湧而起。

一抹修長身影轉眼浮立於水花中央。

那是一名身穿戰甲的男人，擁有蒼冰色的髮絲和蒼冰色的眼珠，五官完美卻缺乏人氣，簡直就像是冰雕。

男人現身的瞬間，方奎、薔蜜和余曉愁感覺一股威迫掃來，甚至令他們難以呼吸。

那是言語無法形容的壓倒性魄力，一種天生的威勢。

方奎是第一次見到那名除了「冰冷」和「完美」，像是再也找不出其他形容的男人，可他瞧見余曉愁刷白一張臉、身子壓抑不住地顫抖，他就知道那是誰了。

「殿……殿下……」水族少女發出畏怕的悲鳴。

那是東海龍王太子——敖厲！

「顯然妳還認得主人是誰，余曉愁。」敖厲一開口，身影竟瞬間消失原地，最後不帶感情的三字響起時，人已出現在余曉愁面前，覆有利爪的五指眼看就要蓋上她的臉。

余曉愁壓根做不出任何反應。

只是敖厲的手指卻也沒再前進一步，他揚起眉梢，看著擋在余曉愁身前的長槍和利劍。

李凝陽眼神尖利，呂洞賓表情冷厲。

「對女孩子動手可是違反規則的，敖厲。」呂洞賓不見平常的輕鬆笑意，眼神異常堅毅，「就算我等無法對你出手，但你可別忘了，你同樣也不能對我們出手。」

「好一個制衡，是嗎？」敖厲低笑，也不在意自己的攻擊被人擋下，他俐落一退，單手背後，佇足於水面之上。

余曉愁像是這時才反應過來，猝然雙腿一軟，就要跪坐下去。

「曉愁！」方奎連忙伸手抱住女友，在觸及她的掌心及後背時，忍不住大吃一驚，余曉愁的掌心和後背已是冷汗淋漓。

方奎抱緊余曉愁，抬頭望著身旁的李凝陽和呂洞賓，乾巴巴地問，「制衡又是怎麼回事？只有藍采和能攻擊又是怎麼回事？你們究竟……」

「就是敖厲不能對我們動手，我們也不能對他動手的意思。」呂洞賓苦笑，「方奎小弟，你的推測沒錯，雖然只對了一半。三百年前那一戰，不管是我等八仙或敖厲都受到了懲戒。其中一項便是除了小藍之外，另外七仙和敖厲如果出手，力量只會抵銷。也就是說，小藍和敖厲之間的事，玉帝要當事人自己解決，不准牽扯別人下水。」

「不是吧……不是這樣的吧……」方奎聽得目瞪口呆，他從未想過還有這層隱匿的眞相。他張著嘴巴好一會兒，總算又找回聲音，「那麼現在……只有藍采和能跟那個太子殿下打了？」

「不是只有跟殿下打而已！喂喂，別忘記我們的存在哪，否則就太讓老子傷心了！」敖厲身後無預警地響起一陣張狂大笑。

下一刻，笑聲的主人顯露身形，手持三叉戟，渾身狂氣，正是所有人都曾見過的於沙。

不僅如此，當於沙站立在敖厲後方，他的左右兩側突然出現了四抹纖細的身影。

黑髮紫紅眼的女孩高舉餐刀，綠髮黃瞳的女孩抱著湯匙，棕髮棕眸的女孩握緊叉子。三人美麗的臉上毫無表情，眸底一片冷酷。

而在三名女孩前方，則是一個紫髮紅眸的少女。她反手抓著一柄巨大又華麗的折扇，雖然臉上噙著冶艷的笑，可就和她後方的同伴一樣，臉頰亦有一枚青艷的蝴蝶花紋。

這四人，赫然都是藍采和的植物！

「紅李、香梨、花蕉、赤珊瑚……」藍采和睜大眼，倒抽了一口氣，巨大的憤怒旋即躍上眉眼，「敖厲，你要是敢對我的植物怎樣，老子絕對跟你沒完！」

「哦？我還以為打從三百年前那事起，我們之間就沒完沒了了，藍采和。」敖厲揚起唇角，微含笑意的嗓音響起，如同水晶敲擊般剔透。

方奎和薔蜜險些要被那陣嗓音迷惑了，如果不是藍采和驟然驚喊出聲。

「阿蘿快起來！聽我命令，回復大小——」

那聲喊叫又驚又急，彷彿深怕慢上一秒，就會造成無法彌補的憾事。

起初兩名人類並沒有注意到異狀，直到他們目光觸及水面，驚慄感才猛然衝上背脊。

敖厲腳下迸發出一層白，正以快得令人無法想像的速度朝四面八方凶猛擴散。

那其實不是單純的白，而是凍冽的寒冰！

就在藍采和發出驚喊的瞬間，其餘五仙亦發覺從敖厲腳下蔓延的寒冰並不只是凍住水面，他們即刻採取行動。

韓湘和曹景休分別抓住方奎及佘曉愁，呂洞賓迅速拉起薔蜜，另一手抄起莓花，塞到李凝陽懷中，川芎則是交由張果。

眨眼間，一行人身下的阿蘿軀體失去了蹤影。

有手有腳的人面蘿蔔恢復原先大小，被藍采和一把抓牢在五指間。

前一秒阿蘿漂浮之處，下一秒就被寒冰飛快覆過。

水面下的一切徹底凍結，凜冽寒氣直衝而上，四周溫度驟降。

放眼望去，整座豐陽市竟被凍在了冰裡。

藍采和等人紛紛落足於冰上。

「夥伴，怎麼了？怎麼要俺突然……嚇！」一開始阿蘿還搞不清楚狀況，但當它望見下方冰層，頓時駭得倒抽口冷氣，「結結結結冰了！夥伴，豐陽市結冰了啊！」

「眞是差一點呢，阿蘿，你差點就要變成冰凍蘿蔔了唷。」赤珊瑚咯咯嬌笑，「其實我還挺期待的，因爲這樣一來，我就可以好好看個過癮，包括你的葉子、身體、腿毛。」

說到後來，紫髮少女舔下嘴唇，模樣既艷麗又浪蕩，卻讓阿蘿的腿毛和葉片全都倒豎。

「噫啊！救命啊，夥伴！有人在視姦俺！」阿蘿飛也似地爬進藍采和的衣襟內，全身瑟瑟發抖，小眼睛裡甚至盛著淚水。

「不是吧？妳對那根醜不拉嘰的蘿蔔感興趣？」饒是赤珊瑚此刻與自己同一陣營，於沙在聽見她的發言時，忍不住出言嘲諷，他輕視地彈下舌頭，「還眞是爛到不行的品味。」

「什……」阿蘿氣急敗壞地想要抗議，不過赤珊瑚比它快一步出聲。

「啊啊？我的品味哪裡差了？阿蘿明明從頭到腳毛都有趣到不行。」赤珊瑚睨了於沙一眼，眼角滿含不屑，「你倒是讓我見見你的品味好在哪裡。」

「呿！老子對誰都不感興趣。」於沙傲慢地冷哼，然而目光卻不自覺暗暗瞥向薔蜜。

方奎敏銳地發覺於沙的視線往他們幾個人類掃來，趕緊站直身體，張手擋在所有女性面前。

「嘿！把視線收回去！」方奎強硬喊道：「曉愁可是我女朋友，誰也不准打她主意！」

「聽你在放屁！你以爲我會對那沒用的叛徒有意思嗎？」於沙登時扭曲了臉，彷彿覺得自己受到莫大侮辱。他還想惡狠狠地罵幾句解氣，沒想到眼前忽然橫出一隻手臂。

「於沙、赤珊瑚，你們的廢話顯然太多了。」敖厲微側過臉，他的聲音沒有注入任何威脅，可那雙像是透明玻璃的眼珠卻令被注視者產生血液為之凍結的錯覺，「或者，我該抽走你們的心智，讓你們學學那三名女孩的安分？」

於沙和赤珊瑚眼中閃過一瞬懼意，他們不再說話，而是往後退一步，低伏下頭，不敢造次。殊不知此景卻激得藍采和又氣又怒，胸口像被塞入大量冰塊。

赤珊瑚不可能會向誰低頭，她一向狂放自由——敖厲居然將她的性子扭曲至此！

「敖厲、敖厲，我饒你不得……把她們還給我！」巨大的憤怒超脫理智，藍采和再也無法冷靜，他眼泛焰火，張手凝聚淡銀光輝，拔身就要朝前方男人衝去。

但這衝動的行為馬上遭人制止，曹景休早一步拽扯住他的手臂。

「采和，冷靜點！」曹景休一把將人拉回，不給對方甩開的機會。

「但是，景休……」藍采和蒼白著臉，眼中滿是淒厲。那是他最寶貝的植物，他說什麼都無法忍受！

「如果想要你的植物。」

冷澈的聲音讓藍采和轉過了頭。

「如果你想要回你的植物。」敖厲彷彿對藍采和巴不得刺穿自己的眼神視若無睹，也彷彿被那樣的眼神取悅了，他噙著冰冷殘酷的笑，單臂平舉在空中，掌心朝上，隨著五指一根根張開，掌心也浮現一團滾動的水球。

水球由諸多水流環繞而成，水流不停流轉的同時，水球的體積也越來越大，最後完全超過了一個人的大小。

除了敖厲與於沙等人，誰也不知道他下一步要做什麼。

「你到底想要我做什麼？」藍采和冷聲質問，他的眉眼依然秀淨柔軟，可射出的視線比什麼都要堅硬。他挺直著背，肩膀繃緊，垂於腰側的手指攥成拳頭。

「我要你和我進行『交誓』。」敖厲說。

乍聞「交誓」二字，包括藍采和在內，所有仙人都臉色一變。其中藏不了情緒的韓湘和呂洞賓更是反射性喝斥。

「不、不可能的！」

「別開玩笑了！小藍憑什麼答應你？」

「阿湘，什麼是『交誓』？」方奎低聲問著，看著滿臉憤恨之色的好友，「聽起來有點像交換誓言之類的簡稱。」

「差、差不多……可是又差很多！」韓湘的聲音甚至因爲怒意而微微不穩，「絕不會違背、也不能違背的言語，就叫作『誓』。只要雙方以誓作爲條件交換，那、那麼就永遠不能更動，否則……否則會進入五衰的地步……」

從韓湘口中又說出了一個奇異的字詞，這詞無論對余曉愁或方奎來說，卻都不算陌生。

方奎知道什麼是五衰，他曾在書上看過，但他怎樣也沒想到會是眞的。他下意識抓住余曉愁的手，感覺彼此的掌心都在發冷。

五衰，正確的說法是天人五衰。那是指仙人的壽命將盡時，所出現的五種現象——即使是神，也會死。

「敖厲！你到底、到底存何居心？」韓湘握緊長笛，向來怯懦的眉眼此刻充斥怒焰。

「我問的人是藍采和，我要的也唯有一個答案，答應，或不答應。」敖厲微笑，可他的笑容卻毫無溫度，只襯得玻璃珠似的眼瞳越發可怕，「三百年前之事，就讓它在這裡徹底終結。除非，你們還想讓我等之爭繼續拖拉百年。」

「你是被冰到腦子都爛了嗎？當年若不是你欲搶奪藍采和那個破爛籃子，無端挑起紛爭，還會有這一連串的麻煩？」李凝陽同樣不帶笑意地彎起唇角，「雖然我很想將這些話砸到你那惹人厭的臉上，不過就像你說的，現在做決定的人是藍采和。」

結果你還是砸了呀，凝陽……呂洞賓忍下吐槽的欲望，現在可不是做這種事的時候。他緊張地瞄著藍采和，一口氣提在喉頭。

藍髮藍眸的少年做了個深呼吸，他閉眼又睜開，眸裡已不見焰火，僅餘凍得嚇人的冰冽。

他說——

「我答應。」

「夥伴！」縮在藍采和衣襟處的阿蘿大叫。

「小藍！」呂洞賓震驚，急忙抓住藍采和的肩膀，「為什麼要答應？敖厲分明不安好心！」

「沒錯，小藍你、你不要……」韓湘慌張地搖著頭，想阻止同伴的決定，他忍不住將求助的目光投向曹景休。

就算外表柔弱，可只要是決定好的事，藍采和就不會改變心意。唯一能令他退讓的，就只有亦兄亦父的曹景休。

然而韓湘怎麼也沒想到，曹景休只是緊抿著唇，不發一語。

「阿、阿景……」

「喂，阿景！」呂洞賓不敢相信地瞪大眼。這一點也不像曹景休的作風，他怎麼可能願意讓藍采和去冒如此大的風險？

「省去你接下來想說的話，洞賓。」李凝陽將長槍橫置在呂洞賓眼前，趁他分神的刹那，長槍不客氣地往下一沉，敲上他抓著藍采和肩膀的手，讓他痛得鬆放開，「曹景休知道選擇只有那一個。事實上，我們應該比誰都清楚。」

呂洞賓一時忘記手腕傳來的疼痛，他張張嘴，看了看沉默的曹景休與藍采和，再望向單手負於身後的敖厲。

呂洞賓深感疲累地抹了下臉，他從來沒有一刻如此痛恨自己的無力。

是的，就像李凝陽所說，他們應該比誰都清楚，選擇只有那一個──在紅李、花蕉、香梨、赤珊瑚都還在敖厲手上的時候，根本不可能說出答應以外的答案。

「我答應你了，敖厲。」無視阿蘿拚命扯著他的衣領，藍采和越過眾人，走上前一步，藍眸直視東海龍王太子，「就照你說的，進行交誓。」

「明智的決定，你保住了一株植物的生命。」敖厲輕描淡寫地說出令人悚然的話。

「什……太、太卑鄙了……」方奎啞然，瞬間明白了那話的意思。

──只要得到否定的答案，敖厲就會直接奪走四名少女其一的性命。

蒼冰色的眸子淡淡掃視過來，光一眼就讓方奎身體發冷，那是本能的反應，即使再怎麼壓抑也沒用。

「以人類而言，你的話是不是稍嫌多了點？」敖厲的腳尖前倏地竄起冰矛，不過冰矛還未射出之前，藍采和就已一個箭步踏出，張手擋在他面前。

「不要牽扯無關的人。」藍采和一字一字地說，「老子他媽的已經答應和你交誓了。」

「那麼，就來進行吧。」敖厲腳下冰矛又崩散，轉眼與冰層融為一體。他伸出右手，五指張開，掌心猛然浮躍一簇金色火焰。

藍采和也伸出右手，張開手指，掌心同樣有一簇金色火焰。

「吾之名為敖厲，在此和藍采和立誓。吾將與彼爭戰，若勝，彼之法寶終此歸吾；若敗，永不再心生與彼爭戰之念。」

「吾之名為藍采和，在此和敖厲立誓。吾將與彼爭戰，若勝，彼永不再心生與吾爭戰之意；若敗，吾之法寶終此歸彼。」

當誓言的最後一字落下，雙方金焰猝然匯聚，轉眼又分至各自的掌心。

頓時只見藍采和與敖厲像是受到某種猛烈力量的衝撞，兩人皆各退一步。

所有人看得清楚，無論是藍采和或敖厲的手背上，都烙印著金色輝焰的圖紋——那便是交誓完成的刻印！

看著烙在手背上的印記，敖厲似是感到愉悅，隨即他無預警地一彈指，那團原本靜止在上空的巨大水球立刻應聲改變形狀。

水球重新塑為方體，正對著眾人那面的中央忽地有黑影出現。黑影面積越擴越大，終於佔領一整面。

乍看之下，空中懸浮的水藍立方體，竟給人一種通往深淵入口的錯覺。

藍采和表面平靜，但心中滿是警戒，他依舊猜不到敖厲的打算。

「在這裡面，就不會受人打擾了。」敖厲淡淡地說。

藍采和一愣，還來不及反應，就見到如同人偶的紅李、花蕉、香梨騰空飛起，一晃眼飛進那片黑暗之中，被吞噬了身影。

緊接著，於沙也飛起，下一瞬間消失在眾人眼前。

「倘若動作不快點，一旦空間關閉，我就當你不要你植物的命了。」敖厲唇畔帶著殘酷，身形倏然化成蒼色光束，直竄向空中的那片黑暗。

而就如敖厲所言，那片擴張至極限的黑暗已開始退攏，水藍色逐漸回歸。

容不得藍采和多想，他抓著竹籃，帶著阿蘿，緊追在敖厲之後。卻沒想到在即將沒入黑暗之際，一股尖銳疼痛襲上手腕，令他的手指頓時一個鬆放，原先抓在手裡的竹籃竟直直墜落下去。

一柄華麗折扇從中攔截竹籃，使之穩穩立於扇面之上。

「好了，阿藍，你就快進去吧！」還留在外頭的赤珊瑚大笑，她甩開扇面上的竹籃，旋即反手再一揮扇，強大的氣流頓時衝向藍采和，逼得他只能被大片黑暗吞入。

眼見藍采和消失，赤珊瑚抓住落下的籃子。她浮立在等同異空間入口的黑暗之前，目光落向下方眾人。她舔了舔嘴唇，淺紅色的眼眸閃動著不懷好意的光芒。

下一剎那，赤珊瑚竟是突然出手，直探昏迷不醒的林家兄妹。

守護在川芎二人身前的張果冷著眼，法杖不留情地迅烈一劃，強悍力量立時撞上赤珊瑚。赤珊瑚閃避不及，被那道無形力量撞得身體直退數尺，一口鮮血就這麼咳了出來。

可是，她的表情在笑。

「只知道保護眼前的人，可是容易犯下大錯的。」一道狂放的男人聲音這麼說。

誰也沒預料到的聲音像重鎚重重敲上所有人心頭，甚至令薔蜜心裡湧上寒意。

因爲那聲音就在自己身後！

「薔蜜姊！」

「薔蜜姊！」

方奎和余曉愁眼露驚惶，他們倆看見一名紫髮紅眸的男人就站在薔蜜身後。

男人的髮絲遮去半邊眼，紅眸細長妖冶，華麗浪蕩之姿竟與赤珊瑚異常相似。

如果林家長男這時仍醒著，一定會萬分震驚。那男人——分明也是赤珊瑚！

「這名人類我就收下了！」紫髮男人動作快若閃電，讓余曉愁和其餘仙人的攻擊只能撲空，慢上一步。

待紫髮男人與薔蜜的身影再次出現於眾人眼內，已是在赤珊瑚身邊。

不知用了什麼手段，男人懷中的薔蜜雙眼閉掩，丁點動靜也沒有，明顯失去意識。

下一瞬，紫髮男人與紫髮少女的身形同時閃了閃，他們身前的空氣就像受到扭曲而漾出圈圈波紋。極短時間內，波紋停止，佇立在黑暗前的又只餘少女一人。

赤珊瑚單手抱著薔蜜，看了眼掛在腕上的竹籃。那明明是她的故鄉，是她自有意識就生活的地方，但她卻沒感到任何懷念之情，取而代之的是頰上青蝶越發濃豔。

「各位大人，殿下希望你們能安分地待在外面。噢，請務必要安分哪。」赤珊瑚嘴唇拉出惡意的獰笑，突然往空中拋出一個球狀物體。

陽光在上面折閃出明亮的光輝，那原來是一顆巴掌大的冰球。

冰球剛脫手，旋即在空中炸裂。如同呼應那聲爆炸，覆住豐陽市的寒冰轉眼全變成了水。變異來得令人措手不及，方奎驚恐地發現自己猛地踩進了水裡。

「方奎！」余曉愁用力抓住對方的手。

幾乎同時，哀戚笛音飄揚，冰冷的水面上一晃眼紫色光板攤展開，讓所有人得踏立其上。

望見此景的赤珊瑚也不覺得氣惱，她依舊單手抱著昏迷的薔蜜，另一手猛地拋出竹籃，不管會墜至何方。

「殿下有令，阿藍不能帶這到裡面，否則會壞了他的計畫啊！」赤珊瑚哈哈高笑，她朝下方拋出了飛吻，轉身鑽入不到一半大小的黑暗裡。

所有人都聽見赤珊瑚最後留下的話。

計畫？什麼計畫？敖厲策劃這一切的眞正目的究竟是什麼？

「難道說……！」李凝陽瞳孔驟縮，瞬間驚悟到一件糟糕至極的事。他不假思索，用最快的速度衝向竹籃，但有一抹灰影比他更快。

曹景休一把抓住藍釆和的法寶，左手五指彎曲成爪狀，迅雷不及掩耳地直探籃內。

銀色光華瞬間浮現在籃上，宛若一層屏障，阻擋曹景休的入侵。

曹景休眼神更加凌厲，沒有退縮、沒有放棄，他凝住心神，氣勢猛烈地再次重擊籃內。銀色的光華迸發得更熾，像是使勁全力與外界之力對抗。

曹景休的手背迸出條條青筋，汗水從額角滲出。這次他沒有再收回手，而是厲喝一聲，終於硬生生地突破設置在竹籃上的防護。

銀光剎那間像是玻璃碎片，一片片散濺。

光華碎濺之中，四抹黑影自竹籃裡衝竄出來。它們以快得無法想像的速度，一頭撞進僅剩細縫的黑暗裡。

黑暗瞬間關閉，巨大的水藍立方體靜靜浮立在空中。

與此同時，那些四散的銀色碎片像是受到某種吸引，霍然又飛退回去，一片片重新拼湊，回復成一開始的堅固屏障。

曹景休抓著竹籃迅速飛下，雙腳一落至光板，高大的身軀居然晃了晃，緊接著腳步不穩地單膝跪地。

「阿景！」

「曹大人！」

「曹先生！」

這一幕嚇壞了呂洞賓等人，他們慌張地圍上。

「我沒事。」曹景休臉色微白，聲音平穩，可就在剛說完這三字之後，忽然嗆咳一聲，即使反射性捂住嘴，還是沒辦法壓抑衝上喉頭的血氣。

「阿、阿景……」韓湘顫抖著聲音，眼泛霧氣，泫然欲泣地看著自己的同伴在移開手後，唇邊和掌心都沾上了血。

「別擔心，我眞的沒事。」曹景休抹去唇角血絲，他撐著光板想站起來，卻被施加在肩頭的力量不客氣地壓下去。

「我建議你還是別站起，萬一昏倒了只是添麻煩，曹景休。」李凝陽沒有抽回抵在對方肩上的長槍，「你強行破了藍采和的結界，還是他拚全力施下的結界，沒受傷的話，何瓊都會答應洞賓的追求了。」

「不是吧？這種時候用不著拿我當例子啊！」按住曹景休另一側肩膀的呂洞賓苦了臉，但就在下一秒，他咳了咳，異常認眞地問曹景休，「阿景，我相信你，你沒受傷對吧？」

聽見這話，初次與呂洞賓見面的方奎和余曉愁不禁都露出鄙夷的眼神。

「不，我想我確實是受傷了。」曹景休放緩了繃緊的臉部線條，坐了下來，不再逞強。

「好了，洞賓，去幫張果顧一下林川芎和林莓花，別蹲在這裡開啓你的沮喪模式。」李凝陽用腳尖踢了踢一臉哀怨的好友，「記得不要靠林莓花太近，免得她哥醒來先給你一拳。」

「凝陽……你這是在提醒我還是在嘲笑我？」呂洞賓摸摸臉，覺得自己明明就長得很正派，爲什麼不管是林家長男還是城隍身邊的那群將軍，都把他當成了害蟲？

抱怨歸抱怨，呂洞賓依舊提起十二萬分的警戒，嚴守在林家么女身邊。保護女性可是男人天生的職責，而且誰也不知道敖厲是不是又暗留一手。

那個王八蛋，眞的太卑鄙了！

「敖厲……眞、眞的太卑鄙了！」與呂洞賓擁有相同心聲的人還有韓湘。他因爲氣憤而提高了聲音，手中長笛抓得緊緊的，「居然……」

「居然設計出這麼一串令人想要『拍手叫好』的計畫。」李凝陽特意在幾個字上加重語氣，他的聲音仍懶洋洋的，但仔細留意會發現暗藏慍意，「利用藍采和植物出手的機會，操控他們，誘使我們出手，讓力量的波動破壞封印，使他得以提早破封而出。接下來這一手，更是算計得精準哪。」

「凝陽，這一手是指哪、哪一手？」韓湘遲疑地問，有些地方他想不透。「敖厲和小藍進行了、進行了交誓，他想要籃子，可爲什麼又讓赤珊瑚把籃子奪走，再扔到外面？」

「因爲那傢伙想到一個更簡單、更根本的辦法，來得到那個永遠令人搞不清是水果籃還是菜籃的籃子。」李凝陽瞇眼，凝望空中的水色立方體，「否則你以爲曹景休爲什麼冒著力量反噬的危險，也要硬破籃子的結界？」

「我說凝陽，你大可不用拐彎抹角，就直接簡單地說了吧。」呂洞賓從另一處喊道。

李凝陽皮笑肉不笑，「我這就是最簡單的版本了。連這也聽不懂的話，很抱歉，我沒有準備適合你的幼幼班版本。」

只不過是一句話，瞬間刺中在場四人。

呂洞賓垮下臉，韓湘淚眼汪汪，方奎和余曉愁面面相覷。

但如果就這麼承認自己只有幼幼班的水準，就不是方奎的風格了。

他推推眼鏡，腦海裡用最快的速度將至今聽過的隻字片語全部想過一輪。

眞相，往往就藏在這些零散的線索中。

龍王太子想要藍采和的籃子，有什麼辦法可以獲得？一個是直接搶過，一個是……

「讓自己順理成章地成爲籃子的主人？」方奎下意識脫口而出。

「方奎，你在說什麼？」余曉愁詫異地問。

然而李凝陽卻是對方奎揚高眉，豎長的瞳孔破天荒地流露讚賞之色。

「還不錯嘛，人類少年。」李凝陽不知從哪變出一根香菸糖，遞向方奎，「請你一根糖。」

「咦？啊，謝謝！」方奎有些受寵若驚地收下，心想待會兒要不要拍照留念，這可是神仙請的糖果呢。

「讓自己成爲籃子的主人？凝陽，你是說敖厲在打這主意？」呂洞賓狐疑地問，「怎麼可能？籃子的主人可是小籃，就算敖厲眞打贏了……我只是假設。打贏了，最多也只是獲得籃子，跟籃子本身蘊藏的大量靈氣，怎樣也沒辦法……」

呂洞賓的話突然頓住，他喃喃說了一句「不是吧」，隨即臉色轉白。

韓湘起初不明白呂洞賓想到什麼，但當他順著呂洞賓說過的話思索一會兒，換他秀氣的臉蛋跟著白了，手裡抓著的長笛不自覺地掉在光板上，發出響亮聲音。

韓湘像是沒注意到自己的法寶落地，他結結巴巴地嚷，「敖厲……敖厲想直接搶奪小藍的力量嗎？只要有了那力量，就、就能讓小藍的法寶自動認他爲主……」

「而他不讓小藍帶籃子進去，是因爲他不想要那些植物來添亂。」呂洞賓接著補充。

「他打算速戰速決，沒了植物出手干擾，他更容易達成。畢竟現在與植物出走那時可不一樣，當時沒人想到會有這種事，所以才會連茉薇也著了道。現在植物們保持極高的警戒，既然無法收歸己用，乾脆排除在外！」

李凝陽用掌聲證明兩名同伴的推論無誤。

就算證明了推論沒錯，呂洞賓依舊啞然，他寧願情況不是這樣。敖厲的心機究竟深沉到什麼地步？計畫的每一步都環環相扣，縝密到令人難以察覺。

「等一下，事情應該也不至於那麼糟吧？」余曉愁忍不住打破令人窒息的靜默，「就算藍采和單獨面對殿下，也不一定會輸才對吧？他們是同位階的仙人呀！」

「曉愁說的沒錯！」方奎也精神一振，「藍采和的力量應該與那位太子不相上下吧？而且他身上還有阿蘿……呃，多少會有點幫助，我猜。」

面對余曉愁和方奎的打氣，諸位仙人依舊沉默不語。

半晌後，曹景休開口，「……我等與敖厲並非同位階。」

方奎和余曉愁以為自己聽錯了，他們下意識轉望向自己的好友。

「我們八仙比敖厲還要再、再低一個位階……」韓湘用像是快哭出來的聲音呻吟，「現在的我們……」

「現在的我們，可是連敖厲也比不上。」李凝陽無意識地把玩指間的香菸糖，「洞賓之前說過吧？三百年前的那一戰，我們也受到懲戒。其中一項是藍采和如果與敖厲再有紛爭，不得借其他七仙之力。」

「其中一項……」方奎艱困地嚥嚥口水，他聽出來了，八仙受到的懲戒不單如此，「也就是說……」

「最高律法裁定，八仙與敖厲之爭，事端由敖厲挑起，敖厲受封五百年，不得滋擾生事。」韓湘一字一字輕聲說，語速流暢，不再結巴，「而八仙，雖爭戰並非本意，然終究傷殘諸多東海子民，亦罰。其一爲藍采和若與敖厲再有紛爭，不得借助七仙之力。」

「其二……其二則爲八仙全體降階，至五百年期滿爲止。」

降階五百年……最後一句對方奎和余曉愁而言，如同平地炸起一聲雷，轟得他們七葷八素。八仙降階五百年……可是、可是，敖厲卻提早百年破封！

「如今期限未到，藍采和對上敖厲只有被壓著打的份，而我等只能在這裡枯等。」李凝陽驀地折斷指間的香菸糖，「唯一慶幸的是，曹景休放出的植物是那四隻，現在只能看他們來不來得及派上用場了。」

——鬼針、茉薇、椒炎、風伶。

貳拾 虛假人偶

四周瀰漫著奇異水霧，遮蔽了大半視野。放眼望去一片朦朧，令人難以窺見水霧後究竟隱匿著何種景象。

而在這個空間之中，卻有兩抹高挑人影佇立其中。

其中一人黑長髮扎束在頸後，膚色蒼白，一雙狹長黑眼無比陰戾，令人見了背後爬竄起一股寒意。

一人則是與身旁同伴完全相反，奢華的金鬈髮和蔚藍的眸子耀眼逼人，嬌艷的美貌宛若盛綻的薔薇。

黑髮的男人和金髮的女人，正是藍采和的植物——鬼針、茉薇。

發現籃中界的結界出現碎裂後，鬼針和茉薇沒有多想，只是用最快的速度衝出籃中界，衝入高空裡的那片詭異黑暗，心裡僅有的念頭就是找到自己的主人。

找到他，幫助他！

只是他們倆誰也沒想到，衝進黑暗不久，就落入這麼一個水霧氤氳的空間裡，追蹤不到屬於藍采和的氣息。

更糟的是，還和最厭惡的傢伙待在一起！

彷彿連讓對方進入自己眼中都感到嫌惡，自從發現此地只有彼此，鬼針和茉薇互別開臉，寧願盯著水霧。

「眞是倒楣。」茉薇不悅地哼了一聲，「就算是風伶或椒炎也好，爲什麼偏偏是跟你待在這裡？你光是存在就令人受不了，要是害我找不到采和，我絕對宰了你。」

「這些話我還給妳。」鬼針看也不看身邊同伴一眼，自顧自地往左側前行，吐出刻薄尖利的字句，「風伶跟椒炎我都不想和他們待在一起，但妳是最不想的那一個。妳光是站在這都讓空氣變稀薄了，不要因爲體脂肪多，就連空氣都吸得比別人多。」

「體脂肪？啊啊？你剛是說了『體脂肪多』這四個字嗎？」茉薇頓住欲走向右側的腳步，她轉過身來，嬌艷的臉孔浮現騰騰殺氣。

凡是女性，最無法容忍被針對的就是體重跟年紀，不管哪個種族都一樣。

「你的眼睛是瞎了，還是就只是裝飾物？我的身材可是連采和都稱讚過的。」

「那我猜藍采和那時候一定是剛睡醒或沒睡醒。」鬼針也頓住步伐，傲慢地回視，「妳胸前那兩團，不是滿滿的體脂肪又是什麼？噢，或許我說錯了，其實妳連腦袋裝的也是脂肪？」

「閉上你那討人厭的嘴巴，就算你這麼說也不會改變采和比較寵愛我的事實。」茉薇雙手環胸，下巴昂高，冷瞪向鬼針，「像你這種白得像鬼的傢伙，沒胸、沒腰、沒屁股，個性還差勁得要命，怪不得采和對相菰那矮子的喜愛都比你高。當然，相菰還遠輸我一大截。至於你，我們本來就是天壤之別了。」

「好，很好。」面對迎面砸來的一大串話，鬼針不怒反笑，他張手，掌心立即浮冒出一根細長尖銳的黑針，「雖然作夢是妳的權利，不過太荒謬的夢話還是會讓人聽了忍不住火大。我乾脆直說了，我到現在看妳還是非常不爽。」

「啊啦，難得我們意見一致。」茉薇嬌笑，右手握住一條平空出現的荊棘長鞭，「我從第一眼看見你的時候，就討厭死了。」

「既然眼下剛好有機會。」鬼針說。

「就不要浪費了。」茉薇也說。

兩名在籃中界就一直水火不容的植物對視，他們臉上仍帶著笑，可下一刹那，笑意猛然變成了猙獰。

「妳這女人眞的從頭到腳都礙眼得要命！」鬼針抓住如劍的黑針，猝不及防地揮刺過去。

「這句話是老娘要說的！」茉薇不甘示弱，荊棘長鞭迅疾一甩，頓如靈蛇纏上黑針。

然而還未等到雙方展開第二波攻擊，水霧裡無預警衝出張牙舞爪的大片黑影，直撲兩人。

瞥見第三方勢力出現，原先對峙中的鬼針和茉薇毫不遲疑地抽離武器，兩抹身影矯捷迅速地往旁退去，讓黑影撲了一個空。

踏上安全地帶，兩株植物馬上審視起黑影的面貌。

緊接著，黑瞳和藍眸破天荒地浮上詫異，尤以藍眸爲甚。

水霧之氣後出現的是大片形如荊棘的黑影，此刻正彎曲繚繞伏貼在地。

茉薇沉下眼，她俐落地一彈指，腳下也應聲出現黑影，外形就與上一刻攻擊他們的黑影一樣，如蔓生形狀的荊棘。

兩方黑影同時對照，簡直就像鏡內鏡外。

「和我的招式一樣？」茉薇現在可沒了再與鬼針一戰的興趣，她握緊長鞭，提高警戒，腦中飛快過濾這空間可能會出現的人。

即使之前身處籃中界，他們還是能聽見外界的聲音。扣除龍王太子和於沙，還有受到操控的紅李、花蕉、香梨，以及赤珊瑚。

「難道說……」茉薇眸色閃了閃，似乎已經鎖定目標。

下一秒，她與鬼針都沒有遺漏水霧之後傳出的腳步聲。

隨著腳步聲越漸接近，水霧中也隱隱透出一抹人影。看不清輪廓，但個子高挑。

茉薇暗中凝力，準備好的攻擊蓄勢待發。可她怎麼也沒想到，當人影終於走出水霧，竟不是她預想的那人。

茉薇呆住，忘了早已準備好的攻擊，只能怔怔望著眼前再熟悉不過的奢華金髮、蔚藍眼眸，還有那張比花還嬌艷的面孔。

赫然是另一個「茉薇」！

「這還真是有趣到了極點。」相較於茉薇的愕怔，鬼針卻是眼露狠戾光芒，嘴角勾起冷笑。

鬼針果斷再張左手，這次浮現的並不是細長如劍的武器，而是長度如手指，但數量卻多到難以計數的黑針。

黑針密密麻麻地排列在高空中，沒任何預警地全數衝出，目標就是下方的「茉薇」。

大量黑針宛若下了一場針之雨。

眼看自己身處這場大雨的中心，「茉薇」腳下快速竄出一條條墨綠荊棘。這些荊棘簡直像活物，異常靈活地擋下黑針。

雖然仍有些許黑針順利鑽過空隙，但立刻被第二層荊棘狀黑影揮掃開來。

鬼針眼中戾氣越盛，他又召出第二波黑針。

接連兩波攻擊確實成功破開部分防禦，在「茉薇」的肌膚上留下一些傷，甚至其中有一根險險擦過她的脖子，削掉一縷髮絲。

當那縷髮絲飄下，鬼針眼一瞇，忽然停下攻擊，揮手抹去所有黑針。

就在那名「茉薇」的頸側邊，竟烙印著一枚青色蝴蝶的圖案——那是敖厲的力量印記。

「嗤，所以是敖厲做出來的人偶嗎？」鬼針語帶輕蔑，「看樣子得感謝當初被人操控的白痴，才讓他有辦法做出這種破爛玩意。」

「要說白痴的話，某個當初沒被操控卻還是攻擊冞和的傢伙，才真教人開了眼界呢。不過有一句話說得確實沒錯——」茉薇一扯長鞭，越過鬼針上前，她的眼裡映出了另一個自己握住長鞭凶猛揮來的景象。她神色不動，腳步未停，「不管再怎麼看，這就只是一個破爛東西而已，豈能與我相比！」

話聲落下，茉薇快而猛烈地抽動長鞭，瞬間反纏捲上另一條鞭子，壓住對方的攻勢，同時地面還竄湧出眾多尖銳荊棘。

墨綠色的植物眨眼間纏住「茉薇」的雙腳、腰間、雙手，奪走她的反擊能力。

但茉薇的攻擊不僅如此，她要對方從此之後任何事都做不到！

嬌艷的面孔上綻露出令人屏息的微笑，茉薇抽回長鞭，轉向地面一甩，響亮聲音撕裂空氣的剎那，更多粗大荊棘接二連三地生長，包圍住那抹與茉薇如出一轍的身影，繼而再往上交纏，最後形成宛如塔狀的外貌。

除了茉薇，不會有人知道這座荊棘之塔裡發生什麼事。

當茉薇再一彈指，所有荊棘開始撤退。它們一條條地往下縮，全都消失後，本該是荊棘塔內部的空間居然空無一人，地面上只有一隻青色蝴蝶虛弱地撲騰著翅膀。

然後一隻鮮紅色的高跟鞋俐落地踩了下去。

茉薇單手扠腰，蔚藍的眸子寫滿冷酷和蔑視，「不過就是個僞物而已。」

「起碼那僞物比妳安靜，不會吵得人心煩。」鬼針抱胸嘲笑。

茉薇怒目而視，「你說什麼？」

「我說，說不定藍采和比較喜歡這個假的。」

「鬼針！」

明明才結束一場爭戰，理應是同伴的兩人又吵了起來。藍眸和黑瞳冷冷瞪視彼此，目光交接處似乎還有電光啪滋作響。

誰也沒有開口的情況下，依舊瀰漫水霧的空間倏然飄落兩道如銀鈴悅耳的笑聲。

「嘻嘻。」

「呵呵。」

那是女孩的笑聲。

乍聞這兩道聲音，鬼針和茉薇同時臉色變動，一致轉向聲音傳出的方向。

這一次，水霧後方現出兩抹身影。就算臉孔隱著，但鬼針他們心裡都清楚對方是誰。

「好笨呢，香梨，他們兩個眞的好笨對不對？永遠只顧著吵。」

「沒……錯呢。他們好笨，把假主人當眞主人，還不知道那個假主人有危險。」

隨著清脆的笑聲再次傳來，兩名女孩走出水霧。

棕髮棕眸的女孩手拿等身高的叉子，綠髮黃眼的女孩則抱著等身高的湯匙。而兩人的臉頰上都烙印著艷青色的蝴蝶。

「換妳們了嗎？花蕉、香梨。」面對自己的植物同伴，茉薇毫不吃驚，她撩了下髮絲，右手掌心重新出現一條荊棘長鞭，「雖然對上乳臭未乾的小丫頭很沒意思，不過也只能將就一點，拿來打發打發時間了。」

「打發打發時間？哇！香梨，妳看她的自信高到好好笑喔！」花蕉吃驚地捂嘴，琥珀色的眸子睜圓。

「年……紀大的人，無謂的自信總是會特別高呢。」香梨細聲細氣地說。

「哎喲，衝著妳們兩丫頭說的話，」茉薇不怒反笑，下一秒藍瞳凍上冰霜，荊棘長鞭毫無預警地朝兩人抽甩出去，「絕對是徹底要教訓一頓的！鬼針，走！」

茉薇同時出聲驅離鬼針。

沒有與她起任何爭執，黑髮白膚的男人瞬間化作黑霧消逝，利用花蕉與香梨不及阻攔的空隙脫出戰場範圍，連一絲猶豫之心也沒有。

因爲鬼針和茉薇都聽見了香梨最初說的話——

「把假主人當眞主人，還不知道那個假主人有危險。」

對於受到操控的女孩們來說，藍采和就是那個假主人。

藍采和有危險！

這個資訊讓鬼針和茉薇幾乎無法冷靜，可他們明白花蕉和香梨絕不會輕易放人離開。就算兩人不是對手，但誰也不敢保證拖延到時間，藍采和是不是就會……他們沒辦法想像，也無法容忍自己想像。

唯一的辦法就是分頭行動。

雖說彼此交惡到水火不容的地步，可不管鬼針或茉薇，唯獨在一件事上有著共識——

藍采和的安危優先於一切！

同時茉薇心裡更清楚，她和鬼針看似力量不相上下，實際上鬼針仍是高她一籌。既然如此，即使心裡再怎麼不願意，任務的分配顯而易見。

她留下來阻攔，鬼針離開。

見鬼針居然乘隙脫離，花蕉惱了，然而眼前卻有長鞭襲來，令她分不出心來阻止。

面對茉薇不留情的凌厲攻勢，花蕉和香梨不想硬碰硬，她們各自往不同方向避開。

但茉薇可沒打算就這麼放棄追擊，她鎖定香梨，鮮紅色的衣裙因移動高速，乍看下宛如一道紅色閃電。

長鞭彷彿緊迫盯人的毒蛇，昂首吐信，瞄準香梨就要狠狠咬上。

「太過分了，忽視我是不行的！」花蕉銀叉拄地，一頭相貌恐怖的地龍立刻從她腳前翻掀而起，極快地直竄向茉薇毫無防備的背後。

「所以我才討厭乳臭未乾的丫頭。」茉薇眼角餘光捕捉到地龍即將逼近，朝香梨又是一揮鞭，登時發出撕裂空氣般的刺耳聲響。

卻沒想到這只是虛晃一招。

趁香梨反射性閃避時，她暫時收住攻擊，荊棘長鞭隨著意念再動，迅速調轉方向，在她身周繞出一圈圈的圓。

地龍撞上長鞭製造的防護，長鞭旋轉產生的銳利風壓甚至削下地龍的部分身體，石屑飄落。

茉薇冷笑彈指，地龍下方瞬間衝出大量粗壯荊棘，眨眼將地龍拆得支離破碎。

「啊！討厭！眞的超討厭！」飛到香梨身邊的花蕉氣得直跺腳，臉頰不滿鼓起。

「冷……靜，花蕉。」香梨柔聲安撫，「我們有兩個人，而且做這一切都是爲了主人。」

「沒錯，一切都是爲了主人！」花蕉圓眸迸出光芒，抓住銀色叉子，重重擊地。

茉薇立即注意到女孩臉頰上的青蝶顏色又深了幾分，還來不及進一步思量，下方地面已突竄出根根地刺。

茉薇一凜，馬上想退出攻擊範圍，但前後卻飛來花蕉和香梨，兩人手中武器也直逼而來。

茉薇掌心平空浮現荊棘狀黑影，剎那間擴大面積，形成盾牌擋住花蕉的刺擊。

沒有攻擊失敗的沮喪，花蕉反倒咯咯笑起，天眞的眉眼裡不懷好意。

茉薇心中閃過驚疑，緊接著發現側邊不知何時又凝出一頭凶猛地龍。

「什……！」茉薇沒料到會有如此多重的攻擊，一時大意分了心。

花蕉和香梨當然不會放過大好機會，迅速抽走銀叉和銀匙，粗暴揮打。

茉薇從高空直墜下去，正好落在地刺與地刺之間，驚險地避過了被刺穿的命運。

疼痛令茉薇一時沒辦法好好掌控身體，她嘶氣一聲，試圖撐起手臂。

「嘻嘻，茉薇妳怎麼這麼狼狽？妳不是說這只是打發時間嗎？」花蕉蹲在一根高聳地刺上，單手托腮，孩子氣的臉蛋滿是笑容，「只是打發時間就讓妳喘不過氣來了嗎？」

「呵呵。」香梨輕輕落足在另一根地刺，「這……樣太沒用了，妳真的太小看我們姊妹了，茉薇。」

「是嗎？誰小看誰還不知道呢。」茉薇站起，手指張開再握住，掌心裡又是一條荊棘長鞭。

「討厭啦，用過的招式就不要再用了！」花蕉大笑，搶在長鞭揮出前跳下地刺，嬌小的身影彷彿一枚高速小砲彈，直衝向下方的茉薇。

茉薇沒有被這話激怒，她只是揮繞另一手的手指，叢生的荊棘黑影從半空湧現，隔阻在她與花蕉之間。

花蕉沒想到居然不是長鞭迎面而來，她一點也不想對上這些古怪的影子。她氣惱地彈下舌頭，叉子改刺向旁邊橫長的地刺，利用這股阻力改變自己原本俯衝的身勢。

茉薇早就預料到花蕉的行動，她冷笑，長鞭注入力量，也改變方向，奇快無比地沿著地刺爬上，瞬間捲住香梨的腳踝。

「呀！」香梨驚叫，整個人瞬間被扯起，頭下腳上地倒吊在空中。

血液的倒流令她逐漸漲紅臉蛋，眉宇間也流露痛苦之色。

可是，她卻笑了。

她說，「上……當了。」

一聲尖利的口哨聲同時傳進茉薇耳內，下一刻響起成串碎裂的音響。

茉薇愕然，她反射性轉頭，藍眸大睜，看見一隻巨大的手掌猝不及防地朝自己抓來。

石塊和泥土混製而成的五根手指牢牢抓握住茉薇的身子，施加的力道更是令她蒼白了臉。

「所……以，妳果然還是小看了我們。」掙脫束縛的香梨落足在石泥塑成的手腕上，憐憫地望著失去行動力的茉薇。

「我的招式很不錯吧？」花蕉抓著叉子，單手扠腰，得意說道：「紅李這次可要佩服我們了！沒有她，我跟香梨還是打敗妳了嘛！」

「打敗？妳說，打敗我？」即使施加在身上的壓迫力道讓人感到痛苦，茉薇唇畔仍慢慢拉出一抹笑。

「我們是打敗妳了！」花蕉大聲說，「只要再下一道命令，妳就會被壓成肉餅啦！」

「妳還眞是可愛，花蕉。單純、天眞，噢，還有愚蠢。」茉薇溫柔地說，像是沒瞧見花蕉臉上的勃然大怒，「妳們知道鬼針離開多遠了嗎？」

「誰會知道？我討厭妳那張嘴巴，我現在就要把妳壓成肉餅！」花蕉氣憤地舉高手，但在即將揮下之際，忽然被另一隻手拉住。

花蕉訝異地睜圓眼睛，「香梨？」

「等……一下。」香梨緊緊拉住花蕉的手，黃眸警戒地瞪向茉薇，「妳問那是什麼意思？知不知道有何關係？」

「其實妳們知不知道也沒關係，反正那討厭的傢伙離得夠遠了。」茉薇說。

花蕉和香梨沒有仔細聽她在說什麼，兩人臉色逐漸變白。因爲那隻照理說堅固無比的巨手上，竟裂出越來越多裂縫。

裂縫劈里啪啦地延伸，像蛛網般越來越廣。

在花蕉和香梨補強之前，泥石混合而成的巨大手掌再也承受不住負荷，轟然一聲全數碎裂。

大大小小的石塊全往地面砸落，接連發出沉重聲響。

花蕉和香梨只覺背後爬上寒意。

金髮藍眸的女子浮立在高空中，身周環繞荊棘，手裡則持握一條長鞭，嬌艷勝花的臉蛋浮現艷麗的笑。

「雖然鬼針那傢伙惹人厭得要命，不過我也不想在這種重要時刻，讓我的力量波及到他。但現在，就用不著顧忌了。」

話聲方落，荊棘長鞭俐落地向虛空抽甩。

花蕉與香梨掌心冒出冷汗，她們大睜的眼裡倒映出覆蓋整片空間的荊棘狀黑影。

這次，顫慄感眞正地從腳底衝上腦門。

「妳們說的沒錯，我剛是在打發時間，所以現在也該使出全力了。」茉薇拉緊長鞭，笑容艷美而冰冷，「好了，就讓我替桒和教訓一下妳們這兩個忘記家教的小丫頭吧。」

貳壹 對戰赤珊瑚

某種聲音分散了椒炎的注意力，他停下腳步。

此刻這名紅髮紅瞳、一身褐膚的少年，正待在一處瀰漫水霧之氣的奇異空間裡。他甚至覺得水霧根本黏在自己周圍，所以才會不管怎麼走都沒辦法擺脫。

「嘖，藍采和到底在哪裡？」椒炎不耐煩地燃起火焰，附上火焰的手臂朝旁揮動了下。

不過就像先前嘗試的一樣，水霧在火焰逼近前便往後退去，沒一會兒又重新聚湧。

椒炎拿這些詭異的霧氣毫無辦法，他啐了一聲，收起火焰，繼續往前方走。

雖說和另外三名植物同伴——鬼針、茉薇、風伶——一起衝出籃中界，來到敖厲製造的空間，但一穿過那片宛若入口的詭異黑暗後，椒炎就發現自己與同伴分散了。

「起碼那些傢伙要趕緊找到藍采和……」椒炎捏緊手指，他不希望進來這裡卻幫不上忙，然而自己被圍困在此處，暫時尋找不到出路也是事實。

比起自身狀況，椒炎更擔心藍采和的安危。

倏然間，又掠過一道細微聲響。這次不像上次模糊，而是清晰到足以辨識——是鈴鐺聲。

風伶？椒炎瞬間想到某個植物同伴，他迅速朝聲音方向轉過頭。

「風伶？」他喊了一聲。

沒有人回應這道呼喊，取而代之的是清楚可聞的鈴鐺聲。

叮鈴——叮鈴——叮鈴——

清脆的鈴鐺敲擊聲一聲接著一聲，水霧後方也逐漸浮現人影。

椒炎皺緊眉，不解爲何對方不回應。隨著疑惑擴大，人影也終於走出水霧之氣。

手持長柄提燈，懸掛在下的多盞燈籠形如鈴蘭，來人是一名銀髮的俊麗男子，雙眼閉合，身周照耀著微微螢光。

確實是原形爲鈴蘭的風伶沒錯。

但乍見同伴現身，椒炎的面龐卻是閃過凌厲，他竟張手召出緋紅烈焰，瞬間砸向對方。

烈焰在接近那抹嫻靜身影前就被斬成兩半，墜往地面。

風伶手握的提燈不知何時變成一柄近乎透明的纖細長刀，刀身籠罩著微光。

「爲何突然魯莽地攻擊我？」風伶神色平靜，即使雙眼無法視物，依舊精準地面朝椒炎所在位置，「你身上有敵意，椒炎。」

「是啊，我身上有敵意。那你有沒有猜出我的敵意因何而來？」椒炎勾起一抹野蠻的笑，指尖到手臂燃起火焰，形成一隻怵目的焰之爪。

「不知。」風伶沉靜地說，然而當他的第二句話響起，人已不在原地，而是欺近椒炎身側，「也沒必要得知。」

長刀揚起，雙眸閉合的銀髮男子不見遲疑、不見猶豫，眼看凜凜刀鋒就要揮斬到椒炎身上。

那是何等快的速度，彷彿一切行動只花費了一個眨眼的時間。

但椒炎竟不反擊或閃避，只說，「區區一個僞物，還眞當自己是本尊嗎？」

「那身爲本尊，我會有一定程度上的困擾。」

第三道聲音介入。

與揚刀攻擊椒炎的風伶一模一樣的沉靜嗓音。

「風伶」一驚，刀勢頓時停滯一瞬，僅此一瞬，他的胸前有什麼穿透出來。

「風伶」低下頭，那柄自後刺穿他的透明長刀飛快抽離，鮮血染紅他的衣襟。

就在血滴落地之際，他的腳下驟然捲起大火，凶猛的火勢轉眼間吞噬那抹染血身影。

待火焰消散，地面只餘一隻焦黑的青色蝴蝶。

下一剎那，鋒利的刀尖將青蝶刺了個對穿，釘死在地面。

長刀的主人是一名氣質嫻雅沉靜的銀髮男子。

抽起長刀，使之化爲外形肖似鈴蘭的長柄提燈，眞正的風伶將臉轉向椒炎。

「你的身上還是有戰意，椒炎。」他說，「但僞物已經消滅了。」

「啐！誰教你搶了老子活動筋骨的機會。」椒炎熄去手臂上的緋焰，他斜睨著同伴，「你倒是很相信我不是假的嘛。」

「那自然。」風伶輕輕頷首，「我方才已經斬過你的冒充品了，我確信我斬得很徹底。」

椒炎可不覺得這話聽起來令人開心，就算風伶消滅的人是假的，可好歹也跟他長得一模一樣。不過再轉念一想，他剛剛也是在風伶眼前，把假風伶燒得連灰也不剩，那就扯平吧。

「爲什麼會有那種僞物出現？而且能力還與我們一樣。」椒炎瞥了眼被刺出大洞的青蝶，一彈指，召出碎火將之燒成灰燼，「別跟我說之後還會有假的鬼針、茉薇跟其他人，光想就煩死了。」

「不會有鬼針，我想。」風伶平靜回答。他側耳似在聆聽什麼，接著直接往一處走去。見狀，椒炎沒有多問地跟在後方。

或許風伶的戰鬥能力不是最頂尖的，但他的感應能力在籃中界的確居冠。與他一起行動，好過一個人像無頭蒼蠅在這詭異空間亂鑽、亂竄。

「相菰、天堂、滿天星應該也不會有。」風伶提高燈，讓燈光映照得更遠，「在毫無媒介的情況下，想製造出和誰如出一轍，包括力量感相同的人偶，我想即使是敖厲也無法做到。」

「啊？媒介？」椒炎挑眉，對這說明不甚滿意，「你說的媒介又是什麼鬼？這跟相菰他們不會被……」

剩下的話還未說完，椒炎已先打住。他驚訝地睜大眼，想到剛才燒去的青色蝴蝶。

那隻蝴蝶……當初受操控時，也曾出現在自己身上！

剎那間，椒炎明白爲什麼風伶說不會有鬼針、相菰、天堂、滿天星的人偶出現了。

因爲這些人，根本不曾被敖厲操縱！

「假的我和你都已被消滅，那麼接下來可能會遇到假的茉薇？」椒炎猜測道，「蕉李梨三姊妹呢？」

「如果遇上她們，就會直接是本尊了。畢竟她們還在敖厲的操控之下，不須以人偶取代。同樣地，赤……留心！」風伶驀然沉喝一聲，引路提燈當機立斷地變爲長刀，將從層層水霧後竄出的一束烈焰斬成一半。

被斬除力量的火焰墜落在地，隨後消失蹤影。

但風伶與椒炎並未因此放鬆警戒，尤其是椒炎，他全身肌肉緊繃，瞳孔裡閃過尖銳。

第二波攻擊旋即到來，這次從兩側同時射來火焰，疾速逼近身處中央的風伶與椒炎。

面對宛如鮮紅箭矢的火焰，椒炎搶在風伶之前行動。右臂上的緋焰猛地暴漲，緊接著他屈指成爪，快狠準地朝兩束火焰揮抓過去。

凶猛焰勢一下吞噬那兩波攻擊。

沒有任何勝利的感覺，椒炎徹底冷了眼，不悅的句子砸向身邊同伴，「你不是說把我的冒牌貨解決了？」

「是解決得很徹底。」風伶靜靜地說，「連再生的可能也沒有。」

「如果你不是在唬爛老子，剛剛那兩次的火焰又是怎麼回事？」椒炎拉高聲音，嚴厲逼問，「那明明就是老子的火焰！」

椒炎不可能錯認自己的力量、招式，當火焰一出現，他就認出來了。

既然風伶已經消滅自己的僞物，爲什麼現下又發生這種情況？

風伶亦抱持疑惑，但他不似同伴沉不住氣，迅速在心裡推測事情的可能性。

能重現椒炎的力量，除非敖厲再次製造人偶……或是……

風伶瞬間提起長刀，刀尖直指不是第一波或第二波攻擊出現的方向。

「藏頭藏尾可不像你的風格。」雙眸閉合的男子說，「你覺得我說的對嗎，赤珊瑚？」

乍聽「赤珊瑚」三字，椒炎瞳孔一縮，銳利的目光立即往風伶長刀所指的方向瞪視過去。

水霧之氣裡響起了甜美清亮的笑聲。

隨著這道笑聲湧現，一抹影子忽地自水霧後方射出，不偏不倚立在風伶二人的數步之前。

赫然是一柄收攏的巨大折扇。

下一剎那，一隻白皙纖細的腳輕巧踩上折扇柄端，圓潤的腳趾甲塗上妖艷的紫色，散發出勾人的美。

紫髮紅眸的少女就站在扇柄之上，唇角噙笑，雪白的臉頰上烙印著一隻宛如振翅欲飛的青色蝴蝶。

「真不愧是風伶，一下子就發現是我。」赤珊瑚佩服似地拍手，「我還在想可以瞞多久呢。」

「在這個空間裡，能分毫不差地使出椒炎的招式，除了敖厲製造的人偶，恐怕就只有妳做得到了。」風伶的語氣依舊沉靜似水，沒有多餘起伏，「擁有『複製』能力的妳。」

「唔，雖然這個能力只有二十分鐘，不過不能否認，確實相當好用呢。」赤珊瑚輕歪腦袋，舉起右手食指，指尖燃起緋紅色火焰。她瞧著下方的椒炎，嘴角慢慢拉出天真又惡意的弧度，「你說是吧，椒炎。剛剛有沒有嚇了一大跳啊？有沒有？有沒有？有的話我會很開心呢！」

「我就讓妳這八婆永遠開心不起來！」椒炎的指尖冒出相同火焰，火焰如子彈驟發而出，全瞄準扇子上方的華麗身影。

與此同時，椒炎拔高衝起，凶暴的焰之爪熊熊燃燒，高溫火勢隨時要咬到赤珊瑚那張美麗的臉上。

赤珊瑚愉悅大笑，指尖上的火焰轉眼毫不退讓地捲出一片炙熱紅海，迎向椒炎的攻擊。抓緊空隙，赤珊瑚敏捷翻身，一腳踢起原本插在地面的折扇。當扇柄握在手中，她快速張扇，迅捷地往椒炎猛力搧下。

強勁的風壓不留情地就要吹倒椒炎。

椒炎及時抽身，臂上火焰被削去大半。

赤珊瑚哪會放過追擊的機會，華麗折扇再次搧動，然而還沒眞正使出攻擊，冰冷的觸感已貼上她頸側。

「妳的笑聲太下流了，聽了讓人不愉快。」風伶手指很穩，握在指間的長刀沒有一絲晃動，不留細縫地貼在赤珊瑚的肌膚上。

赤珊瑚甚至不知道風伶是何時欺近的，但心中的訝異只有一瞬，淺紅色眼眸滴溜一轉，突地又咧開笑容，「不愉快？我有什麼義務要讓你覺得愉快嗎？」

「我只要讓阿蘿覺得愉快就夠了吧！」男人的聲音幾乎在少女聲音落下的剎那同時響起。

風伶身後竟又出現一人，有著與赤珊瑚相同的紫髮、紅眼。

紫髮紅瞳的男人亦手持折扇，鋒利扇緣眼看就要在風伶後背留下數道見骨的傷口。

千鈞一髮之際，數顆鮮紅色圓珠高速衝來，在臨近少女與男人的瞬間發生爆炸。

炸裂聲接二連三地迴盪在空間裡。

水霧加上爆炸產生大量煙塵，頓使周遭能見度大幅降低，四處白茫一片。

而在視力失去作用的情形下，不以雙眼視物的風伶反倒有了最大優勢。他不戀戰地脫離少女與男人的包圍網，靠著敏銳知覺迅速退回椒炎身邊。

煙塵瀰漫並未持續太久，倏然颳起一陣強風，吹開大半爆炸引發的白煙，兩方人影都不再受到遮蔽。

椒炎與風伶並立一起，前者身周環繞多顆紅色圓珠，後者依舊持握近乎透明的纖薄長刀。

而另一端，同樣也是兩抹身影。

紫髮少女和紫髮男人穿著相似又相異的華麗衣物，手中各持一柄相同的巨大折扇。

見敵方人數由一變二，風伶和椒炎毫不吃驚。因爲他們知道，少女是赤珊瑚，男人也是赤珊瑚！

——原形是紅蘿蔔的赤珊瑚，既是男，也是女，同時還能一人二化。

「嗤，結果還是要分成兩個來打嗎？」椒炎不屑地冷笑，掌心向上，升騰起一簇熾熱火焰，「隨便誰先來都可以，不要浪費老子的時間。」

「哇喔，椒炎你還真是好大的口氣。」紫髮少女沒被激怒，反而咯咯嬌笑，「可惜我剛跟你打過，對你沒興趣——所以風伶，你就跟我打吧！」

也不給反應的時間，話說到一半，紫髮少女已悍然出手，折扇刷地展開，扇緣直刺風伶。

沒有讓自己的半身拔得頭籌，紫髮男人同時揮動折扇，以扇爲劍，抓準空隙鎖定椒炎重重地揮劈下去。

赤珊瑚二人各自展開攻擊。

面臨直取要害的鋒利扇緣，風伶先是提刀格擋，雙方武器迎擊的瞬間，他的身影竟在下一秒猝然消失。

紫髮少女大驚，還來不及收回力道，眼角餘光已映出一隻潔白手掌飛快逼近的景象。

沒多加思考，紫髮少女當下一個跺腳，地面應聲異變。一朵朵巨大的妖異花朵急遽衝起，形如嘴唇的花瓣一張，就要吞噬少女身邊一切危險的人事物。

只是在碰上風伶那超乎想像的速度，一切攻擊幾乎失去意義。

妖花撲了個空，閉起的花瓣什麼也沒有吞咬到。

那抹嫻靜身影早已不在原地。

紫髮少女眼角似乎瞥見影子掠過，她馬上揮出折扇，這次送出的不僅是強大的氣流，還有無數足以令人昏迷的粉色光點。

但是這次的攻擊，依舊落空。

因為紫髮少女意欲攻擊的目標，此刻無聲無息地佇足在張開的巨大扇面上。

風伶低下頭，那雙閉著的雙眼彷彿能精準捕捉到少女微白的臉孔。

「認輸，或者是被我打到爬不起來？」

「答案是……都不要！」嘴裡冒出高亢的大笑，少女臉上滿是狂熱。原來之前連串受挫不但沒令她失去戰意，反倒讓她越發興奮。

紫髮少女鬆放武器，心念一動，扇子在半空中驀然消去蹤影，再次出現時，已重新被抓握在她雪白指間。

風伶優雅地落了地，他沒在意椒炎與另個赤珊瑚的戰況，也沒因爲少女重拾武器而露出絲毫情緒波動。

「看樣子，妳的選擇很明顯了。」風伶微微偏過臉，聲音柔和，那是一道如此適合在人耳邊呢喃的聲音。

而在聽見這道聲音時，紫髮少女的後背登時竄起顫慄和興奮。

「太有趣了，太有趣了！」她舔舔嘴唇，眸裡放光，「你終於要拿出全力了嗎？風伶，你可千萬別讓我太過失望啊！」

折扇又一次攤開，少女抓著扇子使出攻擊，有若華麗的舞蹈。

面對突然加快速度的連擊，風伶沒有即刻反擊，而是出乎意料地轉攻爲守，敏捷地閃避。

乍然的轉變讓滿懷期待的少女惱了，甜美又艷麗的臉蛋浮上狠戾。

「風伶，你他媽的居然讓我失望到這種程度！」

當那句憤怒的大喝砸下，紫髮少女往手中折扇灌注全部力氣，擺明要置植物同伴於死地！

只不過她的攻擊依然落了空，風伶刹那便與她拉開一段距離。

不等紫髮少女做出任何反應，只守不攻的銀髮男子突然壓低身勢，緊接著身形一晃，轉眼抽刀掠出！

那是快到完全無法捕捉的速度，和紫髮少女剛才以爲的高速根本天壤之別！

少女從來不知道有人的速度眞能可怕如斯，她連眨眼都來不及，視野已被那抹即使出擊也保持嫻靜的身影佔滿。

劇痛同時從她的手腕和胸前迸現。

扇子無可避免脫手的一瞬間，她的臉被五隻修長手指緊緊扣住。

「妳並不是主子，妳的失望和期望究竟又與我有何關係？」

風伶抓著少女，毫不留情地將她砸往地面。

後腦爆出強烈的痛楚，紫髮少女睜大眼，腦內出現霎時空白。她不知道自己張開嘴，不知道自己破碎地嘶喊出聲。

風伶的身體重重一震，他忍不住鬆開抓著少女的手指，低下頭，想要確認眞的沒有聽錯。

然而少女眼中的茫然早已消逝，取而代之的是惡毒的光芒。

她飛快抬腳，使上全力地側掃向蹲在自己身邊的風伶。

一獲得充分的活動空間，她抓住飛回手上的折扇，迅雷不及掩耳地挺身躍起，併攏的扇子狠之又狠地朝風伶揮擊——

「風伶！」

驚見同伴的身影像個破敗布偶摔墜一旁，與紫髮男人陷入纏鬥的椒炎大驚，不由得分了心。

在戰鬥中分心，最爲大忌！

抓到椒炎終於暴露出的空隙，紫髮男人怎會錯放這大好機會。

妖冶紅眸閃過異光，沒有持扇的左手猛然燃起烈焰，眨眼壯大的緋紅火焰一口氣衝向椒炎。

忽然湧上的熱度讓椒炎早一步有所警覺，雖驚險地閃避而過，可他也狼狽地退躍到後方，兩人僵持不下的纏鬥也因此被迫中斷。

惱怒地啐了一口，椒炎又後退數步，退守到風伶身旁。他一邊警戒地瞄著會合的赤珊瑚們，一邊覷著遭受重創的植物同伴。

這還是椒炎第一次見風伶狼狽至此。

「還起得來嗎？起不來就乖乖躺著，別扯老子後腿。」椒炎的口氣稱不上和善，但仍含帶一絲對同伴的關心。

風伶沒有馬上回答椒炎，他費力地做了次綿長的深呼吸，接著才移動手指、手臂，慢慢站起。

雖然瞥見風伶腳步不穩，椒炎卻不打算攙扶。

而風伶，也不須別人如此做。

「不太好。」風伶平靜地承認自身情況。遭受紫髮少女一輪狠辣攻擊後，他的臉色變得蒼白，可依舊挺直背脊，閉掩的雙眸準確地捕捉到赤珊瑚站立之處。

或者該說是，赤珊瑚們。

「妳知道妳剛說了什麼嗎？」風伶的問句沒有指名，但任誰都清楚他詢問的對象是女體形態的赤珊瑚。

「啊？什麼說了什麼？」紫髮少女挑高眉毛，淺紅色的眸子煞有其事地轉了轉，嘴角勾起嘲弄的笑，「『你太讓我失望了』？這話可沒有說錯哪，風伶。」

「是嗎？原來妳自己也不明白。」風伶倏然放輕音量，除了鄰近的椒炎外，誰也沒聽到。

「喂，你在說什麼？別跟我說你剛有撞壞腦袋。」椒炎緊皺眉頭，低聲問道。

「椒炎，待會兒聽我的指示。」風伶這次仍然沒有立刻回答椒炎，在對方不滿地瞪視下，他又說，「如果我的判斷沒錯，我們或許可以讓赤珊瑚脫離敖厲的操控。」

讓赤珊瑚脫離敖厲的操控？椒炎大感震驚，他不敢置信地看著語出驚人的同伴，再望著前方的紫髮男人和紫髮少女。

無論是男人或少女，他們的半邊臉頰都烙著一枚刺眼到極點的青艷蝴蝶。

——那正是敖厲操控他們的證據。

「有辦法……眞的有辦法嗎？」椒炎捏緊拳頭，收緊下頷，「現在這裡可沒有藍采和。」

椒炎知道風伶一定明白他這句話的意思。

他們兩人都曾遭敖厲操縱，多虧藍采和的力量，才讓他們擺脫了那如同詛咒的束縛。

他從沒想過要設法回復赤珊瑚的自身意志，因爲這不是他們這些植物能辦到的事。

在與赤珊瑚展開戰鬥時，他唯一能想到的就只有用盡手段剝奪對方意識，只要能讓他們盡快找到藍采和就好。

可現在，風伶卻說他們可以讓赤珊瑚脫離敖厲的控制。

「或許有，但不試就永遠沒有。」風伶說。

椒炎眼神一厲，不再有任何猶豫，「我明白了，全按你的話做。」

「喂喂喂，你們嘰嘰喳喳是說完了沒？」紫髮少女無聊地打個呵欠，「虧我們還特地等你們先出手。沒辦法，要是你們不想出手的話，那……」

「那我們當然是不客氣了！」椒炎無預警打斷紫髮少女的話，掌心早已凝聚好的火焰猛然彈起，升上高空瞬間分裂爲二，兜頭砸向下方的少女與男人。

沒想到對方竟說出手就出手，赤珊瑚們的心裡湧上驚疑，但隨即來了精神，兩雙淺紅色眼眸同時燃動狂熱。

「就是這樣！這樣才對嘛！」紫髮少女欣喜萬分，靈活地避開往自己而來的火焰，紅眸鎖定椒炎，卻沒料到一柄長刀比她更快攔阻在身前。

「很可惜，妳的對手必須還是我。」風佮微微一笑，剎那間刀鋒卻是橫劈向前。

嘗過一次苦頭的少女反射性急退，等她發現原來是虛招、意在逼退她時，風佮早就返身與椒炎一同圍困自己的半身。

他們想做什麼？難道是想各個擊破？

「不管怎樣，不准把我撇到一旁！」紫髮少女惱怒躍起，苗條身影如閃電、如利箭，由上而下地衝近戰場周圍。

可少女怎樣也沒想到，在她仍處於空中之際，地面驀然鑽冒出一條條綠色影子。

那些影子速度太快，三兩下就捲上少女的身軀及手腳。

待紫髮少女發現自己動彈不得時，已被禁錮在半空中，纏住她的綠色影子原來是植物柔軟的莖條。

葉片、莖身細長，形如鈴鐺的鐘形花朵散發著淡淡微光。

「風佮，你居然！」瞥見半身遭鈴蘭壓制，紫髮男人妖冶的細眸染上怒意，他下意識想擺脫椒炎與風佮的夾擊，好前去救援。

抓住他分心機會的椒炎哪可能讓他這麼做！

「打架不看對手還想看哪裡啊？」椒炎凶暴獰笑，腳尖一掃，連著火焰重重踢上紫髮男人，緊接著又砸出數團火焰。

面對緊迫盯人的攻勢，紫髮男人第一次閃得狼狽。他被逼得不斷後退，卻疏忽了地面可能暗藏埋伏。

當他腳跟又往後，幾乎觸地的瞬間，綠色的細長影子捲起，纏住他的腳踝、小腿。

紫髮男人大吃一驚，打算立時揮出折扇，斬下那些礙事的東西。

不過鈴蘭的莖葉就像窺探到他的心思，早一步咻嚕嚕地生長，快速地繞住他的兩隻手臂，隨後用上所有力氣拽拉。

包裹著華服的修長身軀朝後倒落。

當紫髮男人的背重重撞上地面，他無意識大睜的紅眸裡也納入一抹宛若烈焰的身影。

椒炎高舉焰之爪，紅銅色的雙眼凌厲無比。

下一剎那，前所未有的灼熱劇痛從紫髮男人胸前擴散開來。

男人瞳孔急遽收縮，嘴裡湧出了嘶喊聲，與少女的尖叫疊合在一起。

不管是被壓制在地的紫髮男人，還是被鈴蘭禁錮的紫髮少女，都在淒厲悲鳴。

可怕的叫喊像是要撕裂這個空間。

椒炎呆住，他沒預料到會出現這情況。

「喂，風伶，這樣眞的有辦法……風伶！」他忍不住向提出這個計畫的同伴尋求確認，但映入眼中的居然是銀髮男子脫力跪地的景象。

那張俊雅臉龐蒼白得嚇人。

椒炎心中一驚，下意識想察看風伶情況。就在這時，眼角餘光捕捉到紫髮男人情形生異。

紫髮男人胸前冒出白光，潔淨的光芒不知從何生成，越擴越大。

隨著白光轉熾，男人臉頰上的青蝶就像在掙扎，顏色忽濃忽淡。

不僅如此，被困在鈴蘭之間的紫髮少女也逐漸變得透明。她的身形最後化成光點，全數飛進紫髮男人的身體裡。

「這……這是……」椒炎愕然。

重新融爲一體的赤珊瑚已停止嚇人的慘叫，他睜大眼，彷彿被人使勁地掐住脖子，嘴裡只能發出斷續的痛苦嘶氣。

白光沒有轉弱，它在赤珊瑚合而爲一的瞬間，亮到極致。

椒炎覺得那團白光似乎隨時會炸裂。

當他內心直覺閃過這個念頭，危險預感同時衝上腦中。

預感來得如此強烈，讓椒炎完全無法多想，立即退離赤珊瑚身邊。

椒炎一退，赤珊瑚瞬間停止抽搐，他繃直身子，淺紅色的瞳孔收縮至極限。

赤珊瑚胸前白光霍然炸裂，白光往四面八方放射出去。

刺眼的亮度使椒炎不由自主地抬手遮眼。

在白光當中，所有的一切都消弭於無形。

誰也沒有看到，赤珊瑚臉頰上的青蝶花紋正一點一滴地被白光吞噬殆盡。

一直等到白光由熾轉淡，最終消逝在空間裡，椒炎這才放下手，眨了眨被白光扎痛的雙眼。

四周景象沒有因此產生任何改變，依舊充盈水霧之氣。

唯一改變的，或許只有人。

椒炎一時無法理解眼下情況，怔怔地看著周遭。

風伶已連單膝跪地也做不到，他兩腳跪了下去，靠拄地的長刀支撐住身子。

赤珊瑚雙眼閉起，靜悄悄地躺在原地，渾然沒了動靜。

「現在到底是……」椒炎茫然地問，但很快地，他忽然用力地拍擊一下臉頰，不讓自己耽溺在恍惚的情緒中。

沒多加考慮，椒炎先跑到風伶身邊確認狀況，對方似乎沒什麼嚴重外傷，可神色虛弱，下一秒失去意識也不足爲奇。

椒炎咂了下舌，心知風伶情況絕對不妙。

「你要自己昏，還是老子把你打昏？」他問。

「不，還是都不要好了。」風伶露出微小的苦笑，在椒炎皺眉想發作前，他手中長刀消失，自己則是改變形體，身高瞬間縮小，變成巴掌大小的迷你體型。

將自己變爲省力模式的風伶想要飛起，不過中途直接被一隻褐色手掌抓起。

「我的肩膀勉強先借你待一下。」椒炎將風伶安放到自己的右肩上。

風伶調整好位置，慢慢地放鬆一直緊繃的身子。他心裡清楚，先前赤珊瑚的重擊加上自己費力操縱鈴蘭，疊加起來，身體已難以負荷。

確認風伶不會跌落，椒炎銳利的目光轉向赤珊瑚，沒想到卻看見紫髮男人正吃力坐起。

椒炎一驚，反射性擺出防備姿態，手裡更匯集蓄勢待發的火焰，就怕對方繼續攻擊。

「注意他的臉頰，椒炎。」風伶沉靜地輕聲說。

椒炎照做了，然後他散去手中火焰，呆立原地，紅銅色的雙眼裡滿是震驚。

不見了……那隻代表敖厲力量的青蝶不見了？

「有夠痛……」紫髮男人惱怒地按著後腦，妖冶的細眸瞥向站在不遠處的椒炎和風伶，「你們兩個未免也太不會拿捏力道，是眞的想打死我嗎？那阿蘿豈不會傷心死？」

「我認眞覺得你說的最後一句不會發生。」風伶平靜地說，「赤珊瑚。」

椒炎沒仔細聽赤珊瑚和風伶在說些什麼，他瞪著赤珊瑚雪白如昔的臉頰半晌，隨後一個箭步衝上，用單手粗暴地揪住他的衣襟。

「你恢復了？眞的假的？」他厲聲逼問道：「你怎麼可能有辦法恢復？」

「聽起來你似乎巴不得我先被你揍死再恢復。」隨著話聲響起，赤珊瑚也改變身形。他變成與風伶同樣大小的迷你體型，撩撩髮絲，想飛高一點好與椒炎平視。

但剛一飛高些許，迷你的身體就像被抽空力氣，猝然墜落，若不是椒炎眼明手快抓住，可能眞的要砸在地面上。

「你還眞以爲自己有多少力氣？」椒炎拎高赤珊瑚，不客氣地給他一抹嘲諷的笑，「快把事情交代清楚，爲什麼你小子有辦法恢復？藍采和可不在這。」

手指。

「別弄亂我的衣服，我可不想在阿蘿面前一副狼狽樣。」赤珊瑚手中出現折扇，敲上椒炎的手指。

若不是還記得赤珊瑚差點被他和風伶聯手打掛，椒炎早就把他扔到地上去了。

「誰管你和那根蘿蔔的破爛事。」椒炎不耐煩地說，「老子的問題你還沒回答……等等。」

他話語忽頓，腦海迅速掠過一件事，目光瞬間銳利地瞪住坐在自己肩上的風伶。

爲什麼風伶知道赤珊瑚有可能恢復？

「我實際上不知道這事。」似乎一眼看穿椒炎未說出口的質問，風伶回答，「在我和另一位赤珊瑚對打時，她說了，『力量本體在另一個我身上，攻擊他，我們體內有鎮靜之力』。」

「鎮靜……之力？那不是張大人……」椒炎睜大眼，滿臉錯愕。他怎樣也想不透，爲何張果大人的力量會出現在赤珊瑚身上？

「就是張大人的力量。他先前在空間外攻擊我時，一併用了鎮靜之力。」赤珊瑚展開扇子，遮住半張臉，「只不過敖厲那傢伙的力量更強，『鎮靜』發揮不了作用。要不是我險些被風伶打個半死，恢復了瞬間意識，否則也無法告訴他這個辦法。不過對於你出手那麼重這點，我還是很有意見的，風伶，我可是一位女孩子。」

「你是男是女對我而言一樣。」風伶說，「就算是人妖我也不會對你另眼相看。」

「哇喔，還是一樣不留情嘛。」赤珊瑚合起扇子，表現出的態度卻是完全不以爲意，「就是因爲你們剛剛把我打成重傷，才有辦法減弱敖厲的操控力，讓張大人的鎮靜之力居於上風，平復一切紊亂狀態。不過……」

赤珊瑚忽然隱去折扇，斂起調笑般的浪蕩神態。

「我們最好動作再快點，否則會發展成最糟糕的事態。」

「什麼意思？」椒炎臉色一沉，警覺問道。

赤珊瑚使上力氣跳到椒炎肩上，抓住他的衣領，說道：「敖厲想直接搶走阿藍的力量。比起只得到籃子，還得費一番心力逼我們成爲他的力量，不如讓我們不得不認他爲主。」

紫髮紅眸的男人倏然扯開一抹妖艷狠絕的笑容。

「別開玩笑了，我從來就不打算認一隻四腳生物爲主人！」

貳貳 時間限制的陷阱

並不如茉薇、鬼針、椒炎、風伶、赤珊瑚所擔心，事實上，這時藍采和還沒正式對上敖厲。跌進這詭異的空間後，他就被周遭層疊環繞的水氣之霧搞混了方向，完全不知該往哪走。

至今爲止，藍采和都是靠著直覺，以及——

「夥伴！這邊、這邊！俺發誓，這次一定是這邊！」阿蘿拉著他的衣角，小短手堅定不移地指著右前方。而在它的腳尖前，躺著一片同樣直指右前方的蘿蔔葉。

「噢，得了吧，你已經說十八次同樣的話了，阿蘿。」藍髮藍眸的少年仙人沒有跨出步伐，柔軟似水的眸子裡明白寫著「老子他媽的就是不相信你」。

「沒這回事的，夥伴！就算你不相信俺，也一定要相信俺的葉子啊！」阿蘿撿起蘿蔔葉插回頭頂，小眼睛無比眞誠地凝望自己的主人。

「那就更不能相信了。」藍采和綻放出一抹溫柔的笑容，右腳快狠準地將阿蘿踩到地上，「老子都被你糊弄十八次了，你還眞以爲會有第十九次嗎？」

阿蘿的臉被踩得陷入地裡，小短手和小短腳不停撲騰掙扎。

似乎覺得這一踩不夠解氣，一路累積沉重壓力的藍采和抓起阿蘿，兩手用力掐住它的身體。

「我操他的○○××！敖厲那王八蛋，連路牌、路標都不會設嗎？要人跟他一分勝負，是沒想過有人會在這鬼地方迷路是不是！他腦袋眞的被冰到爛掉了嗎！」

「嗚喔喔喔喔！咿啊啊啊啊！夥伴……小藍夥伴……俺會……俺眞的會分成兩半啊！」阿蘿淒厲悲鳴，總算在它即將要變爲兩截時，藍采和驟然鬆了手勁。

藍髮少年和人面蘿蔔同時重重吐出一口氣。

「呼哈，稍微神清氣爽一點了。」

假如這時有其他人，恐怕會被這對虐待狂與被虐待狂搭檔嚇得退避三舍。

將阿蘿安放在肩膀上，藍采和蹙眉打量遮蔽景物的水霧。

「所以接下來要往哪裡走才好？我實在不想在這一點美感也沒有的地方浪費時間。」他話聲剛落，鞋尖前突然折閃起微光。

藍采和愣了一下，視線下意識追著那道光。

「夥伴，你看！」阿蘿站了起來，吃驚地伸出它的小短手。

即使阿蘿沒說，藍采和也注意到了，藍色眼眸訝然大睜。

微光不只閃現一瞬、閃現一處就停止，它正筆直地往某個方向快速蔓延。

不到一會兒，藍采和腳下已延展出一條路徑，一條由冰凝凍成的路。

藍采和想都不用想就知道這是誰的傑作。

「靠杯啦，這招是不會早點拿出來嗎？」藍采和嘖了一聲，不假思索地順著那條冰之路前行，完全不擔心是否暗藏陷阱。

不管有沒有陷阱，對少年仙人而言都無所謂。他早已沒有後路，除了與敖厲分出勝負，藍采和沒有第二個選擇。

雖然四周依舊充斥薄紗似的水霧之氣，但循著寒冰反光的指引，藍采和不再像無頭蒼蠅在奇異的空間亂鑽、亂竄。

他不確定自己走了多久，彷彿很長，又彷彿只一眨眼。

當他注意到前方已沒有微光引路，周遭環境頓時起了變化。

薄紗似的水霧之氣快速退去，因爲層層水霧消逝，眼前的空間也清晰地暴露出眞實面貌。

藍采和所站之處，是一個大到難以估量的冰窟。

透明藍的寒冰覆蓋住所有壁面，頂端垂下冰稜，冰壁裡突生出尖銳的冰針。包括地面也叢生著大大小小的冰錐，晶瑩剔透的表面折閃出淡淡彩光，使這裡看起來既美麗又冰冷得可怕。

而在冰窟最底處，有層突起的冰製台階，階上是一張冰片堆疊而成的座椅，上頭空無一人。

事實上，這座巨大冰窟裡除了藍采和，再也不見任何人影。

即使如此，藍采和也不敢掉以輕心，肩上的阿蘿更是緊張地抓著他的衣服，維持高度警戒。

指間暗凝光絲，藍采和謹愼地往前踏一步。

這一步，卻無預警踩碎一小處隆起的薄冰，清脆的劈里啪啦聲立即迴響在廣闊的空間裡。

倏然間，冰窟內空氣閃現波紋，如漣漪般圈圈擴散。

緊接著，原本空無一人的視野竟出現數抹身影。

冰製座椅上，一名身穿蒼青戰甲的男人優雅地倚坐著，蒼冰色髮絲和蒼冰色眼珠比冰窟裡的一切都要冷冽。

而座椅兩旁，各佇立著一名黑髮男人和黑髮女孩。前者渾身狂氣，後者眼神好勝。

但藍采和的視線卻越過這三人，死死盯著另一位置。

平空出現無數交錯的冰錐，巧妙地組成牢籠，禁錮著一名長髮、戴眼鏡的美麗女子。

「薔蜜姊……薔蜜姊！」藍采和無法思考，反射性往那奔去。但還沒逼近冰牢，一抹纖細人影已迅速阻擋在前。

「這裡可是禁止通行的哪，給我退回去！」黑髮紫紅眼的女孩毫不留情地劈出手中餐刀，刀鋒來得又快又猛，眼見就要觸及藍采和，卻被什麼阻攔下來。

藍采和震驚地瞪大眼，他的手指抓著已交織成防護網的光絲，然而在那面光網之前，還有一束柔軟如布料的黑暗。

黑暗纏捲住紅李手中的武器，甚至就連她的雙手也被一併緊縛。

面對這突如其來的發展，藍采和與紅李眼中滿是訝異。

阿蘿用最快的速度爬起，不敢置信地尖叫出聲，「鬼針？」

黑暗的末端驀然出現一隻蒼白手臂，手臂後接連出現肩膀、軀體，原形爲鬼針草的陰冷男人抽緊那截黑暗，一把拉近紅李；黑暗鬆開的同時，長腿迅疾地重踢至她身上，瞬間使那抹纖細身影彈飛數尺。

但猝然遭襲的紅李很快就在空中扭轉身形，重新落在冰面上。只不過那記踢擊帶來的衝擊仍讓她滑退數步才穩住。

「鬼針，你！」藍采和反射性想斥罵鬼針的凶暴手段，可他還是咬牙先吞下了責備，疾速下達命令，「先救薔蜜姊！」

鬼針的目光立刻落至昏迷的薔蜜身上。

即使不把任何人的安危放在眼內，但他也清楚這種時候讓那名人類女子被扣押成人質，只會使自己的主人行動上綁手綁腳。

下一刹那，薔蜜身下忽地張開形如花瓣的黑暗，那正是鬼針扭曲空間的力量。

正當黑暗即將包裹住薔蜜的身子，一道危險低沉的嗓音瞬間傳來。

「你們大可以試試，是你們動作快，還是老子速度快！」

藍采和眼尖，頓時抽了口氣，迅速抓住鬼針的手臂，「鬼針停下！」

原本欲包攏住薔蜜的黑暗全面停下，靜止不動地懸立在空中。

藍采和緊抓著鬼針手臂，心臟狂跳不止，雙眼驚惶地瞪著薔蜜的下頷處。

在那裡，有一束從地面生起的冰刺，正險之又險地抵在她白皙的肌膚前。

只要再往前丁點距離，銳利的尖端就能輕易刺穿薔蜜咽喉。

「好了，統統給老子退回去！」粗暴的嗓音又響起。

藍采和等人尚未反應過來，一抹高壯身影浮立在他們面前。

於沙抓著三叉戟，迎面就朝他們揮擊過去。

鬼針的反應比藍采和快了一步，他當機立斷地扯過阿蘿，順勢迎上於沙的三叉戟。

兩方重重地交撞在一起。

於沙瞪大眼，像是不敢相信自己的武器竟會被區區一根蘿蔔擋下。

而沒有任何心理準備就被抓出去的阿蘿，這時才意識到——夥伴在上！它竟在生死一瞬間！

阿蘿放聲尖叫，那聲音似乎更刺激於沙。

黑髮獨眼的男人心中越發火大，再度加重三叉戟的力道。

比力氣，鬼針差上於沙一截，頓時被壓制得連連後退。

擊退鬼針和藍采和後，於沙橫舉三叉戟，嚴實地固守在冰牢前，不容任何人再踏前一步。

「夥伴！嚶嚶嚶，俺好怕啊！」見到鬼針被於沙擊下，阿蘿立刻掙脫他的抓握，撲躍到藍采和胸前，畏怕地放聲大哭。

「乖，斷了再跟我哭。」扔下稍嫌冷酷的安慰，藍采和立即抓住鬼針的手臂，「鬼針，爲什麼你會在這？你怎麼有辦法離開籃中界？」

藍采和想不透，赤珊瑚明明奪走了他的籃子，他甚至來不及破除籃中界的結界。在這種情況下，他的植物不該、也不可能出現在這啊！

「是曹大人強行破了結界。」鬼針說。

簡短幾字，對藍采和而言卻有如雷霆轟擊。他煞白了臉，抓著鬼針的手指不自覺鬆開。

破除結界……景休強行破除結界？他嘴唇微顫，似乎想說些什麼，但卻組織不了字句，只能破碎地哽在喉頭。

他太明白那句話背後的意思了，籃中界的結界是他費盡全力布下的，想強行破除，必會受到力量反噬。

「他不會有事，旁邊還有其他大人。」鬼針一眼看穿藍采和的焦慮，破天荒地說出了安撫的話，只希望他的主人不要再露出那樣的表情。

藍采和緊咬嘴唇，深吸一口氣，心思重新集中在眼前更重要的事情上。

「除了你之外，還有誰也出來了嗎？」

「還有……」

「還有另外三株植物也來找你了，藍采和。」敖厲忽從座椅上站起，朝前方走了一、兩步，身上的戰甲隨移動發出清脆的撞擊聲。

瞧見一直不動的男人竟有了行動，藍采和與鬼針瞬間警戒。

出乎意料地，敖厲只走了大約兩步就停下，沒有拉近距離的意思。

「茉薇、風伶、椒炎，我記得是叫這些名字。」敖厲微笑，那笑不帶溫度、不帶感情，「他們碰上我做的人偶，似乎激烈地大打一場了。」

「你這混蛋！要是你敢……」藍采和咬著牙，要不是礙於紅李與薔蜜還受制於對方，他早就衝上去了。

「那些精彩的戰鬥，作爲娛樂很不錯。」敖厲彷彿沒看見藍采和冰冷憤怒的眼神，微側了下頭，「但是，還少一場。」

「你這話是什麼意思？」藍采和猜不透敖厲的想法，可心底卻浮現不祥預感。

敖厲冷酷地笑了，「我還沒見識到鬼針的戰鬥哪，所以我有個好提議。」

敖厲伸出手，手指直比鬼針，接著又轉向，指著佇立一旁的黑髮女孩。

「鬼針、紅李，讓他們來一場吧，直到一方再也站不起。我想這作爲餘興節目，應該挺不錯。當然，中途不得插手。你會贊同我的提議，對吧？」

藍采和想厲聲反對前，敖厲又說了。

「我想你不會天眞地以爲自己有拒絕的權利，藍采和。」

看著男人高貴冰冷的微笑，藍采和的心如墜谷底，這是他聽過最殘酷的話了。

藍采和從沒想過，有一天會親眼目睹自己的植物自相殘殺。

即使是交惡的鬼針和茉薇，在屢次針鋒相對中也從沒有眞的置對方於死地。

可現在，可這一刻，完全不一樣！

藍采和蒼白著臉，望著站在冰窟中央的黑髮男人和黑髮女孩。

鬼針眼神依舊陰戾，紅李的臉上掛著與往常無異的好勝表情，但那對紫紅色瞳孔的深處，卻凝著化不開的冷酷。

冰窟中央偌大的區域留給了即將開打的鬼針和紅李，敖厲靠在座椅上，姿態優雅閒適；於沙持著三叉戟，立守在禁錮薔蜜的冰牢前。

而藍采和，則被迫待在另一角落。

三方剛好圍成了三角。

「夥伴，說不定事情不會那麼糟……」阿蘿待在藍采和的衣襟裡，它能感覺到對方就算繃緊身體，也無法壓抑細微的顫抖。

「與紅李打的可是鬼針，那個刻薄、傲慢，全籃中界最惹人厭但也實力最強的鬼針！他一定能輕易制伏紅李，然後咱們就可以出其不意地來個華麗絕地大反攻！噢，請務必讓俺當英勇的先鋒！俺一定會不負眾望，帶領大家獲得勝利！」

如果平時聽見這番話，藍采和一定會忍不住露出笑容，但現在的他卻仍然緊抿著唇，眼裡焦慮不減反增。

再仔細觀看，就會發現那抹焦慮裡還夾雜著一絲畏怕。

「夥伴？」遲遲沒等到回應，阿蘿納悶地仰頭，藍采和近乎扭曲的表情令它呆了呆。長久歲月以來，它從沒見過這樣的表情。

「夥、夥伴，事情沒那麼糟的！你要相信俺呀！」

「我不是不相信你，只是事情……眞的就那麼糟糕，阿蘿。」藍采和喉嚨發緊，吐出的聲音又啞又澀，「鬼針實力最強沒錯，但是紅李也沒弱到哪裡去。」

身爲植物們的主人，藍采和比誰都還要了解他們的一切。

「論單打獨鬥，紅李可以追上椒炎跟茉薇。平時她是爲了與花蕉和香梨達成平衡，才壓抑自己的力量。而且她雖然嘴上不饒人，卻不曾對同伴起傷害之心，但現在不一樣了。」

不一樣？哪裡不一樣？阿蘿用力盯著前方的紅李——還是一樣黑頭髮、紫紅色眼睛，武器是餐刀，全身散發著凜然氣勢。

然後阿蘿注意到紅李的眼睛，它倒抽一口氣，不敢相信自己怎會漏看這處。

它終於明白藍采和眞正的恐懼是什麼。

受敖厲操控的紅李根本不將任何人當成同伴，她不會留情，更不會收斂力量，她一定會和鬼針打到兩敗俱傷！

彷彿沒感受到緊盯自己不放的視線，紅李掃視面前的黑髮男人，嘴角拉開好勝的笑容，眸裡戰意高漲。

「居然能夠和你打，鬼針，我太開心了。」她舉起修長的銀色餐刀，刀鋒直指鬼針，「我會打贏你的，爲了主人，我要把勝利獻給主人！」

「連主人是誰都搞不清的蠢蛋，少在那提勝利，聽了只會讓人火大。」鬼針冷笑，唇角凝著輕蔑，「我可不會手下留情，紅李，反正妳都蠢到被人操控，還認不出藍采和了。」

「住嘴、住嘴！認不出主人的明明是你們這群傢伙！阻撓主人的礙事者，我一律不原諒——」

高亢的厲喝劃過冰窟，如同開戰的訊號。

腳尖猛然蹬地，紅李拔身掠出，餐刀割裂空氣，劃出尖厲的嘯聲，她迅捷地欺近鬼針。

鬼針動作更快，他張手一抓，握住自虛空顯現的黑針。

下一剎那，黑針和銀刀已在空中交擊數十次，不停擦撞出激烈火光。

藍采和惴惴不安地屏住氣，雙手無意識地抓住阿蘿，十指用上全部力氣地緊掐不放。如果不這樣做，他一定會忍不住衝上前去。

如同藍采和所說，鬼針雖是實力最強，但論單打獨鬥，紅李的力量也不會差太多。

紅李徹底視鬼針爲敵人，出招越來越快、越來越狠，揮動的銀色餐刀帶出條條銀色軌跡。

即使次次都被黑針擋下，但紅李幾乎一抽退就又全速衝上，彷彿完全不須喘息，也絲毫不給對手喘息的餘地。

倘若對手不是鬼針，恐怕早就被這串毫不間斷的攻擊逼得體力不支。可對手，偏偏是鬼針！

擋下一次劈擊，鬼針眼泛凶戾，手臂施勁，震開紅李的同時，右腳迅猛側掃向她的肚腹。紅李被掃飛出去，身子重重摔墜在冰面，寒冰立刻破出多條裂縫。

「紅李！」藍采和驚喊，反射性想衝出去，若不是突然射落身前的一排黑針攔下他。

「在那裡安靜地看，藍采和。」鬼針傲然地說，不容許任何人插手。

趁藍采和怔住之際，阿蘿連忙跳下地，拚命拽扯他的衣角，「夥伴，鬼針說的沒錯。咱們現在……咱們現在沒辦法輕舉妄動啊！」

「我……」藍采和就像是被潑了一盆冷水，虛軟地跌坐在地，手腳發冷。

怎麼能忘？紅李和薔蜜的性命現在繫在我身上！

瞥見敖厲仍一副觀賞餘興節目的神態，藍采和只覺胃裡好像被塞了一堆亂七八糟的東西，不停地扎刺著，令他疼痛不已。

摔在地上的紅李撐起身體，餐刀掉落一旁。她立刻抓住自己的武器，同時迅速抬頭搜尋鬼針的身影。

那名黑髮白膚的男人沒有藏匿，他就浮立在空中，身後排列眾多黑針。

紅李瞳孔收縮，傻子也知道那些針出現是爲了什麼！

不及細想，紅李馬上揚手擊拍地面，隔在寒冰之下的石塊瞬間衝飛起，化作一面面的屏障，千鈞一髮之際終是攔下那些黑針的刺擊。

密密麻麻的黑針扎在石板上，那畫面教人看了只覺冷汗直流。

紅李提刀趁機縱躍而起，她連連踩踏在石板上，藉反彈力托高自己。

一來到空中，再迅速地揮刀劈下，強大的風壓伴隨著銳利的刀鋒一同襲向鬼針。

鬼針動也不動，似乎不將那足以刺穿身體的攻擊看在眼裡。

紅李心中湧上驚疑，但不打算放過這大好機會，紫紅色眼眸閃動冷光，她全速衝向鬼針。

但就在刺上鬼針的前一剎那，一截黑暗竟如軟布攤開。

紅李大駭，她自然知道那是什麼，那是鬼針扭曲空間的能力！

發現黑暗的兩端就像是準備收攏的翅膀，想把自己包呑在內，紅李不敢逗留，她抽出尖端已刺入黑暗的餐刀，用最快速度疾退。

沒想到剛一退至安全地帶，就驚見身後又一片黑暗。

紅李立刻扭身一逃，躲過被捕捉的命運。

黑暗並沒有因此消失不見。

紅李接連移轉位置，可鬼針就像是事先算準了，她每一落地，有如柔軟布料的黑暗就在她腳下、背後、身側張開。

被不斷追擊的人換成紅李。

她閃避得倉皇，心中怒火也越冒越大。

「可惡、可惡，煩死人了！」紅李怒喝，下方的石板劈里啪啦地全都崩解開，化作大大小小的石塊衝撞鬼針。

這招果然奏效。

面對四面八方砸射而來的石塊，鬼針一時無暇再追著紅李不放。他不悅地彈下舌頭，眼神更厲，霎時身周捲出層疊黑暗，宛若黑花盛綻，一晃眼就把臨近的石塊一個不留地吞噬殆盡。

鬼針並沒有注意到紅李盯著黑暗，忽然咧出不懷好意的笑。

抓緊鬼針由攻轉守的瞬間，紅李速度如飛箭般衝上，她舉高餐刀，毫不留情地從背後重重側劈，卻不是砍中血肉，而是——

「煩死人的是妳才對，紅李。」鬼針陰冷的嗓音不掩濃烈殺氣，多枚黑針交叉在他身前，擋下紅李的劈擊。

飛快抽出一根黑針作爲武器，鬼針不再開啓黑暗，黑針反朝紅李掃去。

紅李眼中戰意愈盛，少去那些讓她綁手綁腳的黑暗，她更可一展身手。

不見退讓的凌厲攻勢，黑針與銀刀的高速交擊，使空中幾乎只捕捉得到黑影和銀光閃滅。

只能待在下方觀看的藍采和捏緊手指，心臟簡直像是要從胸口跳至喉嚨。

不管哪一方都是他最寶貝的植物，誰受傷他都無法忍受！

突然間，藍采和發現一件事——鬼針的速度比起稍早前，竟是慢上了一瞬。雖然不是很明顯，乍看下依舊快得不可思議，可藍采和是他的主人，怎可能沒察覺到這細微的改變？

鬼針並沒有受到足以影響速度的傷，難道說……！

藍采和的心臟猛然漏跳一拍，大股寒意衝上背脊，他已經猜到紅李是什麼心思了。

還來不及出聲警告，空中的紅李忽然吹出一聲尖利口哨。

地面震動，一頭地龍混雜著冰屑悍然衝出，纏捲上鬼針的身軀，困得他動彈不得。

行動受制的鬼針不怒反笑，狹長的黑瞳盛滿凶戾之氣。

還沒猜出對方的冷笑是何意思，危機已悄然無聲地逼近紅李。

一股下扯的力道無預警抓住紅李的腳，她一驚，卻在低頭的瞬間向下跌墜。

原來在紅李困住鬼針的同時，鬼針的黑暗也從下方縛住她的腳踝。

沒料到對方會來這麼一記回馬槍，紅李只能從高空筆直墜下，正下方就是一叢尖銳的冰錐。

紅李心念瞬動，地面再度翻掀，轉眼石塊塑成一隻大掌，接住了下墜的自己。

雖然背部重重撞上石塊的疼痛讓紅李白了臉，可當她仰起頭，看著掙脫束縛、陰冷俯視自己的男人，卻是笑了。

紅李得意地大笑，「時間到了！鬼針，是我贏了！」

時間？

時間！

鬼針倏然想通，他在這場戰鬥中第一次真正地變了臉色。

那個該死的時間限制！

雖說鬼針的實力在全植物中最強，然而只要他施展扭曲空間的能力，時間的限制就會啓動，讓他的力量只能發揮二十七分二十七秒。

紅李在等這段時間過去。

而現在，她等到了。

貳參 生變

「我說了，我會將勝利獻給主人！」

紅李反手重拍，身下巨掌又分生出多根石柱。

末端尖銳得像是能刺穿一切的石柱延長再延長，鎖定的目標是空中的鬼針。

眼看無法施展力量的鬼針就要被扎穿身體，地面忽地衝出一束水色光芒，眨眼間介入鬼針與石柱之間。

紅李睜大眼，她還沒辨認出那抹身影是誰，所有石柱竟硬生生地停下刺擊。

不對，不是停下，而是有東西阻擋了它們！

藍采和手抓銀絲，大量銀色光絲在他身周交織成一面密密麻麻的網，迫使全部石柱無法再前進一步。

敖厲笑意隱去。

同時間，守在冰牢前的於沙採取行動。他轉眼消失，再度出現時，赫然在藍采和身側。

「你這樣可是違反規則了，藍大人！」於沙揮下三叉戟，斬斷了石柱，也斬裂了光絲。

但藍采和搶在三叉戟橫來之前，水色袍袖翻轉，捲住體型縮成巴掌大的鬼針，隨即竄向下方石掌，想趁勢奪回紅李。

極力伸出的手臂卻被從中浮現的冰壁阻攔，不只如此，冰壁上剎那間生冒出更多的冰，凍結住藍采和的半隻手臂。

即使藍采和立刻震碎冰層，可石掌上的紅李已被於沙扯走。

高壯的獨眼男人帶著女孩，一晃眼落足於地面上。

藍采和帶著力量暫時全失的鬼針，也落在另一處地上。

「你爲什麼要做這種讓人掃興的事，藍采和？」敖厲離開椅子，嗓音依然剔透悅耳，卻也令人徹骨生寒，「既然你強行插手，那麼就讓這場娛樂節目直接落幕吧。」

不待藍采和反應過來，於沙忽然高高拋起變得如同人偶的紅李。

敖厲舉起手，掌心竄出一條細長如胳膊的水龍。

水龍體形瞬間增大，奇快無比地鎖定墜下的紅李，猙獰大嘴像是能輕易吞噬一切。

藍采和心臟幾乎快停了。紅李、紅李、紅李！

完全無法思考，他雙眼赤紅，抓著銀絲瘋狂衝上。

「紅李！」藍采和張開漫天銀色光絲，瞬間成網，攔住水龍凶猛的衝擊。

相貌猙獰的水龍一頭重重撞上光網，身形崩散些許，所有銀色光絲隨之震動。

操縱銀絲的藍采和更是煞白了臉，喉頭湧上淡淡的甜腥味。

與此同時，竟還有一抹黑影高速逼近！

於沙高舉三叉戟，從另一面攻擊。

藍采和眼神凌厲，右手手指迅速再一勾劃，身周又射出大量銀絲，隨著他右手猛一抓扯，銀絲纏捆住於沙的三叉戟。

但事情並沒有就此告一段落。

極力壓抑翻騰的氣血，藍采和勉強擋住雙方的攻擊，然後他發現敖厲在笑。

敖厲在笑！

不祥的預感衝上藍采和後背，還沒等他猜出，被攔在光網前的水龍重新聚集身體，那些墜下的水回到了它體內。

下一剎那，水龍一分爲二，新分出的水龍昂首發出清冽厲嘯，隨即一擺尾，竟是——

竟是直衝薔蜜所在的方向！

原本困住薔蜜的冰牢不知何時消失了，那名理應昏迷的女子不知何時恢復了意識，正慢慢地捂頭坐起，渾然不知自己正暴露在危險下。

「薔蜜姊！」藍采和瞪大眼，撕心裂肺地驚駭大喊。

「薔蜜大人！」待在地上的阿蘿全力衝刺，用盡所有力氣撲跳起，拚命想趕到薔蜜身前。

水龍發出了更凶暴的咆哮。

薔蜜還來不及弄清楚是怎麼回事，她反射性抬起頭，瞳孔急遽收縮，朝自己衝來的恐怖生物佔滿全部視野。

一抹白影忽然從旁撲了過來。

「薔蜜大人，俺一定會保護妳的！」阿蘿張開雙臂，擋在薔蜜面前。

薔蜜無法思考，眼見水龍下一秒就要張嘴吞噬他們，她一把抓下阿蘿抱在懷裡，轉身以自己的背當作防護。

水龍筆直衝了過來。

猛然濺上一身水花讓薔蜜下意識閉眼，她咬牙，等待劇痛落在身上。

可是，沒有。

預想中的疼痛遲遲沒有到來。

薔蜜睜開眼，轉過頭，本來環抱住阿蘿的雙臂剎那間像是被抽光了力氣。

隨著抱住自己的手臂鬆開，阿蘿也滾落到地上，它連忙爬起。

「薔蜜大人！薔蜜大人，妳有沒有受傷？」阿蘿抓住薔蜜的一隻手臂，心急如焚地追問。

但跪坐在地的女子沒有給它任何回應。

「薔蜜大人？」阿蘿仰高頭，後知後覺地發現薔蜜不但完好無傷，目光還怔怔地看著前方。

阿蘿跟著轉過視線，震驚無比地張大嘴，幾乎無法相信自己看到了什麼。

一抹高壯人影屹立在薔蜜和阿蘿前方，右手緊握三叉戟，披覆黑色戰袍的背影如巍峨高山，腳下是大片被擊潰的水灘。

可漸漸地，那片透明水灘變成淡淡的紅，顏色越來越濃。

下一秒，那抹薔蜜以爲會一直屹立不搖的身影猛然往後倒下。

高壯的身軀撞在地上，發出沉重聲響。

於沙倒了下來。

應該是敖厲部下的於沙，卻爲了保護薔蜜而倒下。他身周的水已染成一片嚇人的紅，身上的黑色戰袍能遮掩住傷口，卻阻止不了血液飛快流失。

冰窟裡一片死寂。

藍冞和帶著鬼針和被光絲縛住的紅李降落在地，藍眸怔然地望著倒地的獨眼男人。敖厲冰製般的面容裂出一絲驚詫。

誰也無法相信會發生這樣的事。

就連於沙自己也不相信，不相信自己竟會爲了保護一個才見過幾次的人類女人，硬生生接下上司的攻擊。

太蠢了，簡直蠢得不能再蠢。

笑意伴隨著血腥味衝上喉頭，於沙嗆咳了幾聲，心裡有種想歇斯底里大笑的衝動。

他堅信自己終有一天會死在戰鬥中，卻沒想到結果如此出乎意料。

他，保護了一個女人？

忽然間，於沙感覺自己的上半身被人吃力地攙扶起來，接著像是倚靠到誰的腿上，沒被眼罩遮住的碧眸倒映入一張蒼白卻不失美麗的臉。

「你……爲什麼……」薔蜜的聲音輕到連自己都快聽不見。

但是於沙聽見了，他還看見那雙總是冷靜理智的美眸，此刻充滿茫然，那片茫然中還有一絲擔憂。

*那是在擔憂我吧？*於沙心裡突然湧上一股奇異的滿足感，他咧開嘴，露出即使是在這種時候也不失傲慢的凶暴笑容。

「搞什麼?像妳這種蠢女人，果然還是要人保護的啊……」

於沙費力地移了下手，他痛恨自己的虛弱，但全身確實正快速流失力氣，與生命。

於沙想要碰觸薔蜜的臉，他有點想說出——喂，張薔蜜，老子好像真的對妳一見鍾情了。

薔蜜沒聽見於沙說出任何話，也沒感覺到臉頰被人碰觸。她怔怔地看著於沙伸至半空的手忽然停下來，指尖竟開始變得透明，一股難以言喻的情感使她伸手想抓握住。

但當薔蜜以爲自己握住於沙的手時，才發現只不過抓了滿掌的空氣。

獨眼男人的手指、手臂、全身都變得透明，接著就像是碎玻璃似地崩散開來，化作滿地散發微光的沙粒。

薔蜜懷中什麼也沒有，於沙就這麼消失在她眼前。

那名初見面就用暴力脅迫自己的狂傲男人，卻爲了保護自己，消失了。

薔蜜緊繃的背脊驟然一垮。

「要問搞什麼的人……」薔蜜喃喃地說，「是我才對吧……」

「這還眞是讓人不愉快，區區一枚棋子，居然也想打亂我的計畫?」敖厲倏然開口，冷徹的聲音毫無溫度，「既然派不上用場，那就徹底消失在這個世界上好了。」

隨著話聲落下，那些本來叢生在冰壁上的冰柱瞬間崩融爲水，化作一條條水龍，呼嘯著朝散落一地沙的方向撲去。

那同時也是薔蜜所在之處!

藍采和說什麼都不會再讓敖厲得逞，他身影一閃，頓時來到薔蜜身邊。水色袍袖一捲一繞，一手攬過薔蜜，一手則捲起地面的玻璃沙。

「對不起，薔蜜姊，先寄放在妳身體裡了！」藍采和袖上的玻璃沙被壓縮成球狀，隨後迅速地壓按在薔蜜胸前。

只不過眨眼間，那團發光球體沒入了薔蜜體內。

薔蜜任何異樣都沒感受到，只看見一抹水色橫擋眼前。而在那抹水色落下之前，她窺見滿天冰錐籠在他們頭上的駭人光景。

「藍小弟！」薔蜜尖叫出聲。

敖厲顯然不打算再迂迴地繞圈子，他雙手揹後，冷淡地看著銳利冰錐大雨般急速砸落。

藍采和護著薔蜜，不敢遲疑，瞬間用光絲架出防護結界，即使他對能夠擋住幾分毫無把握。

眼見冰錐就要與結界正面碰上，冰窟外竟如旋風般颳入多條影子。

有什麼先是被扔下，接著火焰、荊棘，以及地面射出的黑影同時交繞在一起，形成三重防護，環繞在藍采和周圍。

還有另外兩抹人影迅速抽刀、揮扇，透明長刀和華麗折扇轉眼間削斬掉大半冰錐。

失去尖端的冰錐嘩啦嘩啦地砸在地面，旋即被乍然捲起的盛大火勢一舉吞滅。

連串行動都在極短時間內完成，待藍采和回過神，危機已宣告解除。

「什麼……」藍采和手裡仍抓著光絲，他一臉愕然，根本沒預料到事態會如此發展。

扒在藍采和背上、緊埋著臉的阿蘿戰戰兢兢地抬起頭，一望見面前景象，小眼頓時撐圓。

冰窟裡頭，現在又多出好幾抹人影。

在藍采和前後，待著黑髮白膚的男人、金髮藍眸的女人、紅髮紅瞳的少年。而在他左右兩側，則各立著一名手持長刀的銀髮男子和手拿折扇的紫髮男人。

「這、這是……」薔蜜眼前的水藍袍袖移開，她也看見四周景象，鏡片後的美眸浮上錯愕。

「鬼針！茉薇！椒炎！風伶！赤珊……噫噫！赤珊瑚！」阿蘿驚喜的語氣猛然拔成尖叫，它捧著臉，一副震驚無比的表情，「你你你你不是被……」

「嗨，阿蘿。」赤珊瑚給了人面蘿蔔一記飛吻，「你沒看錯，我已經恢復了。至於詳細……噢，我們等等再促膝長談吧！」

赤珊瑚眼尖，發現躺在地上的紅李受到操控地爬起，就連剛剛被扔下、遭荊棘捆綁的兩名少女也忽地有了動靜，淺黃和琥珀色的眸慢慢張開。

拋下話，赤珊瑚立刻飛身奔向紅李、香梨和花蕉。他的身形在落地時閃了閃，空氣乍現漣漪，那抹華麗的人影瞬間一分爲二。

紫髮少女與紫髮男人聯手，再度壓制住仍在敖厲控制下的三姊妹。

「阿藍，動作快！」紫髮少女高聲催促。

藍采和馬上明白自己該採取什麼行動，他重重咬破舌尖，噴吐出血沫。

鮮血一落入空中立刻改變形態，化成三枚紅玉般的血珠，筆直撞進紅李等三人的眉心。

三名少女登時睜大眼眸，繃直身體，接著猛地彈震幾下，臉上青蝶彷彿受到什麼壓迫，開始拍動雙翅，像是想掙脫出來。

驀地，一半翅膀眞的突出皮膚之外，接著是另一半——青色蝴蝶拔出身體，迫不及待地想逃到空中。

只不過緊接著寒光一閃，三隻青色蝴蝶全部碎裂成無數片，緩緩飄落。

紅李、香梨、花蕉就像是剎那間被切斷引線的木偶，雙眼緊閉，一動也不動地倒在地。而她們潔白的臉頰上，已經沒有青色蝴蝶的蹤跡。

紫髮少女和紫髮男人的身體又合而爲一，這次展露在眾人眼前的是少女苗條的身影。

「麻煩了，這下有點傷腦筋了……」赤珊瑚合起扇骨，突然這麼說。她剛一說完，身影竟猛然收縮成巴掌大，甚至就像是沒了力氣，搖搖晃晃地落在地面。

不只赤珊瑚的身體出現異變，下一瞬，所有守護在藍采和四周的植物們也都縮水，全數變成了和赤珊瑚相同的迷你體型。

「鬼針！茉薇！椒炎！風伶！」眼見植物們像是被抽光力氣般往下掉，藍采和驚慌失措地接住他們，「怎麼了？你們怎麼會……」

藍采和知道這是植物們沒有足夠力量時才會顯現出的姿態，可是他不懂，爲什麼大夥會毫無預警地……！

藍采和抱著植物們，慢慢看向前方的敖厲。

他曾說過：「他們碰上我做的人偶，似乎激烈地大打一場了。」

除了鬼針和紅李戰過，其他人也經歷了艱辛的戰鬥，甚至茉薇、椒炎、風伶他們，還被迫對上花蕉、香梨和赤珊瑚！

「我不會饒過你的，敖厲。」藍采和一字一字地說，語氣無比輕柔卻又無比冰冷，「阿蘿，帶著薔蜜姊到我身後去，跟紅李她們待在一起。」

「夥伴……」阿蘿本來還想說什麼，但它看見藍采和的眼神，將原本想說的話全都吞回去，它撓撓葉片，拉著薔蜜退到後面。

阿蘿知道，現在不管是誰都沒辦法動搖藍采和的決心。

薔蜜對藍采和的決定沒有任何異議，她心裡清楚，這不是她能插手的場合，不拖累對方，就是最大的幫助了。

等阿蘿拉著薔蜜退到後方，藍采和蹲下身，將鬼針他們全放到地上。

「你們也一樣，不准再來插手我跟敖厲之間的事。」

「好……你以為我會這麼說嗎？」鬼針陰戾一笑，他的身體瞬間化作一團漆黑光球。不待藍采和反應過來，光球浮起，竟是迅速竄進他的體內。

藍采和連阻止也做不到。

「主子。」風伶忽然單膝跪地，「雖然力量微薄，但我等都希望能盡一份心力。」

風伶身邊的椒炎、茉薇，甚至就連一旁的赤珊瑚也都彎下膝蓋。

下一剎那，四株植物化作各色光球，飛快鑽沒到他們主人的身體裡。

藍采和怔然地站在原地，他可以感覺到植物們的力量和自己與力量逐漸融合在一起。

「為什麼要做這種事？」他喃喃地說，「明明知道萬一力量被我耗損殆盡，你們可能也會消失……不，我絕不會讓你們任何一人消失的。」

鬼針、茉薇、椒炎、風伶、赤珊瑚——全都是他最重要，也無法取代的植物！

藍采和倏然握緊拳頭，猛地揚高頭，水色雙眸銳利無比地鎖定終於走下台階的男人。

東海龍王太子，敖厲！

藍采和先是揮動袍袖，在薔蜜和紅李她們身周架起光絲，每一條光絲周圍又滲出淡淡黑氣。

這次的結界，和薔蜜之前見過的完全不同。

「那是鬼針的力量，薔蜜大人，夥伴是用了鬼針的力量呀！」阿蘿屏息說道，它站在薔蜜身前，就算四周已有結界防護，還是不敢掉以輕心。

在薔蜜他們身前設下結界後，藍采和直視敖厲。手中浮現一柄近乎透明的長刀，他的手指一根根地握緊刀柄。

「我說過了，我不會饒你的。」他柔聲地說，旋即聲音轉成如刀般的鋒利，「敖厲，我絕對、絕對，饒你不得！」

「榮幸之至。」身穿蒼色戰甲的龍王太子微微一笑，笑容完美冷酷。他張開五指，一把抓住平空出現的修長冰劍。

冰製的劍身剔透冷冽，映出了冷酷的蒼瞳，也映出了決絕的藍眸。

這一刻、這一瞬，三百年前的舊帳，終將在此——

徹底清算！

貳肆 伏蒼龍

劇烈的聲響幾乎撼動冰窟。

衝擊力道使大塊大塊的寒冰紛紛砸落，有些墜至地面，瞬間碎裂成多塊；有些則是落到蓄蜜等人上頭，被光絲上的黑氣迅速纏住，一下便消失蹤影。

但蓄蜜卻沒有心思留意上方情況。

她正屏著氣，焦慮地觀看面前的激烈戰況。從她揑住手指，肩背繃緊的形容判斷，能知道她用盡了全部的力氣，壓制著內心湧起的緊張和擔憂。

「不會有事的，蓄蜜大人……咱們要相信小藍夥伴絕對不會有事的！」阿蘿大聲喊道，似乎想安慰蓄蜜，但更有可能是在說服自己。

除了相信，現在的蓄蜜和阿蘿已經不知道還能做什麼了。

冰窟中央，藍采和與敖厲之間的激戰進行得如火如荼。

蒼髮男人出手狠絕疾速，劍劍皆是殺招，一時竟逼得藍髮少年步步後退，防守得狼狽。

但藍髮少年也不甘示弱，憑藉天生巨力，將咬上長刀的冰劍猛地反震回去。

趁敖厲被逼退的瞬間，藍采和腳下驟生荊棘，迅捷地往前方直竄而去。

面對瞬間拉近距離的荊棘，敖厲一勾唇角，眼裡閃動著冷酷的蔑視，擺明就是不將這樣的攻擊放在眼裡。

而他確實也沒放在眼裡。

在荊棘距敖厲身前還有三步遠的時候，四周地面冒出片片鋒利至極的冰刃。

冰刃不但輕而易舉地將荊棘切斬成無數截，還奪回攻擊的主導權，快速往前延伸。

如果藍采和的速度再慢一點，或許就要被刺穿腳底了。

藍采和及時飛身掠起，將冰壁上橫生的冰刺當落腳點，下一剎那，水色人影再次提刀衝出，刀尖瞄準敖厲的後背。

奇異的是，敖厲不閃也不躲，就這麼敞開後背給敵人。

從薔蜜的角度可以看得清楚，敖厲的神情從容不迫，絕不可能沒有發現。

既然如此，爲什麼不躲？

同樣的念頭也在藍采和心裡閃過，他幾乎要懷疑其中有詐，但卻不想放過這絕佳的機會。

管對方有沒有發現，先刺再說！

透明長刀灌注力氣，毫不猶豫地送往敖厲的背部。

可連戰甲的邊緣都沒碰到，一根根平空生成的冰錐已擋住刀尖去路。

就算藍采和再怎麼天生怪力，也沒辦法連連破開那些異常堅硬的冰錐。

藍采和咂了下舌，當機立斷地抽身躍退。只不過要是這樣就放棄，便太不符合他看似柔弱、實則剛猛的本性了。

足尖剛沾地，藍采和立刻抬起另一隻手往虛空一抓，原本空無一物的指尖前頓時燃起火焰，小火焰轉成烈焰大火不過瞬間。

隨著藍采和伸出手臂，緋紅火焰分成了上、下兩路，各捲出一片火海，朝著前方的敖厲筆直衝去。

火焰的高溫將地面寒冰與冰錐消融成大灘的水，然而這些水剛成形，竟是倏然暴增，一下子又吞噬掉所有火焰。

空氣中因水火消抵冒出白煙，四周溫度也上升不少。

只是當火焰一被水吞噬，那些水隨後又凝結成冰，快速地覆蓋在地面上。

冰窟裡又是凍人的溫度。

輕鬆化解藍采和連串攻勢的敖厲轉過身來，單手揹負在後，蒼冰色的眼中是沒有溫度的笑意，「你不擅刀，亦不擅火，何苦勉強自己使用？」

「我確實兩者皆不擅，但聽你一說，只會格外火大呢。」藍采和笑意盈盈，一雙水色眸子也瞇得如同彎彎弦月，彷彿剛剛的受挫並沒有對他造成太大影響。

他手中長刀消失無蹤，也沒有再召出火焰。他心裡明白，即使椒炎的火焰再怎麼強悍，面對敖厲的能力，只有被壓著打的份。

藍采和臉上笑容不變，他看著敖厲朝自己步步前進。

隨著那雙戰靴每一步踏下，覆著冰的地面似乎也隱隱傳來震動。

跪坐在地的薔蜜格外清楚，尤其她掌心還貼著地面，她覺得震動的聲音簡直像與地共鳴，有什麼在低嘯應和。

專注在藍采和與敖厲身上的她並沒有注意到，躺在後方的三名少女因這微微的震動，原本毫無動靜的眼睫輕顫。

藍采和與敖厲之間的距離越縮越短。

雖說還看不出敖厲有何動作，但誰也不會相信他的接近安什麼好心。

「夥伴小心啊！」阿蘿一顆心提至喉嚨，忍不住扯高聲音大叫，卻沒想到這聲大叫反倒成了導火線。

藍采和手掌倏然翻轉，這次從掌心冒出的不是火焰，而是水流。

細細的水流瞬間凝結成冰，一口氣擴大數倍體積。不待任何人反應，藍采和已用雙手抱住那根比自己還粗壯的巨大冰柱，秀淨的臉蛋綻出無害的笑。

——冰柱猝不及防地朝向敖厲重揮而出。

或許藍采和不擅使刀、使火，但他卻擁有天生怪力！

利用赤珊瑚的複製能力，藍采和製造出一個能發揮出自己力氣的武器。

面對突來的揮掃，饒是敖厲也微瞇了下冰色眼眸。他怎麼可能不清楚藍采和的可怕力氣，於是當下抹消身形，不準備硬碰硬。

揮空的冰柱撞到冰壁，頓時又聽見冰窟裡傳來一陣嚇人響動，大塊寒冰陸續砸下。

「眞是讓人麻煩的力氣。」當敖厲重新顯現身影，他已站在冰砌的台階上，包覆著腕甲的手臂猛然一揮，那雙蒼冰色的眼瞳沒了笑意，顯得更加森冷嚇人。

冰窟內無預警傳出撼動空間的綿長嘯聲。

正中央的地面忽然以難以想像的速度翻掀起，一隻龐然大物剎那間沖天飛起，眾人還未看清面貌，它的尾端已迅雷不及掩耳地一個揮甩——

來不及防備的藍采和只覺胸前傳來一股劇烈疼痛，他整個人飛撞向後方壁面，接著如同力氣驟失，筆直從高空跌落下來。

「藍小弟！」

「小藍夥伴！」

這一幕看得薔蜜和阿蘿心驚膽跳，恐懼注入他們眼裡。

沒有細想，他們反射性就想衝出結界。

但有誰的聲音、誰的動作，比他倆還快上那麼一步。

「主人！」三抹不同色的纖細身影飛也似地掠出。

與此同時，地面上被翻掀出來的大小石塊眨眼間聚合塑形，成爲三頭體型不算龐大卻氣勢威凜的猙獰地龍。

第一頭朝藍采和墜落的方向全力衝去，險之又險地從中攔截他。

另外兩頭則張牙舞爪地撲咬向攻擊藍采和的龐然大物，原來那是頭栩栩如生的巨大冰龍！

相較於冰龍，地龍的體積不到它的一半，但它們活用優勢，異常靈活地纏捲住冰龍，在那剔透的身體上施加壓力，越纏越緊。

當多條裂縫從冰龍身上迸現時，自下方結界裡掠出的兩抹人影已迅疾無聲地踩上地龍的頭顱，兩雙潔白的赤足剛一踏上又躍離。

棕髮棕眸的女孩與綠髮黃眼的女孩高舉武器，銀亮的叉子和湯匙猛地擊打向冰龍的身軀。使出全力的攻擊，頓時使龍身上的裂縫更深、更長。

下一剎那，冰塊迸裂的清脆聲響在冰窟裡響起。

巨大冰龍應聲斷成數截，然而龍頭非但沒掉落，反倒張嘴發出震耳欲聾的厲嘯。

聯手攻擊冰龍的女孩們首當其衝，強猛音波撞上她們，讓兩人臉色乍然一白，身子跟著失衡跌下。

「花蕉、香梨！」待在第一頭地龍上的紅李駭叫，立刻驅使腳下地龍載著藍采和往下方而去，她自己則抓緊餐刀，火速衝向還想攻擊女孩們的碩大龍首。

「不准對我的姊妹出手！」她揚聲厲喊，餐刀橫劈龍首，當下以龍嘴為中心，生生將那顆碩大腦袋斬成兩半。

失足跌落的花蕉和香梨已踩上了地，穩住身勢，但仔細一觀，會發現她們的臉蛋慘白得一絲血色也沒有。

就算剛剛受到音波衝擊，照理說也不至於受創至此……紅李心中湧現驚疑，她足尖踩地，還不及詢問花蕉她們的情況，身體驀然一震，體內的五臟六腑彷彿受到衝撞，翻攪疼痛。

紅李臉色也刷成蒼白，雙膝甚至不支地往下一跪。

「看樣子，妳們三個都忘了。」敖厲走下台階，他身後湧起冰浪，一層層凍成雪白的浪花不斷交疊，越疊越高，「妳們忘了，妳們的身體早就破爛不堪了嗎？」

紅李、花蕉、香梨瞳孔猛一收縮，遺落的記憶片段衝進腦海。

被操控、被扭曲意志，與自己的同伴戰鬥，和鬼針、茉薇戰鬥！

「該死的！該死的！」紅李眸中捲起憤恨大火，她想用最惡毒的言語砸向那個把她們三姊妹當人偶操弄的男人。但男人身後那層怪物似的駭人冰浪，讓她明白現在不是做這種事的時候。

就算我們三人還僅存一絲力氣，也不可能拚得過那位龍王太子……既然如此……紅李轉頭望向半昏迷的藍采和，紫紅色眼眸瞬凜，毫不猶豫地做出決定。

「花蕉！香梨！」

「知道！」

「明……白了！」

即使紅李僅是喊了兩位姊妹的名字，但三人默契十足，花蕉和香梨瞬間理解接下來的一切計畫。

沒有浪費時間，女孩們身形立即化作光球，迅疾地衝進藍采和的身體裡，決心將僅剩的力量全交予她們的主人使用。

就算我們消失也無所謂，只要我們的力量能派上用場。主人、主人，只求你平安無事——

光球剎那間沒入藍采和的皮膚下。

同一時間，敖厲身後的冰浪也排山倒海般地重砸下來！

水色眼眸轉瞬睜開，一截黑暗從藍采和身下捲出，千鈞一髮之際包纏住整具身子。

千斤重的冰浪完全砸在地上，碎冰和煙塵飛濺而起。

敖厲眼中卻無愉悅之色，因爲他發現冰浪下只有一頭被壓碎的地龍，藍采和並不在那。

果不其然，屬於少年的澄澈聲音下一秒從他處落下。

「戰鬥時不看對手，你還想看哪裡啊？敖厲！」

敖厲飛快轉頭，撞入眼中的除了少年仙人的身影外，還有一頭瞬間塑造出的地龍。外貌恐怖的地龍大嘴一張，竟是連噴數團巨大火球，緋紅色的烈焰來勢洶洶地鎖定敖厲。

穿著戰甲的男人冷笑，在旁人眼中嚇人的火球，在他看來不過是雕蟲小技。他五指往空中虛抓，隨即猛力一握。

那些燒得熾烈的火球赫然被寒冰凍結，火球頓成冰球，緊接著竟迴轉方向，衝向駕馭地龍的藍髮少年。

藍采和不驚反笑。

敖厲直覺感到不對，發現腳下有奇異震動傳來的剎那，他身子連忙一閃，粗大的荊棘叢自他方才站立之處暴衝而出。

眼見敖厲閃過荊棘，藍采和一拍身下地龍，讓它直竄敖厲的同時，自己的身影則被柔軟如布的黑暗包捲住，消失無蹤。

待他再次現身，竟已欺近敖厲身後。

這一次，敖厲只來得及張手震碎正面迎來的地龍，無暇顧及後方。

而藍采和費盡一切心力，所等的就是能真正接近敖厲的機會！

「嘿，敖厲，你還記得我說的嗎？」

敖厲扭頭的瞬間，藍采和微微一笑，笑容中是滿是猙獰殺意，「要是饒過你，老子他媽的就不姓藍！」

不給敖厲任何反擊，藍采和快如鬼魅地抓住敖厲的襟領。隨著他猛力拉扯，他的膝蓋同時粗暴地朝上頂撞，力氣就是他最大的武器！

堅硬的蒼色戰甲被重重一撞，居然凹陷了下去。

纏鬥至今，一直從容優雅的龍王太子第一次扭曲了表情，強烈的痛楚眞切地體現在他身上。

然而藍采和的攻擊絕不僅僅於此，他發過誓，絕對會給敖厲一個徹底的教訓。

三百年前搶他法寶、綁他入海；三百年後不擇手段地操弄他的植物——

「敖厲！你眞的是一個徹頭徹尾的大混蛋！」藍采和飛到敖厲上方，在對方受到踢撞還未直起身子的這一瞬，他高舉雙臂，十指交握成拳，毫不留情地重捶下去。

轟的一聲，劇烈聲響炸開。

地面塌陷出深深凹坑，引發的衝擊震動使坑邊冰浪應聲倒塌，覆蓋在坑洞上方。

誰也無法窺見敖厲目前的情況。

這稱得上是逆轉的一幕，看得結界裡的薔蜜和阿蘿目瞪口呆，原先的驚慌也早就不知被吹到哪裡去了。

「夥伴……夥伴你好棒啊！俺超愛你的呀！」見藍采和翩然落地，阿蘿從震驚中回神，壓抑不住滿腔激動之情，興奮地就要奔出結界。

藍采和本來笑容滿面地看阿蘿跑向自己，甚至打算要給它一個最熱烈的強勁擁抱，可以讓它身體啪嘰作響的那一種。

可刹那間，他臉色霍然大變，恐怖的寒意竄上後背。

「阿蘿快退回去！」藍采和抓緊光絲，急速轉身，但就在回過頭的這一刻，敖厲掩埋之地的下方，已經生成一束強大水流，凶猛地朝他猛力撞來。

一旦速度上輸了，那麼任何防備皆是無用。

水流撞上藍采和的腹部，令他向後彈飛，然而才飛過一小段距離，地面猝然竄出一根冰錐。

冰錐生長速度極快，只眨眼間，便逼近空中的藍采和。

巨大的恐懼讓薔蜜連聲音也發不出。

「不要啊啊啊啊——」阿蘿淒厲至極地尖叫。

冰錐並沒有刺穿藍采和的身體，而是尖端勾住後領，使他高高地懸吊在上，但那薄薄的布料很快就支撐不住。

衣服撕裂聲響起，藍采和瘦弱的身子乍然下墜。

一隻平空出現的手臂抓住藍采和的脖子，修長並覆有利爪的五指緊緊地掐住那彷彿一施力就能輕易折斷的頸項，讓藍采和整個人懸在空中，雙腳無法觸地。

一掌箝握住藍采和脖子的，是一名穿著蒼青戰甲、擁有蒼冰色髮絲和蒼冰色眼珠的男人。而他外露的半邊皮膚上，似乎泛著一層淡淡青色光澤。

不對，不是他的皮膚發光，而是他的臉頰、手背、手指上，浮出了一枚枚青色鱗片！

「眞讓人意想不到，你居然有辦法讓我如此狼狽。」敖厲說，他的聲音明明冰冷剔透，但落入空氣中便就有如一陣吟嘯擴散出去。

聽聞那道聲音，薔蜜和阿蘿雙雙站不住腳，本能的畏怕壓得他們喘不過氣。

那是龍威。

那是龍天生具備的威勢之力。

「爭戰結束，所有的一切都該在這裡劃下句點。」敖厲將藍采和提得更高，眼瞳倒映出那張蒼白痛苦的臉。他像是被取悅般慢慢拉出一抹笑，笑容依舊冷酷至極，「是你敗了，藍采和。」

沒有留情、沒有遲疑，敖厲猝然出手，浮現青鱗的手臂對準藍采和心口，彎曲的尖利五指頓時要貫穿血肉。

就在這一瞬，冰窟內天搖地動！

這場晃動來得既猛烈又突然。

結界裡的阿蘿和薔蜜當下站不住腳，就連敖厲也步伐不穩，眼瞳浮現驚詫。

敖厲忍不住抬起頭，望著仍在抖落冰屑的洞窟上方。

這是怎麼回事？龍王太子心裡湧起了前所未有的疑問。此處是他創設的空間，憑空間外的五仙，就算聯手也不可能……

敖厲腦海剛閃過這個念頭，剛平靜下來的冰窟竟又再次劇烈搖晃起來。

就像再也支撐不住，更多的冰稜紛紛砸落，不斷發出嚇人的音響。

「噫！薔、薔蜜大人……」阿蘿神情驚懼地緊抓薔蜜不放，身體抖得如同秋風落葉。

薔蜜沒有回應阿蘿的叫喚，她也蒼白著臉，緊張不安地看著震晃到隨時可能解體的冰窟。

就算有結界保護，但薔蜜還是清楚地感受到身下地面也在震動。

下一剎那，從地面迸開粗大的裂縫，一條接著一條，快速蔓延向四面八方，冰壁上也發出寒冰迸裂的聲音。

敖厲不明白這是怎麼回事，他不自覺地鬆開箝抓藍采和的手，任憑對方摔跌在地，那張冰雕般的面容浮上驚訝。

跌在地上的藍采和捂著脖子，痛苦地咳了咳。可他沒心思在意敖厲的舉動，他睜大眼，震驚無比地看著四周的異變。

突然間，那些粗大的裂縫裡滲出熾亮白光，白光越來越亮，吞噬一切景物，亮得令所有人無法睜眼視物。

緊接著爆發轟然聲響。

敖厲製造的這處空間瞬間碎裂，一切寒冰、水霧宛如破碎的玻璃碎片，片片散濺崩潰。

——眞正的日光照射下來，灑落在藍采和等人身上。

不論是藍采和、薔蜜、阿蘿，或是敖厲，清清楚楚地看見環繞在他們周圍的是一片澄澈的藍天，下方是碩大無比的綠色荷葉。

就是這片荷葉，接住了他們所有人。

可是，荷葉？

「歡迎回到原來的空間哪。」

還沒等他們反應過來，一道嬌美的少女嗓音已輕輕笑起。

藍采和立即轉過頭，他張大嘴，聲音卻哽在喉嚨裡，只能不敢置信地緊瞪著坐在另一片從大水中突生出的荷葉上的少女。

粉色的眼眸、粉色的髮絲，還有烙在眉間的五瓣菱紋……

「何瓊！」敖厲凌厲地瞇細眼，眸中閃動著森寒。他無論如何也沒想到，理應留在天界的少女仙人竟會出現在此！

「啊啦，不要用這麼可怕的眼神瞪人嘛，破你結界的可不是我唷，太子殿下。」何瓊掩唇輕笑，可那雙漂亮的貓兒眼漾著笑意的同時，眸底的冷冷寒意不輸敖厲。

不是妳，又會是誰？敖厲心裡一愣。

「你這次的行爲著實太過分了，敖厲。」

彷彿察覺到敖厲的疑問，一道溫雅挾帶嚴厲的男聲落下。

手持芭蕉扇的斯文男子浮立於荷葉另一側。

男子的黃色髮絲綁成長辮，戴著單眼鏡片，黃玉色的眼瞳不帶笑意地直視敖厲。

「鍾、鍾離大人……」阿蘿結結巴巴地說。

鍾離權的目光投向阿蘿時，又是一如往常的溫和，隨即他瞥見那些還飄浮在空中的空間碎片，手腕一動，芭蕉扇揚起，數道氣流立刻捲住那些碎片。

「破。」鍾離權再一揮扇，當下就讓僅存的碎片消失殆盡。

這看似尋常的一幕，卻讓敖厲驟然收縮瞳孔。

不只敖厲，藍采和也流露震驚之色。

因爲這是不可能發生的事。

因爲在最高律法的判決下，除了他以外，其他人的力量不可能對敖厲有用！

「鍾離權，爲何你能破壞吾之空間？」敖厲厲聲喝道。

「怎麼不能？爲什麼不能？」回答者卻是何瓊，她直挺挺地佇立著，手持柳葉刀，臉上帶笑，美眸卻凌厲無比，「敖厲、敖厲，你的所作所爲簡直欺人太甚，如此欺我同伴，當我們八仙降階就眞的任你揉捏嗎？」

「況且，我等也不再是服刑之身。」鍾離權一貫的溫文微笑凍成冷冽，手指握住不知何時出現的卷軸，動作迅速，瞬間在空中攤開。

說也奇怪，卷軸一展，竟不須支撐就能懸浮不動。

「奉玉帝御旨，八仙刑期即刻結束，全體回復原本位階！」

隨著鍾離權飛快讀誦，卷軸上方也浮現出一個個墨色字跡。當全部二十一個字顯現完畢，最末端猛地捲起金色焰火。

所有墨字全都燃燒起來，下一瞬竟化成六道光芒，迅雷不及掩耳地射進藍采和，以及另外五仙體內。

這一次，藍采和的反應比什麼都還快。在感受到身體裡重新充盈力量的同時，水色眼眸一厲，他的手指如舞蹈揮動，銀色光絲瞬間纏上敖厲身軀。

敖厲乍驚，發現那些光絲竟無法輕易震斷時，眼神頓時轉成猙獰。越來越多青色鱗片覆上他的皮膚，就連瞳孔也縮細得像針一樣。

藍采和幾乎反射性地湧起顫慄，他知道敖厲想做什麼了。

「小瓊、阿權！馬上帶薔蜜姊跟阿蘿退開！」

未等藍采和說完，何瓊與鍾離權已飛快出手，一抓住阿蘿和薔蜜，馬上用最快速度退到下方的紫色光板。

同一時間，空中迸裂出如同能撕裂天際的數道電光，震耳雷聲一併砸下。不管是電光或雷聲，都像蘊含過於強大的力量。

呑沒豐陽市的平靜水面乍然被震得波濤洶湧，原先還是晴空萬里的天空則黑雲密布。豐陽市剎那間變得昏暗無比，從雲裡砸下強勁暴雨。

「我……我的天啊……」方奎仰高頭，一手無意識地緊握余曉愁的手。他嘴巴張得開開的，若不是韓湘在上方又架設出一面結界，恐怕雨水就要灌進他的嘴巴裡。

余曉愁沒有叨唸方奎的蠢相，因爲她的全部注意力也都集中在上方的天空。

雷電不停閃爍交織，在狂風暴雨中，一頭大得超乎想像的龐然大物正盤踞在那。如同巨蛇的身軀上滿布發光的蒼青色鱗片，而那雙巨大的眼睛像鬼火般燃動著青白色的光芒。

掙斷銀絲的蒼龍張大嘴，發出震耳欲聾的吟嘯。

在那陣龍吟之下，就連雷聲也失去了威力。

但是，還待在雨中的藍采和卻是神色未變。即使在蒼龍面前，自己的身形簡直渺小如蟻，但他臉上卻露出盈盈笑意。

藍采和笑了。

「現在要敗的人是誰還不知道呢，敖厲！」蒼白手指再動，藍采和又拋出了大量的銀色光絲。

不僅如此，當全部光絲纏上那具大得不可思議的修長身軀，不等蒼龍掙動，光絲裡瞬間又滲出其餘色彩。暗色黑影、墨綠荊棘、緋紅烈焰，緊接著繼續分裂出各色光絲。多重束縛牢牢地捆綁在蒼龍身上，越纏越緊。

蒼龍雙眼燃起憤怒，他的鱗片上忽然冒出白霜，白霜面積逐漸擴大，竟開始凍結住那些束縛。隨後凍住的部分生出裂痕。

藍采和哪可能讓蒼龍就此掙脫。

「滿天星、天堂、相菰聽令！」

高喝聲響起的瞬間，一直靜置於下方光板的竹籃猛然有了動靜，三抹黑影從籃裡用最快速度衝出，直奔藍采和身邊。

剛一停滯，三抹黑影又化為不同色的光絲，迅速加入束縛的行列。

蒼龍掙扎的力度變小，卻沒有就此放棄。他不停地翻滾、厲嘯著，用盡辦法掙脫束縛。

面對此景，藍采和的神情卻轉為沉靜。他舉起雙手，困住蒼龍的各色光絲這剎那全數染成湛藍，旋即光絲的輪廓逐漸模糊，最後成為一團碩大的水色光芒，包覆住蒼龍。

「是你敗了，敖厲。」藍采和平靜說道。

隨著最後兩字逸出，藍采和揮動袍袖，水色光團連同其內捕捉到的獵物急速縮小，接著他咬破指尖，吹出滲冒的血珠。

小小的血珠一晃眼展成巨大血印，朝越變越小的蒼龍當頭蓋下。

「吾之名爲藍采和，現在再次將敖厲封印！同時在我等之『誓』名下，汝永生將不得再生爭戰之心——」

終章 八仙歸返

方奎怔怔地望著空中，耳邊似乎還留著那清亮的大喝。

他其實不太清楚發生了什麼事，但他知道大水退了、雷聲停了、閃電停了，就連大雨也停了。原本黑雲密布的天空，此刻又是一片晴空萬里。

隨著洪水退散，承載他們所有人的紫色光板也緩緩降落於地，最後消失不見。

豐陽市重新恢復原來的模樣。

綠水公園裡，處處可見失去意識的市民們趴躺在廣場上。

蔚藍的天空下，所有異樣不復存在。那頭恐怖又美麗的龐大生物消失蹤影，只有一身水色的藍髮少年獨立於空中，身周環繞著多達十一顆的各色光球。

「結束了……」

方奎好像聽見身旁有誰說出這麼一句，他想轉頭，但從高空飛落的身影卻令他移不開視線。

藍采和翩然落地，他手中捧著一個藍色球體。而環繞在他身邊的各色光球在他一站上地面，登時化成人形。

十一名植物單膝跪地、低伏著頭，隨後身體崩散成黑氣，瞬間回歸至竹籃內。

「夥伴……夥伴！」植物同伴們消失不見後，阿蘿馬上含著兩泡淚水，萬分激動地撲奔向藍采和，「夥伴！俺好……噫啊啊啊啊啊啊啊！」

只不過才跑到一半，竹籃子裡忽然竄出黑氣，迅猛地捲住阿蘿，眨眼將它拖進籃內，只留下慘叫迴盪於外。

「哎呀……」藍采和刮刮臉頰，彎腰提起籃子。沒想到剛直起身，就撲來另兩抹人影。

「小藍！」

「小藍！」

何瓊和韓湘一人抱住藍采和一邊，強勁的衝力差點撲倒了他。幸好藍采和及時穩住身子，才沒有讓少年組的三人滾成一團。

「小藍，你眞、眞的太棒了！」韓湘眼泛淚光，結巴激動地嚷道。

「我就知道小藍你沒問題的。」何瓊勾住藍采和的手臂，笑盈盈地誇獎道。

「好了，小瓊、阿湘，你們還是先放開小藍吧。」呂洞賓拍拍雙手，示意同伴們別將藍髮少年勒得太緊，「小藍你做得眞不錯，不過……嗅，我現在還眞是嫉妒死你……哇啊！」

「到旁邊去，眼睛不要再盯著何瓊的手，你再盯一百次也沒辦法讓你的糟糕妄想成眞。」李凝陽不客氣地踢開好友，目光落在藍采和努力高舉的一隻手上，「藍采和，你拿那什麼東西？」

乍聞此言，所有人的視線全往藍采和右手看去。

韓湘與何瓊也放開他，臉上浮現好奇。

藍采和放下手，張開一直握著的手，讓掌心之物展露在眾人眼下。

那是一顆半透明的藍色圓球，外表剔透又光滑，中心處隱約有什麼蜷伏在裡面。

「不是吧……這該、該不會是……」方奎不敢置信地指著圓球裡的東西。

「我覺得百分之百是。」薔蜜輕推一下鏡架。

「殿……殿下……」余曉愁屏氣地吐出這兩字。

可不是嗎？靜靜蜷縮在圓球中心的，赫然是一隻尺寸迷你的蒼龍。

相較於方奎和余曉愁的吃驚，其餘仙人卻都露出了然神色。

「采和，你要如何處理？」曹景休問道。

「先把他帶回天界，豐陽市是不可能當他的封印之地了，之後再做處理吧。」藍采和回答，他收起封印著敖厲的圓球，藍眸瞥向曹景休時，流露歉疚和難過，「景休，我……」

「你還有事該處理吧。不用擔心我，我不要緊的。」曹景休揉揉少年的髮絲，心知他是在掛心自己因破除結界而受傷之事，「你不是要幫張小姐嗎？」

「我？」沒想到自己會被點名，薔蜜不禁有些吃驚，她並沒有要求藍采和幫什麼忙。

「薔蜜姊，妳怎麼了？」方奎頓時緊張看來。

余曉愁也眼露擔憂。

薔蜜只能茫然地搖搖頭。她還是不知道發生什麼事，就算她之前被綁到敖厲創造出的空間，也沒受到什麼傷……

薔蜜眼眸忽然睜大，腦內閃過什麼畫面。

「對不起，薔蜜姊，先寄放在妳的身體裡了！」

保護她的男人，化作一地沙粒的男人，於沙！

「看樣子，妳似乎想到了，薔蜜。」鍾離權溫聲說道：「雖然不清楚妳之前碰過何事，但妳的體內有某種破碎的存在。很微弱，隨時會消失。如果妳希望這份存在從妳體內離去……」

「不！」薔蜜想也不想地開口，然後隨即露出訝異之色，似乎沒想到自己的反應會那麼大。她微抿了下唇，眼眸直視鍾離權等人，搖搖頭說，「我希望他留下，我不想要他消失。」

她沒辦法忘記那名狂暴傲慢的男人，他爲何要保護自己？而在消失之前，他究竟想對自己說些什麼？

她，想要知道。

「薔蜜姊，妳說的『他』是？」方奎納悶地問。

「之後有機會，我再告訴你們吧。」薔蜜淡淡一笑，她再度看向鍾離權和藍采和，「鍾離、藍小弟，可以請你們幫我嗎？」

鍾離權和藍采和直接以行動表示，兩人一起伸出手，掌心凝聚微光。

下一秒，光芒注入薔蜜體內。

「阿湘，你也來幫忙。」藍采和伸手抓過韓湘。

韓湘緊張地點點頭，跟著伸出手。

「他們是在『修補』。」

方奎身後突然落下一道男聲，一條胳膊搭上他的肩，方奎嚇了一跳，回頭才發現是呂洞賓。

「修補？」他困惑地重複那兩個字。

「啊，阿權、小藍，還有阿湘的力量，在我們八人當中偏向溫和，才能進行這種細膩的工作。」呂洞賓若有所思地說道：「張小姐體內的那個存在，是那隻鯊魚的殘骸吧？支離破碎得不成樣呢，所以小藍他們才要幫忙修補。不過也只是把他重新拼組起來，最重要的步驟還得靠……」

方奎沒仔細聽呂洞賓後半段的話，也沒注意到他轉頭瞄向一直守著林家兄妹的張果，腦海內只被震驚佔滿。

鯊魚？是指那個叫於沙的男人吧？他和薔蜜姊到底是……方奎忍不住緊盯著薔蜜，然後忽然想起之前一些難以解釋的畫面。

怕傷害薔蜜而硬生生收手的於沙，不自覺望向薔蜜的於沙……

「原來……原來是這麼回事嗎？」方奎放鬆肩膀，唇角有著笑意。

「方奎？」佘曉愁金燦的眸子裡寫滿疑惑。

「什麼事也沒，我猜那會是另一個故事。」方奎笑著，更加緊握住佘曉愁的手。

佘曉愁依舊不明白，但她也用力地握住那隻溫暖的手。

在這對年輕情侶無意識放閃前，呂洞賓已自動自發地退開，他來到雙手抱胸的李凝陽身畔。

「情況看起來很順利嘛。」

「這種話，等張果肯做最後一個步驟再說吧。」

兩人交換話語之際，藍采和、鍾離權與韓湘也收回了手。

「果果。」藍采和領著薔蜜，走近全然不關注他們的白髮男人，「可以拜託你一個忙嗎？」

銀白雙眼抬起，不帶感情地瞥向自己的同伴。

「薔蜜姊是哥哥和莓花重要的人，你能不能也幫幫她？」藍采和提及川芎和莓花時，聲音越發地柔軟。

他低頭望著至今未回復意識的林家兄妹，藍眸滿是溫柔。這是他最重要的人類朋友，可他們終將道別。

張果沒有開口回應，只是舉起白玉似的法杖，杖端停佇在薔蜜身前。

奇異的事發生了。

薔蜜體內忽然鑽冒出一縷淡淡灰霧，灰霧最初沒有形體，可隨著法杖前端渲染白光，它竟逐漸固定出某種形狀。

乍看下有如一隻灰色小魚，只不過背上多了一片三角形的背鰭。

灰色小魚悠轉下尾巴，很快又鑽回薔蜜體內。

「剩下的，跟我無關。」張果收回法杖，淡淡地吐出這句話。

「薔蜜姊，果果是指接下來就只能等待了。」見薔蜜眼中流露一絲疑問，藍采和柔聲解釋，「我和阿湘、阿權已經替『那存在』做了修補工作，果果則是幫忙進行鎮靜。他現在有了最基本的形體，不過能恢復多少，得靠他自己了。」

薔蜜點點頭，無意識地撫上心口。

「小藍。」何瓊走上前來，不只是她，其他仙人也紛紛聚集過來。

藍采和望了一眼何瓊，卻沒有追問對方呼喊他的理由，他知道她想說什麼。

「采和。」曹景休伸手按在他肩膀上，同樣只喊了他的名字。

方奎看看諸位仙人，莫名嗅到某種不對勁，但又不知該從何說起，只能緊張地盯著藍采和。

「小瓊，我都還沒問妳呢。」藍采和雖然是在詢問何瓊，可眼神卻落在川芎與莓花身上，「妳和阿權怎麼會下來，還帶了玉帝的御旨？」

「因爲我聽見了哪，小藍。」何瓊在川芎身邊蹲下，她伸手從川芎的上衣口袋裡掏出一朵用塑膠套包著、被小心翼翼保存的粉色花朵。

那是何瓊贈予林家長男的那朵花。

何瓊的表情變得更加柔和，彷彿又想起了那日午後。

「給。」

「就是要送給你沒錯。」

有誰咯咯輕笑，有誰手足無措地收下花。

「我聽見你們的對話，才和阿權前去尋找玉帝。」何瓊輕輕地把那朵花放回川芎口袋，她站起來，側著頭微微地笑了，「玉帝本來不會插手我們之間的事，但敖厲這次著實過分了些，所以他先讓我和阿權恢復原本位階，再讓我們帶著御旨下凡，總算是及時趕到。」

「原來是這樣啊……」藍采和喃喃地說，視線依舊停留在林家兄妹上。

「藍采和，你……」方奎還是忍不住開口問了，不過他的話才問到一半就被人打斷。

「藍采和，不要再浪費時間了，別忘記我們的正事，你的記性應該沒放水流吧？」李凝陽懶洋洋地說。

「正事？阿湘，你們要辦什麼正事？」方奎直覺地感到不安，連忙抓住自己的好友。

「我我我……我一直忘記要跟你和曉愁說，其、其實我……」韓湘被嚇了一跳，充斥柔弱的眉眼滿是侷促之色。

「我什麼？阿湘你就快說啊！」余曉愁也有些急了。她不是笨蛋，不可能感覺不出八仙們似乎還有事未說。

「曉、曉愁，我……」

「你們要回天界去了，是嗎？」薔蜜用的雖是疑問句，但語氣卻更像是在陳述一件事實。

聽薔蜜這麼一說，方奎、余曉愁、韓湘三人吃驚地看著她。前兩人是吃驚於這件事，後者則是吃驚她居然知道。

「等……等一下！」余曉愁慌張地拔高聲音，她揮開方奎的手，用力揪住韓湘的衣領，「是真的嗎？薔蜜姊說的是真的嗎？阿湘你要回去了？」

「我……」韓湘有些喘不過氣，然而臉上的歉疚與難過卻說明了一切。

「是真的。」親口證實這件事的是鍾離權，他語氣溫和，如同長輩在安撫小輩，「蟠桃宴快開始了，所以我們必須回去。」

蟠桃宴……聽見這三字，方奎和余曉愁頓時失了力氣。

余曉愁自然是知道蟠桃宴的；而方奎雖是人類，但他也聽過這個詞。

在「八仙過海」的故事裡，八仙就是受邀前往西王母所舉辦的蟠桃宴，才發生了與龍王太子之間的連串事件。

「喂，阿湘，你還會回來嗎？」余曉愁低低地問著。

「當然會！」韓湘急急地放大音量，可是他的聲音很快又微弱下去，甚至帶著一絲泫然欲泣，「可是，不、不知道要多久……」

「宴會的時間有時候很短，有時候卻又很長，還得扣掉來回路程。」呂洞賓拍拍韓湘的肩膀，替他接話。

方奎望著遠比自己看起來還難過的仙人朋友，慢慢地吸了一口氣。

「我跟曉愁會等你的。」他說。

韓湘怔怔地望著他。

「『超自然同好會』怎能少了榮譽會員呢？」方奎推下眼鏡，露出大大的爽朗笑容，他用力握住韓湘的手，「放心好了，這段時間裡，我會準備超多有趣的外星人資料等你的，阿湘。」

「沒辦法，我就幫阿湘你錄莉莉安的節目吧，你不是她的隱性粉絲嗎？」余曉愁撩了一下髮絲，「所以萬一你沒回來，我可不會原諒你的。不，是絕對不會原諒你。」

余曉愁單手扠腰，食指重重戳上韓湘的胸膛，金眸強勢。

「聽清楚了沒有？」

「聽、聽清楚了！」韓湘被對方氣勢震懾，只能挺直背，結結巴巴地大聲回答。

藍采和眼帶笑意地望著那三人，直到一隻白皙的手輕輕地搭上他的肩。

「藍小弟。」薔蜜眼神溫柔，「你不跟川芎與小莓花說些什麼嗎？我猜你有辦法讓他們現在恢復意識。」

藍采和眨眨眼，然後他露出苦笑。

「是的，我能讓哥哥和莓花現在醒來，可是我不想。」他柔聲地說，藍眸柔軟似水，「我一定會捨不得的。而且，我不希望看見莓花哭泣的樣子。」

這樣，他一定連走都走不了。

「小瓊還有果果，他們也能讓哥哥和莓花醒過來，但我想他們的理由和我一樣。」

站在林家兄妹旁的另外兩位仙人，誰也沒有開口。

「幫我跟哥哥和小莓花說『再見』好嗎，薔蜜姊？」藍采和眞摯又難過地笑了。

薔蜜沒有應允也沒有拒絕，她只是摸了摸他的頭，就像是姊姊對待弟弟一樣。

「我很高興認識你們，藍小弟。」

「我也很高興能認識薔蜜姊，還有，能夠在人間認識其他的人，我眞的很開心。」藍采和往後退了一步，身後是他的仙人同伴們。

方奎和余曉愁走至薔蜜身側，他們靜靜地看著八位仙人。

藍采和、何瓊、韓湘、曹景休、鍾離權、呂洞賓、李凝陽、張果。

藍髮藍眸的少年仙人沒再多說，他只是低下頭，鄭重無比地朝薔蜜等人的方向深深一揖。

下一剎那，熾亮白光驟閃，轉眼吞噬了八抹人影。

等薔蜜他們重新睜眼，八仙已不存在。

薔蜜、方奎和余曉愁沉默地望著空無一人之處，久久，也不知道是誰開口。

「眞像作了一場夢似地……」

四周逐漸出現人聲，那些躺在綠水公園裡的人們陸續甦醒。

包括川芎與莓花。

薔蜜抬眼望著蔚藍的天空，午後的陽光大得令人想瞇起眼，她露出了笑。

緊接著，她毫不猶豫地轉過身，背脊挺直，大步地走向自己的朋友——

三百年前，蟠桃盛宴，八仙過海。

三百年後，八仙入世。

而故事，並不會就此結束。

尾聲　再次相遇

有什麼聲音在沙沙作響。

擁有偏淺色的柔軟鬈髮、大眼睛、蘋果臉頰的小女孩，下意識停下腳步。她仰起稚嫩的臉龐，怔怔地看向傳來沙沙聲的樹木。

那雙大大的眼睛眨也不眨，彷彿在凝望什麼。

這是一個明亮的溫暖午後。

藍得帶了點透明的天空，靜靜停佇其上的白雲，時光好似跟著靜止。

藍天、午後、寧靜的巷弄。

莓花手裡抓著小熊造形的氣球，依舊仰起小臉，目光停在濃綠的葉叢上，彷彿正凝望什麼。

「莓花？」發覺妹妹停下腳步，前方的川芎也停下步伐。將手機稍稍拿離耳邊，暫時中斷與另一端的通話。「怎麼了嗎？」

兄長的呼喚好像拉回莓花的神智，本來靜止不動的眼睫毛一震。她眨眨眼睛，似乎意識到自己正盯著別人家圍牆後的一棵樹發呆，她紅了小臉，連忙搖搖頭。

她跑回兄長身邊，小熊氣球在半空跟著搖呀晃的。

川芎握好莓花的手，手機重新貼回耳畔，繼續方才中斷的對話。

「……所以我說，新故事就明天再商量，我會準時跟妳見面的……得了，張薔蜜，妳才要小心不要看路上的大叔看過頭而遲到。我現在？我現在要帶我家莓花去買晚餐材料……啊啊？妳說誰的廚藝差？開什麼玩笑，愛才是一切啊！」

分出一半心思打電話的川芎沒注意到，莓花就像是被什麼吸引，不時回望空無一人的後方。或許是一時大意，莓花的手指一不小心竟沒握緊，小熊氣球頓時脫離掌握。

「啊，莓花的熊熊。」莓花輕叫。

氣球順著風飄離。

「熊熊！」

沒有多想，莓花從川芎掌心抽出手，轉身往氣球飄離的方向奔去。

「總之，不准再說我煮出來的菜等於實驗失……莓花？」察覺到自己的掌心空蕩蕩，川芎一愣，連忙回過頭，映入眼中的是奔向氣球飄走方向的嬌小身影。「莓花！」

莓花急著想抓回氣球，她沒聽見兄長在喊著自己的名字。

氣球飛向樹間，剛好被茂密的枝葉卡住不動。

莓花跑到樹下，那裡是她剛剛站立不動的圍牆邊。

紅色的小熊氣球卡在樹上，在一片濃綠中顯得如此鮮明。

個子嬌小的莓花根本碰不到氣球，就算她拚命踮起腳尖，就算她伸直手臂，努力地跳起來，距離還是太過遙遠。

「莓花！」川芎跑了過來。

「葛格，熊熊……」莓花轉過頭，想請哥哥替自己拿回氣球，可又有一陣聲音吸引她的注意力，上方的樹葉在沙沙作響。

她頓時又仰起頭，圓眸眨也不眨地望著不像是被風吹動的枝葉。

突然間，沙沙聲加劇，枝葉晃動得更厲害。

然後是誰在慌張地大叫。

「靠靠靠，下面的人快躲開啊！」

一抹人影竟從晃動不休的枝葉間摔落，而下方是呆立不動的莓花。

川芎一顆心幾乎都要跳出來，他衝上前去。「莓花！莓花！」

在地心引力的作用下，人影重重跌在路上，還可以聽見疼痛的哀叫聲，隨即是拉扯到疼痛處的嘶氣聲。

那是屬於少年的聲音。

在少年對面，是一屁股跌坐在地的莓花。也許是她及時退開一步，也許是少年千鈞一髮之際扭轉身子、改變落地位置，無論如何，莓花毫髮未傷。

莓花就像是忘記自己正坐在地上，她睜大眼睛，傻愣愣地直瞪著面前的少年。

雖然不知道爲何會從樹間而來，但這位突兀出現的人影，確實是個年紀尚輕的少年。

少年穿著輕便的牛仔褲和T恤，肩側揹了背包，一手還提著空空的竹籃。一雙眉眼漆黑如墨，五官秀淨，膚色在陽光下顯現出不健康的蒼白。

如此熟悉。

如此教人熱淚盈眶。

「小藍葛格……」莓花眼裡浮上霧氣，很快地，霧氣變成豆大的淚珠。

下一秒，她用力撲向自樹上降下的少年。

「小藍葛格！」

緊緊抱著少年，她又哭又笑地喊著對方。

川芎像是沒聽見手機裡傳來的詢問，他抓著手機，忘了原本要說的話，只能一臉呆然地瞪著坐在地上的少年。

「藍采和……」他喃喃地喊了那個他以為再也不會出現的名字。

似乎聽見川芎的話聲，擁有著墨黑眉眼的蒼白少年一邊拍撫著莓花的背，一邊抬起頭。

藍采和露出純良無辜的笑容。

「那個，哥哥……我回來了。」

川芎仍是呆立原地，一點反應也沒有。

藍采和刮刮臉頰，看看川芎，再看看仍舊抱著自己不肯抬頭的莓花。他不知道為什麼兩兄妹都沒給一點反應，他有些緊張自己是不是被人討厭了。

於是他絞盡腦汁，總算想出第二句話。

這名少年仙人幾乎是帶了點討好的意味，說道：「呃，小熊圖案很可愛？」

這下子，莓花終於抬起頭，她和她的哥哥一樣都略帶困惑地眨眨眼睛，彷彿一時無法理解這句話是什麼意思。

不過莓花的反應比川芎快一點，鮮艷的紅色猛然從脖頸一路竄到臉龐，再竄到耳朵，彷彿還能聽見「砰」的一聲爆炸聲。

莓花炸紅了整張臉。

莓花想到自己今天穿的是小熊圖案的白色內褲。

「呀！」她跳了起來，雙手捂住紅通通的臉。

妹妹慌張的大叫讓川芎腦袋一熱，沒多加思索，他飛快拎起對方的衣領，反射性揮出一拳。

「藍采和！你是對我家的寶貝莓花做了什麼啊！」

這拳打得又急又快，藍采和來不及反應，只能生生吃下這一擊，「砰」的一聲向後倒去。

睽違一個半月再度歸來，藍采和曾經想過多種與林家兄妹再次見面的情形，但他無論如何也沒想到會是這一種。

藍采和眼前冒著許多小星星，他想到自己還沒跟川芎和莓花說，他又要繼續當他們的幫傭了，也還沒跟他們說家裡已經有另一份驚喜在等著他們。

啊啊，這些好像應該要先說才對……

但是或許晚點再說也沒關係……

——因為他終於回來了。

眼一閉，藍采和正式昏了過去。

《裏八仙》全文完

後記

恭喜林家長男終於成功集滿八仙，可以換得一根最帥氣又最英俊瀟灑的阿ㄌ……不好意思，剛一定有根蘿蔔偷偷抓著我的手打字。

總之川芎總算不用擔心路上再撿到、撞到，或遇到仙人了……吧，畢竟都是《裏八仙》正篇最後一集，幕後黑手也堂堂登場了。

蟄伏三集的龍王太子不現身則已，一現身就一嘯驚人，不愧是最終大BOSS。我最喜歡寫蒼龍現身的場景了，可惜太子殿下希望用冷酷又帥氣的人形外表與小藍ＰＫ，只好遵照他的意思。

說到八仙，最廣爲人知的神話故事就是八仙鬧東海，所以決定要寫「裏八仙」這個故事後，主線也立刻決定好，就是一個花籃引發的三百年愛恨情仇。爲了可以脫出冷凍狀態，太子殿下可是很努力的——雖然最後還是被小藍變相地關入小黑屋。

不過當他回到天界後，是會被玉帝懲罰維持迷你蒼龍大小交給小藍處理，或是再次被冷凍起來，這些就任憑大家想像了XD

再來說說任勞任怨的於沙，簡直是老闆的最佳助手，大小雜事一把抓，我也好想有一個於沙幫我打稿（作夢）。

雖然於沙暫時消失了，但終有一天一定會出現的，畢竟他可是將要攻略鐵血編輯的偉大勇者（川芎表示這一定要用力鼓掌）。

至於八仙們是否會再次回到人間，看到尾聲出場的小藍，相信你們都知道川芎除了會獲得一個幫傭之外，再過不久還會迎來兩位房客，林家大宅會再一次雞飛狗跳、熱鬧無比。

雖然卷一後記已經說過了，但我還是想再次感謝正在閱讀這本書的你們，謝謝你們的一路陪伴，我們外傳見囉！

蒼葵

裏八仙

被韓湘新發明波及的受害者不斷增加，
遭責編追殺的林家長男逃往好山好水的八薇鎮，
卻意外捲入兩大守護獸的家庭糾紛。
而幽靈約翰，依然持續被人遺忘……

「太過分了！太過分了！虧我還特地為了外傳換上新皮
鞋！為什麼大家還是忘記我啊啊啊啊——」

外傳篇・敬請期待！

國家圖書館出版品預行編目資料

裏八仙／蒼葵 著.——初版.
——台北市：魔豆文化有限公司出版：蓋亞文化有限公司發行，2023.08
冊；公分.——（Fresh；FS211）
ISBN 978-626-96918-7-6（卷四：平裝）

863.57 112010794

fresh FS211

裏八仙 卷四（終）

作　　者　蒼葵
插　　畫　夜風
封面設計　莊謹銘
責任編輯　林珮緹
總 編 輯　黃致雲
發 行 人　陳常智
出 版 社　魔豆文化有限公司
發　　行　蓋亞文化有限公司
地址：台北市103承德路二段75巷35號1樓
電話：02-2558-5438　傳真：02-2558-5439
電子信箱：gaea@gaeabooks.com.tw
投稿信箱：editor@gaeabooks.com.tw
郵撥帳號 19769541　戶名：蓋亞文化有限公司
法律顧問　宇達經貿法律事務所
總 經 銷　聯合發行股份有限公司
地址：新北市新店區寶橋路二三五巷六弄六號二樓
電話：02-2917-8022　傳真：02-2915-6275
港澳地區　一代匯集
地址：九龍旺角塘尾道64號龍駒企業大廈10樓B&D室
電話：+852-2783-8102　傳真：+852-2396-0050
初版一刷　2023年 8月
定　　價　新台幣 380 元
Published and printed in Taiwan

ISBN 978-626-96918-7-6

FS211

裏八仙

卷四（終）

魔豆文化　讀者迴響

感謝您在茫茫書海中選擇了魔豆，您的支持是我們最大的動力。
不要缺席喔，讓我們一起乘著夢想的羽翼，穿越時空遨遊天地！

姓名：　性別：□男□女　出生日期：　年　月　日
聯絡電話：　手機：
學歷：□小學□國中□高中□大學□研究所　職業：
E-mail：　（請正確填寫）
通訊地址：□□□
本書購自：　縣市　書店
何處得知本書消息：□逛書店□親友推薦□DM廣告□網路□雜誌報導
是否購買過魔豆其他書籍：□是，書名：　□否，首次購買
購買本書的動機是：□封面很吸引人□書名取得很讚□喜歡作者□價格便宜□其他
是否參加過魔豆所舉辦的活動： □有，參加過　場　□無，因爲
喜歡出版社製作什麼樣的贈品： □書卡□文具用品□衣服□作者簽名□海報□無所謂□其他：
您對本書的意見： ◎內容／□滿意□尙可□待改進　◎編輯／□滿意□尙可□待改進 ◎封面設計／□滿意□尙可□待改進　◎定價／□滿意□尙可□待改進
推薦好友，讓他們一起分享出版訊息，享有購書優惠 1.姓名：　e-mail： 2.姓名：　e-mail：
其他建議：

廣告回信　郵資免付
台北郵局登記證
台北廣字第00675號

TO：魔豆文化有限公司　收

103 台北市承德路二段75巷35號1樓

魔豆

魔豆